Ross Thomas

AM RAND DER WELT

Ross Thomas

AM RAND DER WELT

ROMAN

ULLSTEIN

Titel der amerikanischen Originalausgabe:
»Out on the Rim«
Ins Deutsche übertragen von Jürgen Behrens

Satz: Jung SatzCentrum, Lahnau
Druck und Bindung: May & Co, Darmstadt
Printed in Germany 1988
ISBN 3 550 06332 6

Prolog

Die drei Überlebenden des Hinterhalts am schwarzen Sandstrand waren der 19jährige Second Lieutenant der Infanterie, der einssechzig große Guerilla und der mächtige, etwas verrückte Sanitätssoldat, der in der darauffolgenden Woche 16 Pfund abgeschwitzt, abgehungert und abgerackert hatte.

Doch es war Hovey Profette, der Sanitäter aus Arkansas, der zuerst die beiden kaiserlichen Marineinfanteristen unten im Tal, etwa 40 bis 50 Meter entfernt, bemerkte, als sie langsam aus einem Hain verwilderter Kokospalmen traten. »Erschieß die kleinen Scheißer«, drängte der Sanitäter mit heiserem Flüstern.

Booth Stallings, Second Lieutenant der Infanterie und mutmaßlicher Führer des überfallenen Späh- und Erkundungstrupps, preßte sich flach zwischen die beiden sonnendurchglühten schwarzen Felsen. Nachdem er einen Schwarm von mindestens fünfzig Fliegen abgebürstet hatte, blinzelte er durch den nachmittäglichen Dunst hinab zu den beiden Gestalten in den senffarbenen Uniformen. Beide kaiserliche Marines waren stehengeblieben und betrachteten ihre Umgebung mit der unbehaglichen Haltung von Vorposten, die argwöhnen, daß jemand auf sie schießen will.

»Ich sag' dir, der zweite kleine Scheißer ist mindestens einsfünfundachtzig, wenn nicht einsneunzig«, sagte Stallings.

»Kaiserliche Marineinfanterie«, murmelte der Guerilla. »Die verlangen eine Mindestgröße.«

Ohne Vorwarnung brach zum vierten Mal an diesem Tag die fürchterliche Wut des Sanitäters aus. Sie brandete in einer hellen Woge seinen baumstarken Hals hoch, färbte seine eigenartig kleinen Ohren lippenstiftrot und verzog sein Gesicht zu einem fetten rosa Wutknoten, der sich, so dachte Stallings, nie mehr lösen ließe.

»Du probierst nicht mal, auf sie zu schießen, nicht wahr, Lieutenant Schisser?« sagte der Sanitäter mit so viel Rage in der sanften Frage, daß sie wie eine Todesdrohung klang.

Booth Stallings schüttelte verneinend den Kopf, während er weiter auf die beiden kaiserlichen Marines hinabstarrte, die nun langsam über die Lichtung zogen, welche einst ein Maisfeld gewesen war. »Das sind Späher, Hovey«, sagte Stallings, um einen maßvoll-vernünftigen Ton bei seiner Antwort bemüht. »Die haben mindestens eine Abteilung hinter sich. Vielleicht einen Zug. Vielleicht sogar eine Kompanie.«

»Wahrscheinlich eine Kompanie«, sagte der Guerilla mit dem flachen, fast tonlosen Kansas-Akzent, den er sich unter der Obhut einer Dominikanerjungfer angeeignet hatte, die 1901 an seinen Gestaden gelandet war und die nächsten 40 Jahre damit zugebracht hatte, kleine braune Jungen amerikanisches Englisch auf genau die Art sprechen und schreiben zu lehren, wie es daheim in Emporia gesprochen und geschrieben wurde.

Hovey Profette, noch immer krebsrot und kochend, ignorierte den Guerilla und streckte die rechte Hand nach Stallings' Gewehr aus, der einzigen und gemeinschaftlichen Feuerwaffe. »Gib mir das Ding«, forderte er. »Ich erschieß' die kleinen Scheißer.«

Stallings schüttelte wieder verneinend den Kopf und versuchte, der Geste eine Spur nicht empfundenen Bedauerns beizufügen.

»Es hat keine Kimme, Hovey«, sagte Stallings. »Der tote Guerilla, von dem ich's habe, muß das Visier abgerissen und weggeschmissen haben. Die Guerillas glauben, daß ein Visier bloß alles versaut – stimmt's, Al?«

Alejandro Espiritu, der einssechzig große Guerilla, lächelte höflich. »Eine alte und hochgeachtete militärische Tradition in meinem Land.«

»Weißt du, was du bist, Lieutenant Stallings, Sir?« sagte der Sani mit fast zu lauter Stimme und viel zu rotem Gesicht. »Du bist bloß ein ... ein großer Haufen gelber Scheiße, genau das.«

Hovey Profette langte nach dem Garand, riß es mühelos aus Booth Stallings' Griff, rammte sich den Kolben an die rechte

Schulter und visierte über den visierlosen Lauf, als die Bolo-Klinge des Guerillas seinen baumstarken Hals beinahe mittendurch spleißte.

Der Sani gab einen Laut von sich, teils Seufzen, teils Schnauben, und brach über dem unbenützten Gewehr zusammen. Ein gurgelndes Geräusch folgte, das Booth Stallings endlos vorkam, aber nur Sekunden dauerte. Als es vorbei war, lag Hovey Profette, Sanitäter der Infanterie und gescheiterter Kriegsdienstverweigerer aus Gewissensgründen, tot auf dem tropischen Vulkangrat, der auf der einen Seite kaiserliche Marineinfanterie und auf der anderen einen herrlichen Blick auf die Camotessee zu bieten hatte.

Stallings zerrte das visierlose Garand unter dem toten Mann hervor. Ohne erst das Blut abzuwischen, löste er die Sicherung und richtete das Gewehr auf den kauernden Guerilla, der es ignorierte und weiterhin Profettes Blut mit einer Handvoll wildem Schuppengras von seinem Bolo wischte.

»Warum, zum Teufel, hast du ihm nicht bloß leicht eins übergezogen?« herrschte ihn Stallings an.

Der Guerilla Espiritu prüfte sorgfältig den armlangen Bolo, bevor er ihn wieder zurück in die selbstgemachte Holzscheide schob. »Er hätte schreien können«, sagte er schließlich und deutete mit dem Kinn ins Tal hinab, wo nun eine lange Reihe kaiserlicher Marines eilig über die Lichtung zog. »Mindestens eine Kompanie«, sagte er. »Genau wie du und ich dachten.«

Booth Stallings ließ den Blick zu den dahineilenden kaiserlich-japanischen Marines schweifen, dann zu dem toten amerikanischen Sanitäter und zurück zu dem Filipino-Guerilla. Ihm fiel ein, daß dies der zweite Filipino war, dessen nähere Bekanntschaft er gemacht hatte; der erste war ein Edmundo Sowieso aus San Diego gewesen, der wie ein Rotkehlchen jeden Frühling vor Stallings' Grund- und Aufbauschule aufgetaucht war, um im Auftrag von Duncans Jo-Jo-Vermarktern deren Produkt vorzuführen. Edmundo konnte mit einem Jo-Jo alles anstellen, und drei Lenze seiner Kindheit lang hatte Booth Stallings eine begrenzte Anzahl Privatstunden zu exorbitanten 50 Cents die Stunde genommen, bis er, dreizehn geworden, Masturbation, Lucky Strikes und Mädchen entdeckt hatte – in etwa dieser Reihenfolge.

»Und was, verflucht, erzählen wir dem Major?« fragte Stallings.

Der 22 Jahre alte Guerilla schien die Frage mit Bedacht abzuwägen. »Wir – du und ich – werden Major Crouch erzählen, daß unser gefallener Kamerad tapfer bei der Verteidigung der Nachhut umgekommen ist.« Er hielt inne und musterte gedankenvoll den toten Profette. »Bis morgen haben ihn die wilden Schweine gefressen.«

Ein Dutzend Sekunden lang starrte Booth Stallings den noch immer kauernden Guerilla mit frostiger, alles mißbilligender Miene an. Denn während dieser zwölf Sekunden war Stallings über etwas gestolpert, das für ihn ein neues und erquickendes Credo war, eine Offenbarung gewissermaßen, die säuberlich den moralischen Imperativ durchtrennte und ihn nicht nur erquickt hinterließ, sondern auch weiser und älter. Viel älter. Mindestens 26.

Mit derselben frostigen Miene und empfindungslos für den Schweiß, der darüber rann, sprach Stallings mit seiner neuen, kalten Erwachsenenstimme.

»Du hast ’ne Menge Elaste da droben in deinem Kopf, nicht wahr, Al? Ich meine, du kannst es dehnen und beliebig so hin- und rumbiegen, wie du willst.«

»Ich glaube«, sagte Alejandro Espiritu, lächelte beinahe, besann sich eines besseren und setzte von neuem an. »Ich glaube, wir sollten den armen Profette hier für einen posthumen Orden vorschlagen – einen Bronze- oder Silver-Star vielleicht?«

Booth Stallings starrte hinab auf den toten Sani und gestrauchelten Quäker. »Scheiße noch mal«, sagte er. »Besorgen wir ihm das Verdienstkreuz Erster Klasse.«

1. KAPITEL

Um drei Uhr nachmittags zitierten sie Booth Stallings, den Terrorismusexperten, in die Bibliothek des siebenstöckigen Stiftungsgebäudes östlich des Dupont Circle an der Massachusetts Avenue und feuerten ihn bei einem Glas leidlich guten spanischen Sherrys. Es war an den Iden des März, die 1986 auf einen Samstag fielen, und genau zwei Monate nach Booth Stallings' sechzigstem Geburtstag.

Der Rausschmiß wurde, soweit Stallings erkennen konnte, ohne alle Skrupel von Douglas House erledigt, dem 35 Jahre alten Geschäftsführer der Stiftung. Natürlich erledigte es House höflich, ohne eine Spur Schärfe und mit etwa demselben Maß an Bedauern, das er benutzen würde, wenn er die Vertriebsabteilung der *Washington Post* anriefe, um seine Hauszustellung für die Urlaubszeit zu kündigen.

Es war der 51 Jahre alte Vorstandsvorsitzende der Stiftung, Frank Tomguy, der ihm pro forma die Ego-Massage verabfolgte, bei der er zu einer entschuldigenden, geradezu respektvollen Haltung einen seiner dreiteiligen Anzüge für 1 100 Dollar trug. Tomguy ließ sich weitschweifig über gravierende Etatkürzungen aus und wandte sich dann der Qualität von Booth Stallings' Arbeit zu, die, so schwor er, brillant gewesen sei. Keine Frage. Absolut, tadellos brillant.

Sobald Tomguys Massage vollendet war, sprach Douglas House von Geld. In Anbetracht der fristlosen Kündigung sollte er drei Monatsgehälter Abfindung erhalten, und die Stiftung wollte sechs Monate lang für Stallings' Krankenversicherung aufkommen. Von einer Pension war nicht die Rede, da der Terrorismusexperte nur 18 Monate bei der Stiftung gewesen war, immerhin drei länger, als er je in einem anderen Job ausgehalten hatte.

Während die trockene Rede fortdauerte, verlor Stallings das Interesse und ließ, vermutlich zum letzten Mal, den Blick über die schwarze Wahlnußtäfelung der Bibliothek schweifen. Schließlich nahm er die sich ausbreitende Stille wahr. Nun, da sie dich so nett abserviert und sich so artig entschuldigt haben, erwarten sie, daß du was Passendes sagst. Also sagte er das einzige, das ihm einfiel. »Ich habe hier mal gewohnt, wissen Sie.«

Es war nicht das, was Douglas House erwartet hatte, und er rutschte unruhig auf seinem ledernen Ohrensessel herum, als sei er ungehalten darüber, daß Stallings sich zu einem gewissermaßen sentimentalen, geradezu abgeschmackten Lebewohl hatte hinreißen lassen. Doch Tomguy, der Vorsitzende, schien ihn besser zu kennen. Er lächelte und stellte die naheliegende Frage: »Was heißt hier, Booth?«

»Genau hier«, sagte Stallings mit einer knappen, alles einbeziehenden Geste. »Bevor die Stiftung diesen Bau hier – wann war das noch, zweiundsiebzig? – hochgezogen hat, stand hier eine große, alte, vierstöckige Villa aus rotem Sandstein, die während des Krieges in Apartments unterteilt wurde.« Er blickte zu Douglas House. »*Zweiter* Weltkrieg.« House nickte.

»Im Februar einundsechzig habe ich die im dritten Stock gemietet«, fuhr Stallings fort. »Teils, weil ich nur einen kurzen Weg zur Arbeit hatte, und teils wegen der Adresse – 1776 Massachusetts Avenue.« Seine Lippen verzogen sich leicht; es hätte die Andeutung eines Lächelns sein können, oder auch nicht. »Eine patriotische Adresse.«

Tomguy räusperte sich. »Dieser Weg führte damals zum Weißen Haus, nicht wahr, Booth? Und Sie waren aus Afrika zurück oder so ähnlich.«

»Ich war grad aus Stanleyville zurück, und der Weg hat zum alten Executive Office Building geführt – das war damals nicht das Weiße Haus, noch ist es das heute.«

»Heiße Zeit damals«, sagte Douglas House, offenbar nur, um etwas zu sagen.

Stallings, der dem Geschäftsführer nicht vorwarf, daß er 1961 erst zehn Jahre alt gewesen war, musterte House flüchtig. »Urgeschichte«, sagte er und wandte sich wieder an Tomguy. »Was passiert mit meinem Angola-Bericht?«

Tomguy hatte ein breites, zu aufrichtiges rosa Gesicht und nicht sehr viel graublondes Haar, dessen Spärlichkeit er klugerweise nicht zu verhehlen suchte. Hinter einer randlosen Zweistärken-Brille starrte ein Paar wäßriger, leicht vorquellender Augen auf die Niedertracht dieser Welt, als sei es chronisch darüber verwundert. Dennoch war es ein vertrauenerweckendes Gesicht, eines, dessen markantes Kinn, energischer Mund und aggressive Römernase einem alles in allem Sicherheit vermittelten. Das perfekte Bankiersgesicht, dachte Stallings, wenn es nur fähig wäre zu heucheln, wozu es nicht imstande zu sein schien.

Die Frage nach dem Angola-Bericht veranlaßte Tomguy, sich um Unterstützung heischend an den Geschäftsführer zu wenden. Mit einem leichten Lächeln, das alles mögliche bedeuten mochte, musterte Douglas House unverwandt Stallings, der sich auf die unvermeidlichen Ausflüchte gefaßt machte.

»Wir haben ihn ein paar Leuten in der Stadt vorgelegt«, sagte House noch immer lächelnd, die grauen Augen unstet.

Stallings erwiderte das Lächeln. »Haben Sie das? Welchen Leuten? Den Georgetown-Boys? Den Jungs im Building? Vielleicht ein paar Bürschchen aus Langley? Fanden ihn alle toll?«

»Sie waren alle der Auffassung, er könnte ein bißchen Umformulierung vertragen.«

»Das heißt, sie haben nichts dagegen, daß ich Savimbi als brillant bezeichne, aber sie hätten's, sobald ich ihn nicht als brillanten, hinterfotzigen, maoistischen Gauner bezeichnet hätte, der er, wie sie verdammt genau wissen, ist.«

Tomguy, der besonnene Mittler, gab beschwichtigende Laute von sich. »Er ist noch immer zur Veröffentlichung im Sommer vorgesehen, Booth. Als unser Hauptbeitrag.«

»Wenn auch umformuliert.«

»Bearbeitet«, sagte House.

Stallings zuckte mit den Schultern und erhob sich. »Dann lassen

Sie meinen Namen weg.« Er widmete der hübschen Bibliothek einen weiteren Abschiedsblick. »Danke für den Drink.«

Tomguy erhob sich rasch mit ausgestreckter rechter Hand. Stallings schüttelte sie, ohne zu zögern. »Tut mir leid, daß es so gekommen ist, Booth.«

»Wirklich?« sagte Stallings. »Mir nicht.«

Er nickte dem sitzengebliebenen Douglas House zu, drehte sich um und schritt zur Tür – ein großer, schlaksiger Mann, der sich in geschmeidig gleitendem Gang fortbewegte. Er trug das kurzgeschnittene graue Haar in einem struppigen Schopf, der sich wie eine alte Kappe auf seinen Kopf schmiegte. Darunter kehrte er der Welt ein derart zerfurchtes und wettergegerbtes Gesicht zu, daß viele, unschlüssig, ob es häßlich oder gutaussehend war, zweimal hinschauten und sich, da sie es weder so noch so fanden, für ›eigenartig‹ entschieden.

Nachdem Booth Stallings gegangen war, sah Tomguy schweigend zu, wie House sich erhob, ans Telefon trat und aus dem Gedächtnis eine Ortsnummer eintippte. Es klingelte nur einmal, dann wurde abgenommen. »Es ist erledigt«, sagte House ins Telefon. »Er ist eben raus.« House hörte sich entweder eine Frage oder eine Bemerkung an, erwiderte: »Stimmt«, legte auf und wandte sich Tomguy zu.

»Sie sind alle außerordentlich dankbar«, sagte House. »Ich zitiere.«

Tomguy nickte mit säuerlicher Miene. »Das sollten sie, verflucht noch mal, auch sein.«

Booth Stallings saß auf seiner Lieblingsbank an der Nordecke des Dupont Circle und trank in kleinen Schlucken aus einer Halbliterflasche 40prozentigen Smirnoff, die mit der unvermeidlichen braunen Papiertüte getarnt war. Von der Nebenbank warf ihm eine hübsche junge Mutter einen weiteren angewiderten Blick zu und verstaute schleunigst ihre 18 Monate alten Zwillingssöhne in dem bemerkenswert modebewußten Sportwagen, in dem sie, einander gegenübersitzend, nach Hause gekarrt werden würden.

Stallings versuchte es mit einem vertrauenerweckenden Lächeln, was offensichtlich ein Fehler war, da ihm die Mutter einen weiteren düsteren Blick zuwarf, dem Kinderwagen einen Schubs gab und davonhastete. Der in Fahrtrichtung sitzende Zwilling fing an zu plärren. Der in Gegenrichtung sitzende gluckste fröhlich und winkte Stallings, der ihm mit der Halbliterflasche Wodka zuprostete. Er genehmigte sich noch einen Schluck und steckte die Flasche in eine Tasche seiner acht Jahre alten Wildlederjacke, die er in Istanbul billig erstanden hatte.

Jetzt erst wurde sich Stallings des Wetters und der Tageszeit bewußt. Es war kühl geworden und dämmerte schon fast, was ihn vor das Problem stellte, wie er den Samstagabend verbringen sollte, der sich wie ein Stück Unendlichkeit vor ihm erstreckte.

Stallings' Auswahl war begrenzt. Er konnte den Abend allein mit einem Buch oder einer Flasche in seiner Mietwohnung an der Connecticut Avenue, gegenüber dem Zoo, verbringen, oder er konnte uneingeladen, unerwartet und möglicherweise unerwünscht entweder bei seiner Tochter in Georgetown oder bei der anderen aufkreuzen, die in Cleveland Park wohnte.

In Georgetown versprach zwar das Essen einiges, doch die Gäste (samstags mindestens sechs) würden den ganzen Abend damit zubringen, die Chancen bei den Präsidentschaftswahlen 1988 zu überschlagen, Fingerzeige und Anspielungen aus denselben gedruckten Interna zu deuten, die jeder während der vergangenen Woche aus der *Post*, der *Times*, und was immer sie sonst zufällig lasen, erfahren hatte.

Booth Stallings, ein Kind der Depression, hatte sich eigentlich nie darum geschert, wer nach Roosevelts Tod Präsident gewesen war. Er hatte nur einmal gewählt, und das war 1948, als er, 22jährig, unbekümmert sein Kreuz für Henry Agard Wallace gemalt hatte. Wann immer er heute daran dachte, was selten vorkam, beglückwünschte er sich zu seiner jugendlichen Torheit.

Stallings nippte ein letztes Mal an seiner Wodkaflasche, erhob sich von der Bank und machte sich auf die Suche nach einem Münzfernsprecher, nachdem er sich entschieden hatte, seine

Tochter in Cleveland Park anzurufen. In der Nähe des Peoples Drugstore am Südwestbogen des Dupont Circle stieß er auf eine Reihe Telefonboxen. Er benutzte die einzige, die nicht verwüstet worden war, und rief die 33jährige Lydia an, die Howard Mott geheiratet hatte, kurz bevor dieser 1980 das Justizministerium verließ, um sich auf die Verteidigung betuchter Wirtschaftskrimineller zu spezialisieren. Mott bezeichnete sein Gewerbe gern als Teil einer Wachstumsindustrie. Nach zwei mageren Jahren wurde Mott allmählich selbst betucht.

Als Stallings' Tochter aus Cleveland Park das Telefon abnahm, fragte er: »Was gibt's zum Abendessen?«

Lydia Mott keuchte: »Oh, mein Gott, es ist schon überall in der Stadt rum!«

»Was?«

»Man hat dich rausgeschmissen. Bist du schon blau?«

»Noch nicht, und ›überall in der Stadt‹ heißt Joanna, stimmt's?« Joanna war Stallings' 35jährige Tochter in Georgetown. Sie hatte den Erben eines Autowachsherstellers geheiratet, dessen Reichtum und politische Beziehungen ihm einen Posten in den oberen Rängen des State Department eingebracht hatten. Stallings bezeichnete seinen Schwiegersohn manchmal insgeheim als *Neal den Ahnungslosen.*

»Sie hat dreimal angerufen«, sagte Lydia Mott.

»Weswegen?«

»Weil sie für dich dieses Sondierungsessen arrangiert hat. Es geht um einen Job, und er möchte, daß du mit ihm um halb acht im Montpelier-Saal des Madison speist ... Herrgott, das wird ihm an die Brieftasche gehen, oder nicht?«

»Lydia«, sagte ein sehr geduldiger Stallings. »Wer ist *er?*«

»Richtig. Das wäre irgendwie zweckdienlich. Na ja, es ist ein gewisser Harry Crites.«

»Der Dichter.«

»Dichter?«

»Man veröffentlicht ihn.«

»Schon, aber was *macht* er?«

Stallings zögerte. »Ich bin mir nicht sicher. Nicht mehr.«

»Verstehe. Einer von denen. Na ja, möchtest du, daß ich jetzt Joanna anrufe und sie ausrichten lasse, wenn er wieder anruft, daß du ihn dort um halb acht treffen wirst?«

Wieder zögerte Stallings und erwog die Verheißungen eines Samstagabends in der Gesellschaft von Harry Crites. Das innere Abwägen dauerte an, bis seine Tochter ungeduldig wurde und fragte: »Nun?«

»Entschuldige«, sagte Stallings, »ich habe bloß versucht, diesen letzten Satz von dir zu interpretieren. Aber okay. Ruf Joanna an und sag ihr, ja.«

Es entstand ein kurzes Schweigen, bis seine Tochter sagte: »Schau, Pappi. Wenn du nicht mit dem Dichter essen willst, warum kommst du nicht raus und ißt bei uns Lammragout und hörst dir einige von Howies schmutzigen Geschichten aus dem wirklichen Leben an?«

»Was für ein Trost und Segen du doch in diesen Prä-Alzheimerschen Jahren bist.«

»Nein danke also? Okay. Wieso haben sie dich gefeuert?«

Stallings wollte schon die Achseln zucken, unterließ es aber, als ihm klar wurde, daß sie es nicht sehen konnte. »Etatkürzungen, haben sie gesagt.«

»*Etat?* Bei all den Millionen?«

»Ich ruf' dich wieder an«, sagte Stallings.

»Morgen.«

»Okay. Morgen.«

Booth Stallings hängte den Hörer ein, ging zu einem der erleuchteten Drugstore-Fenster und nutzte die Spiegelung, um sein Äußeres zu begutachten: die alte Wildlederjacke aus Istanbul; die zu breite schwarz-braune Krawatte, die er seines Wissens nach in Bologna gekauft hatte; ein hellbraunes Hemd von Marks and Spencer in London, das er als sein Tausend-Meilen-Stück bezeichnete, nachdem er einmal einen altgedienten Handlungsreisenden ein ähnliches Hemd so hatte bezeichnen hören; und dann die grauen Flanellhosen, an deren Kauf er sich überhaupt nicht mehr erinnern konnte, deren scharfe Bügelfalten indessen die Vermutung nahelegten, daß sie nicht in den Staaten gekauft worden waren. Was sein Schuhwerk anbetraf, wußte Stallings ohne hinzusehen, daß er trug, was er immer zu tragen pflegte: billige braune Halbschuhe, die er im Dutzend kaufte und paarweise wegwarf, sobald sie abgetragen waren.

Dennoch war seine Aufmachung so, daß man ihn ins Madison einlassen würde. Und sie war sicherlich angemessen für ein Abendessen mit Harry Crites, der einen betagten blauen Anzug mit fadenscheinigen Ellbogen und blankgewetztem Hosenboden getragen hatte, als Stallings ihm vor 25 Jahren erstmals begegnet war. Dreißig Minuten später hatte sich Crites 35 Dollar gepumpt, um eine seit einem Monat überfällige Unterhaltszahlung vorzunehmen.

Während er sich auf der Suche nach einem Taxi umwandte, versuchte sich Stallings zu erinnern, ob Harry Crites ihm je die 35 Dollar zurückgezahlt hatte, und entschied schließlich, daß er es nicht hatte.

2. KAPITEL

Booth Stallings saß neben einigen gelangweilt wirkenden Saudis in der Lobby des Madison Hotels und wartete auf Harry Crites, der sich bereits um 19 Minuten verspätet hatte. Doch Crites hatte sich immer verspätet, sogar damals, Anfang der Sechziger, als er gewöhnlich eine Viertelstunde nach Beginn in eine Sitzung platzte, ein fröhliches Lächeln im Gesicht, die unvermeidliche King-Edward-Zigarre im Mund und ein Bündel heillos zerknüllter Dokumente in den Händen. Worauf er jedermann, selbst die Pünktlichkeitsfanatiker, mit einem komischen, auf ihn selbst gemünzten Spruch entwaffnete, der alle schmunzeln ließ.

Nach Kennedys Tod, 1963, hatte er das, was er später immer nicht ganz zutreffend »meine Fron im Weißen Haus« nannte, aufgekündigt und war ins Verteidigungsministerium übergewechselt, wo er überhaupt nicht warm geworden war, und von dort ins Außenministerium, wo er sich eine Pfründe in einem suspekten Programm für öffentliche Sicherheit bei der Abteilung für internationale Entwicklung gesichert hatte. Die Abteilung hatte Crites in sieben oder acht minderentwickelte Länder entsandt, aus denen bald Gemunkel über einige Deals drang, die er mit deren Präsidenten, Präsidenten auf Lebenszeit oder Premierministern gedreht hatte. Doch Stallings hatte dem nie viel Beachtung geschenkt.

Außerdem war es etwa um diese Zeit – 1965 – gewesen, daß Stallings, seine Frau und ihre zwei kleinen Töchter, abgepolstert durch ein 20000-Dollar-Stipendium einer Stiftung, von Washington nach Rom übergesiedelt waren, wo er seine Forschungsarbeit über den Terrorismus fortsetzen wollte.

In den folgenden sieben oder acht Jahren war Booth Stallings nur dann nach Washington und manchmal New York zurückgekehrt, wenn er gezwungen war, zusätzliche Mittel bei zumeist unwilligen Stiftungen lockerzumachen. Und gelegentlich war er auf einer der unvermeidlichen Cocktailpartys oder einem Botschaftsempfang Harry Crites über den Weg gelaufen.

Doch da hatten Harry Crites' fadenscheiniger blauer Anzug, die King-Edward-Zigarre und der alte Ford Fairlane mit seinen durchgerosteten Trittbrettern der Vergangenheit angehört. Statt dessen waren seine Anzüge jetzt von J. Press, die Zigarren rochen nach Havanna, und das Auto war ein beiger Mercedes, nicht das allerteuerste Modell, aber auch kein Diesel.

Bei diesen gelegentlichen Begegnungen hatten Harry Crites und Booth Stallings nie mehr als ein »Hallo« und »Wie geht's denn so« ausgetauscht, obwohl Crites nie eine Antwort darauf gegeben oder erwartet hatte, weil immer andere dagewesen waren, mit denen er dringlicher als mit Stallings zu reden hatte, und gewöhnlich winkte und lächelte er ihnen bereits zu.

Doch einmal war niemand dagewesen – niemand Lohnenswertes jedenfalls –, und Harry Crites hatte ihm erzählt, er sei aus der Regierung ausgeschieden und betätige sich jetzt als Verbindungsmann; was im Klartext hieß, daß er das verhökerte, was man damals noch Einfluß nannte, doch in späteren Jahren in Zugang abmilderte. Stallings hatte sich manchmal überlegt, wer Crites die Stange halten mochte, und seine Schlußfolgerungen hatten ihn mehr denn je deprimiert.

Harry Crites hatte 22 Minuten Verspätung, als der Gorilla das Madison betrat und die Lobby mit dem üblichen schnellen, nicht ganz gelangweilten Blick studierte, der über Booth Stallings hinweghuschte, sekundenlang auf den beiden Saudis haftete, die Hilfstruppen hochrechnete und die Nebenausgänge abhakte. Danach zupfte sich der Gorilla unauffällig am linken Ohrläppchen, als wolle er sich des kleinen goldenen Ohrrings vergewissern.

Booth Stallings ernannte sie vom ersten Augenblick an zu einer der drei umwerfendsten Frauen, die er je gesehen hatte. Ihrer unglaublichen Haltung wegen schätzte er ihr Alter auf 32 oder 33. Doch er war sich bewußt, daß er sich um fünf Jahre hin oder her verschätzen konnte, denn ihre Art, sich zu bewegen, war die einer jungen Leistungssportlerin, die noch acht ihrer besten Jahre vor sich hat.

Sie war mindestens einsfünfundsiebzig und nicht ganz so schlank, wie ihre Größe sie wirken ließ. Sie hatte keine Handtasche und trug lange, cremefarbene Gabardinehosen zu einer schwarzen Jacke aus einem genoppten Material, die kurz genug war, sie noch größer erscheinen zu lassen, doch weit genug, die Pistole zu verbergen, die sie, wie Stallings einfach wußte, mit sich führte.

Ihr Haar war von einem kräftigen, rötlichen Braun, bei dem das Rot das gewisse Etwas ausmachte. Kurz und pflegeleicht geschnitten, wirkte es vollkommen. Es wirkte überdies so, als müsse sie nur mit den Fingern hindurchfahren, um es so aussehen zu lassen. Stallings argwöhnte, daß nichts Vollkommenes so leicht zu haben war. Das rotbraune Haar rahmte ein alles in allem ovales Gesicht ein, dessen Züge genau so angeordnet waren, wie sie sein sollten – mit Ausnahme der Stirn, die ein wenig zu hoch war. Ihre Augen waren grün, obwohl sich Stallings nicht entscheiden konnte, ob sie meergrün oder smaragdgrün waren. Doch da sie teuer aussah, entschied er sich schließlich für dollargrün.

Wenige Sekunden, nachdem sie sich am linken Ohrläppchen gezupft hatte, hatte Harry Crites seinen Auftritt mit einer Neun-Dollar-Zigarre und einem Tausend-Dollar-Kamelhaarmantel. Den Mantel hatte er wie ein Cape übergeworfen, ganz wie ein reicher Dichter ihn getragen hätte, falls es so etwas gab, was Stallings bezweifelte.

Die Frau nickte Crites zu. Es war ein wertfreies Kopfnicken, das entweder »viel Spaß« oder »die Luft ist rein« bedeuten konnte. Crites blieb stehen. Ohne eine Spur Beflissenheit streifte ihm die Frau den Mantel von den Schultern. Stallings fragte sich, wieviel ihre Dienste kosteten und was sie alles einschlossen. Den Kamelhaarmantel über dem linken Arm, machte die Frau kehrt und verließ das Hotel durch den Eingang zur 15th Street.

Als Harry Crites seines Dinnergastes ansichtig wurde, kniff er die blauen Augen zusammen und zwinkerte hinter dem, was Stallings für Kontaktlinsen hielt. Der breite, joviale Mund, um einige Schattierungen blasser als ein Einweckgummi, verzog sich zu einem verzückten Lächeln, das bemerkenswert weiße Zähne entblößte, die, wie Stallings wußte, überkront waren. Nachdem er sich erinnert hatte, daß Crites 27 gewesen war, als er sich 1961 jene noch immer unbeglichenen 35 Dollar geborgt hatte, setzte Stallings sein gegenwärtiges Alter mit 52 an.

Sich langsam erhebend, streckte Booth Stallings ihm die rechte Hand entgegen. Crites ergriff sie mit seinen beiden und pumpte damit auf und nieder, während er um die gewaltige Zigarre herum und dahinter hervortönte: »Verdammt, Booth, es ist so verdammt viele Jahre her.«

»Vierzehn«, sagte Stallings, der über diese Art Gedächtnis verfügte. »Siebzehnter Juni 1972.«

Crites nahm die Zigarre aus dem Mund, blätterte in seinem geistigen Kalender zurück und ließ den Blick in gespielter Panik hierhin und dorthin schießen. »Der Watergate-Einbruch. Jesses, du bist mir dabei gar nicht aufgefallen.«

Stallings konnte das Grinsen nicht unterdrücken. »Am einundzwanzigsten Geburtstag meiner Tochter Joanna. Das ist die, mit der du heute gesprochen hast – die, die mit Staatssekretär Ahnungslos verheiratet ist.«

»Neal Hineline«, sagte Crites und nickte bedächtig. »Ein Kopf wie eine Renaissance-Größe. Fähig.« Dann runzelte er die Stirn. »Aber ich kann mich nicht an Joannas Geburtstag erinnern.«

»Weil du nicht dabei warst. Du bist in diesen bombastischen Laden gegangen, der dichtgemacht hat und fast zum McDonald's umgemodelt worden wäre. Das – äh –«

»Sanssouci.«

»Richtig. Und ich war gerade mit Joanna unterwegs zu einem Geburtstagsessen im Mayflower, und du hast mitten durch mich durchgeguckt.«

Crites tippte sich mit dem Finger ans rechte Auge. »Das war, bevor ich das Wundermittel für meine Eitelkeit gefunden hatte. Kontaktlinsen. Solltest du jetzt mit dem Anpflaumen fertig sein, dann laß uns essen.«

»Wird uns deine Freundin Gesellschaft leisten?«

Crites blickte über die Schulter in die Richtung, in der die große Frau verschwunden war, und sah dann Stallings mit einem leichten Lächeln an. »Sie ist nicht unbedingt eine Freundin.«

»Dann laß uns essen«, sagte Booth Stallings.

Man überließ Harry Crites die begehrte Sitzecke auf der Nordostseite des fast leeren Montpelier-Saals. Er und Stallings nahmen erst einen Drink, Perrier und Bitter für Crites, Wodka auf Eis für Stallings. Beide bestellten einen Salat, Kalbfleisch und eine doppelte Portion der ›ersten grünen Bohnen der Saison‹, die, wie der Kellner beteuerte, erst diesen Morgen im Loudoun County, Virginia, gepflückt worden seien, obgleich Stallings argwöhnte, daß sie vom Vortag und aus der Nähe von Oxnard, Kalifornien, stammten. Anschließend bestellte Harry Crites den Wein, was eine fünfminütige ernste Beratung mit dem Weinkellner erforderte.

Sobald der Wein bestellt war, lehnte sich Harry Crites zurück, nippte an seinem Drink und musterte Stallings, als sei er noch immer etwas, das trotz zweifelhafter Herkunft ein günstiger Kauf sein könnte.

Stallings erwiderte das Starren, mäßig enttäuscht darüber, daß Crites sich so gut gehalten hatte. Er hatte nur um die Mitte ein bißchen Fett angesetzt, obwohl die gut geschnittene Weste dies geschickt verbergen half. Das runde Gesicht hatte noch kein Doppelkinn. Auch die Farbe war gut, wenig geplatzte Äderchen, und der kontrollierte Ausdruck reichte noch immer von froh bis fröhlichst.

Natürlich waren ein paar neue Falten hinzugekommen, doch offensichtlich nicht aus Kummer. Sein Haar war hellbraun geblieben, nur ein oder zwei Schattierungen dunkler als ein echtes Blond, und was davon übrig war, reichte noch aus. Nur die Jugendlichkeit fehlte. Sie war gewichen – gemeinsam mit ihren Spielgefährten Spontaneität und Sorglosigkeit. Geblieben war ein verhaltener, wenn nicht gar vorsichtiger, mittelalter Mann, offensichtlich wohlhabend, der noch immer reich zu werden plante.

»Sie haben dich also rausgeschmissen«, sagte Harry Crites, und er ließ es nicht wie eine Frage klingen.

»Haben sie?«

Crites zuckte die Achseln. »Wir sind in Washington, Booth. Schon irgendeine Vorstellung, wo du anheuern willst?«

»Keine Ahnung.«

»An einem Schnellschuß interessiert?«

»Warum ich?«

»Du bist die exklusive Quelle.«

»Das heißt, ich kann eine Menge verlangen.«

»Eine verteufelte Menge.«

»In Ordnung«, sagte Stallings. »Zuerst esse ich; dann höre ich zu.«

Nach dem Kalbfleisch, das sich als besonders gut erwies, bestellten Stallings und Crites eine große Kanne Kaffee, ließen das Dessert aus und stimmten einem vom Kellner empfohlenen Cognac zu. Nach zwei Schluck Kaffee setzte Booth Stallings seine Tasse ab und lächelte Crites an. »Ist es nicht trotzdem komisch?«

»Was?«

»Daß ich um drei gefeuert werde und um Viertel nach acht im Madison sitze, Kalbfleisch zu sechsundzwanzig Dollar esse und mir anhöre, wie du mir einen Exklusiv-Schnellschuß anbietest. Wer hat die Sache angezettelt, Harry? Jemand bei der Stiftung?«

Crites fuhr fort, seine Verdauungszigarre anzuzünden, ließ sich Zeit, genoß offensichtlich das Ritual. Nach etlichen Zügen studierte er zärtlich die Zigarre. Als er sprach, geschah dies mehr zu seiner Zigarre als zu Stallings. »Wenn ich sagen würde, ich selbst, würdest du denken, ich schneide auf. Wenn ich sagen würde, ich nicht, würdest du denken, ich lüge. Also laß ich dich denken, was immer du willst.«

»Dann her damit«, sagte Stallings. »Das Angebot.«

»Die Philippinen.«

»Sehr schön.«

»Bist du dort gewesen?«

»Die letzten Jahre nicht.«

»Vor langer Zeit«, sagte Crites. »Während des Krieges.«

»Stimmt. Vor langer Zeit.«

»Wir – und mit *wir* meine ich gewisse Leute, mit denen ich in Verbindung stehe –«

Stallings unterbrach ihn. »Was für Leute?«

»Laß mich ausreden, Booth, ja? Wenn ich was zu kaufen habe, bleib' ich gern in Schwung.«

Stallings zuckte die Achseln.

»Also, diese Leute möchten, daß du zurückgehst.«

»Um was zu tun?«

»Dich mit dem Mann treffen.«

»Wem?«

»Einem Kerl, der das Buch von dir gelesen hat – das, bei dem sich alle überschlagen haben.«

»Ich habe nur dieses eine Buch geschrieben, Harry.«

»Yeah. *Anatomie des Terrors*. Ich hab's gelesen. Jedenfalls einiges daraus. Aber unser Knabe hat es ganz gelesen, und er ist sehr, sehr beeindruckt. Man könnte sagen, er ist ein Fan.«

»Was soll ich also tun, wenn ich mich mit ihm treffe?«

»Ihn überreden, daß er von den Bergen runterkommt.«

»Wie?«

»Wir gehen bis auf fünf Millionen US-Dollar, hinterlegt in Hongkong.«

»Wie ist sein Name, Aguinaldo?«

»Wer ist Aguinaldo?«

»Ein Mann, der vor langer Zeit aus den Bergen gekommen und nach Hongkong gegangen ist.«

»Nie von ihm gehört«, sagte Harry Crites. »Was ist passiert?«

»Er wurde reingelegt.«

»Was dann?«

»Er ging zurück auf die Philippinen und wurde entweder ein

verrückter Terrorist oder Revolutionsheld, je nachdem, aus welcher Quelle man schöpft.«

»Wann war das?«

Stallings blickte weg und runzelte die Stirn, als versuche er sich genau zu erinnern. »Vor etwa neunzig Jahren. So ungefähr.«

»Du mußt nicht nach historischen Parallelen suchen«, sagte Crites.

»Warum nicht? Sie sind nützlich.«

»Diesmal nicht. Unser Bursche ist bereit zu dem Deal, aber wir brauchen einen Garanten, eine Vertrauensperson. Dich.«

»Mich.«

»Er kennt dich.«

»Durch mein Buch, meinst du?« fragte Stallings, der Crites' Antwort nicht vorauszuahnen versuchte.

»Nicht bloß durch das Buch. Persönlich.«

»Hat er einen Namen?«

»Alejandro Espiritu. Du kennst ihn doch, nicht wahr?«

»Wir sind uns begegnet«, sagte Booth Stallings.

3. KAPITEL

Während der nächsten halben Stunde tranken Stallings und Crites drei Tassen Kaffee und erörterten die kürzlich nicht ganz unblutig verlaufene Februarrevolution auf den Philippinen. Sie schnitten Ferdinand Marcos' Exil auf Hawaii an; Imeldas Schuhe; den Schlamassel, in dem die philippinische Wirtschaft steckte; den katastrophalen Weltmarktpreis für Zucker; Frau Aquinos Aussichten als Präsidentin (kippelig, fanden beide); und ob es vier oder acht Milliarden Dollar waren, die Marcos auf die Seite geschafft hatte. Nachdem sie entdeckt hatten, daß offenbar keiner viel mehr wußte, als er gelesen oder im Fernsehen gesehen hatte, kamen sie auf Alejandro Espiritu zurück.

»Wie gut hast du ihn gekannt?« fragte Crites.

»Ziemlich gut.«

»Wie war er damals in etwa?«

»Klein. Ungefähr einssechzig.«

»Komm schon, Booth.«

»Okay. Er war pfiffig. Vielleicht sogar brillant. Ungefähr zweiundzwanzig oder dreiundzwanzig und hart. Außerdem war er recht flexibel – für einen Guerilla.«

»Er war einer von diesen Commie-Guerillas, nicht wahr – die man Huks nannte?«

»Die Huks waren meist oben im Norden – in Luzon. Wir waren unten im Süden. Negros und Cebu. Meistens auf Cebu.«

»Wofür steht eigentlich *Huk?* Ich hab's vergessen.«

»Für *Hukbong Bayan Laban sa Hapon*«, erwiderte Stallings, befriedigt darüber, daß er sich noch an das Tagalog erinnern konnte. »Übersetzt heißt das ungefähr ›Volksarmee zur Bekämpfung der Japaner‹. Es wurde dann zu Hukbalahapa abgekürzt, woraus schließlich Huk wurde, damit es besser in die Schlagzeilen paßte. In den Fünfzigern kam dann Lansdale daher und half Magsaysay, sie in den Hintern zu treten. Du erinnerst dich doch an General Lansdale, nicht wahr, die Geißel des Orients?«

Crites überging die Frage und sagte: »Sie nennen sich jetzt NPA – die New People's Army.«

»Ist nicht derselbe Haufen. Die meisten, die von den Huks übriggeblieben sind, wurden Söldner und Streikbrecher.«

»Bist du sicher?«

»Himmel, Harry, wenn das noch dieselben Burschen wären, hättest du ein paar ziemlich steinalte Guerillas, die die Berge rauf- und runterkeuchen.«

»Aber die NPA ist doch auch rot wie 'ne Rose.«

Stallings zuckte die Achseln. »Und?«

»Hast du mit Espiritu je über Politik geredet?«

»Ich war neunzehn. Meine Aufgabe war es, Leute umzubringen, und nicht, über Dialektik zu diskutieren.«

»Laß dich darüber aufklären, was Espiritu für die NPA ist«, sagte Crites und zog an seiner Zigarre. Er inhalierte eine winzige Ladung Rauch und stieß dann alles aus – von Stallings weg. »Er ist ihr weltlicher Erzbischof. Ihr großer Obermacker. Ihr Orakel. Ihr Dalai Lama. Der Hüter der heiligen, ewigen Flamme. Einige behaupten, er ist sogar in Moskau gewesen.«

»Moskau«, sagte Stallings. »Sieh mal einer an.«

»Hör zu, Booth. Falls Espiritu aus den Bergen kommt und ins Exil nach Hongkong geht, rechnen meine Leute acht zu fünf damit, daß Madame Aquino einen Deal mit der NPA landet und Präsidentin bleibt.«

Stallings studierte Harry Crites' Miene, suchte darin List und Tücke, entdeckte aber nur die gewöhnliche Habgier und das unerschütterliche Selbstvertrauen eines ausgebufften Verkäufers. »Mit einem oder zwei Alibi-Kommunisten im Kabinett, wie?«

»Warum, zum Teufel, nicht?«

»Weil dann für die NPA alles vorbei wäre, Harry. Kapitulation. Aufgabe. Niederlage. Und wofür? Damit sie runterkommen und in den Barrios verhungern? Das können sie auch oben in den

Bergen. Schau. Falls die NPA einen Deal mit Aquino macht, hätten sie nichts gewonnen, und sie würden alle Macht verlieren, die sie haben. So läuft das nicht. Nicht auf den Philippinen. Nicht in Afghanistan. Nicht in El Salvador oder im Libanon. Nicht in Peru. Nicht im Baskenland oder in Nordirland. Nirgendwo.«

Crites drückte seine Zigarre im Aschenbecher aus, ließ sich dabei Zeit, zermalmte sie sorgfältig, um sicherzugehen, daß keine Glut übrigblieb. Als er aufblickte, geschah das mit einer Miene, aus der alle Freundlichkeit gewichen war. Frost hatte die blauen Augen befallen, und der breite, joviale Mund hatte sich von froh zu fies verzogen. Ein leicht überraschter Stallings begriff, daß der Schweinehund ihn nicht leiden konnte – überrascht nicht so sehr durch das Begreifen, sondern durch die Überraschung als solche.

»Man sagt, du bist der Experte«, sagte Crites, ohne sich Mühe zu geben, den Unglauben in seinem Tonfall zu unterdrücken. »Das sagt man jedenfalls. Ausnahmslos. Aber meine Leute sind bereit, fünf Millionen Dollar darauf zu setzen, daß du falsch liegst.«

»Fünf Millionen bringen der NPA eine Riesenmenge M-16 und AK-57 und Uzis – vielleicht genug, um wieder das Kriegsrecht einzuführen.«

»Meine Leute denken sich, daß fünf Millionen nicht genug sind, um mehr als einen Mann zu kaufen.«

»Und wer, zum Teufel, sind deine Leute, Harry?«

»Geldleute, wer sonst?«

»Ich glaube, es sind die Tauchenten.«

Plötzlich schmolz der Frost in Crites' Augen, und das neunmalkluge Lächeln kehrte wieder. »Du meinst die Langley-Enten?«

Stallings nickte. »Du quakst ganz sicher wie eine.«

»Nicht die Enten«, sagte Crites.

»Wer dann?«

»Angenommen, es gibt da eine Gruppe von Leuten«, sagte Crites langsam und vorsichtig, »nennen wir's ein Konsortium, das bereits eine Milliarde oder so auf den Philippinen investiert hat. Und dieses Konsortium macht sich noch immer Hoffnungen, von seiner Investition etwas zurückzukriegen, oder plus minus null abzuschneiden, oder vielleicht bloß die Verluste kleinzuhalten. Aber seine einzige verfluchte Hoffnung, nur eins davon zu schaffen, liegt in einer stabilen Regierung.«

Crites unterbrach sich, als warte er auf ein ermunterndes Wort. Stallings forderte ihn mit einem ungeduldigen Nicken auf, fortzufahren.

»Okay. Wenn also dieses Konsortium noch mal fünf Millionen ausgibt – was vielleicht nur ein halbes Prozent von dem ist, was bereits reingesteckt worden ist –, na ja, dann ziehen sie damit vielleicht die Karre aus dem Dreck. Und darum geht's, Booth. Das ist der ganze Dreh. Befriedung statt Bambule. Ein paar Jahre Ruhe und Frieden. Und meine Leute sind gewillt, sich das ein paar Dollar kosten zu lasen.«

»Und den Oberstörenfried zu kaufen.«

»Ihn in Pension zu schicken.«

»Du willst ihn also schmieren, Harry; und mich willst du als Geldboten haben?«

»Nicht ich. Er. Espiritu. Wie neun Zehntel der Welt traut er den Amerikanern nicht, oder er mag sie nicht – Gott weiß, warum, wo wir doch so wunderbar sind. Aber mit seinem alten Busenfreund aus dem Zweiten Weltkrieg wird er handeln. Das heißt also, du wirst unser Vertrauensmann sein, unser Treuhänder, und ihn davon überzeugen, daß der Deal wirklich koscher ist. Dann kann er nach Hongkong in Rente gehen, sein Geld ausgeben und zusehen, wie die Chicoms die Macht übernehmen.«

»Dann hat er also schon genascht, nicht wahr?« sagte Stallings. »Wenn nicht, würden du und ich jetzt nicht miteinander reden.«

»Er hat genascht.«

Es entstand ein längeres Schweigen, während Stallings mit den Zinken seiner unbenutzten Dessertgabel sorgfältig schraffierte Muster auf das Tischtuch zeichnete. Das Muster geriet zu einer philippinischen Nipa-Hütte. Ein siegesgewisses Lächeln breitete sich langsam auf Crites' Gesicht aus. »Na?« sagte er und fuhr dann fort, ohne eine Antwort abzuwarten. »Du bist also dabei, Booth, was?«

Booth Stallings schaute langsam von seiner Tischtuchskizze hoch. »Ich will zehn Prozent.«

Crites' Siegerlächeln verschwand, und sein Mund spitzte sich zu einem kleinen, erschrockenen O. Die Augen weiteten sich, was Stallings' Urteil zufolge nur aus Entsetzen sein konnte. Und auch die Wut in der geflüsterten Rückfrage war nicht zu überhören. »Du willst eine halbe Million Dollar?«

Stallings lächelte: »Ich bin die exklusive Quelle, und ich kann eine Menge verlangen.«

Sie nutzten das darauf einsetzende Schweigen dazu, einander anzustarren: Stallings mit Belustigung; Crites mit etwas, das an Wut gemahnte. Dann verschwand plötzlich die Wut, falls es diese war, wurde durch etwas ersetzt, das Stallings als unverhohlene und alarmierende Selbstzufriedenheit deutete. Crites langte nach der Rechnung. Er prüfte sie, und als er sprach, war sein Tonfall neutral und geschäftsmäßig. »Deine Spesen zahlst du selbst, wie?«

»Klar«, sagte Stallings.

»Dann fangen wir gleich damit an«, entgegnete Crites und ließ die Rechnung auf die Nipa-Hüttenskizze fallen.

Nachdem sie den Montpelier-Saal verlassen hatten – Booth Stallings um 126 Dollar ärmer –, steuerten sie durch die Lobby auf den Ausgang zur 15th Street zu, wo die große Frau, den Kamelhaarmantel über dem linken Arm, auf sie wartete, nach Stallings' Meinung allzeit bereit, loszulegen und zu töten. Mit einem Nicken deutete er auf sie. »Warum das Kindermädchen?«

Sie waren noch einige Schritte entfernt, als Stallings murmelnd seine Frage stellte, und Crites antwortete ihm nicht sofort. Zuerst mußte er sich umdrehen, damit ihm die Frau den Mantel wie ein Cape um die Schultern legen konnte. Danach mußte er den Kopf schräg legen und Stallings gründlich von Kopf bis Fuß inspizieren. Erst dann antwortete Harry Crites lächelnd.

»Feinde«, sagte er. »Was sonst?«

Ohne eine Antwort oder einen Abschiedsgruß abzuwarten, wandte sich Crites ab und zog mit wehendem Kamelhaarmantel durch die offene Tür hinaus auf die 15th Street. Die große Frau mit den dollargrünen Augen schaute auf Stallings, nickte sich wie zur Bestätigung einer zuvor getroffenen Feststellung selbst zu, lächelte freundlich, sagte: »Gute Nacht«, und folgte Harry Crites durch die Tür nach draußen.

4. KAPITEL

An jenem Abend um 23.08 Uhr wartete Booth Stallings unter einer alten Ulme gegenüber dem zweistöckigen, vanillefarbenen Haus mit den schwarzen Fensterläden auf der Südseite der P-Street in Georgetown. Er wartete, bis die letzten beiden Gäste die fünf schmiedeeisernen Treppenstufen herunterkamen und gen Westen zu ihrem Wagen gingen.

Als die Gäste 30 Meter entfernt waren, überquerte Stallings die Straße, stieg die Stufen hinauf und betätigte die Türglocke, die eigentlich ein lauter Summer war. Er hörte Schritte auf dem Parkettboden des Eingangsflurs hinter der Tür. Die Schritte endeten, doch die Tür wurde nicht geöffnet. Stallings hatte es auch nicht erwartet. Statt dessen sagte hinter der Tür ein tiefer Männerbariton: »Ja«, wobei er es weder wie eine Frage noch wie eine Antwort klingen ließ.

»Es ist dein Schwiegervater, Mr. Secretary«, sagte Stallings zu dem Mann hinter der Tür, der entweder Stellvertretender Zweiter Staatssekretär oder Zweiter Stellvertretender Staatssekretär war, zwei Rangbezeichnungen, deren feinen Unterschied zu ergründen sich Stallings nie die Mühe gemacht hatte.

»Himmel, Booth, es ist nach elf«, sagte Neal Hineline hinter der noch immer verschlossenen Tür. »Bist du nüchtern?«

»So gut wie.«

Die Tür ging auf, und Stallings betrat einen Vorsaal, dessen Parkettboden vor Alter anheimelnd knarrte. Eine bemerkenswerte Treppe schwang sich in den ersten Stock hoch. Sein Schwiegersohn stand – beziehungsweise posierte – neben dem kunstvoll geschnitzten Geländerpfosten; ein derart gutaussehender Mann, daß Stallings schwerlich glauben konnte, daß er so beschränkt war, wie er wirkte. Schwerlich, aber nicht unmöglich.

Manchmal hoffte Stallings, alles sei nur Schau und daß sich unter dem welligen blonden Haar und hinter den erstaunten Hundeaugen ein großartiges Gehirn verberge, das unentwegt über sämtliche Möglichkeiten eleganter internationaler Machenschaften nachdachte. Das, so glaubte Stallings manchmal, war eine der letzten ihm verbliebenen Phantasien.

»Joanna ist da drüben«, sagte Hineline und deutete auf die 150 Jahre alten doppelten Schiebetüren des Wohnzimmers, die vom selben Meister mit Schnitzwerk verziert worden waren wie der Geländerpfosten.

»Ich muß mit dir reden, Neal.«

»Mit mir?«

»Mit dir.«

»Oh. Ja. Natürlich.« Hinelines rechte Hand wanderte automatisch zur Innentasche seiner grauen Tweedjacke. »Tut mir leid wegen der Stiftung, Booth. Wieviel –«

»Kein Geld«, sagte Stallings, der ein Seufzen unterdrückte. »Einen Rat.«

Hinelines Hand beendete ihren kurzen Ausflug zur Innentasche, wo vermutlich das Scheckbuch ruhte. »Rat«, sagte er.

Stallings nickte.

»Hast du deinen Mr. Crites getroffen? Den Mann, der Joanna angerufen hat?«

»Ich hab' ihn getroffen.«

»Na ja, also dann, warum guckst du nicht rein und sagst Joanna hallo und kommst dann nach hinten in mein Arbeitszimmer, wo wir reden können.«

Joanna Hineline war hübscher als ihre tote Mutter und mit ihren einssiebenundsiebzig fünf Zentimeter größer. Dennoch war da eine ungeheure Ähnlichkeit, die Stallings stets verwirrte, bis seine Tochter den Mund aufmachte. Danach war überhaupt keine Ähnlichkeit mehr da.

Sie wandte sich nun lächelnd – wenn auch nur verhalten – um, als Stallings das Wohnzimmer betrat, das lang und schmal war und viele französische Antiquitäten enthielt, die sie zu sammeln begonnen hatte, nachdem sie Neal Hineline geheiratet hatte und sie sich leisten konnte.

Ihr leichtes Lächeln wirkte nicht wie eine Begrüßung, sondern eher belustigt – als sei gerade etwas unerwartet Kauziges hereinmarschiert. Stallings hielt das für durchaus möglich. Wie stets verschwand die ungeheure Ähnlichkeit mit seiner toten Frau, als seine Tochter den Mund aufmachte. »Für einen Arbeitslosen siehst du flott aus – oder nennt man das heute unbeschäftigt?«

»Ich bin weder noch.«

»Hast du schon was anderes gefunden?« fragte Joanna Hineline und signalisierte ihren Unglauben durch ein Heben ihrer linken Augenbraue in beinahe erstaunliche Höhen, genau wie Stallings' tote Frau es getan hatte, wenn sie jemanden wissen lassen wollte, daß er etwas Lächerliches, Einfältiges oder Dämliches gesagt hatte.

Nachdem Stallings mit einem Achselzucken und einem Vielleicht geantwortet hatte, sagte Joanna Hineline: »Dann hat sich dieses Essen mit deinem Freund bezahlt gemacht.«

»Er ist nicht unbedingt ein Freund.«

Sie nickte, als habe sie die Bemerkung erwartet. »Das könntest du von fast jedem sagen, nicht wahr? ›Er ist nicht unbedingt ein Freund‹.«

»Fast«, sagte Stallings.

»Also erzähl mir was über deinen neuen Job. Springt eine Menge dabei raus?«

»Frag Neal. Falls das Außenministerium will, daß es in der ganzen Stadt rumgeht, wird er's dir sagen. Aber wahrscheinlich sagt er, es geht dich nichts an.«

»In diesem unwahrscheinlichen Fall muß ich es ihm einfach später rauskitzeln. Im Bett.«

»Das wird er mögen«, sagte Stallings, wandte sich ab und steuerte in Richtung des kleinen Hinterzimmers im Erdgeschoß, das Neal Hineline gerne als sein Arbeitszimmer bezeichnete.

Der Raum lag nach Süden. Er hatte französische Fenstertüren, die auf einen winzigen, bei Nacht unsichtbaren Garten hinausführten. Doch Stallings wußte, daß in diesen ersten Frühlingstagen dort ein herrlicher Azaleenstrauch in Blüte stehen könnte. Das Arbeitszimmer verfügte ferner über eine Wand voll Fotografien und eine Wand voll Bücher, zumeist historische Werke, Biografien und Streitschriften. Ein alter, aus wundervollem schwarzen Kirschholz geschreinerter Schreibtisch stand vor dem französischen Fenster. An diesem Schreibtisch saß Neal Hineline, wichtig, umgänglich und selbstgefällig wirkend.

Stallings, der nun in einem ledernen Clubsessel saß, schlug die Beine übereinander und fragte: »Wieviel willst du wirklich wissen?«

Hineline runzelte die Stirn, bemühte sich, gedankenvoll zu erscheinen, doch er kam nur bis erstaunt. »Was meinst du, Booth? Nur das Allerwichtigste, vermute ich. Gib mir einfach einen groben Abriß, und wenn du zu etwas Ungehörigem kommst, unterbreche ich dich.«

Stallings brauchte weniger als eine Minute, um Harry Crites' Vorschlag zu umreißen. Hineline hörte aufmerksam und ohne ihn zu unterbrechen zu. Dann schürzte er die Lippen, wodurch er es schaffte, überlegt zu wirken. »Ja, nun, ich sehe nicht, wie uns daraus Ärger erwachsen könnte. Einige Privatpersonen dieses Landes möchten einer Privatperson in einem anderen Land ein Geschenk machen, vorausgesetzt, die nimmt das Geschenk in wieder einem anderen Land entgegen – obgleich ich vermute, daß Hongkong noch immer Kronkolonie und kein Land im eigentlichen Sinne ist, oder?«

Stallings seufzte. »Es ist Bestechung, Neal, und ich bin der Geldbote.«

Hineline überging die Belehrung mit einem knappen Lächeln. »Ein Gabenüberbringer, genaugenommen.« Er wandte sich um und musterte die Bücherwand. Die nächste Frage stellte er mit abgekehrtem Blick und in bewußt beiläufigem Ton. »Wieviel bekommst du, Booth – oder sollte ich besser nicht fragen?«

»Fünfhunderttausend, und ich weiß nicht, ob du fragen solltest oder nicht.«

Vor Schreck klappte Hinelines Mund einen Zentimeter auf. »Gütiger Gott! So viel?«

Stallings lächelte. »Ich bin die exklusive Quelle.«

»Aber du wirst es angeben – als Einkommen versteuern, meine ich.«

»Jeden Fünfer.«

»Dann sehe ich kein Problem. Kein unüberwindbares jedenfalls.«

»Was ist mit Harry Crites? Ist er ein Problem?«

»Har...ry Crites«, sagte Hineline langsam und dehnte den Vornamen mit beinahe hingebungsvoller Sorgfalt. »Dein Mr. Crites kümmert sich in erster Linie um Harry Crites. Aber tun wir das andererseits nicht alle? Kennst du ihn gut?«

»Gut genug.«

»Ich kenne nur seinen Ruf, und er ist, fürchte ich, gewissermaßen immer ein Problem.«

»Für wen arbeitet er, Neal?«

Auf eine lange Pause folgte eine vorsichtige Antwort. »Es könnte – ich wiederhole: es könnte – so sein, wie er sagt: ein Konsortium. Die Atomlobby. Elektronikfirmen. Irgendwelche Zukker- und Ananasfritzen. Bergbauinteressen. Und möglicherweise etliche andere, die auf den Philippinen Kapital stecken haben.«

»Ist er der Strohmann für Langley?«

Diesmal war die Pause länger und die Antwort sogar noch vorsichtiger. »Ich würde das nicht ganz ausklammern – nicht ganz und gar, wenn ich du wäre.«

»Was, zum Teufel, soll das heißen?«

»Genau das, was ich gesagt habe.«

Stallings erhob sich aus dem Clubsessel. »Danke, Neal. Du bist mir eine große Hilfe gewesen.« Er wandte sich zum Gehen, drehte sich aber wieder um. »Übrigens, Joanna ist furchtbar neugierig und meint, sie kann aus dir heute nacht im Bett alles rausvögeln.«

Hineline lächelte und erhob sich. »Sie darf es natürlich herzlich gerne versuchen.«

Stallings nickte, drehte sich erneut um und schritt zur Tür.

»Paß auf, wo du hintrittst, Booth«, sagte sein Schwiegersohn.

»Kannst du Gift drauf nehmen«, sagte Booth Stallings.

Nachdem Lydia Mott, seine jüngere Tochter, Stallings im Flur des alten Hauses an der nordwestlichen 35th Street in Cleveland Park mit einer halsverrenkenden Umarmung und einem schmatzenden Mitternachtskuß begrüßt hatte, führte sie ihn an der Hand nach hinten in die Küche, drückte ihn auf einen Stuhl an dem großen, verkratzten runden Tisch und drängte ihm ein Stück Zitronenschaumkuchen auf. Da kein Kaffee fertig war und sie keinen kochen wollte, mixte Lydia Mott ihrem Vater eine Bloody Mary und versicherte ihm, die passe erstaunlich gut zu Zitronenkuchen. Zu seiner Überraschung stimmte es.

Stallings war mit dem Kuchen zur Hälfte fertig, als Howard Mott, der Strafverteidiger, in einem alten, karierten Bademantel die Küche betrat. Er zwinkerte Stallings zu, bediente sich mit etwas Kuchen und einer Bloody Mary, nickte ermutigend und setzte sich an den Tisch, um zu essen, zu trinken und zuzuhören.

»Ganz Ohr?« fragte Stallings, blickte erst Mott an, der wieder nickte, und dann Lydia Mott, wobei ihm nicht zum ersten Mal auffiel, daß sie nicht annähernd so hübsch wie ihre ältere Schwester war. Vor allem deswegen, weil ihr Gesicht so bewegt und ihre Gefühle so offenkundig waren, daß ihr Freunde und völlig Fremde gerne die abscheulichsten Geheimnisse erzählten, nur um das Spektakel zu erleben, das ihr Gesicht bot, während Mitleid, Betroffenheit, Verwunderung, Sorge, Trauer und Freude darüber hinwegzuckten. Stallings dachte oft, die chronisch nachsichtige Natur seiner jüngeren Tochter mache sie zur perfekten Gefährtin eines Strafverteidigers.

Als er seine Erzählung beendet hatte – eine etwas längere Version als die Neal Hineline vorgetragene –, flüsterte eine beeindruckte Lydia Mott: »Oh, mein Gott, Pappi!« Dann wandte sie sich ihrem Mann zu und sagte: »Was hältst du davon, Zuckerstück?«

Zuckerstück war klein, gedrungen, 36 Jahre alt und bot einen merkwürdig unfertigen Anblick. Nur ein paar mehr Schläge mit dem DNA-Meißel, und Howard Mott hätte markant, wenn auch nicht unbedingt gut ausgesehen. Statt dessen sah er aus, als sei er von jemandem zusammengesetzt worden, der sich nicht die Mühe gemacht hatte, die Bauanleitung zu lesen.

Sein unangenehm halbfertiges Aussehen wurde durch einen blitzgescheiten Verstand, spärliches Haar und tiefliegende schwarze Augen ergänzt, die, wie einige meinten, bis auf den Grund der Seele dringen konnten. Mit seiner seidigen Baßstimme konnte er donnern, schmeicheln oder ein raunendes, beschwörendes Flüstern erzeugen, das eine häufig in Bann geschlagene Jury leicht aus zehn Metern Entfernung hören konnte. Er gewann die Mehrzahl seiner Fälle.

»Was ich darüber denke?« sagte Mott. »Ich denke, die Scheiße ist tief und am Quellen.«

»Das ist klar«, sagte Stallings.

»Außerdem ist es illegal, trotz allem, was mein Schwager, der geliebte Simpel sagt. Mir fallen zig Gesetze ein, die du damit brichst. Aber am allerwichtigsten ist folgendes: Niemand zahlt einem Geldboten jemals eine halbe Million, damit er fünf Millionen überbringt, es sei denn, das Geschäft ist dreckig.«

»Auch das ist klar«, sagte Stallings.

»Aber du bist trotzdem weiter dabei und machst es, nicht wahr?« sagte Lydia Mott.

Stallings nickte und erwiderte dann: »Aber ich werde auch etwas Hilfe brauchen.«

»Händchenhalter«, sagte Mott.

»Kennst du welche?«

Mott steckte sich den letzten Bissen Kuchen in den Mund, kaute nachdenklich, legte die Gabel hin und erhob sich. »Komm mit hoch.«

Stallings folgte seinem Schwiegersohn die Treppe hinauf in ein Zimmer, das einen sehr alten Rollsekretär, eine Couch für das Samstagnachmittagsnickerchen und eine auserlesene Stereoanlage enthielt, auf der Mott die Opern abspielte, denen seine ganze Leidenschaft galt. Er winkte Stallings zu einem Sessel, setzte sich an den Schreibtisch und wühlte in den Schubladen und Geheimfächern herum, bis er die gewünschte Visitenkarte fand.

Mott las die Karte, tippte sich damit an den Daumennagel, las sie erneut, blickte Stallings einen langen Augenblick an, wandte sich dem Schreibtisch zu, nahm einen Kugelschreiber und schrieb zwei Namen auf die Rückseite der Karte.

»Diese beiden Burschen sind wahrscheinlich in etwa das, was du brauchst«, sagte Mott, während er schrieb. »Wie aus gewöhnlich gutinformierter Quelle verlautet, sind sie sehr gut, einigermaßen ehrlich und ekelhaft teuer. Bist du zu zahlen gewillt?«

»Ich rechne damit«, sagte Stallings.

Mott wandte sich wieder seinem Schwiegervater zu. »Als ich zuletzt von ihnen hörte, waren sie irgendwo draußen am Rand der Welt. Malaia. Hongkong. Singapur. Bangkok. Malakka. Sie ziehen herum. Aber das ist ihr Kontaktmann in den Staaten. Gewissermaßen ihr Agent.« Er reichte die Karte Stallings, der feststellte, daß sie graviert war. Darauf stand:

Maurice Overby
Haussitter der Stars

Auf der Karte stand lediglich eine Telefonnummer mit der Vorwahl 213, was, wie Stallings wußte, Los Angeles hieß. Er blickte zu Mott auf. »Wie spricht er sich? Maurice oder Morris?«

»Gute Freunde und flüchtige Bekannte nennen ihn normalerweise Otherguy. Und warum nennen sie ihn wohl so?«

Stallings lächelte. »Weil es immer ein anderer Kerl war, stimmt's? Was immer es auch war.«

»Genau«, sagte Howard Mott.

5. KAPITEL

Ohne Hemd, bekleidet nur mit einer weiten, geköperten Turnhose und einem Paar ungeschnürter Joggingschuhe der Marke New Balance, stand Otherguy Overby vor der viertürigen Garage, wartete auf Wasser und versuchte sich zu entscheiden, womit er zum Los Angeles International Airport fahren sollte. Er konnte zwischen einem Mercedes 560 SEC, einem Porsche 911 Cabriolet, einem siebensitzigen Oldsmobile-Kombi oder einem hochbeinigen, allradgetriebenen Ford-Pickup wählen.

Er hatte sich schon fast für den Mercedes entschieden, als er den Lastwagen knirschend über die lange Kiesauffahrt kommen hörte. Er drehte sich um und sah zu, wie sich die Peterbilt-Zugmaschine um die Ecke des riesigen Hauses schob und mit zischenden Luftdruckbremsen vibrierend zum Halten kam. Verbunden mit dem Peterbilt war ein Tankwagen, gefüllt mit zehntausend Gallonen einigermaßen sauberen Wassers, das bei Großabnahme zu zwei Cents pro Gallone zu haben war.

Luis Garfias, der junge mexikanische Fahrer, zündete sich eine Zigarette an und starrte etliche Sekunden auf Overby herunter, als versuche er ihn zu taxieren. Schließlich nickte er selbstzufrieden wie manche Leute, wenn es ihnen gelingt, einem Gesicht den entsprechenden Namen zuzuordnen. »Ihr Wasser, Señor Otherguy.«

»Du bist spät dran, Luis.«

Luis Garfias lächelte und blies etwas Rauch aus. »Ihre Mutter«, sagte er, setzte den Peterbilt in Gang und rangierte ihn zu dem Zehntausend-Gallonen-Tank, der auf einem künstlichen Erdhügel rechts der Auffahrt ruhte. Der Hügel war hoch genug, um den Tank auf gleiche Ebene mit der Dachkante des einstöckigen Hauses zu bringen, wodurch es der Schwerkraft ermöglicht wurde, ans

Werk zu gehen und fließendes Wasser in die neun Badezimmer, zwei Küchen, drei Cocktailbars, zwei Jacuzzis und einen Waschraum zu entsenden, ganz zu schweigen von dem achteckigen Swimmingpool, der nur für sich zweimal im Jahr zwanzigtausend Gallonen benötigte.

Inzwischen mit einer Paisley-Krawatte, einem gestärkten weißen Leinenhemd, blankpolierten schwarzen Oxfords und dem bekleidet, was er als seinen nachtblauen Anzug bezeichnete, der in etwa eine Nummer zu groß wirkte, öffnete Overby einen der zwei mächtigen Kühlschränke, entnahm zwei Flaschen San-Miguel-Bier, riß die Kappen ab und reichte eine davon Luis Garfias, der auf einem Stuhl am runden Küchentisch hockte, dessen Platte aus zwei unsichtbar miteinander verbundenen Stücken seltenen alten Ahornholzes gezimmert war und leicht für acht Mann reichte.

Garfias schaute auf das Flaschenetikett. »Wer mag dieses Flip-Bier – Sie oder Billy?«

»Ich«, sagte Overby und goß sein Bier in ein hohes Glas. »Billy trinkt nicht.«

»Nicht mehr.«

»Nicht mehr.«

Garfias trank zwei Schluck Bier aus der Flasche. »Mexen-Bier ist besser.« Er nahm einen weiteren Schluck. »Aber das ist auch nicht schlecht. Und wann kommt Billy raus?«

»Freitag«, sagte Overby und setzte sich auf einen der rattanbespannten Stühle, die um den Tisch standen.

»Kommt sie zurück?«

»Nein.«

Garfias schaute sich in der riesigen Küche um, schätzte offenbar den Preis eines restaurantküchengroßen O'Keefe & Merritt-Gasherdes, zweier Mikrowellenöfen, einer gewerblichen Gefriertruhe, des Kühlschrankpärchens, einer Doppelreihe Kupfertöpfe und Pfannen und eines Sortiments weiterer Gerätschaften, die in den letzten ein, zwei Jahren benutzt worden sein mochten oder auch nicht. »Mein Gott«, sagte Garfias, »er hat den Scheißkasten für sie gebaut.«

»Er will ihn verkaufen«, sagte Overby.

»Wieviel hat er ihn gekostet – der Bau mit allem drum und ran?«

»Einskommaneun, glaube ich.«

Garfias schüttelte bedauernd den Kopf, als habe er eben beschlossen, schließlich doch kein Gegengebot zu machen. »Würd' ich nie nehmen. Nicht ohne Wasser. Sag mir mal eins. Wie kommt's, daß jemand, der so helle ist wie Billy – jedenfalls wenn er nicht auf dem Scheißzeug läuft –, wie kommt's, daß er eine Bude ohne jedes Wasser baut?«

»Es gab Wasser, als er es gebaut hat. Vier Brunnen.«

»Wie lange hat's gedauert, bis sie umgekippt sind – einen Monat? Zwei? Drei vielleicht?«

»Ein Jahr.«

»Sie haben etwa so lange gehalten wie sie.«

Sie war Cynthia Blondin, die davongelaufene 23 Jahre alte Gefährtin von Billy Diron, welcher ein Gründungsmitglied von Galahad's Balloon war, einer Rockgruppe, die ihn seinerzeit mit 28 zum Multimillionär gemacht hatte. Mittlerweile 39, hatte Billy Diron die ihm wegen seiner Abhängigkeit von Alkohol, Kokain und der gelegentlichen Nase Heroin verordneten vier Wochen im Betty Ford Center in Palm Springs nahezu abgeleistet.

»Und was tun Sie, wenn Billy rauskommt – hierbleiben?«

»Ich bin Haussitter«, sagte Overby. »Kein Kindermädchen.«

»Irgendwas in Aussicht – was anderes?«

Overby warf einen Blick auf seine falsche Cartier-Uhr. »Heute nachmittag werd' ich's wissen.«

»Aber Sie bezahlen immer noch die Rechnungen fürs Haus – Gas, Telefon, Strom und so?«

»Yeah.«

»Dann können Sie genausogut meine bezahlen.«

Garfias langte in eine Tasche seiner verblichenen blauen Levi's-Jacke und zog einen rosa Lieferschein heraus. Er reichte ihn Overby, der feststellte, daß die Rechnung um 100 Dollar über den

200 Dollar lag, die sie hätte betragen sollen. Er erhob sich, lief zum Küchentresen, nahm ein pralles Scheckbuch aus der Schublade und brachte es mit zum Tisch. Dann füllte er einen Scheck – vom eingekerkerten Billy Diron bereits unterzeichnet – über exakt den Betrag auf Garfias' rotem Lieferschein aus.

Als er fertig war, legte Overby den Stift hin, riß den Scheck feinsäuberlich ab und streckte beide Hände aus, mit der Rechten den Scheck darbietend, die Linke bereit, den 50-Dollar-Schein entgegenzunehmen, den Garfias derweil fast viermal längsseits gefaltet hatte. Der Scheck und der 50-Dollar-Schein wechselten gleichzeitig den Besitzer.

Als Booth Stallings um 15.46 Uhr aus der United-Maschine und in die Ankunft- und Abflughalle des Los Angeles International Airport trat, bemerkte er zuerst die Suchmeldung, die von sicherer Hand mit einem Filzschreiber in feinsäuberlichen Druckbuchstaben auf einem Umhängeschild angebracht worden war. Auf dem Schild stand: Mr. Stallings.

Der Mann, der das Schild ohne jede erkennbare Verlegenheit herumzeigte, war ungefähr Anfang Vierzig und hatte eines jener zu ruhigen und zu aufmerksamen Gesichter, wie man sie häufig bei Männern sieht, die etwas mit dem Gesetz zu tun haben – entweder mit dem Hüten oder mit dem Umgehen.

Stallings bemerkte ferner, daß der teure, dunkelblaue Anzug des Mannes etwa eine Nummer zu groß zu sein schien, als ob er zehn oder sogar fünfzehn Pfund verloren habe und eisern entschlossen sei, kein Gewicht mehr zuzulegen. Stallings stufte den Anzug automatisch als offenkundig falsches Zeugnis für einen aufrechten Charakter ein.

Mit seinem einzigen Gepäckstück – einem abgeschabten Gladstone-Koffer aus Büffelleder, den er vor Jahren in Florenz gekauft hatte – ging Stallings auf den Mann mit dem Schild zu. Als sie noch sieben oder acht Schritte voneinander trennten, nahmen sie Blickkontakt auf, eine einigermaßen tapfere Tat, zu der sich, wie Stallings bemerkt hatte, immer weniger Amerikaner bereitfanden.

Der Blick aus den kühlen, blaugrünen Augen des Mannes schien über Stallings hinwegzugleiten, ihn abzuhaken. Stallings ging 15 Schritte an dem Mann vorbei, blieb stehen und drehte sich um.

Der Mann mit dem »Mr. Stallings«-Schild stand geduldig da und musterte jeden der etwa 200 männlichen Economy-Passagiere, die noch immer aus der Boeing 747 herausdefilierten. Die Füße des Mannes standen etwas weniger als einen halben Meter auseinander, sein Rücken war gerade, das Becken leicht vorgeschoben. Es war die Haltung eines Mannes, der alles weiß, was es über Warten zu wissen gibt.

Stallings ging ein paar Schritte zurück, bis er direkt hinter dem Mann mit dem Schild stand. »Otherguy Overby, nehme ich an«, sagte er.

Wenn er nicht darauf geachtet hätte, wäre Stallings vielleicht Overbys leichte Reaktion entgangen, die eigentlich nicht mehr als ein Zucken war. Doch Overby drehte sich nicht um. Statt dessen, noch immer die ankommenden Passagiere musternd, sagte er: »Nach dem, was mir Ihr Schwiegersohn am Telefon erzählt hat, hab' ich mir gedacht, daß Sie es sind. Ein alter Knacker, hat er gesagt, der komische Billigklamotten trägt, sich die Haare beim Studentenfriseur schneiden läßt und in einer Art Walzertakt läuft. Schwer zu verfehlen, hat er gesagt.« Overby drehte sich um und musterte Stallings mit derselben zeitraubenden Sorgfalt. »Er hat recht.«

»Wo reden wir?« fragte Stallings. »Hier, da oder an der Bar?«

»Solange Sie mit der Ha-ha-Masche nicht aufhören, überhaupt nicht. Wenn ja, wüßte ich schon was.«

»Gehen wir.«

»Irgendwelches Gepäck abzuholen?«

Mit der Miene eines Menschen, dem gerade eine besonders dumme Frage gestellt wurde, wandte sich Stallings ab und steuerte zur Rolltreppe, wo ein vierfarbiges Plakat des Bürgermeisters, der Gouverneur werden würde, auf die ankommenden Fluggäste herabstrahlte.

Als sie zu dem Mercedes auf dem zweiten Deck des Parkhauses gegenüber vom Flughafengebäude kamen, warf Stallings einen mißbilligenden Blick auf den Wagen und wandte sich dann an Overby.

»Ihrer?«

»Nein.«

»Gut.«

»Haben Sie immer noch was gegen die Krautfresser?« fragte Overby, während er die Türen aufschloß und hinter das Lenkrad glitt.

Stallings öffnete die nun entriegelte Tür auf seiner Seite, warf den Büffellederkoffer auf den Rücksitz und stieg ein. »Ich habe bloß nicht gern mit jemandem zu tun, der sich mit einem Auto für fünfundfünfzigtausend Dollar behängen muß.«

Overby startete den Motor, legte den Rückwärtsgang ein, änderte seine Meinung, schaltete zurück in Parkstellung und starrte Booth Stallings an. »Was sind Sie eigentlich, Mann – eine Art Komiker?«

Stallings zeigte sein dünnstes Lächeln. »Hat dieser Schwiegersohn von mir es nicht erwähnt? Ich spiele den alten Kauz.«

Overby legte wieder den Rückwärtsgang ein. »Irgendwie geht es einem auf die Nerven.«

»Das soll es auch«, sagte Stallings.

Keiner sprach ein Wort, bis sie auf dem San Diego Freeway waren und nach Norden fuhren. Hier fragte Stallings schließlich: »Wohin soll's gehen?«

»Malibu.«

»Himmel«, sagte Stallings.

Als sie sich der Abfahrt zum Santa Monica Freeway näherten, sprach Stallings erneut. »In welcher Richtung liegt Pelican Bay?«

Overby warf Stallings einen Blick zu und achtete dann wieder auf die Straße. »Südlich.«

»Erzählen Sie mir davon – von Ihnen und Pelican Bay.«

»Sie wissen es schon, sonst würden Sie nicht fragen.«

»Was ich weiß«, sagte Stallings, »habe ich aus den kalifornischen Zeitungen in der Kongreßbibliothek. Das gewisse Etwas hat da gefehlt.«

Overby antwortete nicht, bis er auf dem Santa Monica Freeway war und den Mercedes auf der linken Überholspur hatte, wo sie mit steten 60 Meilen pro Stunde auf den Pacific Coast Highway zusteuerten.

»Ich erzähl's bloß einmal«, sagte Overby, »und falls Sie mehr wissen wollen, dann versuchen Sie es lieber wieder in der Bibliothek.«

»Schön.«

»Okay. Der Polizeichef von Pelican Bay und ich haben ein bißchen Geld bei einem gewissen Geschäft gemacht, auf das hier nicht näher eingegangen werden muß. Sein Name war Ploughman. Chief Oscar Ploughman. Wir hatten also beschlossen, es in einen Wahlkampf zu investieren und ihn als Bürgermeister aufzustellen. Von Pelican Bay. Ich sollte der Wahlkampfleiter sein und mir später mit ihm die Genugtuung teilen, die einem eine gute, ehrliche Regierungsgewalt stets verschafft.«

»Der öffentliche Abschmierdienst«, sagte Stallings.

»Wollen Sie weitererzählen?«

»Nein.«

»Dann hören Sie einfach zu. Der Chief also will sich einen echt altertümelnden politischen Apparat aufbauen. Und da ich fast den halben Wahlkampf finanziere, fängt er sogar schon damit an, ihn die Ploughman-Overby-Maschine zu nennen, jedenfalls in Gegenwart von mir und ihm, wenn nicht vor allen anderen – nur daß er ihn immer die *mächtige* Ploughman-Overby-Maschine nennt. Der Chief war schon 'ne Nummer.«

»Offensichtlich«, sagte Stallings.

»Na ja, wir haben dann einen höllisch scharfen Wahlkampf aufgezogen, und dann geht er hin und stirbt mir am Nachmittag der Wahl weg.«

»An einem Herzanfall«, sagte Stallings. »Jedenfalls hab' ich das gelesen.«

»Yeah«, sagte Overby. »An einem Herzanfall. Aber der alte

Schweinehund hatte immer noch gewonnen, als er da im Leichenschauhaus lag, mit einer Karte am Zeh, und wenn Sie glauben, daß sie einem diese Karten nicht wirklich am Zeh festbinden, dann sind Sie noch nie im Leichenschauhaus von Pelican Bay gewesen, wohin ich ging, um sicherzugehen, daß das Arschloch wirklich tot war.« Overby versetzte dem Lenkrad einen heftigen Stoß mit der rechten Hand. »Aber bei Gott, wir hatten um Längen gewonnen – dreiundfünfzigkommasieben zu sechsundvierzigkommadrei –, und er liegt da tot wie ’ne Maus in der Falle.«

»Er hatte also ein schwaches Herz?«

»Was er hatte«, sagte Overby, »war eine Schwäche für Betthäschen – fünfzehn-, sechzehnjährige Betthäschen. Am Wahlnachmittag müssen ihm oben in der Suite für die Siegesfeier, die ich schon gemietet hatte, zwei von denen zu einem höllisch scharfen Ritt verholfen haben – seinem letzten jedenfalls –, weil er nämlich im Sattel gestorben ist, wahrscheinlich mit seinem großen, gelben Lächeln im Gesicht, und das war’s dann mit der mächtigen Ploughman-Overby-Maschine.«

»Und Sie wurden dann Haussitter der Stars?«

Overby schielte zu Stallings. »Ich lebe auch dann gern gut, wenn ich’s mir nicht leisten kann.«

»Wer hat Sie da reingebracht – in diesen Haussitter-Job?«

»Ein Typ, dem ich mal einen Gefallen getan habe.«

»Ein Typ, der einen Namen hat, wette ich.«

»Ein Typ namens Piers, der mit der Lace von Ivory, Lace und Silk verheiratet ist. Sie erinnern sich? Die Armitage Sisters?«

»Ich erinnere mich dunkel, daß sie schrecklich laut gesungen haben.«

»Ja, und ich hab’ sie immer für ziemlich gut gehalten.«

Stallings nickte nachdenklich und sagte dann mehr zu sich als zu Overby: »Piers und Ploughman, Piers, Ploughman.«

»Keine Verbindung«, sagte Overby.

»Vor langer Zeit hat es da eine in einem Gedicht gegeben.«

»Wann?«

Stallings versuchte sich zu erinnern. »Vor ungefähr sechshundert Jahren.«

»Nehmen Sie mich schon wieder hoch?«

»Nein.«

Sie fuhren schweigend weiter, bis sie sich der Ausfahrt zur Third and Fourth Street näherten, die ins Zentrum von Santa Monica führte. Hier stellte Overby seine Frage: »Sie haben wirklich einen Doktor, wie Ihr Schwiegersohn behauptet?«

»Habe ich wirklich.«

Overby nickte zufrieden, als hätten sich die letzten fehlenden Steinchen eingefügt. »Nachdem ich mit ihm – wie heißt er noch, Mott? – gesprochen hatte, bin ich runter in die Bibliothek von Malibu und hab' mal in Ihr Buch reingeschaut, *Anatomie des Terrorismus.*«

»Anatomie des Terrors«, sagte Stallings, unfähig, ihn nicht zu berichtigen.

»Yeah. Richtig. Na ja, ich hab's gelesen. Jedenfalls das meiste, aber dann, nach zwei Dritteln, hab' ich's gesteckt. Wollen Sie wissen, warum?«

»Nicht unbedingt.«

»Weil ich nicht rausfinden konnte, auf welcher Seite Sie stehen.«

»Gut«, sagte Stallings.

6. KAPITEL

Stallings verabscheute Billy Dirons Haus vom ersten Augenblick an. Der disneymäßig nachgeäffte Tudor-Stil und die unterteilten, getönten Fenster stießen ihn ab. Den irren, achteckigen blauen Swimmingpool fand er gräßlich. Am meisten aber bekümmerte und entsetzte ihn das Fehlen jeglicher Bäume und Begrünung.

Doch über die Aussicht konnte Stallings nicht klagen. Das Haus war auf einem hohen, abfallenden Hang errichtet worden. Dreihundert Meter entfernt und dreißig Meter darunter erstreckte sich meilenweit der Pazifische Ozean. Die Aussicht reichte von Trancas zur Rechten bis nach Santa Monica zur Linken und dann bis hinaus nach Palos Verdes, Catalina und noch weiter. Stallings wußte, daß dies eine Aussicht war, von der die meisten nur träumen konnten und deren wenige jemals müde würden – es sei denn, sie entwickelten eine Abneigung gegen 97 Blautöne.

Als er neben dem Mercedes in etwas stand, das er für den Innenhof hielt, blickte Stallings vom Ozean zum Haus, wieder zum Ozean und dann zu Otherguy Overby. »Vom Haus aus hat er überhaupt keine Aussicht«, sagte Stallings. »Er hat bloß diese winzig kleinen Fenster, die sich die Engländer ausgedacht haben, um etwas Licht reinzulassen und die Kälte draußen zu halten, ohne daß eins von beiden funktioniert.«

Overby nickte zustimmend, während auch er den Blick vom Ozean zum Haus und wieder zum Ozean schweifen ließ. »Billy wollte nicht viel Aussicht. Er dachte, das würde ihn bloß ablenken.«

»Wovon?«

»Von seiner Musik.«

»Er ist Musiker?«

Overby neigte seinen Kopf nach links, um Stallings besser mustern zu können. »Sie haben nie von Billy Diron gehört?«

»Nein.«

»Und von Galahad's Balloon?«

»Ich müßte raten, daß es eine Rockgruppe ist. Aber es ist die Vermutung eines Mannes, der die Weisen seines Volkes längst nicht mehr singt.«

»Das ist, als würde man raten, die Rams spielen –« Overby brach ab, als er das unverkennbare Heulen eines Volkswagenmotors hörte. Er drehte sich in Richtung des Lärms um, verkniff die Lippen zu einem strengen Strich und verschränkte die Arme über der Brust. Eine gewisse Dosis Gemeinheit stahl sich in seinen Blick.

Beide Männer sahen zu, wie das offene weiße VW-Cabrio zu schnell um die Hausecke raste, auf dem ausgefahrenen Ziegelpflaster ins Schleudern geriet und bockend und hüpfend zum Halt kam, als die Fahrerin auf die Bremse trat, aber das Auskuppeln vergaß. Stallings sah, daß sie jung war, ziemlich jung, nicht älter als 22 oder 23, und recht hübsch, wenn man erst einmal das schrille Silberhaar und die manischen Augen verdaut hatte.

Der Mann auf dem Beifahrersitz neben ihr war älter, mindestens 30, wenn nicht 32. Er besaß die Sonnenbräune eines professionellen Surfers, mehr weizenblondes Haar, als er tatsächlich brauchte, und flimmernde blaue Augen, so blaß, daß sie beinahe wie gebleicht wirkten. Der Blick des Mannes huschte herum, stieß geradeaus auf Overby, rechts auf Stallings, links auf das Haus und dann wieder auf Overby, wo er flatterig wie ein zu allem entschlossener Kolibri verharrte.

Die Frau öffnete die Autotür und stieg aus. Sie war barfuß und trug ein abgeschnittenes blaues T-Shirt, das die Brüste knapp bedeckte und zwanzig Zentimeter über dem Nabel endete. Sie trug außerdem enge weiße Shorts, die eine Weile nicht gewaschen worden waren. Der Fahrtwind hatte ihr schrilles Silberhaar zerzaust. Doch selbst mit der Vogelnestfrisur und den wildtierhaften Augen könnte sie, so dachte Stallings, als durchschnittliche Hollywood-Schönheit durchgehen, wenn man ihr nur mit irgend etwas diesen Ausdruck dumpfer Wut aus dem Gesicht plätten könnte. Er glaubte zu wissen, was dieses Etwas sein könnte.

Als habe sie Stallings' Blick gespürt, schaute sie ihn an, richtete aber ihre Frage an Overby: »Wer, verflucht noch mal, ist das, Otherguy?«

»Niemand.«

»Er ist doch wer. Jeder ist doch wer.«

»Er nicht.«

Sie trat einige Schritte näher zu Overby, der noch immer in Habachtstellung stand, die Arme verschränkt, der Blick unnachgiebig, der Mund allzeit bereit, nein zu sagen.

»Ich will rein und mein Zeug holen«, sagte sie.

»Ich arbeite für Billy, Cynthia, und Billy sagt, du darfst nicht rein.«

Cynthia Blondins breiter, ungeschminkter Mund verzog sich zu etwas, das wie ein einschmeichelndes Lächeln begann, aber in einer Schnute endete. »Ich muß es haben, Otherguy.«

»Es ist weg«, sagte Overby, »ich hab's ins Klo gespült, genau wie es Billy gesagt hat.«

»Du Arsch!«

Overby stimmte gleichgültig nickend zu.

»Die Lady glaubt, du lügst, Freundchen«, sagte der Mann im Auto, während er die Tür öffnete und ausstieg; seine untere Körperhälfte wurde von der Autotür verdeckt.

Overby blickte den Mann ohne jede Neugier an. »Wen interessiert, was sie glaubt.«

»Mich zum Beispiel«, sagte der Mann, während er hinter der Autotür hervortrat und einen kurzläufigen, fünfschüssigen Revolver auf Overby richtete. »Sie darf rein.«

Overby musterte erst die Waffe und dann das Gesicht des Mannes. Danach wandte sich Overby ab und ging langsam zum Heck der Mercedes-Limousine, zückte einen Schlüssel und öffnete den Kofferraum. Er langte hinein und brachte ein Radeisen zum Vorschein. Stallings fragte sich, ob das Radeisen zur Standardausrüstung eines Mercedes gehörte, und entschied sich dagegen.

Das Radeisen in der linken Hand nach unten haltend, ging Overby hin zu dem Mann mit der Waffe. »Du schnappst dir jetzt besser Cynthia, steigst ins Auto und verschwindest«, sagte Overby. »Ich glaube, du solltest lieber fahren.«

»Du bist grad dein Knie losgeworden, Blödmann«, sagte der Mann und zielte mit dem Revolver auf Overbys linkes Knie.

Blitzschnell riß Overby das Radeisen hoch und schmetterte es dem Mann an die Innenseite des rechten Handgelenks. Der Mann jaulte auf, als ihm die Waffe aus den Fingern flog und vor Stallings' Füßen landete. Stallings bückte sich, hob sie auf, untersuchte sie kurz und richtete sie dann auf den Mann, der jetzt leicht vornübergebeugt stand und mit der linken Hand sein rechtes Gelenk umklammerte.

»Holen Sie ihr, was sie möchte, Otherguy«, sagte Stallings.

Überrascht starrte Overby Stallings an. »Warum?«

»Wenn Sie es nicht tun, kommt sie wieder, und ich will sie hier nicht haben.«

Overby dachte darüber nach, fügte sich mit einem Nicken dieser höheren Logik, drehte sich um und trat ins Haus. Cynthia Blondin tat zwei ausgelassene Tanzschritte auf Booth Stallings zu. »Wer bist du denn, Alterchen?« fragte sie.

»Ich bin Gevatter Gemütlich«, sagte Stallings und sah dabei nicht sie, sondern den Mann mit dem verletzten Handgelenk an, der sich jetzt aufgerichtet hatte und das schmerzende Gelenk vorsichtig mit der linken Hand massierte.

Cynthia Blondin kicherte fröhlich. Der Mann mit dem schmerzenden Gelenk funkelte sie an. Sie kicherte wieder. Der Mann richtete seinen unsteten Blick auf Stallings. »Ich will meine Knarre wiederhaben.«

Stallings antwortete ihm mit einem Kopfschütteln und einem schwachen Lächeln.

»Wetten, daß ich sie dir wegnehmen kann.« Diesmal fehlte das Lächeln, als Stallings wieder verneinend den Kopf schüttelte.

Der Mann unternahm einen langsamen, zögernden Schritt auf Stallings zu, der den Revolverhahn spannte, erfreut über das bedrohliche Geräusch, das dabei entstand.

»Der alte Furz erschießt dich, Joey«, sagte Cynthia Blondin und kicherte erneut. »Du würdest ihn totschießen, stimmt's, Alterchen?«

»Darauf kannst du wetten«, sagte Stallings.

Der Mann mit dem schmerzenden Gelenk wollte noch etwas sagen, unterbrach sich aber, als Overby aus dem Haus kam, noch immer das Radeisen in der linken Hand und in der rechten eine kleine braune Papiertüte, die zum Paket gefaltet und mit Gummiringen umwickelt war. Overby blieb vor Cynthia Blondin stehen, die sich auf die Unterlippe biß und gierig auf das Päckchen starrte.

»Ich möchte, daß du mir jetzt zuhörst, Cynthia. Hörst du zu?«

Sie nickte, den Blick unverwandt auf dem Päckchen.

»Billy möchte nicht, daß du zurückkommst. Er will dich nicht sehen. Er will nicht mit dir sprechen. Falls du Billy etwas zu bestellen hast, ruf Ritto und Ogilvie an und sprich mit Joe Ritto. Habe ich mich klar ausgedrückt?«

»Gib mir mein Zeug, Otherguy.«

Overby seufzte und reichte ihr das Päckchen. Sie nahm es mit beiden Händen, sacht, vorsichtig, als hebe sie einen Jungvogel aus dem Nest. Dann drehte sie sich um, summte etwas vor sich hin und eilte zur Fahrerseite des Volkswagens.

Der Mann mit dem schmerzenden Gelenk wollte zur Beifahrertür gehen, änderte dann seine Meinung und wandte sich wieder an Stallings. »Sie rücken meine Knarre wirklich nicht mehr raus?«

»Nein«, sagte Stallings.

Der Mann nickte traurig, machte wieder kehrt und stieg in den Wagen. Cynthia Blondin, die jetzt das Päckchen in einer Hand hielt, als könne es zerbrechen, öffnete die Fahrertür. Bevor sie hinter das Lenkrad glitt, schaute sie noch einmal Overby an, der dastand und sich mit dem Radeisen an die Fläche seiner rechten Hand klopfte.

»Sag Billy«, begann sie. »Sag ihm, daß ich ihn immer lieben werde und mir immer etwas aus ihm machen werde und daß ich ihm allen Erfolg der Welt wünsche.«

»Okay«, sagte Overby.

Cynthia Blondin rutschte hinter das Lenkrad und legte das

Päckchen behutsam auf ihren Schoß. Nachdem sie den Motor angelassen hatte, streckte sie den Kopf noch einmal heraus und rief Overby zu: »Und du vergißt es nicht?«

»Ich sag's ihm«, erwiderte Overby. »Billy mag solchen Schmus.«

Cynthia Blondin nickte, setzte den Wagen zurück, bis sie in Richtung Auffahrt stand, brachte das Getriebe zweimal zum Knirschen und fuhr davon. Als der Wagen die Hausecke erreichte, drehte sich der Mann mit dem schmerzenden Gelenk um und benutzte seine nicht schmerzende Hand dazu, Stallings und Overby den unvermeidlichen Finger zu zeigen. Overby winkte ihm mit dem Radeisen ein Lebewohl zu, wandte sich an Stallings, zeigte auf den Revolver und fragte: »Wollen Sie den behalten?«

»Wozu?« sagte Stallings und reichte ihn Overby.

Erleichtert fragte Overby: »Und was jetzt?«

»Jetzt? Na ja, jetzt gehen wir rein und reden über Wu und Durant.«

7. KAPITEL

Booth Stallings saß an dem enormen runden Tisch in Billy Dirons perfekter Küche und sah zu, wie Overby mit eingedostem Corned Beef zwei Sandwiches belegte. Er belegte sie mit den schnellen ökonomischen Griffen, wie man sie gewöhnlich in einem Schnellimbiß oder in einer Anstaltsküche lernt. Da er unterstellte, daß Overby lieber verhungern als in einem Schnellimbiß arbeiten würde, beschloß Stallings, nicht nach dem Namen der Anstalt zu fragen, die ihn ausgebildet hatte.

Overby servierte die Sandwiches auf zwei Tellern, auf denen jeweils exakt sieben Kartoffelchips und drei Scheiben Dill-Pickles lagen. Stallings hatte ihn sowohl die Kartoffelchips als auch die Pickles abzählen sehen. Zu trinken gab es zwei weitere Flaschen San-Miguel-Bier.

Nachdem sich Overby hingesetzt hatte, biß Stallings in sein Sandwich. Zwischen den dunklen Roggenscheiben stieß er nicht nur auf Corned Beef, sondern auch auf diverse Salatblätter, eine dicke Scheibe Bermudazwiebel und ein Dressing aus Mayonnaise und zwei Sorten Senf, die Overby sorgfältig abgemessen und miteinander verrührt hatte. Sobald Stallings den ersten Bissen seines Sandwichs hinuntergeschluckt hatte, sagte er: »Erzählen Sie.«

»Was?« fragte Overby.

»Wie alt sind sie?«

Overby versuchte sich zu erinnern. »Na ja, Artie müßte jetzt –«

»Das ist Wu, stimmt's?«

Overby nickte. »Arthur Case Wu. Er müßte jetzt ungefähr vierundvierzig sein, aber es ist schwer, Durants Alter genau zu bestimmen, eingedenk der Tatsache, daß nie eine Geburtsurkunde ausgestellt wurde. Aber Durant glaubt, er ist in etwa so alt wie Artie. Vierundvierzig. In dem Dreh.«

»Und sonst?«

»Na ja, sie sind beide in diesem Methodisten-Waisenhaus in San Francisco aufgezogen worden, sind mit vierzehn davongelaufen, haben sich eine Zeitlang in Princeton rumgetrieben, und seither sind sie Partner.«

»Sie sind in Princeton gewesen – im College?«

»Ich habe das nie ganz mitbekommen. Artie hatte ein Stipendium, und Quincy war gewissermaßen Arties Leibwächter.«

»Großer Gott«, sagte Stallings. »Und ihr Spezialgebiet ist was genau?«

»Dies und das. Aber die meiste Zeit sind sie wahrscheinlich dicht an dem dran, was Sie von ihnen wollen.«

»Ich hab's noch nicht gesagt.«

»Sollten Sie vielleicht.«

»Darauf komme ich noch«, sagte Stallings, aß weiter sein Sandwich und spülte es mit dem philippinischen Bier hinunter. »Sind sie verheiratet?« fragte er.

Overby zeigte sein verschlagenes Grinsen, bei dem kein Zahn zu sehen war. »Miteinander, meinen Sie?«

»Mit wem auch immer.«

»Durant ist nicht verheiratet und pussiert rum. Aber Wu ist mit dieser Lady aus Schottland verheiratet. Und mit Lady meine ich, daß sie einen einigermaßen reinrassigen Stammbaum hat – achtzehnte Cousine der Königin über zwei Ecken oder so –, was Artie sehr gelegen kommt, eingedenk der Tatsache, daß er noch immer Anwärter auf den Kaiserthron ist.«

»Kaiser?« fragte Stallings. »Welcher Kaiser?«

»Der Kaiser von China, wer sonst?«

»Gütiger Himmel.«

»Er hat sogar genealogische Tabellen und alles. Er hat sich außerdem ausgerechnet, daß sein ältester Zwillingssohn, wenn es zirka zwei Revolutionen, drei Kriege und in etwa unter den richtigen Leuten zehntausend Tote gibt, sowohl König von Schottland als auch Kaiser von China werden könnte.«

»Er hat Zwillingssöhne?«

»Zwillingssöhne *und* Zwillingstöchter. Pfiffige Kinder – jedenfalls, als ich sie zum letzten Mal gesehen habe. Die Mädchen sind jünger als die Jungen.«

Stallings goß langsam Bier in sein Glas nach und kostete es. »Er ist nicht... besessen von dieser Kaisernummer, oder?«

Wieder lächelte Overby verschlagen. »Artie geht davon aus, daß er der letzte der Mandschus ist.«

»Wie wär's mit einer eindeutigen Antwort?«

Overbys Stirnrunzeln ließ ihn sowohl ernst als auch äußerst aufrichtig wirken. Stallings hielt dies für eines seiner erfolgreichsten Mienenspiele. »Artie weiß genau, wer er ist«, sagte Overby. »Mehr als jeder andere, den ich je kennengelernt habe.«

»Und Durant?«

»Er gibt einen Scheiß drauf, wer er ist.«

»Wann haben Sie sie kennengelernt?«

»Am vierten Juli achtundsechzig, in Bangkok. Auf dem Botschaftsempfang.« Er unterbrach sich. »Der Botschafter hat jeden eingeladen, der nur ein bißchen amerikanisch aussah. Sogar uns.«

»Was haben Sie in Bangkok gemacht?«

»Mich umgesehen. Dabei bin ich Wu und Durant über den Weg gelaufen, und die brauchten ein bißchen Drumherum für ein kleines Ding, das sie gegen den Chef der Niederlassung durchzuziehen beschlossen hatten.«

»Den Chef der CIA-Niederlassung?«

»Wen sonst?«

»Und was ist passiert?«

Overby wirkte verblüfft. »Was meinen Sie, was passiert ist? Wir haben es durchgezogen und sind mit ungefähr dreiundsechzigtausend davonspaziert. Damals, achtundsechzig, war das ein Haufen Geld.«

»Aber was hat er gemacht?«

»Der Chef der Niederlassung? Er hat's gefressen. Was hätte er sonst tun sollen? Mit Sicherheit konnte er nicht rumlaufen und rausposaunen, welch schlimmer Fall von Habgier ihm untergekommen ist.«

»Haben Wu oder Durant je bei Langley mitgemischt?«

Das Achselzucken, mit dem Overby antwortete, war ein bißchen zu gekünstelt, um Stallings zufriedenzustellen. »Heißt das: vielleicht ja, oder vielleicht nein?«

»Artie meint, daß sie vielleicht ein paarmal unwissentlich Helfershelfer waren. Aber Durant sagt immer, sie wären halb-wissentlich Helfershelfer gewesen. Ohne vielleicht. Sie sind viel rumgekommen, und manchmal haben sie einfach zugegriffen, wenn sich was ergeben hat.«

»Wann haben Sie das letzte Mal mit ihnen gearbeitet?«

»Vor sieben oder acht Jahren. Wir haben uns gemeinsam auf einen Deal eingelassen und sind alle gut dabei weggekommen.«

»Wo?«

»Hier. In Kalifornien.«

»Was für ein Deal war das?«

»Das geht Sie einen Scheißdreck an, oder?«

Sie starrten einander lange Zeit an, jeder auf ein Anzeichen von Schwäche beim anderen lauernd, bis sie lediglich feststellten, daß es keines gab. Stallings beantwortete schließlich Overbys Frage. »Nein«, sagte er, »glaube ich auch nicht. Daß es mich einen Scheißdreck angeht, meine ich.«

Overby trank einen Schluck Bier und sagte: »Erzählen Sie mir von Ihrem Deal.«

»In Ordnung.« Stallings schwieg ungefähr zehn Sekunden, in denen er sich zurechtlegte, was er sagen wollte. »Jemand«, setzte er an, »und ich weiß nicht genau, wer, will mir eine halbe Million Dollar zahlen, um einen philippinischen Freiheitskämpfer und/oder Terroristen zu schmieren, damit er von den Bergen runterkommt und nach Hongkong verduftet, wo ihn fünf Millionen US-Dollar erwarten. Das behaupten sie jedenfalls.«

Obwohl Overbys Augen und seine Miene ruhig, geradezu unbeteiligt blieben, verriet ihn seine Nase durch ein langes, langes Schnüffeln, als habe er plötzlich reichen Profit gewittert. Auf das Schnüffeln folgte das weiße, breite und ausgesprochen skrupellose Grinsen, das Stallings erstaunlich fröhlich vorkam.

»Sie brauchen Hilfe«, sagte Overby.

»Ich weiß.«

»Sie brauchen Wu und Durant.«

»Es scheint so.«

»Sie brauchen auch mich.«

Stallings' gehobene Augenbrauen deuteten Überraschung an. »Daran hatte ich nicht gedacht.«

Overbys skrupelloses, fröhliches Grinsen kehrte zurück. »Auf Teufel komm raus.«

»Das ist ein interessanter Begriff.«

»Wo hat dieser Freiheitskämpfer und/oder Terrorist seinen Schlupfwinkel – mitten auf Luzon?«

Stallings schüttelte den Kopf. »Cebu. Kennen Sie das?«

Overbys Grinsen wurde noch breiter. »Lapu-Lapu-Land. Ja, ich kenne Cebu. Wie meine Westentasche. Ich will nicht zu geschäftstüchtig wirken, aber wie sieht's mit den Anteilen aus?«

»Sie verhandeln jetzt für Wu und Durant, richtig?«

Overby nickte. »Für die beiden, und für mich.«

»Meine Vorstellung bewegt sich um fifty-fifty.«

Overbys gespielte Enttäuschung äußerte sich in Gestalt eines sorgenvollen Stirnrunzelns. »Ich glaube, wir brauchen doch ein bißchen mehr Anreiz.«

»Entweder annehmen, oder es bleibenlassen, Otherguy.«

Das Stirnrunzeln legte sich, und das Grinsen kehrte zurück. »Na ja, Teufel auch, die Hälfte von fünfhunderttausend durch drei geteilt, abzüglich Spesen, das sind etwa achtzigtausend für jeden, was nicht schlecht ist. Nicht gut, verstehen Sie, aber auch nicht schlecht.«

»Ich glaube, ich habe mich nicht klar ausgedrückt«, sagte Stallings. »Ich beabsichtige, die ganzen fünf Millionen zu teilen – nicht nur die fünfhunderttausend.«

Overby unternahm keinen Versuch, etwas zu verbergen. Das große, weiße Lächeln war wieder da, skrupelloser denn je, fröhlicher denn je. »Jetzt reden Sie über einen verdammt interessanten Haufen Geld.«

Stallings erwiderte das Lächeln nicht. Statt dessen blickte er jetzt wie ein Mann, der in die Zukunft geeilt und entsetzt über das ist, was er gesehen hat.

»Es ist vergiftetes Geld«, sagte Stallings.

»Geld ist Geld.«

»Diesmal nicht.«

Geleitet nur von seinem fast unfehlbaren kriminellen Instinkt, brachte Otherguy Overby genau das richtige Maß Ermunterung zustande.

»In diesem Fall, mein Freund«, sagte er, »sind Sie an genau der richtigen Adresse.«

8. KAPITEL

Der Anwärter auf den Kaiserthron stand im Allerheiligsten der Palasträume des abgesetzten Herrschers und hörte strahlend vor Stolz zu, wie die jüngere seiner zehnjährigen Zwillingstöchter das eingerahmte Gedicht laut zu Ende las. Das Gedicht war an der Wand hängengeblieben, als der abgesetzte Herrscher im Dunkel der Nacht geflohen war.

»Dein ist die Erde und alles, was darauf wandelt«, las sie. »Und – was noch mehr ist – zum Manne wirst du werden, mein Sohn.«

Einst hätte man die Art, in der das zehnjährige Mädchen Kiplings *If* vorlas, ausdrucksvoll genannt. Die Filipinos in der Schlange hinter ihr applaudierten enthusiastisch. Sie drehte sich um, knickste anmutig – trotz der Jeans, die sie trug – und schaute dann hoch zu dem dicken Chinesen (wie sie und ihre Schwester ihn insgeheim immer nannten), der nicht nur ihr Vater, sondern auch Anwärter auf den Thron des Kaisers von China war.

»Sehr, sehr hübsch«, sagte Artie Wu, der fast einen Meter neunzig auf die Beine und 113 Kilo auf die Waage brachte, darunter nur sechs Prozent echter Speck.

Seine jüngere Tochter schnitt dem Reim an der Wand ein Gesicht. »Gott, ist das doof!«

»Mr. Kipling hatte eine unglückliche Kindheit«, erklärte Agnes Wu, »um das auszugleichen, wurde er manchmal einen Hauch zu optimistisch und übersentimental.«

Ihre Tochter nickte weise. »Gesülze, wie?«

»Gesülze«, pflichtete ihr Agnes Wu bei, deren *Rs* mit einem leichten schottischen Rollen unterlegt waren. Alles, was sie sonst sagte, klang wie das Englisch, das von denen gesprochen wird, die auf feine Schulen gegangen sind, wo großer Wert auf eine makellose Aussprache gelegt wird. Doch keine der Schulen war imstande gewesen, etwas gegen das rollende R von Agnes Wu auszurichten, die eine geborene Agnes Goriach war.

Die ältere der Zwillingstöchter (um genau 21 Minuten älter) wandte sich an ihre Schwester. »Es war nicht halb so doof wie *Invictus*, um das du rumgekommen bist und das mich Mrs. Crane letztes Jahr auswendig lernen ließ. Willst du echtes Gesülze? ›Tief -in-der-Nacht- die-schwarz-mich-umfängt -wie-der-Erde-ewige -Höhle- dank -ich-den- Göttern-da-oben-für-die-unbeugsame-Seele‹. Das ist Gesülze.«

»Ihr haltet die Leute auf, meine Damen«, sagte Artie Wu, streng wie immer, wenn er mit seinen Töchtern sprach. Völlig unfähig, die schwere Vaterrolle zu erfüllen, war er nach wie vor über die Skrupel seiner Töchter verwundert, seine schwankende Willenskraft auszunutzen. Seine 13 Jahre alten Zwillingssöhne waren aus einem anderen Holz geschnitzt. Seine Zwillingssöhne würden sogar einen Heiligen über den Tisch ziehen.

Die Wu-Familie schob sich an Ferdinand Marcos' kleinem Arbeitszimmer vorbei, dessen Regale noch immer stapelweise Pop-Historien, Biografien und hochtrabende politische Exposés enthielten, zum größten Teil von amerikanischen Autoren verfaßt. Das Arbeitszimmer war ein fensterloser, tief im Inneren des Malacañang-Palastes an den Ufern des Flusses Pasig in Manila versteckter Raum. Die Wus hatten bereits die Diskothek besichtigt, den Thronsaal, und bewegten sich auf Imelda Marcos' Schlafzimmer zu, als Agnes Wu sich zu dem ihnen folgenden Chauffeur des Peninsula Hotels umdrehte, der den Palast ebenfalls zum ersten Mal besichtigte.

»Wieviel Zeit haben wir noch, Roddy?« fragte sie.

Rodolfo Caday schaute auf seine Armbanduhr. »Noch reichlich, Madam. Der Flug geht erst um vier, und ich kläre mit A und A, daß sie uns hier draußen treffen.«

A und A waren Wus 13 Jahre alte Zwillingssöhne Arthur und Angus, die den Palast bereits zweimal auf eigene Faust durchstreift hatten. »Dann müssen wir ihretwegen also nicht zum Hotel zurück?« fragte Agnes Wu.

»Nein, Madam.«

Mit einer knappen Handbewegung, die den ganzen Palast einbezog, sagte Agnes Wu: »Nun?«

Rodolfo Caday runzelte die Stirn, meinte dann achselzuckend: »Viel albernes Zeug.«

Im Schlafzimmer der Imelda Marcos kommentierte eine der freiwilligen Filipino-Führerinnen in nicht ganz gelangweiltem Tonfall etliche der interessanteren Bestandteile des Raumes, insbesondere das mächtige rote Satinbett. An die zehntausend Filipinos defilierten jeden Tag durch den Palast, und die Handvoll Leute, die jetzt in dem Schlafzimmer standen, bemühten sich nicht, ihren Voyeurismus zu kaschieren. Einige Männer stießen einander in die Rippen. Einige Frauen kicherten. Andere hatten sich Taschentücher über Mund und Nase gelegt, als wollten sie auch den letzten jener Unglückskeime von sich fernhalten, die Imelda Marcos befallen hatten.

Artie Wus jüngere Tochter schaute zu ihm hoch. »Wie kommt es, daß die so massenhaft – na ja, Masse gekauft haben?«

»Vielleicht ist das ihre Art gewesen, mit den anderen mitzuhalten.«

»Du meinst, die Dame mit den meisten Schuhen gewinnt?«

»Vielleicht.«

»Hat sie aber nicht.«

»Vielleicht ist genau das der Punkt«, sagte Artie Wu.

Im Mittelpunkt des Tollhauses, das sich Manila International Airport nannte, stand Wu, zählte 50-Peso-Scheine ab und verteilte sie an Söhne und Töchter, Gepäckträger und selbsternannte Boten sowie an den Chauffeur, Rodolfo Caday, wobei er ihnen echte oder fingierte Aufträge gab, damit er ein paar Minuten mit seiner Frau allein sein konnte.

Fast jedermann hatte seine Freude daran, Mr. und Mrs. Arthur Case Wu anzustarren. Mit besonderer Freude begaffte man die große Frau mit dem blaßgelben Haar, den großen, klugen grauen

Augen und den nicht ganz vollkommenen Zügen, die fast streng wirkten – bis sie grinste. Wenn sie grinste, sah sie ein bißchen verrucht aus.

Die Gaffer hatten ferner ihre Freude daran, verstohlene und, wie sie hofften, unauffällige Blicke auf den dicken Chinesen im weißen Seidenanzug und mit Panamahut zu werfen, der einen Ebenholzstock mit sich führte – einen richtigen Spazierstock eigentlich –, der, wie alle wußten, einen Degen enthielt, obwohl das nicht stimmte. Agnes Wu bezeichnete den Seidenanzug immer als den »Muß-los-und-mir-Geld-besorgen-Anzug«, weil Wu ihn fast nie trug, es sei denn, sie waren pleite oder standen kurz davor.

Agnes Wu fuhr mit einer Hand über das makellose Revers des Anzuges, um eine imaginäre Knitterfalte glattzustreichen. »Jetzt klär mich mal auf«, sagte sie. »Wenn ihr nach Baguio kommt, was wird dann, falls du und Durant den Cousin nicht aufstöbern könnt?«

»Wir werden ihn aufstöbern«, sagte Artie Wu.

»Ihr werdet euch früher oder später darauf einstellen müssen, Artie. Der Cousin hat dich und Durant ausgesucht.«

Wu nickte. »Deswegen müssen wir ihn ja aufstöbern. Immerhin müssen Quincy und ich an unseren Ruf denken.« Dann lächelte er – das grandiose weiße Wu-Lächeln, hinter dem ein Lachen perlte, das jederzeit auszubrechen drohte. Das Lächeln verriet Agnes Wu, daß sie alles vergessen konnte, was ihr Mann gerade gesagt hatte.

Sie grinste zurück, wobei ihr Lächeln nur um ein paar Grade weniger perlte. »Und wenn ihr den Cousin nicht findet und euer Ruf dahin ist, was dann?«

»Dann kommen wir hierher zurück und nehmen das nächste Flugzeug nach London und den Schnellzug nach Edinburgh. Durant mag Züge.«

»Schaff Geld ran, Artie.«

»Tu' ich das nicht immer?«

»Schaff es diesmal säckeweise ran.«

»Säckeweise«, versprach er.
»Paß auf dich auf.«
Er nickte.
»Und achte auf Durant.«
»Oder umgekehrt«, sagte Artie Wu.

Das Peninsula Hotel im Bezirk Makati von Manila war im Besitz derselben Gesellschaft, die auch das Peninsula in Hongkong betrieb. Der vielleicht einzige Unterschied, den Artie Wu entdekken konnte, bestand darin, daß das Hongkong-Peninsula einen Rolls Royce schickte, um seine Gäste vom Flughafen abzuholen, während sich das Manila-Peninsula mit einem Mercedes begnügte.

Als Wu das vieleckige Foyer betrat, sah er, daß die meisten Tische wie gewöhnlich von gut gekleideten Manilaños besetzt waren, die sich zum Tratsch bei Kaffee oder etwas mit Eis drin getroffen hatten. Und wie üblich wurde er von vielen angestarrt, als er stöckchenschwingend die Lobby in Richtung Rezeption durchschritt. Wu schaute einmal nach links, einmal nach rechts, um zu prüfen, ob ein bekanntes Gesicht auftauchte.

Das einzig vertraute gehörte Graf von Lahusen, dessen Ahnen ihre Güter unglücklicherweise auf der falschen Seite der Elbe liegen hatten. Der 37 Jahre alte Graf hatte mit 19 sein Studium an der Sorbonne geschmissen und sich dem Zug der Hippies gen Südostasien angeschlossen, wo er bald entdeckt hatte, daß sein Titel, sein Aussehen und seine Kenntnisse in vier Sprachen ihm ein einträgliches, wenngleich fragwürdiges Leben sichern konnten.

Wu dachte gerade an die Zeit zurück, da der Graf und Otherguy Overby den uralten Omaha-Banker-Trick abgezogen hatten, wobei Overby die Rolle des von Reue geplagten Bankiers vollendet gespielt hatte, als Graf von Lahusen aufschaute, Wu entdeckte, sich erhob und gemessen verbeugte. Artie Wu blieb stehen und verbeugte sich seinerseits gemessen. Das Opfer des Grafen, ein mittelalter Japaner, drehte sich in seinem Sessel um, weil er sehen wollte, wer all diese Verbeugungen und Kratzfüße machte. Er schien sichtlich beeindruckt von dem chinesischen Gentleman in dem prachtvollen weißen Seidenanzug und dem Panamahut, der offenbar einen Stockdegen mit sich führte.

Wu ging weiter zur Rezeption, befriedigt darüber, daß Mr. Willkommen-Willkommen Dienst hatte. Der richtige Name des stellvertretenden Empfangschefs lautete Bernard Naldo, doch Wu nannte ihn insgeheim immer Mr. Willkommen-Willkommen, weil er genau das stets zu Wu sagte, selbst wenn sie einander erst Minuten zuvor gesehen hatten.

»Willkommen, willkommen, Mr. Wu«, sagte der stellvertretende Empfangschef, als Wu heran war und sich auf den Tresen lehnte, wobei ihm auffiel, daß Naldo noch immer wie ein freundlicher brauner Frosch aussah – herausgeputzt mit schwarzer Jacke, weißem Hemd und gestreiften Hosen –, der sich in einen Prinzen zurückverwandeln würde, sobald er die millionste blöde Frage des millionsten blöden Touristen beantwortet hätte.

»Ist meine Rechnung fertig, Bernie?« fragte Wu.

Naldo langte unter den Schalter und zog einen dicken Stapel computerausgedruckter Rechnungen hervor. »Alles, wie Sie es gewünscht haben«, sagte er. »Die Gesamtsumme, lassen Sie mal sehen, beläuft sich auf sechzigtausendzweihundertundneunzehn Pesos.«

»Dreitausend US-Dollar in bar, geht das in Ordnung?«

»Selbstverständlich.«

Wu zückte einen dicken Pack 100-Dollar-Noten und zählte das Geld auf den Tresen.

»Frau und Kinder sind gut weggekommen?« fragte Naldo.

Wu nickte und zählte weiter.

»Sie hatten Besuch.«

Wu hörte auf zu zählen und schaute hoch. »Wer?«

Naldo schnüffelte mißbilligend. »Boy Howdy. Er war auf der Suche nach Ihnen oder Durant.«

»Was haben Sie ihm gesagt?«

»Daß Sie auf Sightseeing sind, und daß Durant sich irgendwo

im Süden herumtreibt. Mindanao, habe ich ihm erzählt, irgendwo in der Gegend von Zamboanga.«

»Hat er Ihnen geglaubt?«

»Nein.«

»Falls er zurückkommen sollte, sagen Sie ihm, ich wäre abgereist, und Durant ist unten in Negros, wo er für eine Zuckerplantage mitbietet.«

»Das wird er ebensowenig glauben.«

»Ich möchte gar nicht, daß er es glaubt; ich möchte nur, daß er sich unerwünscht fühlt.«

Naldo schnüffelte wieder. »Ein schrecklicher Mensch. Aber ich vermute, er kann nichts dafür, wo er doch Australier ist.«

»Dreitausend«, sagte Wu und schob das Geld Naldo zu, der es nahm und mit erstaunlicher Geschwindigkeit durchzählte. »Dreitausendzweihundert«, sagte er.

»Ich weiß.«

»Oh«, sagte Naldo und steckte zwei der 100-Dollar-Noten in die Tasche. »Womit kann ich Ihnen dienen?«

»Ich brauche ein paar Tage lang einen Hotel-Mercedes.«

»Selbstverständlich. Möchten Sie, daß Roddy Sie wieder fährt?«

»Kein Chauffeur.«

Naldo war ziemlich entsetzt. »Sie wollen selbst fahren? Das Hotel kann dafür keine Verantwortung übernehmen!«

»Mit dem Verkehr komme ich klar, Bernie. Dabei fühle ich mich wie ein Fisch im Wasser.«

»Nein, tut mir leid, das können wir nicht gestatten.«

»Bernie, darf ich Sie mal was fragen? Wieviel Geld haben Durant und ich während der letzten drei oder vier Monate bei euch gelassen?«

»Sie sind beide hochgeschätzte Gäste, aber –«

»Ich möchte den Wagen morgen früh um sieben draußen stehen haben, vollgetankt und fahrbereit.«

Naldo seufzte. »Macht es Ihnen etwas aus, wenn es unser ältester Mercedes ist?«

»Nicht, solange er Räder hat.«

»Und Ihre Suite?«

»Sie können sie für mich vormerken.«

»Wann dürfen wir Sie und Mr. Durant zurückerwarten – vorausgesetzt, Sie beide überleben.«

»In ein paar Tagen.«

»Sie wollen es sich nicht noch einmal überlegen und –«

»Nein«, sagte Artie Wu. »Will ich nicht.«

9. KAPITEL

Mit einem gelben T-Shirt mit dem Aufdruck »People Power«, Leinenhosen und Sandalen bekleidet, verzehrte Artie Wu ein riesiges Frühstück vom Büfett in der Bodega des Peninsula Hotels – das durch ihn stets einen Haufen Geld verlor –, und um 7.05 Uhr quetschte er sich mit der schwarzen Mercedes-Limousine des Hotels durch den Wahnsinnsverkehr von Manila. Wie immer verließen sich die Filipino-Fahrer ausschließlich auf ihre Hupen, um ihre ungewissen Absichten anzuzeigen. Artie Wu tat es ihnen Ton um Ton gleich.

Als er lange vor einer roten Ampel warten mußte, traten zwei professionelle Bettelkinder an ihn heran. Das ältere Kind war ein Mädchen, nicht älter als zehn, das seinen ausgemergelten vierjährigen Bruder auf dem Arm trug. Ihre Augen waren riesig, der Ausdruck darin jammervoll, ihr Verstand vermutlich durch Unterernährung geschädigt. Obwohl er argwöhnte, daß alle Bettelkinder stundenlang vor dem Spiegel standen, um ihre Bitterleidensmiene einzustudieren, kurbelte Wu trotzdem das Fenster herunter und drückte dem Vierjährigen eine 20-Peso-Note in die Hand.

Er wußte, daß die Kinder froh sein konnten, wenn sie von dem Dollar, den er ihnen gerade gereicht hatte, zehn Cent behalten durften. Der Rest würde an die Polizisten und an das Syndikat gehen, für das sie arbeiteten. Wu wußte überdies, daß das Syndikat sie, falls sie es schafften, noch ein oder zwei Jahre am Leben zu bleiben, mästen und der Kinderprostitution zuführen würde.

Nachdem er Manila hinter sich gelassen hatte, fuhr Wu ohne anzuhalten bis Angeles, vorbei sowohl an der weitläufigen Clark Air Base wie auch an der langen Reihe offener Verkaufsbuden, die Schwarzmarktartikel aus dem PX feilboten. Er machte in einem McDonald's Kaffeepause und beobachtete die 18 und 19 Jahre alten Männer der US-Air-Force und ihre 15 und 16 Jahre alten Huren, die morgens um zehn Big Macs und Colas und Pommes frites verputzten.

Später, unweit von Tarlac, Corazon Aquinos Heimatstadt, hielt Wu erneut, schloß den Wagen ab und erklomm einen niedrigen Hügel, um das Denkmal zu besichtigen, das angeblich genau an dem Punkt errichtet worden war, wo 1942 der Todesmarsch von Bataan geendet hatte. Wu war schon etliche Male an dem Denkmal vorbeigekommen, doch hatte er früher nie angehalten und war jetzt neugierig, was auf der Gedenktafel stehen mochte. Aber es gab keine Gedenktafel. Jedenfalls konnte Artie Wu weit und breit keine finden.

Der einzige andere Besucher war ein schlaksiger, rotgesichtiger Mann mit schütterem grauen Haar und hinkendem Gang, der herumwanderte und mit seiner Instamatic Fotos machte.

»Wo ist die Gedenktafel?« fragte Wu ihn.

»Hat vermutlich einer geklaut«, sagte der Mann mit einem Akzent, der, so dachte Wu, entweder aus Dakota oder möglicherweise Minnesota stammen mochte.

»Mordsding«, sagte Wu.

»Mordsmarsch.«

»Sie waren damals noch nicht alt genug.«

»Mein Daddy«, sagte der Mann. »So nenn' ich ihn immer noch. Daddy. Er ist 1939 nach den Philippinen verschifft worden. Ich war damals zwei, weiß nicht mal genau, ob er es überhaupt soweit geschafft hat. Hab' nie rausfinden können, was eigentlich passiert ist – mit ihm, mein' ich. Aber ich dachte mir, ich schau' hier vorbei und mach' mal gewissermaßen eine Ehrenbezeigung, verstehen Sie?« Wu nickte. Der Mann blickte sich um, und was er sah, mißfiel ihm offensichtlich. »Schaut aus, als könnten sie es ein bißchen aufpolieren.«

»Die Leute vergessen verlorene Kriege lieber«, sagte Wu.

Der Mann nickte. »Vermutlich.« Er blinzelte durch das Flimmern von dreiunddreißig Grad Hitze zu Wu. »Sie sind kein Japaner, oder?«

»Nein«, sagte Wu.

»Sekundenlang hab' ich geglaubt, Sie könnten einer der Japse sein, die vielleicht meinen Daddy kannten – ach, zum Teufel, Sie wissen schon, was ich gedacht hab'!«

»Sicher.«

Der Mann drehte sich um, als wolle er dem Todesmarsch-Denkmal noch einen letzten Blick schenken. »Na ja, scheiß drauf. Ich erinner' mich sowieso nicht mehr an ihn.«

Wu kehrte zu einem späten Lunch in einem Ferienhotel namens Agoo Playa ein, das einen herrlichen schwarzen Sandstrand am Südchinesischen Meer und reichlich Luxuszimmer für hundertvierzig Gäste zu bieten hatte. Die Stadt Agoo in der Provinz La Union lag am Fuße der Cordillera-Berge im Norden von Luzon und fast so weit nördlich wie Baguio selbst.

Wu vermutete, daß das Ferienhotel von der Marcos-Regierung oder von jemandem aus der engeren Gefolgschaft des Ex-Präsidenten erbaut worden war. Er saß als einsamer Gast in einem Speisesaal, in dem mit Leichtigkeit 80 Personen Platz gefunden hätten, und bestellte bei einem der fünf jungen Kellner, die ihn umlagerten, ein Bier und den Meeresfrüchtesalat. Als das Bier kam, fragte Wu: »Wieviele Gäste haben Sie?«

»Auf den Zimmern?« fragte der junge Kellner.

Wu nickte.

»Vier.«

»Glauben Sie, daß das Geschäft sich beleben wird?«

Der Kellner zuckte die Achseln. »Wenn es heiß wird.«

»Es ist schon heiß.«

»Heißer«, sagte der Kellner.

Wus letzter Halt vor Baguio galt dem Marcos-Park-Clubhaus, das über einen Golfkurs mit 18 Löchern verfügte. Er trank eine Tasse Kaffee, bewunderte das leere Golfgelände und das fast leere Clubhaus. Er war jetzt hoch in den Bergen, und die Temperatur war von vorhin 33 Grad auf etwa 25 Grad gefallen. Der Parcours unter ihm sah grün, widerstandsfähig und einladend aus, und Wu empfand es als Jammer, daß niemand spielte.

Als er seine Tasse geleert hatte, ging Wu hinaus auf die mit Steinplatten belegte Veranda und starrte hoch zu dem riesigen steinernen Kopf von Ferdinand Marcos, der auf ihn heruntergIotzte. Er hatte Bilder von diesem hoch auf seinem eigenen Berg thronenden Kopf gesehen, doch war es ihm nie gelungen, seine wahren Ausmaße zu bestimmen. Jetzt schätzte er ihn fünf oder sechs Stockwerke hoch.

Neben Wu stand der einzige andere Tourist – ein Mann in den Fünfzigern, der ein Fernglas benutzte, um Marcos' Kopf genau sehen zu können. Unverwandt durch sein Fernglas starrend, sagte der Mann: »Schaun Sie sich das bloß mal an.«

»Was?«

»Die Nase«, sagte der Mann mit neuseeländischem Akzent.

Wu schaute hoch zu Marcos' Nase mit den geblähten Nüstern. Er konnte gerade noch zwei winzige, mit Seilen gesicherte Gestalten erkennen, die sich von der linken steinernen Augenbraue zur Nase schwangen. Die eine Gestalt trug etwas Weißes.

»Was machen die da?« fragte Wu.

»Hier. Schaun Sie selbst.« Der Mann reichte ihm das Fernglas. Als Wu es an die Augen setzte und die Schärfe einstellte, sagte der Mann: »Wenn ich nich' völlig danebenliege, schieben die Kids dem alten Knaben grad 'nen Popel in die Nase.«

Jetzt hatte das Fernglas die richtige Schärfe. »Vielleicht ist es Dynamit«, meinte Wu.

»Mmh«, sagte der Mann aus Neuseeland. »Daran hab' ich überhaupt nich' gedacht.«

Artie Wu schätzte manchmal, daß 50 Prozent der Filipinos, deren Bekanntschaft er gemacht hatte, schon einmal in San Francisco gewesen waren. Und diejenigen, die dort waren, beharrten stets zu 100 Prozent darauf, daß die kalifornische Stadt sie an Baguio erinnere.

Er kaufte ihnen die Ähnlichkeit nicht ab. Beide Städte hatten

Hügel und kühles, sogar frostiges Wetter, doch Baguio erinnerte Artie Wu stets an ein Pinienholzstädtchen im Süden der USA während eines Kälteeinbruchs im Frühling. Vielleicht an Asheville.

Trotzdem trug Baguio den Titel Sommerresidenz zu Recht, da einst ganz Manila hierher gepilgert war, sobald im März die heiße Jahreszeit eingesetzt hatte. Ganz Manila, das hieß, der Präsident, sein Kabinett, ausgewählte Mitglieder der Nationalversammlung, die Generäle, die Presse, die Neu- und Altreichen – und der ganze Schwarm von Staatsdienern und Tagedieben, die ihnen auf dem Fuß folgten. Durant hatte Baguio einmal den Ort genannt, wo »sich die Elite trifft, um zu speisen und das Land in seine Einzelteile zu zerlegen«.

Doch in diesem Jahr verbrachte der Präsident einen heißen März in Manila und versuchte, das Land wieder zusammenzuflikken. Als Wu am Sommersitz des Präsidenten vorbeifuhr (wo kunstvoll gestutzte Büsche in mehr als drei Meter hohen Lettern das Wort »Mansion House« bildeten), geriet er in einen Verkehrsstau und bemerkte, daß die Soldaten, die den Eingang der Villa bewachten, Filme an Touristen verkauften. Wu sah darin ein Zeichen für einen neuen unternehmerischen Geist im Lande.

Weil er lieber 100 Meilen in die verkehrte Richtung fahren würde, als nach dem Weg zu fragen, bog Wu falsch ab und stieß bergabwärts auf die Sessions Road, Baguios steile Hauptgeschäftsstraße. Sie führte hinunter in den heillos verstopften Marktbezirk, aus dem er sich hupend und fluchend den Weg bahnen mußte. Schließlich landete er durch schieres Glück und bloßes Raten auf dem South Drive und fand schließlich die Hyatt Terraces, wo Mr. Willkommen-Willkommen ihm ein Zimmer reserviert hatte.

Sobald er auf dem Zimmer war, holte Wu eine Flasche Bier aus dem Minikühlschrank, trank sie zur Hälfte, schnappte sich das Telefon und rief die Frau an, die er insgeheim stets als die reiche Witwe bezeichnete. Beim zweiten Läuten meldete sich ein Diener. Dann hörte er Emily Cariaga mit ihrer warmen, dunklen Stimme sagen: »Artie! Wie nett.«

»Wie geht's, Emily?«

»Davon reden wir lieber später. Hier ist Quincy.«

Das erste, was Quincy Durant sagte, war: »Wo bist du – im Pines?«

»Quincy«, sagte Wu vorwurfsvoll. »Das Pines ist vor zwei Jahren abgebrannt.«

Nach kürzerem Schweigen sagte Durant: »Ich hab's verdrängt, schätze ich. Na schön, wenn du nicht im Pines bist, bist du im Hyatt.«

»Stimmt.«

»Ich hol' dich in zehn Minuten unten ab, und dann gehen wir ihn besuchen.«

»Wen besuchen?«

»Den Cousin«, sagte Durant. »Wen sonst?«

Camp John Hay diente vornehmlich als Country Club für Mannschaften und Offiziere der US-Air-Force, die auf der Clark Air Base stationiert waren. Zusätzlich zu seiner Lage in anderthalb Kilometern Höhe hatte es Golf, Tennis, Schwimmanlagen, Bowling, amerikanische Filme, PX-Waren in verschwenderischer Fülle und einen ganzen Ozean Bier zu bieten. Doch hauptsächlich bot es einen die Gesundheit stärkenden Klimawechsel. Gesittete Filipinos durften überdies gewisse Teile der sorgsam gepflegten Anlage als öffentlichen Park benutzen.

Es war fast dunkel, als Quincy Durant mit dem Honda Prelude, den er sich von Emily Cariaga geliehen hatte, vor dem Tor des Camps hielt und den wachhabenden MP fragte, wie sie zum Krankenhaus der Kaserne kämen. Der MP reichte Durant eine mit einem roten X markierte Lagekarte. Während sie weiterfuhren, fragte Artie Wu: »Als was treten wir auf?«

»Geschäftsfreunde«, sagte Durant.

Im Krankenhaus des Stützpunkts geleitete ein Hilfswilliger Wu und Durant in ein kleines Büro, in dem ein junger uniformierter Militärarzt mit dem Rangabzeichen eines Captains, die Beine lässig auf den Schreibtisch gefläzt, *Time* las. Er schaute hoch zu Durant, dann zu Wu und wieder zu Durant.

»Sind Sie der Durant, der angerufen hat?«

Durant nickte. »Ich bin Durant; er ist Wu.«

Der Captain legte die *Time* auf den Schreibtisch, nahm die Füße herunter und stand auf. »Ich bin Dr. Robbie. Gehen wir.«

Wu und Durant folgten dem Captain über einen Flur, eine Eisentreppe und einen kurzen Kellergang entlang. Der Captain steckte einen Schlüssel in ein Schloß und zog eine schwere Tür auf. Wu und Durant spürten einen eisigen Luftzug.

Captain Robbie langte um den Türpfosten herum und schaltete das Licht ein. Wu und Durant folgten ihm in den Raum, Wu schloß die Tür hinter ihnen. Drinnen war es kalt, und die einzigen Einrichtungsgegenstände in dem drei mal vier Meter großen Kühlraum waren zwei Bahren. Auf der einen lag ein Mann, nackt bis auf ein Badetuch, auf das in roten Lettern »Camp John Hay« gestickt war. Das Handtuch war über die Leiste des Mannes gelegt. Er hatte hellbraune Haut, ein hübsches Playboy-Gesicht und war schätzungsweise 30 Jahre alt. Seine Kehle war durchgeschnitten. Captain Robbie hob das Handtuch und ließ Wu und Durant einen kurzen Blick auf die Leiste des Mannes werfen. »Seine Eier haben sie auch mitgehen lassen«, sagte Captain Robbie, während er das Handtuch fallenließ und sich an Durant wandte. »Also?«

»Was hat er angehabt?« fragte Durant.

»Warum?«

»Als sie ihm die Eier abgeschnitten haben, haben sie ihm da die Hose runtergezogen, ausgezogen oder was?«

Captain Robbie schüttelte leicht den Kopf, als habe er Durants Frage nicht verstanden. »Man hat ihn so gefunden, wie er hier liegt, nackt wie ein frischgeschlüpfter Vogel. Heute morgen um drei im Camp an einer Bierbude namens Nineteenth Tee. Seine Kehle war durchgeschnitten, und die Eier waren weg. Keine Socken, keine Schuhe, nichts. Bloß er. Splitternackt und mausetot. Ihr Jungs kennt ihn doch, oder nicht?«

Durant schaute zu Wu. »Ich würde sagen, das war Ernie, und du?«

Wu nickte. »Armer, alter Ernie.«

Captain Robbie zog einen Kugelschreiber und einen kleinen Spiralblock aus seiner Hemdtasche und drückte die Mine heraus. Er schlug den Block auf und schaute Durant an. »Ernie, und wie weiter?«

»Ernesto Pineda«, sagte Durant und buchstabierte den Nachnamen langsam und deutlich.

»Und was haben Sie mit ihm zu tun gehabt?«

»Wir haben mal ein Geschäft mit ihm gemacht«, sagte Wu. »Wir dachten, es würde mehr draus werden, aber ich schätze, das wird's nicht.«

»Vermutlich nicht«, sagte Captain Robbie. »Wer ist sein nächster Verwandter?«

»Der einzige Verwandte, den er je erwähnt hat, war ein Cousin dritten Grades«, sagte Durant.

»Und keine näheren Verwandten?« fragte Captain Robbie. »Ehefrau, Eltern, Bruder, Schwester – nicht mal ein Neffe oder eine Nichte?«

Durant schüttelte bedauernd den Kopf. »Dieser Cousin dritten Grades war der einzige, den Ernie je erwähnt hat.«

Der Captain fragte kopfschüttelnd: »Wie lautet der Name dieses Cousins?«

»Ferdinand Marcos«, sagte Durant.

Captain Robbies glattes junges Gesicht legte sich vor Sorge und Ungläubigkeit in Falten. »Sie machen Witze, wie?«

Wu schüttelte seinen Kopf in bedächtigem Ernst.

Captain Robbie wand sich unbehaglich, drehte sich um und starrte auf den Cousin dritten Grades des Präsidenten im Exil. »Verdammt, Ernie, einen wie dich können wir brauchen wie ein Loch im Kopf.«

10. KAPITEL

Quincy Durant saß aufrecht in seinem Hotelbett im Hyatt, rauchte eine seiner seltenen Zigaretten und trank einen Scotch mit Wasser, als Artie Wu aus dem Badezimmer kam, krebsrot von der Dusche und nur mit einem Paar ausladender weißer Boxershorts bekleidet. Wu stieg in die Hosen seines weißen, seidenen Geldanzugs. Er redete erst, nachdem er die Hosen angezogen und das zeltgroße Chambray-Hemd zugeknöpft hatte. »Wieviel?«

»Ungefähr tausend«, sagte Durant. »Ich hab's in der Stadt verteilt und verbreiten lassen, daß ich Ernie suche. Heute morgen um sechs hat jemand aus der Taxi-Zentrale angerufen. Einer seiner Fahrer brachte einen CID-Major der Air Force zu diesem Bierschuppen, dem Nineteenth Tee, wo man Ernie fand. Der Major konnte seinen Wagen nicht anlassen, deshalb hat er sich ein Taxi gerufen. Der Fahrer hat Ernie erkannt.«

»Aber er hat nichts gesagt.«

»Zu niemandem, außer dem Mann in der Zentrale.«

Wu schaute in den Spiegel und band sorgfältig die Paisley-Krawatte. »Was glaubst du?«

»Was oder wer?«

»Wer.«

»Ein gehörnter Ehemann. Oder ein enttäuschter Bankrotteur.«

»Gott, zweiteres sind wir.«

»Man kann die Liste erweitern«, sagte Durant und nahm noch einen Schluck von seinem Drink. »Ein wildgewordener Liebhaber, Männlein oder Weiblein. Irgendein Knabe, der den Job im Arbeitsministerium nicht kriegte, oder irgendwo anders, wofür er Ernie bestochen hatte. Oder ein Spatzengeschwader der NPA.«

»Spatzengeschwader? Das klingt hübsch.«

»Ist dir Hinrichtungskommando lieber?«

Wu zuckte die Achseln. »Eigentlich nicht, aber du könntest damit recht haben. Jedenfalls hat man Ernie aus dem Verkehr gezogen. Er trifft sich mit einem dieser jungen Spatzen, männlich oder weiblich, in einer Bar, und sie verabreden sich zu einem Quickie auf dem Vordersitz von Ernies BMW. Der zweite Spatz ist schon auf dem Rücksitz auf der Lauer. Er schneidet Ernie die Kehle durch, sie fahren raus zur Kaserne, ziehen ihn aus, schneiden noch ein bißchen an ihm rum und lassen ihn auf dem neokolonialistischen Spielplatz zur Warnung für diejenigen zurück, auf die sie diese Woche böse sind. Wenn du eine Symbolfigur für Korruption suchst, ist niemand besser geeignet als Ernie.«

»Ich hab' ihn irgendwie immer gemocht«, sagte Durant.

»Ich auch, bis er sich als Leiche aufgedrängt hat.« Wu ging zu dem Minikühlschrank und nahm eine Flasche Bier heraus. Er schraubte die Kappe ab, nahm einen Schluck und schaute Durant an. »Wir können die Sache abschreiben, wie?«

»Die dreihunderttausend? Total.«

»Wieviel hast du noch?« fragte Wu.

Durant trank sein Glas leer, stellte es ab, drückte seine Zigarette aus, verschränkte die Hände hinter dem Kopf, lehnte sich ans Kopfende des Bettes und starrte an die Decke. »Dreitausendzweihundertunddreiundzwanzig Dollar und eine American-Express-Gold-Karte, die noch ein paar Monate gilt, wenn wir's nicht zu toll treiben. Und du?«

»Ungefähr gleich«, sagte Wu. »Vielleicht zwei- oder dreihundert mehr. Ich hab' Angst, nachzuzählen.«

»Falls wir was zum Vorfinanzieren brauchen, könnte ich wahrscheinlich zehntausend von Emily borgen.«

»Was vorfinanzieren, um Gottes willen?« fragte Artie Wu, während er sein Bier abstellte, sich die Jacke seines weißen Geldanzuges griff, etwas vom linken Ärmel schnippte und sie überstreifte.

»Keine Ahnung.«

Wu drehte sich prüfend vor dem Spiegel, der über dem Sekretär hing.

»Boy Howdy sucht uns.«

Durants langes Gesicht wurde ruhig. Nichts bewegte sich. Weder die graugrünen Augen, noch der breite Mund, dessen Winkel stets nach oben gezogen waren. Artie Wu betrachtete ihn im Spiegel und versuchte irgendeine Regung festzustellen. Es hatte keinen Zweck, auf ein Erröten zu achten, denn Durant besaß jene Sonnenbräune, die man sich nur durch jahrelangen Aufenthalt in heißen Ländern erwirbt und die niemals zu verblassen scheint. Nicht einmal in kalten Klimazonen.

Durant löste schließlich die Hände hinter dem Kopf und erhob sich langsam. Aufgerichtet war er zweieinhalb Zentimeter größer als Artie Wu, wog aber mindestens 60 Pfund weniger. Auf den ersten Blick hielten ihn die meisten für hager, bis sie ihren Irrtum erkannten und es mit schlank versuchten. Wenn auch das nicht stimmig schien, verlegten sie sich auf dürr und beließen es dabei, weil ihnen nichts anderes einfiel.

Zu seiner Dauerbräune trug Durant geköperte Hosen und einen marineblauen Baumwollsweater mit V-Ausschnitt, jedoch kein Hemd. Seine sockenlosen Füße steckten in einem Paar teurer Halbschuhe, die lange nicht geputzt worden waren – falls jemals. Er ging zum Spiegel und starrte auf Artie Wus Abbild. »Mit diesem Aussie-Halunken arbeite ich nicht«, sagte Durant, um einen beiläufigen Ton bemüht, den Wu vor langer Zeit als unbeugsam zu deuten gelernt hatte.

»Okay«, sagte Wu. »Vergiß es.«

Es entstand ein kurzes Schweigen, während sie einander im Spiegel anstarrten. Endlich fragte Durant: »Was hat Boy zu bieten?«

»Weiß ich nicht. Vielleicht ist er bloß der Postbote.«

»Mit verdammt überfälliger Post – wie üblich.«

»Also?«

»Also bleibt uns keine große Wahl, oder?«

»Überhaupt keine«, sagte Artie Wu.

Emily Cariaga, von einer Urgroßmutter in Manila großgezogen, die darauf bestanden hatte, mit ihrer Urenkelin ausschließlich Spanisch zu sprechen, bis die Kleine sechs war, untersuchte das aufgeworfene Geflecht von 36 blassen Narben, die kreuz und quer über Durants Rücken liefen. Er saß nackt auf der Bettkante und rauchte eine Frühstückszigarette. Sie streckte die Hand aus und fuhr sanft über die längste der Narben. Durant erschauerte.

»Wie spät ist es?« fragte sie.

Durant schaute auf seine Uhr aus rostfreiem Stahl auf dem Nachttisch und streifte sie sich dann über das Handgelenk. »Fünf nach fünf.«

»Artie erschien mir gestern abend beim Dinner so – na ja, wenn es nicht Artie wäre, würde ich sagen, nachdenklich.«

»Artie ist pleite«, sagte Durant. »Wenn er pleite ist, denkt er viel nach.«

»Du hättest mich über Ernie ausfragen sollen.«

»Wahrscheinlich.«

»Ich kenne ihn seit eh und je.«

Durant drückte seine Zigarette im Aschenbecher aus. »Und?«

»Und Ernesto Arguello Bello Pineda war stets ein rundum liebenswerter Schweinehund. Ausgesprochen unzuverlässig.«

Durant drehte sich ihr zu, um sie anzuschauen, während sie auf dem Bett lag, zur Decke hochstarrte, die kleinen Brüste nackt, der Rest von ihr vom Laken verdeckt. »Er hat sich in aller Form abgemeldet«, sagte Durant.

»Bei wem?« fragte sie. »Du und Artie, ihr habt mit dem falschen Klüngel geredet. Ihr habt mit denen gesprochen, die ein paar Krümel von Ernies Tisch abzubekommen hofften. Ihr hättet mit denen reden sollen, denen der Tisch gehört.«

Durant lächelte. »Mit deinem Klüngel.«

»Mit meinem Klüngel.«

Er zuckte die Achseln. »Es ist vorbei.«

»Wofür habt ihr ihm all das Geld bezahlt?«

»Um das Getriebe zu schmieren; damit ein paar Hände stillhalten. Bei dem Deal ging's um einen Unfallrückversicherungstopf.«

»Um Versicherer zu versichern, richtig?«

»Richtig. Der arme, alte Ernie behauptete, Leute zu kennen, die uns für einen zwanzigprozentigen Anteil am großen Pott mitmischen lassen. Für ihre Gutmütigkeit sollten sie mit zweihunderttausend US-Dollar belohnt werden, alles bar auf die Hand. Ernie sollte für seine schwere Arbeit hunderttausend kriegen. War erst alles unter Dach und Fach, kannten Artie und ich einige Geldleute in London, denen wir unsere zwanzig Prozent abgetreten hätten. Wir gedachten, unser Geld zu verdoppeln, wenn nicht mehr.«

Emily Cariaga lächelte. »Ihr Schäfchen.« Sie strich mit einem Zeigefinger über die Innenseite von Durants Unterarm. Wieder erschauerte er. »Hat dich noch nie jemand vor wortgewandten Fremden gewarnt?«

»Das ist es ja, was Artie gestern abend Kopfzerbrechen bereitet hat«, sagte er. »Weißt du, bis wir auf Ernesto Pineda gestoßen sind, waren immer Artie und ich die wortgewandten Fremden.«

»Ihr Ärmsten.«

Durant nickte zustimmend. »Arm ist richtig.«

»Brauchst du Geld?«

Er lächelte, beugte sich zu ihr und küßte sie. »Das ist lieb von dir. Aber nein. Jedenfalls noch nicht.«

»Sag mir Bescheid.«

Durant nickte und erhob sich. »Ich zieh' mich lieber an.«

Sie stützte sich auf einen Ellbogen und blickte ihn an. Spanische Vorfahren hatten ihr ein hübsches Kinn und eine gerade, schmale Nase vererbt, die für Filipino-Maßstäbe groß war. Über dem wohlgeformten Kinn war ein breiter und vielleicht zu großzügiger Mund, der häufiger grinste, als er lächelte. Doch das Schönste, fand Durant, waren ihre Augen – riesenhaft schwarz, die ernst wirkten, bis sich das Grinsen einstellte und sie sich zu verschmitzten, leicht spöttischen Schlitzen verengten. Ihre Haut war fast so dunkel wie Durants Sonnenbräune, und sie maß einen Meter sechzig, doch ihre Haltung war so vollendet, daß sie um Zentimeter größer erschien. Mit hohen Absätzen konnte man sie auf einssiebzig oder gar einsfünfundsiebzig schätzen.

»Wollt ihr wirklich rausfinden, was mit Ernie und eurem Geld passiert ist?« fragte Emily Cariaga.

Durant erwiderte sekundenlang nichts. »Ernie interessiert mich eigentlich einen Dreck, aber an dem Geld hab' ich ziemlich gehangen.«

»Dann fahr' ich mit dir und Artie runter nach Manila. Rede dort mit ein paar Leuten. Es sollte nicht lange dauern, bis ich was in Erfahrung bringe.«

Durant nickte. »Okay. Schön.«

»Wann kommt Artie vorbei?«

»Um sechs.«

»Und wie spät haben wir's jetzt?«

Durant schaute auf seine Uhr. »Fünf Uhr fünfzehn.«

Sie klopfte einladend auf das Bett. »Dann haben wir noch Zeit, nicht?«

»Ja, haben wir, glaube ich«, sagte Durant, während er zurück ins Bett schlüpfte.

Durant sagte, er habe den großen steinernen Kopf des Ferdinand Marcos schon öfter als nötig gesehen. Also nahm Artie Wu die alte Kennon Road durch die Berge hinunter bis zum Highway, der nach Süden bis Manila führte. Die enge, zweispurige Kennon Road schlängelte und wand sich in scharfen Serpentinen. So früh am Morgen war der Verkehr noch dünn, und Artie Wu fuhr gekonnt, wenn auch zu schnell und unter verschwenderischem Einsatz der Hupe in den Kurven.

Da ihr vom Fahren auf dem Rücksitz schlecht wurde, saß Emily Cariaga vorn neben Wu. Durant hatte sich hinten zusammengerollt. Wann immer eine Kurve kam, schloß er die Augen. Artie Wus Fahrstil war eines der wenigen Dinge, die Durant absolut in Schrecken versetzten.

Der alte Jeepney bildete eine Straßensperre. Quer über die enge Straße gestellt, war seine rote und gelbe Farbe verblichen und blätterte ab, doch noch immer thronten zwei kleine, verchromte, sich aufbäumende Pferde auf der Kühlerhaube. Die Haube und der

Kühlergrill waren das einzige, das noch an die alten, zurückgelassenen Army-Jeeps erinnerte, nach denen er benannt war.

Sie hatten ihn genau richtig geparkt. Als Wu mit hoher Geschwindigkeit aus der Kurve kam, hatte er gerade noch Zeit, die Bremse durchzutreten. Der Mercedes kam einen halben Meter vor dem Jeepney schleudernd zum Stehen. Auf dem Rücksitz sagte Durant: »Scheiße.«

Dann kamen sie hinter dem Jeepney hervor. Es waren insgesamt fünf – vier Männer und eine Frau, alle in den Zwanzigern. Durant schätzte, daß die meisten von ihnen unter 25 waren – allenfalls ein oder zwei Jahre älter. Die Frau schien das Kommando zu haben.

Die fünf trugen das, was Durant mittlerweile als internationale Guerilla-Standardstaffage bezeichnete: Jeans, die unvermeidlichen Jogging-Schuhe, eine Art Parka mit Tarnmuster oder, wo die Jacke fehlte, ein dunkles T-Shirt. Zwei der Männer trugen überdies Timex-Schirmmützen.

Die beiden mit den Mützen und den M-16 übernahmen die rechte Seite des Mercedes. Die beiden anderen Männer, bewaffnet mit abgesägten, mehrschüssigen Schrotflinten, übernahmen die linke. Die Frau trug eine dunkle Fliegerbrille, und an ihrer Seite baumelte eine 38er Halbautomatik. Sie ging langsam auf die Fahrertür zu und starrte durch ihre getönten Gläser auf Artie Wu, der nach kurzem Zögern das Seitenfenster herunterkurbelte.

»Na, hallo«, sagte Artie Wu mit seinem freundlichsten Lächeln.

»Amerikaner?« fragte sie.

»Amerikaner.«

»Und sie?« sagte die Frau, auf Emily Cariaga deutend.

»Filipina«, erwiderte Wu.

»Und er?« sagte sie und nickte zu Durant.

»Amerikaner«, entgegnete Wu.

»Pässe und Ausweis bitte.«

»Richtig«, sagte Wu und faßte langsam in die Innentasche seiner Jacke. Die Frau hob ihre Pistole und zielte auf ihn. Wu bemerkte, daß sie ein Colt-Fabrikat war, daß sie für ihre Hand zu groß wirkte und daß sie, soweit er sehen konnte, entsichert war. Er reichte ihr seinen Reisepaß, sammelte dann Durants Paß und Emily Cariagas Ausweis ein und hielt sie ihr hin. Die Frau trat zwei Schritte zurück. Einer der Männer mit einem abgesägten Schrotgewehr nahm ihren Platz ein.

Die Frau steckte die halbautomatische Pistole in den Ledergürtel, der durch die Schlaufen ihrer Jeans gezogen war. Sie war nicht sehr groß, kaum mehr als einssechzig oder -dreiundsechzig. Ihr glattes schwarzes Haar war zu einer Art Pagenfrisur geschnitten. Wu konnte die Augen hinter den dunklen Gläsern nicht erkennen, doch er fand das, was von ihrem Gesicht zu sehen war, anziehend, geradezu hübsch.

Die Frau prüfte den Ausweis und die beiden Pässe sorgfältig. Dann zog sie ein kleines Notizbuch hervor und notierte mit einem Kugelschreiber einige der Angaben. Nachdem sie Notizbuch und Kugelschreiber weggesteckt hatte, schaute sie auf ihre Armbanduhr, nickte befriedigt, zog die Pistole aus dem Gürtel und ging langsam wieder zur Fahrerseite.

»Was ist Ihr Beruf, Ihre Arbeit?« fragte sie. »Sie da und der Mann hinten. Aus amerikanischen Pässen geht das nicht hervor.«

»Geschäftsleute.«

Einer der Männer mit den Schrotflinten sagte etwas in Tagalog zu ihr. »Er möchte wissen, wieviel Ihre Firma für Sie zahlen würde«, sagte sie.

»Wir haben keine Firma«, sagte Wu. »Wir sind private Investoren.«

»Wenn Sie Geld zum Investieren haben, müssen Sie reich sein. Sie tragen einen eleganten weißen Anzug und fahren einen teuren Wagen.«

»Gemach«, sagte Artie Wu. »Der Anzug ist alt, der Wagen gemietet, und mit unserer letzten Investition sind wir baden gegangen.«

Die Frau lächelte. Sie hatte außerordentlich weiße Zähne. »Habt ihr euch tatsächlich von Ernie Pineda dreihunderttausend US-Dollar abknöpfen lassen?«

Artie Wu versuchte sein Erstaunen nicht zu verbergen. Er schluckte schwer und sagte dann: »Ich weiß nicht, was –«

Durant beugte sich vor und unterbrach ihn. »So in etwa. Dreihunderttausend.«

Die Frau nickte und klopfte mit den zwei Pässen und dem Ausweis auf den Fensterrahmen. »Was mit Ernie passiert ist, könnte euch auch zustoßen. Versteht ihr, was ich damit sagen will?«

»Nicht genau«, sagte Durant, noch immer nach vorn gebeugt.

»Dies ist ein korruptes Land mit einer neuen Regierung, die mit der Korruption aufzuräumen verspricht. Obwohl wir solchen Versprechungen nicht glauben, glauben wir, daß die neue Regierung daran erinnert werden muß, was geschehen kann, falls sie ihre Versprechungen nicht einhält. Der arme, geschwätzige Ernie war eine solche Erinnerung. Ich bin mir nicht schlüssig, ob drei zusätzliche Erinnerungen nützen oder eher schaden würden.«

Die Frau klopfte wieder mit den Reisepässen und dem Ausweis auf den Fensterrahmen und streckte sie dann plötzlich Artie Wu hin, der sie mit einem dankbaren Nicken entgegennahm.

Sie trat zurück, als einer der Männer mit dem M-16 in den alten Jeepney kletterte und den Anlasser zu quälen begann. Die Batterie war leer, und das mahlende Geräusch wurde schwächer und schwächer. Gerade als es schien, daß die Batterie endgültig den Geist aufgeben würde, sprang der Motor an, und der Auspuff spuckte eine schwarze Wolke von Dieselabgasen aus. Der Mann mit dem M-16 jagte den Motor etliche Male hoch, stieß dann zurück, bis die Lücke für den Mercedes groß genug war.

Wu setzte den Mercedes in Gang und fuhr langsam an. Durant starrte durch das Rückfenster zu der Frau mit der Halbautomatik. Sie führte die linke Hand zum Gesicht und nahm die dunkle Fliegerbrille ab. Sie hatte funkelnde braune Augen, mit denen sie Durant anstarrte. Einen Augenblick später nickte sie ihm zu. Das Nicken mochte ein Lebewohl bedeuten, oder ein »Wir sehen uns wieder«, oder ein »Denk daran, was ich gesagt habe«, oder überhaupt nichts. Er nickte ähnlich unbestimmt zurück. Wu gab mehr Gas, und der Mercedes schoß an dem Jeepney vorbei.

Als sie die nächste Kurve sicher hinter sich gebracht hatten, brach Wu das Schweigen. »Was, zum Teufel, sollte das bedeuten?«

»Es sollte genau das bedeuten, was sie gesagt hat«, erwiderte Emily Cariaga.

Wu legte seine Stirn ungläubig in Falten. »Vielleicht«, sagte er.

»Sag mir eins, Artie«, hakte Durant nach. »Hast du vorhin wirklich ›gemach‹ gesagt?«

Wu seufzte. »Gemach. Wirklich.«

Am selben Abend gegen sieben waren Wu und Durant oben in Wus Suite im Manila-Peninsula und beredeten, ob sie zum Abendessen in ein neueröffnetes deutsches Restaurant gehen sollten, das ihnen Graf von Lahusen empfohlen hatte, oder warten, bis Boy Howdy zurückrief. Auf seinen Anruf zu warten würde bedeuten, sich das Essen vom Zimmerservice bringen zu lassen, was keinem von beiden reizvoll schien. Sie hatten sich schon fast darauf geeinigt, es mit dem deutschen Restaurant zu versuchen, als das Telefon klingelte. Durant ging ran.

Boy Howdys rauher australischer Akzent erklang knisternd über die Leitung.

»Bist du das, Artie – oder der scheiß Durant?«

»Der scheiß Durant.«

»Hör zu, Durant, diesmal hab' ich wirklich ein dickes Ding für euch Jungs.«

»Erzähl's Artie«, sagte Durant. Wu erhob sich von der Couch und nahm den Hörer.

»Wie geht's, Boy?« fragte Wu und hörte dann zu. Er hörte annähernd zwei Minuten zu, ohne einen Ton von sich zu geben, mit Ausnahme zweier kleiner, nichtssagender Grunzer. Als er schließlich redete, klang seine Stimme kühl und unbeteiligt.

»Sag ihm, wir sind interessiert, das ist alles«, sagte Wu, hörte wieder eine Weile zu und sagte dann mit neuem harten Tonfall: »Nein, Boy, du wirst ihm zum Teufel nicht sagen, daß es läuft.

Teil ihm genau das mit, was ich dir gesagt habe: daß wir interessiert sind.«

Wu hörte wieder zu, und als er erneut sprach, hatte seine Stimme etwas Endgültiges. »Absolut nein«, sagte er. »Dein Anteil geht auf seine Rechnung, nicht auf unsere.« Wieder hörte er zu, bis Wu unterbrach und leichthin sagte: »Okay, Boy. Wie du zu sagen pflegst: Die Scheiße ist angerührt.«

Wu legte auf, lächelte Durant vergnügt an und wartete. Zwanzig Sekunden später klingelte das Telefon. Wu meldete sich, sagte: »Hallo«, und hörte wieder zu. Schließlich nickte er, als sei er hochbefriedigt, und sagte: »Richtig. Ich glaube, jetzt verstehen wir uns, Boy.«

Nachdem er diesmal aufgelegt hatte, wandte sich Wu an Durant, lächelte wieder, holte eine Zigarre aus seiner Hemdtasche, ließ sich in einen tiefen Clubsessel sinken und rutschte eine Weile herum, bis er bequem saß. Er zündete die Zigarre an und blies bedächtig drei perfekte Rauchringe in die Luft. Durant sah ihm mit einem belustigten Lächeln zu.

»Sag mal«, setzte Artie Wu an. »Glaubst du eigentlich noch immer an die gute Fee?«

»Hat die gute Fee einen Namen?«

Wu ließ den nächsten vollendeten Rauchring steigen. »Otherguy Overby«, sagte er.

Durants Lächeln wurde breiter, und er klatschte langsam und feierlich in die Hände. »Ich glaube dran«, sagte er. Und noch immer lächelnd und klatschend sagte er es noch einmal.

11. KAPITEL

Otherguy Overby erklärte, die sehr zeitig anberaumte Frühstücksbesprechung in der Polo-Lounge des Beverly Hills Hotels sei einfach eine Frage des Vorteils.

»Dieser Bursche, Harry Crites – der Dichter, den ich mir zu Gemüte geführt habe –, na ja, der fliegt gestern spätabends von Washington rüber und läuft immer noch auf Ostküstenzeit, richtig? Wir holen ihn also diesen Morgen um, sagen wir, sechs, halb sieben aus dem Bett, und das schmeißt seinen Biorhythmus total aus der Bahn, was uns einen Vorteil verschafft. Keinen großen, aber einen Vorteil.«

»Seinen Biorhythmus«, sagte Stallings.

»Jawohl.«

Stallings schielte zu Overby, der am Steuer des gelben Porsche 911 Cabrios aus dem Stall des noch immer eingekerkerten Billy Diron saß. Sie rollten über den Pacific Coast Highway in Malibu und näherten sich dem Getty-Museum. Es war 7.04 Uhr an einem Samstag, dem dritten Frühlingstag des Jahres 1986.

»Sie glauben also, sein aus der Bahn geschmissener Biorhythmus wird uns irgendwie helfen, die fünf Millionen zu mopsen?«

»Mopsen? Fünf Millionen Mäuse *mopst* man nicht. Man... befreit sie.«

Stallings gluckste. »Vielleicht sollte ich Ihnen die Namen von zwei oder drei Dutzend Ländern aufzählen, die unter der Freiheit lichtem Banner einkassiert und ausgeplündert worden sind.«

Overby bedachte ihn stirnrunzelnd mit einem raschen Blick. »Hören Sie«, sagte er. »Darf ich Sie was fragen, auf das Sie mir nicht zu antworten brauchen. Aber haben Sie komische politische Ansichten? Nicht daß ich einen Scheiß drauf gebe, aber irgendwie möchte ich's gern wissen.«

»Komisch?«

»Rot. Rouge. Rosa.« Er hielt inne. »Moskau, Peking, vielleicht Havanna?«

»Nein«, sagte Stallings mit einem Lächeln. »So gesehen, hab' ich überhaupt keine politischen Ansichten.« Wieder gluckste er. »Welche haben Sie – wenn ich so kühn sein darf?«

Overby schien ernsthaft über die Frage nachzudenken. »Na ja, man könnte sagen, ich bin gewissermaßen Republikaner, abgesehen davon, daß ich mir nicht mehr viel aus Wahlen mache.«

»Nichts machen – oder nicht dürfen, wegen dem einen oder anderen Strafverfahren?«

Overby igelte sich an jenem abgelegenen und frostigen Ort ein, wohin ihn Stallings sich schon zuvor hatte zurückziehen sehen. Es ist seine Zisch-ab-Zuflucht, dachte er.

»Ich wüßte nicht, daß Sie das einen verdammten Dreck angeht«, sagte Overby mit immer wieder überraschender Würde.

»Sie haben recht«, sagte Stallings. »Geht es nicht.«

Der Parkwächter bedachte den gelben Porsche mit einem wiedererkennenden Blick, als Overby ihn auf der Auffahrt des Beverly Hills Hotels zum Halten brachte. Der Wächter öffnete Overbys Tür und sagte: »Wann kommt Billy raus, Otherguy?«

»Morgen oder vielleicht übermorgen, und paß auf den verdammten Lack auf«, sagte Overby, während er aus dem Auto stieg.

Als sie die Hoteltreppe hinaufgingen, wandte sich Overby um und unterzog Stallings einer Musterung von oben bis unten. »Gehen wir erst aufs Klo«, sagte er.

»Ich warte auf Sie.«

Ein gereizter Ausdruck trat auf Overbys Gesicht. »Hören Sie. Wenn ich so was sage, dann bestimmt nicht, weil ich Gesellschaft brauche.«

Stallings' Mundwinkel verzogen sich einlenkend nach unten. Er winkte Overby, voranzugehen, und folgte ihm den Flur entlang zur Herrentoilette.

An diesem dritten Frühlingstag trug Stallings einen neuen, hellbraunen Popelineanzug und ein blaues Hemd mit gestärktem Kragen, dazu die braungold gestreifte Krawatte irgendeines aufgelösten Regiments und eine goldene Krawattennadel. Anzug, Hemd, Krawatte, Nadel und ein Paar geschnürter Ziegenlederschuhe waren Teil der Garderobe, die Otherguy Overby zwei Tage vorher in Lew Ritters Herrenbekleidungsladen am Wilshire Boulevard für Stallings ausgesucht hatte, wobei er einen Aufschlag für Änderung und Lieferung bis zum nächsten Tag gezahlt hatte.

Danach hatte Overby Stallings zu einem Coiffeur an der Melrose gefahren und 85 Dollar in einen Haarschnitt samt Gesichtspflege und Maniküre investiert. Auf dem Weg zum Friseur hatte ein amüsierter Stallings zugehört, wie Overby seine Taktik darlegte.

»Ich weiß nicht, wie lange es her ist, seit Sie draußen am Rand der Welt waren«, hatte Overby mit einer Geste gesagt, die die Welt westlich von Catalina und östlich von China einschloß. »Aber wenn Sie es so angehen, wie wir's angehen werden, müssen Sie aussehen, als könnten Sie die Chips kaufen und hätten immer noch das nötige Kleingeld. Da draußen schieben sie einem keine Chips zu, wenn man schäbig aussieht, weil Schäbigkeit kein Vertrauen erweckt, und nur das haben wir anzubieten. Was Vertrauen erweckt, ist Fassade – kein Protz, aber Fassade. Kennen Sie den Unterschied?«

Stallings hatte gelächelt und mit einem Nicken bejaht.

»Na ja, ich bitte untertänigst um Vergebung, aber Sie sehen aus wie ein frischfrommfröhlichfreier Uniprof, der noch nichts auf der Kante hat. Ich meine, wie ein Bursche, dessen Frau ihm jeden siebten Freitag die Haare schneidet, während sie sich im Fernsehen den politischen Wochenrückblick reinziehen und über den Faschisten im Weißen Haus stöhnen und meckern.«

Stallings, noch immer amüsiert, hatte wieder genickt. »Meine Tochter schneidet sie«, hatte er gesagt. »Meine Tochter in Cleveland Park. Sie würde übrigens jede Verleumdung gegen den derzeitigen Bewohner des Weißen Hauses unterschreiben, der zufällig kein Faschist ist, sondern Schauspieler.«

»Na ja, das ist fast genauso schlimm.«

»Meine Tochter würde nicht so denken, wenn er Gregory Peck wäre.«

Overby hatte beifällig genickt. »Yeah, Peck sieht eher wie ein Präsident aus.«

Nachdem sie die Kabinen der Herrentoilette überprüft und sich vergewissert hatten, daß sie frei waren, unterzog Overby Stallings einer abschließenden Musterung von oben bis unten, seufzte und sagte: »Fangen wir mit dem Grundlegenden an. Machen Sie Ihren Stall zu.«

»Jesses«, sagte Stallings und tat, wie ihm geheißen.

»Und richten Sie den verdammten Binder.«

»Hatte nie viel für Binder übrig.«

»Das ist Ihr Gütezeichen. Also lassen Sie es aussehen, als wären Sie dran gewöhnt.«

Stallings schob den Knoten hoch, bis er saß, und rückte die Nadel zurecht, die er für albern hielt. Overby grunzte beifällig und sagte: »Jetzt sehen Sie wie ein Mann aus, der nein sagen kann.«

Stallings lächelte. »Zu Harry Crites?«

»Warum nicht? Wie die meisten Jungs aus dem Osten drüben spaziert er wahrscheinlich in seiner Version vom Los-Angeles-Freizeitlook rein, dem Zeug also, was er anhat, wenn er daheim die Würstchen grillt. Er sieht uns im feinsten Zwirn, und da steht er dann in seinen Schlabberlumpen. Und was bringt uns das? Den Vorteil, ganz genau.«

Overby drehte sich um und inspizierte sich und seinen nachtblauen Anzug im Spiegel der Herrentoilette. Was er sah, gefiel ihm offenbar, selbst nachdem Stallings gesagt hatte: »Sie kennen Harry Crites nicht.«

Sie saßen an einem Tisch mit gutem Blick auf den Eingang der Polo-Lounge beim Kaffee. Overby behielt die Tür im Auge, während Stallings die anderen Frühaufsteher musterte und die echten Talente von denen zu unterscheiden versuchte, die damit hausieren gingen.

Während er sich umschaute, sah Stallings, wie sich Overbys Gesichtsausdruck veränderte. Eben noch hatte Overby das gezeigt, was Stallings mittlerweile insgeheim als seine Falle-mit-Köder-Miene bezeichnete – eine Miene, die von gelassenem Selbstvertrauen, reger Aufmerksamkeit und unendlicher Geduld zeugte. Es war derselbe Ausdruck, den Overby gezeigt hatte, als er am Flughafen wartete.

Stallings wurde neugierig, als dieser Ausdruck verschwand und, wenn auch nur einen Augenblick, durch einen Anflug von etwas ersetzt wurde, das eher Besorgnis als Furcht verriet. Doch dann kehrte die Falle-mit-Köder-Miene zurück, diesmal sogar ausgeprägter als zuvor, und Stallings wandte sich dem zu, was Overby sah.

Die große Frau mit den rotbraunen Haaren stand im Eingang und suchte den Raum ab. Als ihre dollargrünen Augen Stallings erkannten, hätte sie beinahe gelächelt und fast genickt. Als ihr Blick auf Overby fiel, verhielt er. Nichts veränderte sich in ihrem Gesicht. Doch das gegenseitige Anstarren dauerte, so fand Stallings, lange genug, damit sie und Overby die letzten paar Jahre nachholen konnten. Dann drehte sich die Frau abrupt um und verließ die Polo-Lounge.

»Sie kennen sie?« fragte Stallings.

»Wen?«

»Kommen Sie, Otherguy.«

»Kennen Sie sie?«

»Sie gehört zu Harry Crites.«

Overby entspannte sich, während ein berechnendes Lächeln den letzten Rest Besorgnis wegwischte. »Na ja«, meinte er, »wer sagt's denn.« Da es keine Frage war, erwiderte Stallings nichts.

Fünf Minuten später kam Harry Crites in die Polo-Lounge geschritten, gefolgt von der großen Frau, die nun einen flachen Attachékoffer aus schwarzem Leder trug. Harry Crites war mit einem Polo-Hemd, Reitbreeches und gewichsten Stiefeln bekleidet, die ihm fast bis zu den Knien reichten.

»Ein Polo-Dress in der Polo-Lounge«, murmelte Stallings. »Wir haben grade unseren Vorteil eingebüßt, Otherguy.«

Overbys selbstbewußte Miene hatte sich beim Anblick von Harry Crites nicht verändert, und er sagte lediglich: »Er hat sein Pferd vergessen.«

Während die große Frau ihm Rückendeckung gab, kam Crites zu ihrem Tisch und nickte Stallings zu, ohne ihm die Hand zu reichen. »Hallo, Booth.«

»Harry.«

Crites wandte sich an Overby. »Wie ich hörte, nennt man Sie Otherguy Overby.«

Overby lächelte. »Ich habe einige von Ihren Gedichten gelesen, Mr. Crites, und –«, er unterbrach sich und hörte auf zu lächeln, als habe er noch einmal bedacht, was er hatte sagen wollen. »Na ja, macht nichts.«

Bevor Harry Crites mehr tun konnte, als ihn finster anzufunkeln, sagte Stallings: »Setz dich, Harry, und stell uns deine Freundin vor. Oder hast du mir erzählt, daß sie nicht unbedingt eine Freundin ist?«

Crites deutete mit einer knappen Handbewegung auf Stallings: »Miss Blue, Mr. Stallings.« Sie und Stallings nickten einander zu. Dann bedachte Harry Crites Overby mit einem flüchtigen, mißbilligenden Blick: »Den kennen Sie schon.«

Sie nickte dem sitzengebliebenen Overby zu. »Hallo, Otherguy.«

Ohne zu lächeln, sagte Overby: »Georgia.«

Ein Kellner zog einen Stuhl heran, und Georgia Blue setzte sich neben Stallings und gegenüber von Overby. Harry Crites nahm den verbleibenden Stuhl. Der Kellner verteilte die Karten. Ohne einen Blick darauf zu werfen, reichte Crites seine automatisch Georgia Blue und sagte: »Bestellen Sie für mich.« Sie begann die Speisekarte zu lesen.

»Wußte gar nicht, daß du Polo spielst, Harry«, sagte Booth Stallings.

»Warum solltest du?«

»Spielst du schon lange?«

»Zehn Jahre. Hab's in B. A. gelernt.«

Stallings beugte sich zu Overby. »B. A. ist Buenos Aires, Mr. Overby. Mr. Crites war vor einigen Jahren da unten und hat die Generäle in Fragen der inneren Sicherheit beraten.«

Overby schaute Crites interessiert an. »Muß so sein, als brächte man alten Enten das Schwimmen bei.«

Crites zielte mit dem Zeigefinger auf Overby, funkelte jedoch Stallings an. »Wer, zum Teufel, ist das?«

»Mein Führer auf der Welt widrigen Wegen.«

Crites grunzte. »Soweit ich weiß, hat er sie eher angelegt.«

Der Kellner kehrte zurück, um die Bestellungen entgegenzunehmen. Georgia Blue bestellte für Harry Crites nur Melone und schwarzen Kaffee, für sich selbst jedoch etwas Kräftigeres, genau wie Stallings und Overby. Nachdem sie dem Kellner die Karten zurückgegeben hatte, sagte sie: »Würden Sie die Melone bitte sofort bringen?«

Sobald der Kellner gegangen war, strahlte Overby Harry Crites viel zu freundlich an und sagte: »Georgia muß 'ne tüchtige Dienstmaid abgeben!«

Harry Crites beugte sich vor. Mit schnarrender Stimme sagte er: »Ich möchte, daß Sie Ihren Arsch da raushalten, Mann. Ich hab' mit Stallings hier 'nen Deal gemacht. Falls er Sie dabeihaben will, schön. Aber von Ihrem Gewäsch will ich nichts mehr hören.«

Overby rundete sein freundliches Lächeln mit einem freundlichen Nicken ab. »Mr. Stallings hat sich meiner bescheidenen Dienste versichert, damit ich ihn nach besten Kräften berate. Falls ich zu dem Schluß gelange, daß Ihr Projekt ihn, erstens, großer Gefahr aussetzt oder, zweitens, in die Scheiße reitet, werde ich ihm raten auszusteigen.«

Sie starrten einander sekundenlang an, bis Crites sich an Stallings wandte und sagte: »Okay, Booth, reden wir über's Geld. Fünfzigtausend hast du in Washington bekommen. Weitere zweihunderttausend sind in dem Attachékoffer, den Georgia hat – die Hälfte in Amex-Traveller-Schecks. Mit denen kannst du nach Lust und Laune um dich werfen. Aber falls du aus irgendeinem unerforschlichen und wunderbaren Grund beschließen solltest, die Kurve zu kratzen, kann ich deine Spur damit zurückverfolgen – mit einiger Sicherheit. Okay?«

»Wo ist die andere Hälfte?«

»In Hongkong. Sobald du dein Paket ablieferst, wird Georgia dir die anderen zwofünfzig aushändigen. Das heißt, daß du dich ruhig schon mal an sie gewöhnen kannst, weil sie bei der ganzen Mission dabei ist. Wenn auch vielleicht nur, um ein Auge auf ihn zu haben.« Crites stieß mit dem Daumen auf Overby, ohne ihn anzusehen.

»Du hast Miss Blue in Washington nicht erwähnt, Harry.«

»Ja, nun, deswegen tu' ich es jetzt.«

Stallings lächelte Georgia Blue an. »Was dagegen, wenn ich Sie Georgia nenne?«

»Überhaupt nicht.«

»Erzählen Sie mir was über sich.«

»Ich war sieben Jahre bei einer Bundesbehörde.«

»Landwirtschaft vielleicht?« fragte Stallings. »Handel? Wohnen und Stadtentwicklung?«

»Schatzamt«, sagte Georgia Blue.

Stallings Augenbrauen schossen hoch. »Doch nicht der gefürchtete Secret Service?«

Georgia Blues Mund verzog sich zu einem leicht belustigten Lächeln, während sie nickte.

»Und jetzt sind Sie bei Harry hier?«

»Nein, Mr. Stallings, bei Ihnen.«

Der Kellner brachte Harry Crites' Honigmelone. Die anderen sahen ihm schweigend zu, wie er sie innerhalb von zwei Minuten aufaß, sich die Lippen mit einer Serviette betupfte, einen letzten Schluck Kaffee nahm, wieder die Lippen betupfte und sich Stallings zuwandte.

»Okay, das wär's. Ich hab' dir gesagt, was du wissen mußt. Und falls ich was vergessen habe, kann Georgia das übernehmen. Wann reist du ab?«

Stallings schaute zu Overby, der sagte: »Heute nacht. Die Maschine um halb elf. Philippine Airlines.« Er blickte Georgia

Blue mit einer Miene an, die Besorgnis auszudrücken schien. »Ich bin mir nicht sicher, ob wir noch einen Platz für Sie bekommen.«

»Ich habe bereits gebucht, Otherguy«, erwiderte sie.

Overby lächelte. »Endlich vereint!«

Harry Crites blickte auf seine Uhr und stand auf. »Ich habe in fünfundvierzig Minuten ein Spiel, Booth. Ich seh' dich also vermutlich, sobald du zurück bist.« Sein Blick schweifte zu Overby. »Sie vielleicht auch.«

Auch Georgia Blue erhob sich. »Ich begleite Sie zum Wagen.«

Harry Crites wandte sich vom Tisch ab, dann wandte er sich wieder um. »Übrigens, Booth. Dieser neue Anzug gefällt mir wirklich.«

Als sie gegangen waren, fragte Stallings Overby: »Wo haben Sie sie kennengelernt, Otherguy?«

»Unterwegs.«

»Unterwegs wo?«

»Ich lasse lieber sie erzählen.«

Georgia Blue kam nach fünf Minuten zurück. Sie hatte den flachen Attachékoffer mitgenommen, und Stallings bemerkte jetzt, daß sie ihn wieder mit zurückbrachte. Sie setzte sich, schenkte Kaffee nach, nippte an ihrer Tasse und lehnte sich im Stuhl zurück, wobei sie erst Overby und dann Stallings anschaute.

»Ich denke, wir können gleich zur Sache kommen, nicht wahr, Mr. Stallings?«

»Warum nicht?«

»Gut.« Sie beugte sich vor, stützte die Ellbogen auf den Tisch und lächelte Overby an. »In wieviele Teile willst du die fünf Millionen aufteilen, Otherguy?«

Fast eine volle Minute verstrich, während der sie einander wieder anstarrten und schweigend austauschten, was Stallings für neue Vertraulichkeiten, uralte Geheimnisse und böse Erinnerungen hielt.

Schließlich schaute Overby weg, nicht zu Stallings, sondern auf etwas meilenweit Entferntes. »Vier«, sagte er. »In vier Teile.«

Georgia Blue wandte sich Stallings mit einem kühlen Starren

zu, das er noch in den geheimsten Winkeln seines Bewußtseins herumstochern zu spüren meinte. »Und jetzt werden es fünf Teile sein, richtig, Mr. Stallings? Zu je einer Million.«

»Vermutlich sollte ich Sie fragen, warum durch fünf geteilt werden sollte«, sagte Stallings, »und dann werden Sie mit einem zwingenden Grund aufwarten, aus dem ich zustimmen muß.«

»Der Grund ist einfach«, sagte sie. »Es wird viel leichter für Sie sein, es mit mir loszueisen als ohne mich. Tatsache ist, ohne mich wird es nahezu unmöglich sein.«

»Von vorbereitendem Quatsch halten Sie wenig, stimmt's?« fragte Stallings mit der Andeutung eines Lächelns.

»Es ist Zeitverschwendung«, sagte sie, während sie ihn weiter musterte. »Nun?«

»Okay«, sagte Stallings achselzuckend. »Fünf Teile – zu je einer Million.«

Otherguy Overby stieß den Atem aus, den er angehalten hatte, und nickte erleichtert. »Alles in allem macht es so mehr Sinn«, sagte er.

12. KAPITEL

Zum zweiten Mal in seinem Leben flog Booth Stallings Erster Klasse. Das erste Mal lag fast fünf Jahre zurück, als ihn ein schwedischer Handfeuerwaffenhersteller zu einer Verkaufskonferenz nach London eingeflogen hatte, wo Stallings einen übel aufgenommenen Vortrag mit dem perversen Titel »Terrorismus – ein aufregend heißer neuer Industriezweig« gehalten hatte.

Otherguy Overby hatte aus Gründen der Fassade auf Tickets Erster Klasse nach Manila bestanden, und zufällig hatte Stallings zwei Sitze für sich allein. Auf der anderen Seite des Gangs waren Overby und Georgia Blue, die kaum miteinander redeten. Nachdem die 747 dreißig Minuten von Los Angeles weg war und ein übereifriger Flugbegleiter ihm einen zweiten Martini aufgedrängt hatte, erhob sich Stallings, tippte Overby auf die Schulter und sagte: »Ich bin dran.«

Georgia Blue sah auf, als Stallings mit seinem Drink auf den freigewordenen Sitz rutschte und sagte: »Erzählen Sie mir von dem Geld.«

»Den fünf Millionen«, sagte sie.

Stallings nickte.

»Es ist echt«, sagte sie.

»Wo ist es?«

»Es wird auf der Hongkong and Shanghai Bank sein – der neuen Zentrale in der Des Voeux Road.«

»Dort wird es sein. Ist es aber noch nicht.«

»Im Augenblick ist es dort, wo es, ohne daß Washington etwas davon erfährt, per Kabel angewiesen werden kann.«

»Also nicht in den Staaten, richtig?«

Sie lächelte.

»Wann wird Harry anweisen?«

»Wenn ich es ihm sage.«

»Mit einem Code?«

Wieder lächelte sie.

»Möchten Sie mich in den Code einweihen – wo wir doch Partner sind?«

»Jetzt noch nicht.«

»Wessen Geld ist das?«

»Wen kümmert das? Was heißt, ich weiß es nicht.«

»Harry hat mir irgendwelchen Scheiß aufgetischt, daß es von einem Konsortium von Geschäftsleuten stammt.«

»Scheiß ist eine ziemlich passende Umschreibung.«

»Glauben Sie, daß es Langley-Geld ist?«

Sie schüttelte den Kopf.

»Warum nicht?«

»Das würde nicht über Harry laufen. Die haben ihre eigenen Strohmänner.«

»Möchten Sie hören, was ich denke?« fragte Stallings nach zehnminütigem Schweigen.

»Selbstverständlich.«

»Ich glaube, das Geld kommt von jemandem, der keinen hinterherschickt, falls es verschwindet.«

»Harry wird hinterher sein«, sagte sie. »Und falls wir die Sache richtig angehen, werde ich es sein, die er schickt.«

Stallings grinste. »Na das ist ja ein netter Zug.«

»Ja, kaum zu glauben.«

Stallings lehnte sich in seinem Sitz zurück, schloß die Augen und sagte: »Und jetzt erzählen Sie mir von sich und Otherguy.«

Nach kurzem Nachdenken erwiderte Georgia Blue: »Er war so was wie ein häßlicher Unfall, der mir in Guadalajara zustieß. Als ich zwanzig war und er einunddreißig, hat er jedenfalls behauptet. Obwohl man bei Otherguy ja nie weiß, weil er so viel lügt.«

»Aber in dem, was er macht, ist er gut«, sagte Stallings und öffnete die Augen.

Sie zuckte die Achseln. »Jedenfalls gehört er zu den vierzig Besten.«

Obwohl Stallings ihr aufmunternd zunickte, war aus Georgia Blue freiwillig nichts mehr herauszubekommen. Nachdem 15 weitere Sekunden verstrichen waren, fragte er: »Und was mußten Sie für das Schatzamt tun?«

»Ich habe über die Leiber der Ehefrauen und Mätressen von Premierministern, Präsidenten, Diktatoren, Potentaten und was es da so gibt gewacht. Genauer gesagt, bin ich die Zofe gewesen, die die Waffe getragen hat. Und als mir eine gewisse splitternackte Madame auftragen wollte, sie mit einer Massage zu verwöhnen, habe ich ihr gesagt, sie könnte mich mal, und wurde gefeuert. Und drei Wochen später hat mich Harry Crites angeheuert.«

»Damit Sie ihm Rückendeckung geben?«

Sie nickte.

»Schon seltsam, aber was hat Harry eigentlich – Feinde oder Paranoia?«

»Wissen Sie, die treten manchmal zusammen auf.«

»Hab' ich auch schon gehört«, sagte Stallings, erhob sich und kehrte zu seinem Sitz auf der anderen Seite des Gangs zurück.

Booth Stallings hatte es fertiggebracht, nur drei von den fünfzehn Stunden Flugzeit von Los Angeles bis Manila zu schlafen. Overby hatte ihnen irgendwie den Weg durch Zoll- und Paßkontrolle geschmiert, und Stallings schlafwandelte durch den internationalen Flughafen und hinaus in die Hitze. Die Hitze weckte ihn auf. Sie und die Horde von Taxifahrern, die wild durcheinanderschrien, daß ihre Wagen am besten klimatisiert seien und sie den niedrigsten Tarif hätten. Auch Overby trug zu dem Brimborium bei. Ohne Jacke und mit gelockerter Krawatte stand er da und bellte: »Manila Hotel! Manila Hotel!«

Die Taxifahrer vernahmen den Ruf mit Freude. Sekunden später kam ein ungewöhnlich kleiner Filipino in weißem Hemd, schwarzer Krawatte, dunkler Hose und Chauffeursmütze auf Overby zugeeilt und begann sich abwechselnd für seine Säumigkeit zu entschuldigen und zu versichern, daß er, wirklich und wahrhaftig, Romeo sei, der Fahrer der Limousine des Manila

Hotels. Die Taxifahrer verbürgten sich für ihn unter lautem Rufen: »Ist wahr, ist wahr!«

Stallings war seit über 40 Jahren nicht mehr in Manila gewesen. Nach den erbittertsten und sinnlosesten Straßenkämpfen des ganzen Krieges hatte er die Stadt damals praktisch zerstört vorgefunden. Unterwegs zum Manila Hotel, auf dem Vordersitz des schwarzen Mercedes, sah er, daß fast alles wieder aufgebaut worden war, daß alles ziemlich abscheulich aussah und daß er außer den Slums fast nichts wiedererkannte. Die Slums waren noch genauso, wie er sie in Erinnerung hatte.

Ende August 1945 waren Booth Stallings und Alejandro Espiritu von einer C-47 der Army von Cebu nach Manila geflogen worden, wo das Gerücht umging, daß McArthur persönlich in einer, wie es in einer Ankündigung hieß, »kurzen, doch bewegenden Feier« die Ordensverleihung vornehmen werde.

Der Hauptzweck der Veranstaltung sollte darin bestehen, dem gefallenen Sanitätsgefreiten Hovey Profette aus Mena, Arkansas, posthum das Verdienstkreuz Erster Klasse für seine außergewöhnliche Tapferkeit im Einsatz zu verleihen. Espiritu und Stallings sollten für ihre geringeren Verdienste Bronze-Stars an die Brust geheftet bekommen. Die Reise nach Manila war für beide der erste Flug ihres Lebens gewesen.

McArthur hatte sich natürlich nicht gezeigt, und die Aufgabe, die Orden für einen toten Sanitäter, einen lebenden Second Lieutenant und einen abgehalfterten Guerilla mit verdächtigen politischen Ansichten zu überreichen, traf McArthurs rechte Hand, Major General Charles A. Willoughby, der in späteren Jahren der enge und hochgeschätzte Gefährte eines anderen einzigartigen Amerikaners, nämlich H. L. Hunt, werden sollte.

Espiritu bekam seinen Orden zuletzt. Während der General ihn anheftete, murmelte er auf englisch Glückwünsche. Espiritu lächelte und murmelte in Tagalog oder Cebuano zurück – in welcher Sprache, wußte niemand genau. Viele Jahre später sollte Willoughby behaupten, Espiritu habe gesagt: »Der eigentliche Kampf steht uns noch bevor, General.«

Die kurze und nicht sehr bewegende Feier war in einem der wenigen unversehrten Zimmer des nahezu ausgebombten Manila Hotels abgehalten worden, demselben Hotel, in das Booth Stallings vierzig Jahre später zurückkehren sollte. Als auch noch der rangniedrigste Presseoffizier gegangen und niemand mehr übriggeblieben war als der Second Lieutenant der Infanterie und der Guerilla, hatte Booth Stallings auf den Orden an seiner Brust hinuntergeschaut, ihn abgenommen und in seine Gesäßtasche gesteckt. Espiritu tat es ihm gleich und fragte Stallings: »Wohin gehst du jetzt?«

»Wie's aussieht, nach Japan«, sagte Stallings. »Besatzung.«

»Ich meine, heute nachmittag.«

»Ich hatte irgendwie vor, mir irgendwie einen anzusaufen.«

»Kann ich dir Gesellschaft leisten?«

»Du trinkst doch gar nicht, Al.«

»Ich kann billigen Gin für dich auftreiben, mit den Nutten feilschen, die Loddel abwimmeln und mich ansonsten amüsieren.«

»Okay«, sagte Stallings. »Gehen wir.«

Die Sauferei dauerte zwei Tage und drei Nächte. Als sie schließlich am 28. August 1945 Abschied nahmen, war sich Stallings sicher, daß er Alejandro Espiritu nie wieder sehen würde.

Im Manila Hotel kannte man Otherguy Overby, und das Willkommen war warm und überschwenglich. Während er durch die riesige, mit feinstem Marmor ausgelegte und seltenen Hölzern getäfelte Lobby schritt, verteilte Overby knisternde neue Fünf-Dollar-Noten an Pagen und Gepäckträger und Türsteher, von denen er einige namentlich begrüßte. Stallings schätzte, daß Overby annähernd sechzig Dollar verteilt hatte, bis sie den stellvertretenden Direktor und ein weiteres herzliches Willkommen über sich ergehen lassen mußten.

Doch als Overby sich umdrehte, um die Lobby mit kundigem Blick zu überschauen, wechselte der Ausdruck des elegant gekleideten stellvertretenden Direktors von der Willkommens- zu der fatalistischen Miene eines Menschen, der weiß, daß er gleich eins mit dem Totschläger übergezogen kriegt.

Overby beendete seine Inspektion mit einem verständnisvollen Lächeln. »Wie sieht's mit der Belegung aus, Ramon?« fragte er. »Zirka vierzig, fünfundvierzig Prozent, jetzt, nachdem sich die erste Aufregung gelegt hat?«

Der stellvertretende Direktor schüttelte den Kopf. »Sie ist besser, Otherguy. Viel besser.«

»Das hoffe ich doch.« Overby wandte sich um, bedachte die Lobby mit einem weiteren skeptischen Blick und meinte dann: »Ich sage Ihnen, was wir brauchen. Wir brauchen eine Suite für Doktor Stallings und zwei große Zimmer für Miss Blue und mich. Wir möchten sie alle im selben Stockwerk, für Raucher, denn obwohl Doktor Stallings nicht raucht, wird er Gäste empfangen, die es tun.«

Der stellvertretende Direktor nickte. »Damit können wir Ihnen dienen.«

»Das einzige, was wir sonst noch brauchen, ist ein fünfundzwanzigprozentiger Rabatt auf eine Wochenmiete im voraus, bar und in US-Dollar. Falls Sie das nicht für uns regeln können, Ramon, nehmen wir uns ein Taxi nach Mataki und versuchen es im Intercontinental oder im Peninsula.«

Der stellvertretende Direktor schüttelte bedauernd den Kopf. »Ich kann keine fünfundzwanzig nachlassen, Otherguy. Das ist noch immer ein Regierungshotel.«

Overby zuckte die Achseln und wandte sich an Stallings und Georgia Blue. »Gehen wir.«

»Aber ich kann zwanzig nachlassen«, sagte der stellvertretende Direktor. »Vorausgesetzt, Sie zahlen in Dollar.«

Overby langte in eine Tasche und zog ein Bündel 100-Dollar-Noten heraus. Als er anfing, sie auf die Mahagoniplatte zu blättern, nahm der tiefbeeindruckte stellvertretende Direktor einen Kugelschreiber und reichte ihn Georgia Blue zusammen mit einer Anmeldungskarte. »Willkommen im Manila, Miss Blue.«

Drei Stunden später versammelten sie sich im Wohnzimmer von Booth Stallings' Suite im fünften Stock. Stallings, der Baumwollhosen und ein kurzärmeliges dunkelblaues Lew-Ritter-Hemd trug, fühlte sich nach dem langen Flug noch immer groggy. Doch Overby, in abgetragenen Jeans, geschmacklosem Hawaiihemd und abgeschabten Laufschuhen, die er ohne Socken trug, schien ausgeruht und hellwach. Stallings wunderte sich, warum Overby wie ein Pauschal-Tourist aussehen wollte, entschied sich aber, ihn nicht zu fragen.

Ausgeruht und wachsam wirkte auch Georgia Blue, in weißem Rock, hellbrauner Baumwollbluse und braunweißen Pumps mit Blockabsätzen, die, wie Stallings vermutete, wieder in Mode waren – oder bald kommen würden. Er und Overby tranken San-Miguel-Bier aus der Dose, Georgia Blue nippte an einem Wodka-Tonic. Die Getränke stammten aus dem Mini-Kühlschrank des Zimmers. Auf dem niedrigen Couchtisch stand ein riesiger Korb mit Tropenfrüchten und einer Karte: ›Mit den besten Empfehlungen der Direktion‹.

Stallings blickte sich in dem großen Wohnraum um, dessen Fenster einen Ausblick auf die Manila-Bay boten, und fragte: »Wieviel?«

»Regulär zwoachtzig pro Tag, US-Dollar«, sagte Overby. »Aber Sie zahlen bloß zwovierunddreißig, und die können Sie als Fassade abschreiben.«

»Nur zwovierunddreißig«, sagte Stallings. »Man stelle sich vor.«

»Da wir über Geld verfügen, können wir's auch eine Weile genießen«, sagte Overby. »Okay?«

»Schön«, sagte Stallings.

»Georgia und ich müssen einen Typen besuchen, der mich um zehntausend zu erleichtern versuchen wird, den ich aber auf fünf runterdrücken werde. Ich brauch' die fünf.«

»Ist das Ihr Kontaktmann?«

Overby nickte.

»Wie heißt er?« fragte Georgia Blue.

»Boy Howdy.«

»Klingt nach Amerikaner.«

»Australier«, sagte Overby. »Könnte inzwischen aber auch Filipino sein. Er hat vor zehn oder zwölf Jahren 'ne Einheimische geheiratet.«

»Was ist er?« fragte sie.

»Ein Arschloch erster Güte. Besitzt einen Saustall irgendwo in Ermita. Hat Nutten laufen, Bettelkinder, einen Schutzgeldring, macht hier und da Streikbrecher und ähnliches Zeug. Er nimmt außerdem Nachrichten entgegen, und dafür benutze ich ihn. Nachrichten.«

»Fünftausend«, sagte sie. »Die Nachricht muß es in sich haben.«

»Ich glaube, sie betrifft den derzeitigen Aufenthalt unserer beiden anderen Partner«, sagte Stallings.

Mit offensichtlichem Unglauben schaute sie erst Stallings und dann Overby an. »Ihr zwei wißt nicht mal, wo sie sind?«

Overby zuckte die Achseln. »Sie sind viel auf Achse.«

Irgend etwas spielte sich in diesem Augenblick in Georgia Blues Gesicht ab. Es verlor alle Lebendigkeit und jeden Ausdruck. Stallings gelangte zu dem Schluß, daß dies ihre Secret-Service-Miene sein mußte. Als sie sprach, bewegte sie kaum die Lippen.

»Haben sie auch Namen?« fragte sie.

Overby ließ den Blick kurz durchs Zimmer schweifen, bevor er ihn auf Georgia Blue heftete. »Wu und Durant«, sagte er.

Stallings beobachtete, wie Georgia Blue halb vor Überraschung, halb vor Schreck zusammenzuckte. Ihre Augen weiteten sich, und ihr Gesicht erbleichte. Sie öffnete den Mund, um tief durchzuatmen. Einen Augenblick lang dachte Stallings, es habe ihr die Luft genommen. Doch dann löste ein tiefes Scharlachrot die plötzliche Blässe ab, und sie benutzte ihren Atem, um über Overby zu fluchen.

»Otherguy, du verdammter Kerl!«

»Was ist denn los?« fragte Stallings.

Overby gönnte ihm ein unfreundliches Lächeln. »Wir haben zu

viert vor langer Zeit in Mexiko ein paar Sachen gemeinsam durchgezogen. Sie, ich, Durant und Wu. Nachdem Georgia und ich Schluß gemacht hatten, hat Durant sie 'ne Weile auf die Matratze geholt, und ich schätze, sie ist noch nicht drüber weg. Stimmt's, Georgia?«

»Du Scheißkerl.«

»Können Sie mit den beiden nicht arbeiten?« fragte Stallings.

»Für eine Million kann ich mit jedem arbeiten«, sagte sie. »Sogar mit Overby.«

»Und Durant?«

»Mit dem auch.«

»Ein hübscher Zufall, nicht wahr?« fragte Stallings. »Daß Sie Otherguy und auch Wu und Durant kennen.«

Georgia Blue starrte auf Overby, sprach aber mit Stallings. »Wer hat Ihnen dieses Paket verkauft, Booth?«

»Ein Mann in Washington namens Howard Mott. Kennen Sie ihn?«

Sie ging in ihrem Gedächtnis eine Liste von Namen durch. »Anwalt?«

Stallings nickte.

»Ich hab' von ihm gehört, aber ich kenne ihn nicht. Müßte ich?«

»Er ist mein Schwiegersohn.«

Der Blick, den Georgia Blue Stallings zuwarf, funkelte vor purer Bosheit. »Ja, natürlich, jetzt geht mir auf, warum Sie erleichtert sein müssen, daß ich ihn nicht kenne. Ihr Schwiegersohn!«

»Sehr erleichtert«, meinte Stallings. »Ganz außerordentlich.«

13. KAPITEL

Overby richtete es so ein, daß er die 5 000 Dollar hatte und Georgia die kleine, flache Walther-Halbautomatik. Sie hatte sie hinten in ihre Jeans geschoben, verdeckt von den Schößen des Hawaiihemds, das Overby in einem der Andenkenläden des Manila Hotels für sie ausgesucht hatte. Die Walther gehörte ihr.

Es war beinahe 22 Uhr, als sie im Fahrstuhl in die Lobby hinunterfuhren. »Wir sind Herr und Frau Otto G. Normaltourist«, sagte er. »Das G steht für gelangweilt, und wir brechen zu einer halbwegs zügellosen Nacht in die Innenstadt auf.«

»Huch, das ist ja fast eine Tarnung, oder?«

Overby seufzte. »Wenn ich einen Haufen Geld mit mir in Ermita rumschleppen muß, dann möchte ich niemandem auffallen. Und wenn ich Boy Howdy auf Fünftausend zu drücken versuche, will ich dabei so abgebrannt wie möglich aussehen.« Er musterte sie kritisch. »Das Problem mit dir ist, daß du nicht mal abgebrannt *aussehen* kannst.«

»Mein Gott«, sagte sie, als die Fahrstuhltür aufglitt, »ich glaube, du hast mir grade ein Kompliment gemacht.«

»Glaub noch mal«, sagte Overby, während er vor ihr aus dem Aufzug trat.

Draußen vor dem Hotel versuchte der Portier, Overby die Sicherheit und den Schutz einer Hotellimousine schmackhaft zu machen. Als Overby ihn abwies, zuckte der Portier die Achseln, pfiff ein Taxi heran, schrieb etwas in einen kleinen Block, riß das Blatt ab und reichte es Overby, der es unbesehen an Georgia Blue weitergab.

Oben auf den Zettel war der Name des Hotels gedruckt. Darunter stand der warnende Vermerk: »Werter Gast, zu Ihrer Sicherheit und Bequemlichkeit möchten wir darauf hinweisen, daß das Fahrzeug, das Sie gerade besteigen, die folgende Kennung hat.« Dahinter hatte der Portier Namen und Nummer des Taxis aufgeschrieben.

»Für den Fall, daß man uns eins über den Kopf zieht und ins Meer schmeißt, stimmt's?« fragte Georgia Blue.

Overby nickte, während das fünf Jahre alte Toyota-Taxi neben ihnen hielt und sie hinten einstiegen. Als Overby sagte, er wolle zu Boy Howdy nach Ermita, bot der Fahrer an, sie zu einem viel netteren Lokal zu bringen, dem seines Vetters, wo sie nicht halb so unverschämt betrogen werden würden. Overby mußte das Angebot zweimal ausschlagen, bevor der Fahrer das Taxi startete und die Hotelzufahrt zum Roxas-Boulevard hinunterschlich.

Die Fahrt ging nicht weit, kostete aber wegen des starken Verkehrs und der Sex- und Sündenkundschaft, die die kurze, enge Einbahnstraße in Ermita verstopfte, viel Zeit. Am hintersten Ende der Straße befand sich die große, rosa Neonreklame, die Boy Howdys Namen in die Welt hinausblinkte. Mehr als zehn Clubs säumten diesen Teil der Straße, und vor jedem stand ein Schlepper, der in den höchsten Tönen die Wonnen pries, die den Gast im Inneren erwarteten. Ungefähr die Hälfte der Schlepper waren Australier um die vierzig und fünfzig mit verkniffenen Mündern und enttäuschten Augen.

Die hoffnungsfrohe Kundschaft bestand aus japanischen Geschäftsleuten mit modischer Sportkleidung und törichtem Grinsen, amerikanischen Soldaten, alle jung und viele betrunken, und kleinen Grüppchen männlicher Europäer, die hin- und hergerissen schienen zwischen Verlegenheit und Verlangen. Der Rest der Menge setzte sich aus erwachsenen und minderjährigen Prostituierten beider Geschlechter zusammen plus einer Vielzahl von Zuhältern, Bettelkindern, Transvestiten, Taschendieben, Allzweckgaunern und vereinzelten mittelalten amerikanischen Touristen, die aussahen, als hätten sie sich den falschen Reiseführer gekauft.

Als das Taxi fünfzig Meter von Boy Howdys Lokal entfernt war, geriet es in einen Verkehrsstau. Overby bezahlte den Fahrer.

Sobald die Gäste aus dem Taxi waren, schaltete der Mann am Steuer den Motor ab, kurbelte die Fenster hoch, verriegelte die Türen und ergab sich resigniert einem Dampfbad von unbestimmter Dauer.

Overby ging voran, Georgia Blue blieb dicht hinter ihm und links zur Straßenseite, von wo, falls überhaupt, mit Ärger zu rechnen war. Overby stapfte, getreu seiner Touristenrolle, mit großen Augen und wissend über das ganze Gesicht grinsend voran.

Der Ärger kam von einem großen, betrunkenen amerikanischen Matrosen, der ein T-Shirt mit dem Aufdruck »All-American Fuckup« trug. Er packte Georgia Blues rechtes Handgelenk und verkündete: »Ich kann nicht anders – ich bin verliebt!«

Overby wandte sich um und sah unbewegt zu, wie Georgia Blue sich von ihm herumwirbeln ließ. Sie lachte fast, als der Matrose ihr gestand, daß große Frauen ihn antörnten. Doch dann schoß ihre linke Hand zu der großen, rechten Pranke, die noch immer ihr Gelenk umklammert hielt. Ihre Finger suchten und fanden den Nerv, der direkt unterhalb des Daumennagels lag. Sie krallte hinein. Der Matrose brüllte. Er brüllte weiter, während sie ihn in die Knie zwang, ihn freigab und weiterlief. Schnell sammelte sich eine kleine Menschenmenge und erörterte, ob der Mann auf den Knien schwer genug mitgenommen war, um ihn auszuplündern.

»Das hat dir Durant beigebracht, stimmt's?« fragte Overby, als Georgia wieder zu ihm aufschloß.

»Hat er?«

»Ich hab' ihn das mal in Bangkok mit 'nem großen Affen von den Special Forces machen sehen.«

»Ich bin in Ordnung, Otherguy, aber es ist lieb von dir zu fragen.«

Overby warf ihr einen raschen, verwunderten Blick zu. »Ich war nicht besorgt, falls du das meinst. Genau das meinst du doch, verdammt noch mal.«

Sie nickte leicht, schaute weg und sagte: »Du hast recht. Genau das meine ich, verdammt noch mal.«

Der Schlepper vor Boy Howdys Laden war ein Australier mit Jockey-Statur, viel zu wenig Zähnen und laut johlender Stimme. Er hatte ein gesundes Auge und ein trübes. Er richtete das gesunde Auge auf Overby.

»'ne ganze Weile her, Junge«, sagte der Schlepper.

»Sag ihm, daß ich hier bin.«

»Sag's ihm selber.«

Wegen des rosa Lichtscheins, der von einer kleinen Bühne kam, auf der drei nackte Frauen – zwei Filipinas und eine Chinesin – sich lustlos einer irgendwie aerobischen Orgie hingaben, war es in Boy Howdys Laden nicht ganz pechschwarz. Unten vor der Bühne spielte ein Trio, bestehend aus Piano, Schlagzeug und Saxophon, »Moon River«.

Es gab Nischen an zwei Längswänden, eine dichtbesetzte Bar und zwei Dutzend sehr kleiner Tische, zwischen denen die Barmädchen auf der Jagd nach Beute herumstrichen. Das Lokal war etwas mehr als halbvoll, und die Gäste waren überwiegend Japaner, die sich die Show ansahen und in ihren Scotch mit Cola kicherten.

Ein Filipino mit riesengroßem Kinn und dichtem schwarzen, bis auf die Schulter reichendem Haar trat auf Overby zu und nickte. Er war ein zierlicher Riese, über zwei Meter groß, und besaß die selbstbewußte Ausstrahlung eines altgedienten Rausschmeißers, der noch immer Spaß an seinem Metier hat. Drei gezackte Narben liefen wie Rangstreifen über seine rechte Wange.

»Wer ist die da?« fragte der Rausschmeißer und wies mit seinem Kantholzkinn auf Georgia Blue.

»Wanda Mae«, sagte Overby.

Der Rausschmeißer runzelte die Stirn. »Boy hat von keiner Wanda Mae was gesagt.«

»Sie ist für die ganze Nacht und ganz bezahlt, und ich will nicht, daß sie die Fliege macht«, erklärte ihm Overby.

Das war etwas, das der Rausschmeißer verstehen konnte. Mit dem Kopf deutete er nach hinten. »Kommt mit.«

Overby und Georgia Blue folgten ihm durch einen kurzen Flur, von dem zwei Türen zu den Toiletten abgingen. Am Ende des Ganges war eine dritte Tür aus Metall. Der Rausschmeißer wandte sich an Overby. »Heb die Arme.«

Overby hob sie. Der Rausschmeißer begann mit Overbys Achselhöhlen und klopfte ihn bis unten ab. Als er bei den Knien angelangt war, sagte Overby: »Das reicht.«

Der Rausschmeißer schaute hoch, schüttelte seinen großen Kopf und hätte weitergemacht, wenn Georgia Blue ihm nicht die Walther ins linke Ohr gesteckt hätte. »Er hat gesagt, das reicht«, sagte sie zu ihm, während er langsam hochkam, die Mündung noch immer halb im Ohr versenkt.

Overby musterte den Rausschmeißer. »Wenn wir jetzt reingehen und dieses Ding da aus deinem Ohr wächst, stehst du ziemlich blöd da. Warum machst du also nicht einfach die Tür auf, und wir gehen rein, und du kannst hier draußen bleiben und alles im Auge behalten. Okay?«

Wegen der Pistole in seinem Ohr konnte der Rausschmeißer nur andeutungsweise nicken.

»Was muß ich jetzt machen?« fragte Overby. »Die Klingel drücken?«

»Einmal kurz, zweimal lang«, sagte der Rausschmeißer.

Overby drückte, wie angewiesen, einen schwarzen Knopf. Einen Augenblick später summte ein Türöffner. Overby öffnete die Tür einen Spalt breit und wartete, bis er Georgia Blues Rücken an seinem spürte. »Okay?« fragte er.

»Okay«, erwiderte sie, während sie die Walther benutzte, um den Rausschmeißer den kurzen Flur zurückzuscheuchen.

Overby öffnete die Stahltür weit und blieb stehen, wobei er kurzfristig Georgia Blue verdeckte. Sie drehte sich rasch um, so daß sie jetzt Overby gegenüberstand, und schob die Walther wieder unter ihr Hawaiihemd.

Das Zimmer, das sie betraten, war nicht größer als ein Teppich, zirka drei mal fünf Meter. Die gesamte Einrichtung schien aus Plastik, Chrom und Leder zu bestehen. Es gab keine Fenster. Die eine Wand war mattschwarz gestrichen, und darauf prangte ein großformatiges Gemälde, Acryl auf Samt, mit der überhöhten Darstellung eines tropischen Strandes mit einer Menge Kokospalmen und einem fetten Tiger, der einen noch fetteren Büffel beschlich.

Boy Howdy stand vor einem Schreibtisch aus Chrom und Plastik, angetan mit einem langärmeligen *barong tagalog*, unter dem ein altmodisches Netzunterhemd hervorschaute. Rote, ergrauende Brustbehaarung schob sich kräuselnd durch die Maschen.

Bei einer Größe von mindestens einsfünfundachtzig hatte Howdy die massigen, geschwungenen Schultern und locker baumelnden Arme eines Schlägers. Sein Gesicht schien aus lauter rosa Knoten zu bestehen. An einem Ohr, dem rechten, fehlte das Läppchen. Kleine, blaue, etwas wässerige Augen lagen tief versteckt unter buschig-dichten, roten Brauen, die ebenfalls ergrauten. Das Kopfhaar war kurz und drahtig und wirkte wie angeklebt. Es war viel roter als seine Brauen, und Overby vermutete, daß er es färbte.

»Wer ist sie?« sagte Boy Howdy zur Begrüßung mit einer Stimme, die sich für Overby immer anhörte wie eine frisch eingesetzte Holzraspel.

»Georgia Blue.«

Howdy zeigte grinsend zwei Goldzähne. »Is' das so ähnlich wie Sweet Georgia Brown?«

»Wissen Sie, darauf ist bisher noch keiner gekommen«, gab sie zurück.

»Möcht' ich wetten«, sagte Howdy und machte eine linkische Handbewegung. »Na ja, setzt euch – irgendwo.«

Georgia Blue wählte einen Sessel aus Leder und Chrom. Overby nahm einen Stuhl mit gerader Rückenlehne – den einzigen im Zimmer. Er setzte sich, die Füße fest auf den Boden gestemmt, die Arme vor der Brust verschränkt. Er blickte sich um und nickte zu dem Acrylbild. »Das ist neu«, sagte er.

»Sagt irgendwie alles, stimmt's?« fragte Boy Howdy.

»Faßt alles zusammen.«

»Na, was darf's denn sein, Otherguy? Einen Drink und dann zum Geschäft, oder erst das Geschäft und dann 'nen Drink?«

»Geschäft.«

Boy Howdy nickte und lehnte sich mit dem Rücken an den Schreibtisch. »Ich muß gleich vorweg sagen, daß ich unheimliche Schwierigkeiten und Ausgaben hatte, um deine beiden Kumpel aufzuspüren. Unheimliche Schwierigkeiten, und haufenweise Ausgaben.«

»Vermutlich zwei Anrufe und etwa fünfzig Pesos für einen Hotelpagen.«

Howdy wandte sich mit verschwörerischem Blick an Georgia Blue. »Schon gemerkt, was für 'ne kesse Lippe der alte Otherguy hat?«

»Des öfteren.«

»Aber ich hab's geschafft, Otherguy. Es hat mich Zeit und auch Geld gekostet, aber schließlich hab' ich sie gestellt und mit beiden gesprochen.«

»Was hat Durant gesagt? Hallo und auf Wiedersehen?«

»Bloß weil Durant und ich uns ein bißchen aneinander reiben, heißt das nicht, daß wir keine Geschäfte miteinander machen.«

»Boy«, sagte Overby. »Hör mal. Durant würde nicht mal mit dir reden. Ich weiß es, und du weißt es. Also, was hat Artie gesagt?«

Howdy legte ein Hauch Wärme in seine Antwort. »Der alte Artie. Laß mir die Wahl, mit wem ich Geschäfte machen will, und ich würde sagen, mit einem Chinesen jederzeit. Wenn die dir was sagen, kannst du's unbesehen auf die Bank tragen. Wie ich also Artie erzähl', wieviel Zeit und Auslagen es mich gekostet hat, ihn zu finden, sagt er, er weiß meine Bemühungen zu würdigen und würde mich gern persönlich entschädigen, abgesehen davon, daß er mit dir, Otherguy, noch gar nicht im Geschäft ist und sich also denkt, daß mein Anteil aus deinem Anteil kommen muß.«

»Klingt wie Artie.«

»Also sag' ich: ›Artie, was würdest du meinen, soll ich vom alten Otherguy verlangen? Nenn mir einen fairen Preis‹, sage ich, ›einen, mit dem er selig summend davon zieht.‹ Und Artie sagt, er meint, ein fairer, grundsolider Preis wären zehntausend US-Dollar.«

»Dann ist Artie nicht mehr sauber im Kopf«, sagte Overby.

Über Howdys knotiges Gesicht zog sich leise Melancholie. »Ich kenn' dich, Otherguy. Kenn' dich seit Jahren. Und ich kenn' Artie und diesen scheiß Durant. Und ich weiß, die beiden kommen nicht billig, und du auch nicht – seid ihr nie gewesen. Also muß das, was ihr Burschen da am Kochen habt, fett und lecker sein. Und ich finde, ich sollte einen Löffel davon abkriegen.«

Overby seufzte, starrte lange zu Boden, und als er wieder aufblickte, trieften seine Augen vor Aufrichtigkeit und gutem Vorsatz.

»Boy, laß uns eins klarstellen. Ich bin hier, um dir ein bißchen Geld zu zahlen. Ich habe dich von L. A. aus angerufen und dich gebeten, Artie und Durant zu finden. Das hast du getan, und ich weiß es zu schätzen. Doch was bisher bei mir läuft, ist alles nur auf Verdacht – abgesehen von den nackten Spesen. Und nichts anderes kann ich Wu und Durant bieten: die nackten Spesen plus hier und da ein Scheibchen zum Versüßen. Also, wieviel Anrufe hast du gemacht? Zwei? Drei? Okay. Sagen wir drei. Ich zahle dir tausend Dollars pro Anruf. Dreitausend Dollars. Also wenn das nicht mehr als fair ist, bei Gott, dann weiß ich nicht, was das ist.«

Howdys Gesicht verhüllte sich mit entrüsteter Ablehnung und verletztem Stolz. »Otherguy, du bezahlst mich nicht dafür, daß ich den Hörer abhebe und ein paar Nummern wähle. Du bezahlst mich, weil ich weiß, welche Nummern ich wählen muß, und weil ich den verdammt besten Info-Dienst zwischen Honululu und Sydney laufen habe. Also schuldest du mir was für exklusive, professionell erledigte Dienste. Und wenn das nicht achttausend bar auf die Hand wert ist, freß ich meinen Arsch.«

»Für professionelle Dienste leg' ich einen Tausender drauf.«

»Viertausend? Das is' eine ... eine Beleidigung meiner Professionalität. Aber weil du ein alter Kunde bist, geh' ich bis auf sechs runter.«

Wieder seufzte Overby, und wieder musterte er den Fußboden. Als er schließlich aufblickte, sagte er: »Wenn ich tief in die eigene Tasche greife, kann ich bis fünf gehen.« Seine Stimme wurde kalt. »Dafür muß ich mein eigenes Kapital angreifen.«

»Fünf sagst du?«

»Fünf.«

»Na gut, dann fünf.«

»Okay«, sagte Overby. »Wo sind Artie und Durant?«

»Kann ich erst ein bißchen Geld sehen, Otherguy?«

Overby bückte sich und begann sein rechtes Hosenbein hochzuziehen. Georgia Blue lehnte sich in ihrem Sessel vor und faßte hinter ihren Rücken, als wolle sie sich kratzen. Boy Howdy ging um seinen Schreibtisch aus Chrom und Plastik herum und öffnete eine Schublade.

An Overbys nacktem rechten Bein war mit einem Klettband ein dicker DIN-A-5-Umschlag befestigt. Er riß das Band ab und warf den Umschlag auf Howdys Schreibtisch. Howdy grinste, zog ihn zu sich und schaute hinein.

»Adresse und Telefonnummer hab' ich hier drin«, sagte er und schob die rechte Hand zur offenen Schreibtischschublade.

»Halt!« bellte Georgia Blue.

Boy Howdy schaute sie erstaunt an, was echt oder gespielt sein mochte. »Halt was, Miss Sweet Georgia Blue?«

Georgia Blues rechte Hand kam hinter ihrem Rücken vor. Darin lag die Walther. Boy Howdys Überraschung war jetzt echt.

»Greifen Sie nicht in die Schublade«, sagte sie. »Sagen Sie Otherguy einfach, was er wissen will, und zählen Sie Ihr Geld. Zur Bestätigung wird er Wu und Durant anrufen. Falls Sie nicht lügen, gehen wir.«

Howdy zählte erst sein Geld. Während er es zählte, trat Overby hinter den Schreibtisch, langte in die offene Schublade und brachte eine 45er Colt-Halbautomatik zum Vorschein, das Modell von 1911. Er entfernte das Magazin, steckte es ein, betätigte den Schlitten und warf die Patrone in der Kammer aus. Dann steckte er den Colt wieder in die Schublade und die Patrone in seine Tasche.

»Okay«, sagte Overby. »Wo sind Artie und Durant?«

»Im Peninsula«, sagte Howdy, noch immer mit Geldzählen beschäftigt.

»Hier oder in Hongkong?«

»Hier. Die Nummer lautet –«

»Ich weiß die Nummer«, sagte Overby, hob das Telefon ab, wählte und fragte nach Mr. Wu. Als Artie Wu sich meldete, gab sich Overby zu erkennen und sagte: »Ich bin bei Boy Howdy, dem bekannten Wichser, und wir haben grad unser Geschäft abgeschlossen. Ich glaube, ich leg' lieber auf und schau' bei dir und Quincy vorbei.« Nachdem sie sich auf die Zeit geeinigt hatten, sagte Overby: »Und noch eins. Ich hab' eine Überraschung für dich.« Er hörte zu und erwiderte dann: »Es ist kein Was, Artie, es ist eine Sie. Georgia Blue... Ja, du hast recht. Warne Durant schon mal vor.«

Nachdem Overby aufgelegt hatte, wandte er sich mit ausdrucksloser Miene an Howdy. »Wir könnten uns auch die Fünftausend wieder nehmen und dich umsonst einkaufen, Boy.«

Howdy schüttelte den Kopf. »Vor ein paar Jahren vielleicht. Aber heute nicht mehr. Du warst zu lang weg, Otherguy. Früher bist du immer einen Zacken voraus gewesen, aber dann bist du weg und hast ihn irgendwo verloren.«

»Und du bist immer noch ein hoffnungsloser Fall«, sagte Overby, während er sich zur Tür wandte. Er hielt sie Georgie Blue auf, die rückwärts aus dem Raum ging, die Walther noch immer auf Boy Howdy gerichtet.

Als sie draußen im Flur war, rief Howdy: »Ich mag meine Frauen gern groß, Sweet Georgia Blue.«

Sie gab keine Antwort, ebensowenig Overby, der die Stahltür hinter sich schloß. Boy Howdy blieb mehrere Sekunden lang stirnrunzelnd hinter seinem Schreibtisch stehen, griff dann zum Telefon und wählte eine Nummer. Als jemand abhob sagte er: »Ich bin's, und es is' gelaufen, wie ich gesagt hab'.« Sein Gesprächspartner mußte ihm eine Frage gestellt haben, denn er erwiderte: »Nö, er is'n Schaf. Auf Wu und diesen scheiß Durant muß man ein Auge haben.«

14. KAPITEL

Es war nach Mitternacht, als Artie Wu das Klopfen an der Tür hörte, sich umwandte und sagte: »Bringen wir's hinter uns.«

Georgia Blue erhob sich, strich und zupfte mit den Händen unbewußt an dem geschmacklosen Hawaiihemd herum, das sie noch immer trug. Mit gesenktem Kopf ging sie langsam durchs Wohnzimmer der Suite im Peninsula Hotel. Wu und Otherguy Overby beobachteten sie mit offenkundiger Neugier. Wu saß auf der Couch, Overby in einem Lehnsessel. Als sie an der Tür war, hob sie den Kopf, und beide Männer schienen sich zu entspannen.

Sie ließ die Hand leicht auf dem Türknauf ruhen. Wieder das Klopfen, zweimal leise. Sie biß sich kurz auf die Unterlippe, schloß die Hand um den Knauf und öffnete die Tür. Quincy Durant stand draußen im Gang. Es war schwer zu sagen, ob ihn ihr Anblick erschreckte oder nur überraschte.

Seine Augen reagierten zuerst. Sie blinzelten zweimal ziemlich schnell, und dann klappte sein Mund auf, als müsse er unbedingt etwas sagen. Doch kein Wort kaum heraus, und sein Mund weitete sich zu einem breiten Grinsen, das ihn, wie sie fand, wie einen Sechs- oder Siebenjährigen aussehen ließ.

»Gott, Georgia«, sagte Durant.

»Das ist ein albernes Lächeln, Durant. Du siehst damit aus wie sechs. Ich hatte mich auf jemand Älteren gefreut – auf jemanden, der vielleicht schon 'ne Tracht vertragen kann.«

Durant strich sich mit der Hand durchs Haar. »Gefällt dir das Grau?«

»Ist noch nicht genug.«

Sein Lächeln erlosch für einen Moment und kehrte dann zurück, als wolle es sich auf ewig einnisten. »Du siehst fast unverändert aus. Nur besser. Dein Hemd gefällt mir besonders.«

»Otherguy hat es ausgesucht.«

»Otherguy. Na ja. Du bist also wieder mit ihm zusammen?«

»Ich bin seine neue Partnerin«, sagte Georgia Blue. »Und ich bin deine und Arties.«

Das breite Lächeln löste sich langsam auf, Millimeter um Millimeter. »Verstehe.«

»Nein, tust du nicht«, sagte sie. »Aber komm rein, und wir erklären es dir.«

Nachdem Durant eingetreten war, die Tür geschlossen und sich umgedreht hatte, stellte er fest, daß Georgia Blue nur einen knappen Schritt vor ihm stehengeblieben war. In ihren Augen und ihrer Miene lag etwas, das er entweder als Forderung oder als Einladung deutete. Also hob er mit der linken Hand ihr Kinn und legte ihr den rechten Arm um die Taille. Dann küßte er sie. Es war ein keuscher Kuß, einer mit geschlossenem Mund, der so lange dauerte, wie Küsse zwischen entfernten Verwandten unterschiedlichen Geschlechts dauern dürfen. Wu und Overby sahen mit höflicher Gleichgültigkeit zu.

Als der Kuß endete, sagte Georgia Blue: »Die Glut ist erloschen, verstehe.«

Durants rechte Hand tätschelte die Walther, die noch immer in ihrer Jeans steckte. »Muß an deiner Mordwaffe liegen«, sagte er.

Sie langte nach hinten und schob seine Hand weg. »Vor Jahren, Quincy, hatte ich Phantasien über dich und mich. Echtes SM-Zeug, um drei Uhr morgens, das gewöhnlich damit endete, daß ich dich niedergeschossen habe. Aber sie haben aufgehört, wie ja auch Krebs manchmal aufhört.«

Durant musterte sie kurz. »Wie du meinst, Georgia.«

Durant wandte sich den anderen zu und stellte fest, daß Otherguy Overby jetzt neben seinem Clubsessel stand. Overby zeigte sein hartes, fröhliches Grinsen. Durant erwiderte es seinerseits mit einem schurkischen Lächeln, teils erfreut, teils wachsam. »Otherguy«, sagte Durant, ein wenig überrascht von der Wärme, die sich ungewollt in seinen Tonfall geschlichen hatte. Er durchquerte das Zimmer und streckte ihm die Hand hin.

»Quincy«, sagte Overby, als sie sich die Hände schüttelten.
»Wie ich höre, ist es was Fettes.«
»Du hörst richtig.«
»Gut«, sagte Durant und wandte sich dem strahlenden Artie Wu zu, der, die Hände über dem Bauch verschränkt, auf der Couch sitzengeblieben war. »Als du angerufen hast«, meinte Durant, »hast du irgendwie vergessen, Georgia zu erwähnen.«
Wu schüttelte seinen großen Kopf. »Wenn ich's dir gesagt hätte, hättest du Herzflattern gekriegt, und der Schweiß wäre dir ausgebrochen, und du hättest noch um ein Uhr morgens versucht, Rosen zu bekommen. So aber kommst du hierher, die Tür geht auf und – bäng! Alles vorbei und erledigt.«
»Wie ein sauberes, schnelles Hängen«, sagte Durant.
»Genau«, meinte Wu und schaute zu Georgia Blue. »Bist du okay?«
Sie nickte und setzte sich auf die Couch.
»Tja, manchmal ist eine Wiedervereinigung gar nicht so schlimm, wie wir –«
»Um Himmels willen, hör auf damit, Artie«, sagte sie.
Wu lächelte beschwichtigend. »Okay, kommen wir zum Geschäftlichen.« Er erhob sich von der Couch. »Ich gieße jetzt jedem, der Durst hat, was ein. Danach wird Otherguy es von Anfang bis Ende durchgehen. Wenn er fertig ist, gibt's die Fragestunde. Irgendein Kommentar oder Vorschlag?«
Es gab keine. Georgia Blue bat um ein Glas Weißwein. Die drei Männer entschieden sich für Bier. Wu reichte die Getränke, setzte sich dann auf die Couch, zog eine seiner immensen Zigarren hervor und hielt sie hoch, um zu sehen, ob jemand Einwände dagegen erhob. Als das niemand tat, zündete er sie sorgfältig an, blies den Rauch in die Luft und schaute zu Overby. »Laß hören, Otherguy. Von Anfang an.«
»Laß mich erst den Preis nennen, für Quincy«, sagte Overby. Er schaute Durant an. »Es geht um fünf Millionen US-Dollar. Fünf gleiche Teile. Bleibt noch eine halbe Million offen, die für Unkosten und dies und jenes da ist.« Er hielt inne. »Interessiert?«

Durant grinste. »Außerordentlich.«

Dann erklärte Overby alles kurz und bündig, ließ die Adjektiva und Übertreibungen aus. Er sprach jeden einzelnen Namen langsam und deutlich aus, buchstabierte ihn sogar. Ein knapper Bericht über das Treffen mit Boy Howdy erfolgte ohne jeden Groll, wodurch er noch vernichtender wirkte. Als er geendet hatte, lehnte sich Overby in seinem Clubsessel zurück, langte nach dem Bier und trank es halb aus.

Nach kurzem Schweigen sagte Durant: »Und unser anderer Partner, der, der nicht dabei ist?«

»Booth Stallings«, klärte ihn Overby auf.

»Der Terrorismusexperte?«

Overby nickte.

»Ist er Experte zur Verhütung und Vorbeugung, oder gibt er Ratschläge, wie man's macht?«

»Ich hab' ein Buch gelesen, das er geschrieben hat«, sagte Overby. »Na ja, jedenfalls das meiste. Er weiß höllisch viel drüber – vielleicht alles. Aber...« Overby runzelte die Stirn, als habe er den Faden verloren.

»Aber was?« fragte Durant.

»Na ja, wenn er erklärt, wie und warum es passiert, bleibt er irgendwie neutral – wie einer, der drübersteht, verstehst du?«

Artie Wu blies einen großen, fetten Rauchring zur Decke und wandte sich an Georgia Blue. »Erzähl uns von dem anderen, Georgia. Dem Dichter, der dich als Feuerschutz engagiert hat.«

»Harry Crites.«

Wu unterstrich den Namen mit einem Schwenken seiner Zigarre.

»Er ist ein aalglatter Verbindungsmann mit allerbesten Beziehungen, der von seinem Watergate-Apartment aus Washington beackert. Seine Klientel sitzt in Süd- und Mittelamerika, in London unterhält er eine Art Briefkastenfirma, und er macht häufig Trips in den Nahen Osten. Nach Kairo. Nie woanders hin. Nur nach Kairo.«

»Welchen Hintergrund hat er?« fragte Durant.

»Bundesbehörden«, sagte sie. »Weißes Haus – na ja, irgendwie, jedenfalls vor langer Zeit – dann Verteidigung und Auswärtiges.« Sie machte eine Pause. »Variabel und undurchsichtig.«

»Langley?« fragte Wu.

»Er sagt, nein.«

Artie Wu steckte die Zigarre wieder in den Mund, verschränkte die Hände hinter dem Kopf und studierte die Decke. Er redete an der Zigarre vorbei.

»Okay. Harry Crites ist der Hahn, der das Geld aufdreht. Es fließt durch die Leitung, die unser aller Freund Booth Stallings darstellt, und landet dann im Eimer – Behälter klingt vielleicht besser –, den wiederum Alejandro Espiritu, alternder Freiheitskämpfer und/oder Erzterrorist, bildet.«

Er nahm die Zigarre aus dem Mund und schaute zu Durant. »Was wissen wir, abgesehen von der Tatsache, daß er und Stallings während des Krieges Waffengefährten waren, sonst über Espiritu?«

»Lauter Mist«, sagte Durant.

»Dann sollten wir besser was rauskriegen. Willst du das übernehmen, Otherguy?«

Overby dachte darüber nach und sagte schließlich ja.

Wu zog einen Aschenbecher heran und drückte sorgfältig die Zigarre aus. »Jetzt kommen wir zur Preisfrage. Wessen Geld wollen wir eigentlich abstauben?«

»Stallings hat sich ein paar Gedanken darüber gemacht«, sagte Georgia Blue. »Er glaubt, es ist schmutziges Geld, um das sich, ist es erst verschwunden, keiner mehr kümmert. Ich habe ihm gesagt, er kann Gift drauf nehmen, daß Harry Crites jemanden hinterherschickt, und daß das wahrscheinlich ich bin.«

Wu hob die rechte Augenbraue. »Und was hat Mr. Stallings gesagt?«

»Er hielt es für einen netten Zug.«

»Ich auch«, sagte Wu. »Quincy?«

»Sehr nett.«

»Ich finde ihn verdammt herrlich«, sagte Overby.

Artie Wu schaute auf seine Armbanduhr, gähnte und reckte sich. »Irgendwo unterwegs, nachdem das Geld aus dem Hahn ist und bevor es im Espiritu-Eimer landet, müssen wir es abschöpfen. Ich kann mir etliche Möglichkeiten denken, wie wir es schaffen könnten, und Otherguy weiß wahrscheinlich noch ein paar mehr.«

»Mindestens ein Dutzend«, sagte Overby.

»Wir müssen das auf Nimmerwiedersehen durchziehen«, sagte Durant.

»Absolut«, bestätigte Wu.

Durant krauste die Stirn. »Aber das können wir nicht, bevor wir nicht wissen, wessen Geld es wirklich ist.«

Overby rutschte in seinem Sessel herum, und seine Frage richtete er an die Galerie: »Wißt ihr, was mir das Grummeln in meinem Bauch sagt?«

Artie Wu beugte sich vor, die Ellbogen auf den Knien, sein Gesicht plötzlich interessiert und hellwach. »Sehr sogar«, sagte er.

»Okay«, meinte Overby. »Wir wissen, daß wir mit scharfem Geld rumspielen, bei dem Regierungen oder zumindest Multis mitmischen. Ich meine, niemand gibt fünf Millionen aus, bloß um irgendeinen alten Grabenkrieger aus den Bergen zu holen, es sei denn, er geht davon aus, fünfhundert Millionen wieder reinzubekommen, richtig?«

»Jedenfalls irgendwas im Wert von fünfhundert Millionen.«

»Na ja, ich für meinen Teil gebe nicht viel drauf, wessen fünf Millionen das sind, solange wir das Aufnimmerwiedersehen hinkriegen.« Overby hielt inne. »Aber mein Bauch sagt mir, was die mit den fünf Millionen vorhaben.« Er lehnte sich in den Sessel zurück und wartete darauf, daß ihn einer aufforderte fortzufahren, was Durant prompt tat.

»Die Philippinen in ihre Einzelteile zerlegen, darum geht's«, sagte Overby mit einem Ausdruck unerschütterlicher Gewißheit auf dem Gesicht.

Ein langes Schweigen folgte, während die anderen Overbys

Prognose verdauten. Schließlich sagte Artie Wu leise: »Nun, daraus wird vermutlich nichts, wie?«

Enttäuschung und mehr als nur ein Anflug von Erschrecken ließen Overbys Selbstvertrauen brüchig werden. »Du meinst, wir lassen das Geld sausen?«

»Was er meint«, sagte Durant, »ist, wenn wir das Geld verschwinden lassen, kann es nicht dazu benutzt werden, das Land in seine Einzelteile zu zerlegen.«

Overbys Erleichterung war offensichtlich. »Yeah. Richtig.«

»Ich kann's nicht glauben«, sagte Georgia Blue.

Overby schaute sie an. »Warum nicht, zum Teufel?«

»Weil Bockmist auch bei Mondschein stinkt. Wohltäter klauen keine fünf Millionen Dollar. Diebe ja. Abstauber wie wir, Otherguy. Wenn den beiden da nach Romantik ist, schön. Ich will Bares sehen?«

»Was ist falsch dran, ein bißchen was Gutes zu tun, während wir es durchziehen?« fragte Overby.

Georgia Blue seufzte. »Daß dabei nie Geld rausspringt.«

15. KAPITEL

Am folgenden Morgen um 7.15 Uhr kam Booth Stallings aus der Kaffeestube des Manila Hotels, wo er einer der ersten Gäste gewesen war, und schlenderte in die Lobby. Er warf die drei etwas penetranten Zeitungen aus Manila, die seine Frühstückslektüre gewesen waren, in einen Papierkorb und beobachtete ein Nachrichtenteam von ABC-TV, das sich darüber stritt, in welcher Reihenfolge es einen wartenden Kleinlaster mit der Ausrüstung beladen sollte.

Stallings fragte sich, hinter welcher Story die Mannschaft her sein mochte und wieviel Prozent der Zuschauer wußten oder sich darum scherten, daß die Philippinen zu guter Letzt doch nicht im Nahen Osten, gleich links von Syrien lagen. *Was du meinst, sind die Philisterinseln, Schatz.* Vielleicht zehn Prozent, entschied er, erhöhte sie aber augenblicklich auf zwanzig, um dann, überwiegend aus unbegründetem Optimismus, den Prozentsatz auf dreißig zu steigern.

Zu wissen, wo ein Land liegt, muß nicht heißen, daß es einen schert, was damit passiert, dachte Stallings, nicht einmal, wenn einem der ultimative Geographieunterricht in Form eines Weltkrieges erteilt worden ist. Mit einem leichten, klammheimlichen Grinsen dachte er daran, was die Marineinfanteristen über die Carolinen gesagt hatten: Wer macht 'nen Muck wegen Truk?

Das ABC-Nachrichtenteam schleppte die letzte schwarze Kiste hinaus, und Stallings trat an die Rezeption, um nachzufragen, ob eine Nachricht für ihn vorlag. Der Bedienstete wandte sich ab, schaute nach und wandte sich ihm mit einem Umschlag wieder zu. Es war ein schlichter weißer Umschlag, weder billig noch teuer aussehend.

Er war an Stallings in einer, wie er erkannte, Filipino-Handschrift adressiert, die er für die schönste der Welt hielt. Er wußte aber auch, daß sein Urteil durch die bestechende Ähnlichkeit zahlreicher Filipino-Schönschriften mit der einer gewissen Mary Helen Packer beeinflußt war, die in der vierten, fünften und sechsten Klasse vor ihm gesessen und deren energische, aber elegante Feder ihr jedes Jahr einen Preis eingebracht hatte.

Er fragte sich, ob die hohe Qualität der Filipino-Handschriften eine Hinterlassenschaft der spanischen Ordensbrüder oder, weniger wahrscheinlich, der 540 amerikanischen Schullehrer war, die sich 1901 an Bord der *S. S. Thomas* gen Manila eingeschifft hatten, ein Vorauskommando, das über die Inseln ausgeschwärmt war und sowohl die englische Sprache als auch die Palmer-Methode in den Provinzen verbreitet hatte. Ihm fiel wieder ein, wie Espiritu einst erwähnt hatte, daß er von einer älteren Dominikanerin unterrichtet worden war. Aus Kansas, wie Stallings sich zu erinnern meinte.

Er steuerte auf einen der Sessel in der Lobby zu, setzte sich hin und musterte das Kuvert. Es war in Schönschrift und adressiert an Mr. Booth Stallings, The Manila Hotel. In der linken unteren Ecke stand der Vermerk: Persönlich.

Innen steckte ein einmal gefalteter Bogen aus feinem weißen Papier. Die beiden mit schwarzer Tinte darauf geschriebenen Zeilen waren so exakt ausgeführt, daß sie fast wie mit dem Lineal gezogen wirkten. Die Zeilen drückten eher einen Befehl denn eine Einladung aus: »Treff mich heute morgen unter meinem Namen auf dem Soldatenfriedhof in Makati.« Der Brief war mit dem Namen Hovey Profette unterzeichnet. Stallings brachte ein schwaches Lächeln zustande, um das Schaudern zu unterdrücken, das der Name des toten Sanitäters hatte erzeugen sollen.

Der Rezeptionsbedienstete konnte sich nicht genau erinnern, wer den Brief abgegeben hatte, obwohl er glaubte, daß es ein kleiner, ziemlich sauberer Junge, nicht älter als neun oder zehn, gewesen sein könnte. Stallings dankte ihm, machte kehrt und ging durch die Doppeltüre des Haupteingangs hinaus in die Morgenhitze.

Er setzte die ihm verschriebene Sonnenbrille auf, während der Hotelportier ein vollklimatisiertes Taxi herbeirief. Stallings' Sehfähigkeit betrug noch immer 70 bis 80 Prozent, und die Sonnenbrille diente nur dazu, einen leichten Astigmatismus zu korrigieren, den er gewöhnlich ignorierte.

Er wußte, daß wohlmeinende Gene seine Sehfähigkeit praktisch intakt gehalten und ihm die Mehrzahl seiner Haare und sämtliche Zähne gelassen hatten. Er wußte auch, daß es reines Glück gewesen war, daß er sich noch nie einer Operation hatte unterziehen müssen, Knochenbrüchen entgangen war und keine Schmerzen gelitten hatte, die Aspirin nicht heilen konnte – von dem gelegentlichen akuten Kater abgesehen. Dagegen verließ er sich auf Alkaseltzer und ein oder zwei Bier.

Stallings hielt sogar sein Geschlechtsleben für passabel, obgleich unregelmäßig. Die meisten Frauen, mit denen er jetzt ins Bett ging, waren geschieden, nahezu eine Generation jünger als er (etwa Anfang Vierzig), und noch immer verblüfft, weshalb ihre Ehemänner sie einer Jüngeren wegen verlassen hatten. Stallings gab stets vor, darüber genauso verblüfft zu sein wie sie, und die beiderseitige Verblüffung bescherte ihnen unerschöpflichen Gesprächsstoff.

Worüber Stallings sich gelegentlich Sorgen machte, war sein Verstand. Er fürchtete, ihn zu verlieren. Ihm war seit langem bewußt, daß sein Verstand, wenn nicht brillant, so doch wendig, schnell und hellwach war. Und falls er hin und wieder ein paar lokkere Schrauben und lose Bretter hatte, so verfügte er doch über einen sorgfältig kultivierten Sinn für Objektivität. Sollte er jemals einen Sprung in der Schüssel bekommen, vertraute Stallings darauf, daß ihm die Objektivität die Optionen aussondern helfen und zum Selbstmord raten würde. Schon vor Jahren hatte er beschlossen, daß er lieber tot als trottelig sein wollte.

Um zum Soldatenfriedhof, dem American Memorial Cemetery, zu gelangen, fuhr der junge Taxifahrer (eigentlich kutschierte er eher, wenn es nach Stallings ging) durch eine Villengegend mit hochherrschaftlichen, von hohen Mauern umgebenen Häusern, die von schlagkräftig wirkenden Wachmännern behütet wurden. Stallings fragte, welche Gegend das sei, und der Fahrer erklärte ihm, dies sei Forbes Park, und dort lebten die Reichen und die Ausländer. Stallings erhaschte einen Blick auf die Flaggen von Spanien, Westdeutschland und auf die Trikolore Frankreichs. Es gab noch etliche andere, doch er fuhr zu schnell vorbei, um sie erkennen zu können.

Hinter Forbes Park begann die lange, U-förmige Zufahrt, die zu dem ersten Absatz von Marmorstufen am American Memorial Cemetery führte. Hinter dem ersten Absatz war noch ein weiterer, und hinter diesem befand sich ein fünf oder sechs Stockwerke hoher Marmorturm mit einer schwarzen Tür. Über der Tür war ein gewaltiger Fries mit Figuren, die Stallings zunächst für Gefallene hielt, die sich bei näherem Hinsehen jedoch als nackte, stillende Frauengestalten erwiesen.

Zur Rechten erhob sich ein riesenhaftes, klotziges Bauwerk aus weißem Marmor mit der amerikanischen Flagge an einem hohen Mast. Links stand ein entsprechendes Bauwerk mit dem entsprechenden Mast und der Flagge der Philippinen. Hinter den Gefallenendenkmälern waren Bäume und davor mehrere Hektar gutgepflegten Rasens. Doch nirgendwo waren Autos oder Besucher. Zumindest konnte Stallings keine sehen.

Nachdem er den Preis für eine dreißigminütige Wartezeit ausgehandelt hatte, stieg Stallings aus dem Taxi und erklomm die Stufen. Als er das Ehrenmal betreten hatte, stellte er fest, daß die Namen der Toten alphabetisch aufgelistet waren. Zuerst kam der militärische Rang, dann der Name, dann die Einheit und schließlich der Heimatstaat des gefallenen Helden.

Jeder Name war in zentimeterhohen Blattgoldlettern aufgeführt. Insgesamt waren es, so behauptete eine Tafel, 36279 Namen. Hinter den Zwillings-Ehrenmalen erstreckte sich ein richtiger Friedhof, aus dem, Reihe an Reihe, weiße Kreuze und Davidsterne wuchsen, genau wie bei Meuse-Argonne, Château-Thierry und, wie Stallings vermutete, Shiloh und Little Big Horn, obwohl er die beiden letzteren Schlachtfelder nie besucht hatte. Und er war sich nicht ganz sicher, ob es dort Davidsterne gab. Er beschloß, der Sache nachzugehen.

Der Buchstabe P fand sich fast am Ende des zugigen, nach allen Seiten offenen Ehrenmals. Stallings schritt langsam an den Pattersons, den Penningtons, den Phillips, den Pitts, den Powells und den Prathers vorbei, bis er zu Sanitätsgefreiter Hovey Profette, 182 Infantry Arkansas, kam. Er starrte hoch zu dem vergoldeten Namen – dem dritten von oben – und dachte sich, was sich alle Frontkämpfer denken, wenn sie mit Kriegstoten aus den eigenen Reihen konfrontiert werden: Besser du als ich, Kumpel – eine erste Reaktion, auf die häufig ein vages und nicht leicht zu bestimmendes Gefühl von Schuld und Mitleid folgt.

Na ja, wenn ich den alten Al erschossen hätte, als ich Gelegenheit dazu hatte, Hovey, sagte Stallings zu sich selbst und zu dem lange toten Profette, dann stünden hier vielleicht unsere drei Namen in Blattgold. Er starrte noch immer hoch zu Profettes Namen, als die Stimme der Frau hinter ihm sagte: »Ich muß mich für den Streich entschuldigen, den ich Ihnen gespielt habe, Mr. Stallings.«

Stallings starrte weiter hoch auf den Namen des toten Sanitäters. »Das bedarf keiner Entschuldigung«, sagte er und sah im Umdrehen eine junge philippinische Nonne in moderner grauer Tracht. Sie trug eine dunkle Brille und hatte eine große lederne Umhängetasche über der Schulter. Stallings bemerkte, daß sie nicht sehr groß war und ziemlich fit schien.

»Hat Al Sie geschickt?« fragte er.

»Al?«

»Espiritu.«

»Ja, natürlich. So haben Sie ihn genannt, nicht wahr? Al. Er möchte, daß ich Sie zu ihm bringe.«

»Wann?«

»Jetzt.«

»Wo ist er?«

»Cebu.«

»Richten Sie Al aus, daß ich die Einladung zu schätzen weiß, es aber vorziehe, meine Reisepläne selbst zu machen.«

Die Nonne schüttelte bedauernd den Kopf. »Ich fürchte, ich muß wirklich darauf bestehen.«

»Nein, danke.«

»Oh, je«, sagte sie und griff in die Schultertasche, als suche sie nach einem Taschentuch, wühlte kurz herum und brachte eine mittelgroße, halbautomatische Pistole zum Vorschein. Sie richtete sie mit, wie er fand, geübter Lässigkeit auf Stallings. Zugleich bemerkte er, daß sie mindestens Kaliber .38 hatte und daß ihre Hand nicht zitterte.

»Wozu soll das gut sein?« fragte er.

»Sie dazu zu bringen, mitzukommen.«

»Pistolen geben den Leuten sonderbare Vorstellungen«, sagte er, wobei er einen möglichst leichten Ton anzuschlagen versuchte. »Falls Sie mich erschießen, geht dem alten Al eine Menge Geld durch die Lappen. Daher werden Sie mich nicht erschießen. Daher werde ich auch nicht mitkommen.« Er lächelte. »Sie sind keine echte Nonne, nicht wahr, Schwester?«

Statt zu antworten, trat die Frau rasch zwei Schritte zurück und ging in Pistolenschützenstellung. Es war eine geduckte, breitbeinige Haltung, die ihr ein beidhändiges Zielen mit der Halbautomatik ermöglichte. Stallings erster Eindruck war, daß diese Haltung sie sowohl albern als auch leicht erotisch aussehen ließ, bis er begriff, daß sie tatsächlich schießen und ihn sogar töten könnte.

Er versuchte, sich etwas Beschwichtigendes auszudenken, etwas Besänftigendes und von Grund auf Vernünftiges. Doch bevor es ihm einfiel, bellte eine Stimme befehlend: »Halt.«

Stallings stand zwischen zwei Wänden mit vergoldeten Namen. Die Nonne mit der Pistole war zwei Schritte in den Durchgang zurückgewichen. Die Stimme war von ihrer rechten Seite gekommen, und in ihrem scharfen Ton hatte absolute Autorität gelegen. Stallings erkannte die Stimme. Die Nonne warf einen hastigen Blick in ihre Richtung. Was sie sah, ließ sie zusammenzucken und langsam die Pistole senken, bis sie auf den Marmorboden zielte.

»Hinknien!« befahl dieselbe Stimme.

Die Nonne kniete sich hin.

»Weglegen!«

Die Nonne legte die Pistole vorsichtig auf den Boden.

»Auf den Bauch, Hände hinter den Kopf.«

Es war eine unvorteilhafte Stellung, doch die Nonne nahm sie mit Grazie ein. Die Walther in der rechten Hand, erschien Georgia Blue im Durchgang. Sie bückte sich, um die Waffe der Nonne aufzuheben, richtete sich auf und blickte Stallings an. »Wie fühlt man sich beim Tod auf der Schippe?«

»Erbärmlich.«

Quincy Durant tauchte in dem Gang auf, stellte sich rechts neben Georgia Blue und starrte auf die Nonne. »Sie können die Hände runternehmen«, sagte Durant zu ihr.

Die Nonne entfernte sie vom Kopf und legte sie, die Handflächen nach unten, auf den Boden. Durant ging in die Knie und nahm ihr die dunkle Brille ab. Ihr Kopf bog sich dabei nach rechts, und ihre funkelnden braunen Augen schauten jetzt zu ihm hoch.

»Sie kommen rum«, sagte Durant.

»Du kennst sie?« fragte Georgia Blue.

»Wir sind uns auf dem Weg von Baguio hierher begegnet, wo sie und vier andere Kerle die Konzession für die Straßensperre bei Kilometer sechzehn haben.«

»Sie sind Durant«, sagte Stallings.

Noch immer hingekniet, blickte Durant zu Stallings hoch und nickte.

»Und Sie sind Booth Stallings.«

»Wer ist sie?« fragte Georgia Blue.

Durant schaute auf die Nonne, die das Gesicht von ihm abgewandt hatte.

»Fragen wir sie«, sagte Durant. »Wollen Sie uns einen Namen nennen?«

Die ausgestreckt liegende Frau antwortete nicht. Durant hob ihre große Umhängetasche auf und durchsuchte sie, wobei er laut jedes einzelne Stück des Inhalts nannte. »Fünfhundert Pesos, ein Extra-Magazin, eine Monatsbinde, ein paar Aspirin und kein Ausweis.«

»Sie kennt Espiritu«, sagte Stallings.

Durant warf ihm einen skeptischen Blick zu. »Kennt ihn oder behauptet es?«

Stallings zog den handgeschriebenen Brief aus der Tasche und reichte ihn Durant. Nachdem er ihn überflogen hatte, gab Durant ihn an Georgie Blue weiter, die ihn ebenfalls las.

»Wer ist Hovey Profette?« fragte Durant, als er sich erhob.

Stallings zeigte auf Profettes goldenen Namenszug. Durants Blick wanderte nach oben und dann zurück zu Stallings. »Er hat während des Krieges irgendwie mit Ihnen und Espiritu zu tun gehabt, richtig?«

Stallings nickte. »Sie hat gesagt, sie möchte mich zu ihm bringen. Runter nach Cebu. Als ich nein danke gesagt habe, hat sie die Waffe gezogen.«

»Komisch«, sagte Georgia Blue zu Durant. »Ich meine, es ist komisch, daß du ihr schon begegnet bist.«

»Artie ist ihr auch schon begegnet«, sagte Durant. »Das macht es lachhaft.« Er sah Stallings an. »Otherguy behauptet, Sie sind bei dieser Sache die exklusive Quelle.«

»Das hat man mir gesagt.«

»Warum hat sie Sie dann töten wollen?«

»Fragen wir sie«, meinte Stallings.

»Sie wird uns keine klare Antwort geben«, sagte Georgia Blue.

»Na ja, was tun wir dann?« fragte Stallings, der die Improvisation fast schon genoß. »Sie loswerden?«

Schweigen trat ein, bis Durant sagte: »Falls sie wirklich mit Espiritu zusammensteckt, wäre das eine Botschaft an ihn. Falls nicht...« Er zuckte die Achseln.

Die Frau am Boden drehte den Kopf und blickte zu Durant hoch. »Sie werden mich nicht umbringen?«

Durant nickte. »Ich nicht, aber *sie*.« Seine Augen zeigten auf Georgia Blue.

Die Frau auf dem Boden setzte sich schnell auf. »Mein Name ist Carmen Espiritu, und ich hätte gern eine Zigarette, bitte.«

Stallings schaute zu Durant. »Rauchen Sie?«

»Hab' aufgehört.«

»Georgia?« fragte Stallings.

Sie schüttelte den Kopf. Stallings hockte sich neben Carmen Espiritu, die Knie hoch bis zu den Achselhöhlen, die Hände locker herabhängend, den Hintern zwischen den Knöcheln, einen interessierten Ausdruck im Gesicht. »Niemand raucht«, sagte er.

Die Frau sagte nichts.

»Sind Sie Als Tochter?«

»Enkelin.«

»Warum wollten Sie mich erschießen, Carmen?«

»Wollte ich nicht.«

»Hat aber so ausgesehen.«

»Wir mögen die Leute nicht, die Sie angeheuert haben, und ich habe Sie davon zu überzeugen versucht, allein nach Cebu zu kommen.«

»Was stimmt mit ihnen nicht – den Leuten, die ich angeheuert habe?«

»Alles«, sagte Carmen Espiritu. »Sie wurden seit dem Augenblick beobachtet, da Sie Harry Crites in Washington getroffen haben, bis Sie in Manila ankamen.«

»Sie meinen verfolgt?«

»Observiert. Beobachtet.«

»Von Als Leuten?«

»In Los Angeles«, sagte sie, »haben unsere Leute mit dieser Blondin gesprochen, der Drogensüchtigen, und sie bezahlt, damit sie uns etwas über Overby erzählt. Das hat uns zu ihm geführt«, sagte sie und schaute Durant an, »und auch zu dem dicken Chinesen.« Ihre Lippe kräuselte sich leicht. »Wir hatten bereits Material über sie, aber dann beschlossen wir, ihr Können auf die Probe zu stellen.« Dieses Mal schaute sie Georgia Blue an. »Was wir an der Straße nach Baguio erlebten, war nicht beeindruckend.«

Durant lächelte.

»Sie haben mich also wirklich nicht erschießen wollen?« fragte Stallings.

»Nein«, sagte sie. »Natürlich nicht.«

»Sie wollten mir nur einen Schrecken einjagen, damit ich meine Teilhaber fallenlasse, häh?«

»Teilhaber«, sagte sie und schaute dabei Georgia Blue an. »Eine rausgeschmissene Secret-Service-Agentin.« Sie wandte sich Durant zu. »Ein soziopathischer Abenteurer, dessen chinesischer Partner unter infantilen Zwangsvorstellungen leidet.« Ihr Blick wanderte zu Stallings. »Und dann ist da natürlich Overby, der Tunichtgut. Mein Großvater wurde dabei unruhig. Argwöhnisch. Also bekamen wir Anweisung, Sie allein zu ihm zu bringen.«

Stallings nickte, als sei alles völlig einleuchtend. Er sah hoch zu Durant. »Ich muß dem alten Al vermutlich eine Botschaft schicken.«

»Sie hat die Botschaft schon«, sagte Georgia Blue.

Stallings wirkte zweifelnd. »Vielleicht. Wie gut ist Ihr Gedächtnis, Carmen?«

»Ziemlich gut.«

»Ich möchte, daß Sie Ihrem Großpapa eine persönliche Botschaft von mir überbringen. Sagen Sie Al, falls er mir noch einmal eins reinzuwürgen versucht, wird er nie einen Groschen sehen. Kapiert?«

»Falls er Ihnen noch einmal eins reinzuwürgen versucht, wird er nie einen Groschen sehen.«

Stallings erhob sich langsam.

»Darf ich jetzt gehen?« fragte Carmen Espiritu.

»Klar«, sagte Stallings.

Durant zog eine Zigarette aus der Tasche, zündete sie an und reichte sie ihr. »Mit dem Rauchen hab' ich gelogen«, sagte er.

»Wie kindisch«, sagte sie und machte einen tiefen Lungenzug.

16. KAPITEL

Als sie zu seinem noch immer wartenden Taxi zurückgingen, sagte Stallings: »Das war gelogen, von wegen sie ist Espiritus Enkelin.«

»Woher wissen Sie das?« fragte Durant.

Stallings wartete mit der Antwort, bis sie den jungen Fahrer bezahlt hatten und das Taxi davongefahren war. Dann drehte er sich um und musterte den viertürigen Mercedes, der direkt hinter dem Taxi geparkt war.

»Ihrer?« fragte er.

»Vom Hotel«, erwiderte Durant.

»Mit Klimaanlage?«

»Richtig.«

»Dann kühlen wir uns ein bißchen ab«, sagte Stallings und ging auf den Wagen zu. Er stieg hinten ein, Durant und Georgia Blue vorne. Durant ließ den Motor an und schaltete die Klimaanlage ein.

»Wie alt ist sie, Georgia?« fragte Stallings. »Fünfundzwanzig? Sechsundzwanzig?«

»Mindestens. Sie können sogar ein oder zwei Jahre zugeben.«

»Der alte Al ist jetzt zweiundsechzig; vielleicht sogar dreiundsechzig. Und er war nicht verheiratet, als ich ihn kennengelernt habe. Also müßten er und seine Kinder, falls er welche hat, sich mächtig rangehalten haben, um eine sechsundzwanzig- oder siebenundzwanzigjährige Enkelin zu zeugen.«

Weder Durant noch Georgia Blue widersprachen. Ein längeres Schweigen entstand, bis Stallings sich räusperte und sagte: »Ohne einem zu nahe zu treten, aber ich war schon immer kiebig auf dieses Im-richtigen-Moment-Zeug. Also, wie habt ihr zwei das geschafft?«

»Nichts Großartiges dabei«, sagte Durant. »Artie und ich fanden, wir fünf sollten uns treffen. Also bin ich rüber zum Manila gefahren und habe Otherguy von der Lobby aus angerufen. Als er sich nicht gemeldet hat, hab' ich Georgia angerufen. Sie und ich haben uns dann unten in der Lobby getroffen, und sie hat Sie ins Taxi steigen sehen. Wir sind Ihnen im Mercedes gefolgt, und den Rest kennen Sie.«

Durant sah Stallings im Rückspiegel kühl lächeln. »Sie haben mich überprüft?« fragte Stallings.

»Ganz recht.«

»Kann ich Ihnen nicht verdenken.«

Durant legte den Gang ein und fuhr an. Fast eine Minute lang starrte Stallings rechts durch das schlampig getönte Seitenfenster und dachte, daß es so war, als schaue man durch zehn Millimeter dickes Gelee. »Sie macht mir Kopfzerbrechen«, sagte er in die Stille hinein.

»Carmen«, ergänzte Durant.

»Nicht so sehr sie, als vielmehr ihre Organisation, und sie und der alte Al haben todsicher eine. Erinnern Sie sich an das Mädchen in L. A., das sie erwähnt hat? Blondin?«

»Die Süchtige«, sagte Georgia Blue.

»'ne Type wie von einem anderen Stern«, sagte Stallings. »Ich bin ihr an einem Ort begegnet, wo Otherguy den Haussitter gespielt hat. In Malibu. Carmen behauptet, ihre Leute hätten die Blondin aufgestöbert, und dann stoßt ihr ein paar Tage später auf der Straße von Baguio hierher auf sie. Falls es Ihnen nichts ausmacht, Mr. Durant, würde ich gern mehr darüber hören.«

»Es macht mir nichts aus«, sagte Durant. »Es hatte was mit dem Cousin zu tun.«

»Wessen Cousin?«

»Marcos' Cousin dritten Grades, Ernesto Pineda. Jemand hat ihm die Kehle durch- und die Eier abgeschnitten. Carmen und ihre Leute haben Anspruch darauf angemeldet.«

»Das ist ein interessanter Anfang«, sagte Stallings. »Wie geht's weiter?«

Durant erzählte von seiner und Wus Beziehung zu Ernesto

Pineda, wobei er nichts ausließ, was ihm wichtig erschien. Dann verbrachte er fünf Minuten damit, Stallings' blitzschnell gestellte, immer wieder nachhakende Fragen zu beantworten. Nachdem Stallings die Fragen ausgegangen waren, fuhren sie eine oder zwei Minuten schweigend dahin, bis Georgia Blue ein Geräusch nicht länger unterdrücken konnte, das eine Mischung aus Kichern und einem Lachkrampf war.

»Mein Gott, Quincy! Du und Artie, ihr seid angeschissen worden!«

Durant machte den Mund auf, um ihr zu erwidern, änderte aber seine Meinung. Wieder trat Schweigen ein. Stallings brach es, indem er sich vom Rücksitz nach vorn beugte und sagte: »Rein aus Spaß, angenommen, daß dieser Rückversicherungsdeal des Cousins legitim war – so legitim, wie so ein Ding nur sein kann, wenn man im abschmierenden Gewerbe wirkt. Okay, Georgia?«

Sie nickte ohne Überzeugung.

»Und nehmen wir weiter an, Mr. Durant, daß Carmen genau zu der Zeit etwas über den Deal mit dem Marcos-Cousin erfahren hat, als sie hörte, daß ich Overby angeheuert hatte. Hat es da noch jemanden gegeben, der gewußt haben könnte, daß Otherguy nach Ihnen und Mr. Wu Ausschau hielt?«

»Hier in Manila?«

»Ja.«

»Boy Howdy.«

»Ein sauberer Typ?«

»Im Gegenteil.«

»Angenommen, er könnte zuviel geredet oder Carmen sogar verkauft haben, was er wußte.«

»Darauf kann man fast Gift nehmen.«

»Dann ist es möglich«, sagte Stallings langsam, »daß sich Carmen und der alte Al Espiritu vielleicht lieber mit den Teufeln einlassen wollten, die sie schon kennen.«

»Das sind Artie und ich, nehme ich an.«

»Sicher. Sie muß gewußt haben, worauf der Cousin aus war, und daß Sie und Mr. Wu mit ihm unter einer Decke steckten. Nun ja, warum also nicht ganz sichergehen, daß Sie beide auf Otherguys Vorschlag anspringen? Die beste Art, das zu tun, ist doch die, Ihre Finanzen anzubohren. Also bringen sie und ihre Knaben den Cousin um, und ihr beide seid um dreihunderttausend leichter und pleite – stimmt's?«

»Stimmt.«

»Alles bar?«

Durant seufzte: »Alles.«

»Was bedeutet, daß euer Geld Carmen mit einem hübschen Batzen Betriebskapital ausstattet und euch mehr oder weniger zwingt, für mich zu arbeiten. Wissen Sie, Mr. Durant, je mehr ich darüber nachdenke, desto mehr klingt es ganz nach dem alten Al.«

»Warum hat sie uns auf dem Weg von Baguio angehalten?« fragte Durant. »Bloß, damit wir uns das Hirn verrenken?«

»Sicher. Die klassische Hauruck-Einschüchterung. Die lieben so was.«

»Wollen Sie 'ne andere Meinung hören?« fragte Georgia Blue.

»Gewiß«, sagte Stallings.

»Ich hab' sie gesehen, Booth. Aus der Nähe. Und sie war bereit zu schießen – nicht nur, Sie nach Cebu zu entführen. Die Anzeichen waren unübersehbar – Haltung, Atmung, alles.«

»Ist das Ihre professionelle Secret-Service-Meinung, Georgia?« fragte Stallings.

»Es ist das, worauf ich trainiert und das zu beachten ich bezahlt wurde.«

»Ich bin mir nicht so sicher«, sagte er. »Die erste Aufgabe eines Terroristen ist es, Schrecken einzujagen. Na ja, sicher, sie hat mir höllische Angst eingejagt. Eine Minute länger, und ich wäre allein unterwegs nach Cebu gewesen, und es macht mir nichts aus, das zuzugeben. Aber wir haben ihr auch einen ordentlichen Schrecken eingejagt: Wer am meisten Schrecken einjagt, hat die Kontrolle. Im Augenblick würde ich sagen, unentschieden.«

»Noch liegt Carmen vorn«, sagte Durant. »Jedenfalls nach Punkten. Etwa dreihundertausend Punkte.«

Otherguy Overby entdeckte den Mann, nach dem er Ausschau gehalten hatte, in einem Kaffeeclub in einer Seitenstraße der Taft Avenue. Es war der dritte derartige Club, den Overby aufgesucht hatte, und alle drei schienen mit dem Verkauf von Kaffee, Brötchen, Alkohol und Sex ein flottes Geschäft zu machen. Die Gäste der Clubs – bei ihrer Frühstückspause, die bis ein oder zwei Uhr nachmittags dauern konnte – waren zumeist Geschäftsleute, Angestellte, Händler, Politiker, Anwälte, Journalisten und eine Anzahl gutgekleideter Männer, die Dinge verkauften, die am Wegesrand anfielen.

Der Mann, nach dem Overby Ausschau gehalten hatte, war jetzt Mitte Sechzig und hatte seine Karriere während der japanischen Besetzung als junger An- und Verkäufer auf dem Schwarzmarkt von Manila begonnen. Sein Name war Abelardo Umali, und Overby entdeckte ihn mit zwei jungen Frauen und einer Flasche mit etwas, das wie Champagner aussah, an einem Tisch unweit der überfüllten Bar. Nur die beiden jungen Frauen tranken davon; Umali trank Kaffee.

Overby trug eine blaue Kordjacke, graue Hosen, deren Stoff täuschend nach Flanell aussah, und ein dunkelblaues Polohemd. Der einzige Grund, weswegen er die Jacke in der Hitze von Manila anhatte, war ihre Innentasche, in der der Umschlag mit dem Geld steckte. Er steuerte Umalis Tisch an und näherte sich dem alten Mann von links. Als er vor dem Tisch stand, sagte Overby: »Hallo, Abe.«

Abelardo Umali drehte sich langsam um und sah hoch. Er hatte ein dunkelbraunes, runzliges Gesicht, einen gespitzten Schmollmund und winzige feuchtschwarze Augen, die aussahen, als tränten sie leicht. Er trug ein gestärktes, makellos gebügeltes weißes, kurzärmeliges Hemd, eine graue Krawatte und schwarze Hosen. Overby konnte sich nicht erinnern, ihn je etwas anderes tragen gesehen zu haben. Der Schmollmund lächelte.

»Otherguy«, sagte Umali. »Jemand hat behauptet, du wärst

tot.« Er runzelte die Stirn, als versuche er sich zu erinnern, was er wirklich gehört hatte. »Oder vielleicht auch nur, daß du tot sein solltest. Wie dem auch sei, herzliches Beileid. Setz dich. Leiste uns Gesellschaft. Bitte.«

»Es ist 'ne vertrauliche Sache, Abe«, sagte Overby.

»Vertraulich? Was für Geheimnisse haben wir denn?«

»Das Geld, das ich dir schulde.«

Die nassen Augen des alten Mannes wurden groß, und das Lächeln kehrte zurück. »Ah? Dieses Geld? Ein echtes Geheimnis.« Er wandte sich an die jungen Frauen. »Meine Herzchen – könntet ihr – würdet ihr – bitte – nur ein paar Minuten?«

Die beiden jungen Frauen kicherten, beäugten Overby, kicherten wieder, standen auf und huschten davon. »Setz dich, Otherguy. Bestell dir was Kaltes.«

Overby setzte sich und sagte, er hätte gern ein Bier. Umali bestellte. Als es gebracht wurde, goß er es sorgfältig in ein Glas und bediente seinen Gast. Während Overby den ersten Schluck nahm, sagte Umali: »Wie ich hörte, hast du gestern abend Boy Howdy besucht.«

Overby nickte.

»Wie ich hörte, war es ein herzliches Gespräch. Sehr herzlich.«

»Hast du je mit Boy gesprochen, ohne die Stimme zu heben?«

Umali zuckte die Achseln. »Du hast ihm gutes Geld gezahlt – so hörte ich jedenfalls.«

»Ich habe ihn bezahlt, damit er Wu und Durant für mich findet.«

Umalis Augenbrauen schnellten zweimal hoch und nieder, was Overby insgeheim immer als Cebu-Gruß bezeichnete. Das schnelle Auf und Ab der Augenbrauen konnte Zustimmung signalisieren, Kummer, Mitgefühl, Zweifel, Enttäuschung oder einfach heißen: erzähl weiter. »Sie sind im Peninsula«, sagte Umali. »Schon seit einem Monat.« Er hielt inne. »Das hätte ich dir gratis erzählt.«

»Ich möchte, daß du mir etwas nicht gratis erzählst, Abe.«

»Gibt's eine Summe?«

»Zweitausend.«

»Pesos?«

»Dollar«, sagte Oberby. »US-Dollar.«

Wieder hoben und senkten sich die Augenbrauen des alten Mannes, zeigten etwas an, das Overby als Interesse deutete.

»Ich hör' derzeit nur wenig«, sagte Umali, was offenbar gelogen war. »Ich bin jetzt ein alter Mann und muß junge Frauen dafür bezahlen, daß sie mir zuhören. Ich rede mit ihnen gern über die Vergangenheit – über die alten Tage in Cebu. Erinnerst du dich noch daran, Otherguy?«

»So weit liegen die gar nicht zurück«, sagte Overby. »Zehn, zwölf, fünfzehn Jahre.«

»Ich meine vor vierzig, fünfundvierzig Jahren.«

»Ungefähr zu der Zeit, als ich geboren bin. Vielleicht können du und ich sogar darüber ein bißchen plaudern.«

»Für Geld?«

Overby nickte. Umalis Augenbrauen schnellten auf und nieder, auf und nieder. Overby zog das unverklebte Kuvert des Peninsula Hotels aus seiner Innentasche und legte es vor Umali auf den Tisch.

»Darf ich?« fragte er. Wieder nickte Overby. Umali öffnete den Umschlag, spähte hinein und setzte seine Augenbrauen wieder in Bewegung. »Du kannst fragen«, sagte er. »Vielleicht kann ich antworten. Vielleicht nicht.«

»Erzähl mir was über Boy Howdy«, sagte Overby. »Sag mir, warum er sich gestern abend quasi auf den Rücken gerollt, die Pfötchen in die Luft gestreckt und mich angebettelt hat, ihm den Bauch zu kraulen.«

Umali blickte nach links, als lägen auf dieser Seite ordentlich aufgereihte Gedanken. »Du, Durant und Wu, stimmt's?«

»Stimmt.«

»Interessant«, sagte Umali. »Na ja, zuerst solltest du wissen, daß Boy unter Schock steht, seit unser Führer davongelaufen ist.«

»Boy hat also Angst, daß Aquino die guten Zeiten nicht mehr viel länger so weiter laufen lassen will?«

»Es ist ein bißchen komplizierter.«

Overby wartete. Schließlich sagte der alte Mann: »Boy glaubt an die Wiederkehr.«

Overbys hartes, fröhliches Grinsen kam und ging. »Der Glaube ist eine wunderbare Sache.«

»Boy ist gewillt, für seinen Glauben – wie heißt es doch gleich? – sein Glück und seine heilige Ehre einzusetzen, was immer das sein mag. Seine Ehre, meine ich.«

»Er wünscht sich Marcos tatsächlich zurück?«

»Das tun viele. Aber Boy setzt alles, was er besitzt, darauf.«

»Wie stehen die Chancen, Abe?«

»Für die Rückkehr von Marcos?« Er schüttelte den Kopf. »Für einen anderen?« Zweimal schnellten seine Augenbrauen hoch.

»Wen?«

Wieder signalisierten ihm Umalis Augenbrauen ihr »Wer weiß das schon?«

»Hat Boy einen Favoriten?«

»Da mußt du ihn fragen.«

»Okay«, sagte Overby. »Das war meine erste Frage.«

»Wieviel willst du mir noch stellen?«

»Noch eine.«

Die Augenbrauen bedeuteten ihm, eine sei noch zugestanden.

»Du kennst Cebu«, sagte Overby. »Du bist da geboren.«

Umali zuckte die Achseln.

»Sag mir, was du über Alejandro Espiritu weißt.«

Der dünne Mund des alten Mannes verzog sich zu einem breiten, scharfen und vorwurfsvollen Strich. Seine Augen wurden noch feuchter. Er schnüffelte, als wolle er entweder die Tränen zurückhalten oder rieche etwas Unangenehmes. Dann sagte er: »Verschwinde, Overby. Nimm dein Geld mit.«

Overby rückte seinen Stuhl vor, lehnte sich über den Tisch und tippte mit seinem rechten Zeigefinger auf den Umschlag. »Zweitausend US-Dollar, Abe. Bloß für einen oder zwei Sätze.«

Der alte Mann seufzte. »Du, Wu und Durant habt euch mit Espiritu eingelassen. Na ja, ihr verdient einander. Aber ich will nichts davon wissen, Otherguy. Zum erstenmal in meinem Leben will ich nicht der erste sein, der es erfährt.«

»Espiritu liegt dir im Magen, wie?«

Die Augenbrauen schnellten wieder hoch und nieder. »Als er noch ein Kind war, habe ich ihn bloß gefürchtet. Jetzt, als alter Mann, versetzt er mich in Schrecken. Du kannst ihn nicht schlagen, weil er schlauer ist als du, Otherguy. Schlauer als Durant. Sogar schlauer als Artie, und der ist schon oberschlau. Ganz gleich wie, du kannst nicht gewinnen. Also ist mir gleich, wie dick das Geschäft ist; laß die Finger davon. Geh hin und zieh den mexikanischen General oder den Omaha-Banker mit jemandem in Hongkong oder Bangkok ab. Oder, in Gottes Namen, sogar in Singapur.«

Overby lächelte. »Er ist böse, wie?«

»Er ist tödlich.«

»Nimm dein Geld, Abe.«

Umali schüttelte den Kopf.

»Ich möchte, daß du ihm eine Botschaft vermittelst.«

Abwehr und Neugier kämpften im Gesicht des alten Mannes miteinander. Die Neugier siegte. »Von dir?«

»Kannst du ihm eine Botschaft zukommen lassen, ohne daß einer von uns damit in Verbindung gebracht wird? Darin bist du doch gut, stimmt's?«

Die Hand des alten Mannes kroch über den Tisch und verharrte auf dem Geldumschlag. »Wie lautet die Botschaft?«

»Von den Fünfen ist es Overby.«

Der alte Mann starrte ihn an. Sein Schmollmund verzog sich wieder zu einem mißbilligenden Strich. Sein linkes Auge quoll über, und eine einzelne Träne rann seine Wange hinab. Er machte sich nicht die Mühe, sie wegzuwischen.

»Du hast vor, Wu und Durant zu leimen, nicht wahr?«

Overby gab keine Antwort. Der alte Mann nahm den Umschlag mit dem Geld und klemmte ihn zwischen Bauch und Gürtelschnalle.

»Ich rede mit einem toten Mann«, sagte Umali. »Falls Espiritu dich nicht erledigt, tut's Durant.«

Overby stand auf. »Abwarten, Abe.«

»Ich rede nicht gern mit Toten«, rief der alte Mann, doch da war Overby schon an der Tür.

17. KAPITEL

Das erste, was Booth Stallings sagte, nachdem ihm Durant Artie Wu vorgestellt hatte, war: »Wie sind Sie Thronanwärter geworden, Mr. Wu?«

»Möchten Sie ein Bier oder einen Drink?« fragte Wu.

»Ein Bier wäre gut.«

Durant ging zum Kühlschrank im Wohnraum und entnahm ihm drei Bier. Er reichte die Dosen weiter, ohne sie zu öffnen. Wu riß seine mit einem Plopp auf, nahm einen tiefen Zug, seufzte vor Behagen und sagte: »Ich bin der illegitime Sohn der illegitimen Tochter des letzten Kaisers von China.«

»Des Knabenkaisers?« sagte Stallings ohne Überraschung, wobei er seine eigene Bierdose aufriß. »Der alte P'u Yi?«

»Eben der«, sagte Artie Wu, erfreut, daß Stallings Bescheid wußte, und noch erfreuter, daß keine weiteren Erklärungen nötig waren.

»Mao warf ihn eine Zeitlang ins Gefängnis, nicht wahr? Und dann hat er ihn in Peking zum Fremdenführer gemacht – oder wie immer man das heute nennt. Ist, glaube ich, irgendwann in den Sechzigern gestorben. Vierundsechzig, fünfundsechzig – ungefähr um die Zeit.«

»Sechsundsechzig«, sagte Wu.

Stallings hob seine Bierdose zu einer Art Toast. »Na dann, auf Großpapa.«

Wu quittierte den Toast mit einem Lächeln und sagte: »Dann können Sie auch getrost den Rest erfahren. Mein leiblicher Vater war ein bocksgeiler chinesischer Methodistenbischof, der sich ins Schlafzimmer meiner Mutter entweder geschlichen oder geschleimt hat. Sie war von einem methodistischen Missionarsehepaar in China adoptiert worden, das sie mit zurück nach San

Francisco genommen hat. Sie war siebzehn, als der Bischof seinen Spaß mit ihr hatte, und sie starb bei meiner Geburt. Meine Adoptivgroßeltern sind ein paar Jahre später bei einem Autounfall umgekommen, und ich bin im John-Wesley-Memorial-Waisenhaus in San Francisco gelandet.«

»Wo er mich getroffen hat«, fiel Durant ein.

»Und seitdem sind Sie beide Partner, stimmt's?«

Durant nickte.

»Muß beruhigend sein«, meinte Stallings.

Wus Augenbrauen hoben sich fragend. »Partner zu sein?«

»Zu wissen, von wem man abstammt. Die meisten Leute wissen nicht mal, wer der Vater ihres Großvaters war. Ich jedenfalls weiß es nicht. Noch vor ein paar Jahren habe ich geglaubt, ich sollte es. Doch dann hab' ich mich gefragt, welchen verfluchten Unterschied das machen würde, und bin drüber weggekommen. Aber ich sehe auch, daß es beruhigend sein kann.«

»Haben Sie Kinder?« fragte Durant.

»Zwei Töchter, aber keine Enkel.«

Wu zog eine seiner riesigen Zigarren hervor und vollzog das Ritual des Anzündens, wobei er unablässig weitersprach: »Ich hatte immer den Eindruck, daß ein verwertbares Können viel größere emotionale Sicherheit bietet als ein lückenloser Stammbaum. Wenn die Miete fällig und man pleite ist, hilft es wenig, wenn man weiß, daß man um sechs Ecken mit einem Burschen verwandt ist, der die Unabhängigkeitserklärung unterzeichnet hat oder mit Pickett auf dem Cemetery Hill geritten ist oder König Johann einen Stift geliehen hat.«

Er blickte auf und blies einen seiner dicken Rauchringe zur Decke. »Andererseits, wenn man in die Tasche greift und nichts drin klimpert und man sich aufmachen und was zusammenkratzen muß, ist es gut zu wissen, daß man ein Können zu verkaufen hat, ob man nun ein Küfer ist, ein Pfarrer, ein Wagenmacher, ein Müller oder sogar ein Terrorismusexperte.«

Stallings zwinkerte Wu zu. »Das gefällt mir, wie Sie eben den Übergang hingekriegt haben.«

Wu beugte sich vor, die massigen Ellbogen aufgestützt, im Gesicht ein interessierter Ausdruck: »Und wie sind Sie Terrorismusexperte geworden, Booth?«

Stallings trank von seinem Bier, dachte einen Augenblick nach und sagte dann: »Ich habe es in der Praxis gelernt, weil ich genau das gemacht habe, von dem Zeitpunkt an, als ich neunzehn wurde, bis ich fast neunzehneinhalb war.«

»Hier?« fragte Durant. »Ich meine, hier auf den Philippinen?«

»Negros und Cebu. Hauptsächlich Cebu.« Stallings legte eine Pause sein. »Wollen Sie den Rest hören?«

»Natürlich«, sagte Wu.

Stallings trank sein Bier aus, bevor er weitersprach. »Ich war frischgebackener Second Lieutenant. Ein Nachrücker. Hundertzweiundachtzigstes Infanterieregiment. Die Cebu-Invasion war auf den sechsundzwanzigsten März angesetzt.«

»Fünfundvierzig?« fragte Durant.

»Fünfundvierzig. Es gab damals eine ziemlich gute Guerilla-Einheit auf Cebu, zu der die Division Kontakt aufnehmen mußte. Also beschloß man, drei Wochen vorher eine acht Mann starke Späh- und Erkundungspatrouille zu entsenden – hauptsächlich gescheiterte Existenzen und grüne Jungs wie mich. Außer mir waren das vier Schützen, ein einfacher Sergeant, ein Funker, ein Sanitätsgefreiter und ein Verbindungsmann zu den Guerillas.«

»Alejandro Espiritu«, sagte Wu.

»Stimmt. Der alte Al. Nun, sie haben uns unten am Strand erwischt. Japanische Infanterie. Vier von uns haben es nicht mal vom Boot runter geschafft. Der Sergeant und drei Schützen fielen zuerst. Der vierte Schütze hat genau in der Sekunde eins verpaßt bekommen, als er am Strand war. Dann der Funker. Übriggeblieben sind Al, der Sani und ich. Wir sind wie der Teufel gerannt, verloren die ganze Ausrüstung in der Brandung und schafften es schließlich zu dem Punkt, wo wir auf die Guerillas stoßen sollten. Aber sie waren alle tot – alle neunzehn. Wir retteten ein M-1 ohne Kimme und ungefähr hundert Schuß Munition, die die Japse übersehen hatten.« Er hielt inne. »Wir haben sie damals Japse genannt.«

Wu nickte. »Mach' ich immer noch, wenn mein Fernseher den Geist aufgibt.«

»Danach«, sagte Stallings, »na ja, danach sind wir Terroristen geworden, jedenfalls Al und ich.«

»Was ist aus dem Sanitäter geworden – diesem Profette?« fragte Durant.

»Dem Typ mit dem Namen in goldenen Lettern?«

»Der ist durchgedreht. Hovey war Quäker und Kriegsdienstverweigerer, der seinen Glauben verraten hat. Wir waren oben auf einem Grat in den Guadalupe-Bergen, wir drei, als Hovey zwei Kundschafter einer japanischen Patrouille in Kompaniestärke entdeckte. Wie sich herausstellte, war es kaiserliche Marineinfanterie. Mordskerle. Na ja, Hovey wollte die beiden Späher mit unserem einzigen Gewehr aus dem Verkehr ziehen. Dem Ding ohne Kimme. Al und ich hielten das für keine glänzende Idee. Aber dann hat sich Hovey das Gewehr geschnappt.«

Es entstand Stille, die sich quälend lange hinzog, bis Durant sie mit der einsilbigen Frage durchbrach: »Und?«

»Und Al hat Hovey mit einem Bolo hingemacht.«

»Kann ich ihm nicht verübeln«, meinte Durant.

Wu nickte etliche Male bedächtig, bevor er die nächste Frage stellte. »Und was dann?«

»Dann haben Al und ich uns mit einigen anderen Guerillas zusammengetan, Fisch und Reis gegessen, wenn wir es kriegen konnten, Hunde und Schlimmeres, wenn nicht, und haben uns zu ziemlich guten Terroristen entwickelt.«

»Als Sie zu Ihrer Einheit zurückgekommen sind«, sagte Wu, »hat man Sie da nach dem Sanitäter gefragt?«

»Man hat gefragt. Ich habe Hovey für einen Verdienstorden Erster Klasse vorgeschlagen. Er hat ihn auch bekommen.«

»Und bevor Sie zurückgegangen sind ...« Durant ließ es nicht ganz wie eine Frage klingen.

Das Lächeln, mit dem Stallings Durant bedachte, war dünn und kalt und schwach. Sein Februarlächeln, dachte Durant. »Sie wollen wissen, wen wir terrorisierten, richtig? Wen wir umgebracht haben?«

Durant nickte.

»Die Japaner waren unser Hauptziel. Wir haben eine Menge von ihnen getötet. Filipino-Kollaborateure waren unser zweites Ziel. Auch von denen haben wir einen Haufen umgebracht.«

»Woher wußten Sie, daß sie Kollaborateure waren?« fragte Wu.

»Wir hatten eine Liste.«

»Wessen Liste?«

»Espiritus.«

»Eine gute Liste?«

»So gut wie jede andere.« Stallings machte eine Pause. »Solche Listen in Kriegszeiten, das habe ich später, viel später entdeckt, enthalten oft die Namen der Feinde jener, die diese Listen anlegen. Ich könnte mir vorstellen, daß auch Al ein paar von seinen eingestreut hat.«

»Gibt es etwas ... das Sie persönlich gegen ihn haben?« fragte Wu.

»Espiritu?«

Wu nickte.

»Es ist ein Mann, mit dem ich vor langer Zeit gedient habe. Das ist alles. Ob ich ihn mag oder nicht mag, ist egal. Aber wenn es darum geht, ihm zu vertrauen, bin ich nicht mehr so schwankend. Ich traue ihm überhaupt nicht.«

»Dann werden wir das auch nicht«, sagte Artie Wu. Er schaute zu Durant. »Bestell uns einen Lunch, und schaff Georgia und Otherguy her. Am besten, wir fangen gleich an.«

»Ich dachte, wir hätten schon«, sagte Durant, während er den Hörer abnahm.

Georgia Blue und Overby trafen gemeinsam ein, kurz bevor zwei Zimmerkellner des Peninsula Hotels den Lunch hereinrollten, den Durant bestellt hatte. Durant hatte dreimal Fisch und zweimal Hähnchen verlangt, was sich als gut erwies, da Wu, Georgia Blue und Stallings sich für Fisch entschieden. Overby und Durant gaben sich mit Hähnchen zufrieden.

Während des Essens war die Unterhaltung stockend. Inzwischen wußte jeder von der morgendlichen Episode am Kriegerdenkmal. Immer wieder traten längere Schweigepausen ein, und gelegentlich ertappte Durant Wu dabei, wie er mit seltsam leerer Miene in die Ferne schaute. Es war ein Ausdruck, den Durant insgeheim immer als Wus Vollkommen-hinterhältiger-Plan-Miene bezeichnete.

Nachdem der Lunch gegessen – besser gesagt, halb gegessen – war, stellten Wu und Durant die Teller zusammen, klappten die Seiten des Servierwagens nach unten und rollten ihn auf den Gang. Stallings sah, daß sie fast so gekonnt wie Zimmerkellner zu Werke gingen, und fragte sich, wie viele Mahlzeiten sie in wie vielen Hotels eingenommen haben mochten. Tausende von Mahlzeiten, schätzte er. In Hunderten von Hotels.

Wu ging zu seinem Platz am Ende der Couch zurück, holte eine Zigarre hervor und hielt sie hoch, um zu sehen, ob jemand Einwände hatte. Keiner hatte welche. Georgia Blue wählte das andere Ende der Couch. Stallings kehrte in seinen Clubsessel zurück. Otherguy Overby suchte sich einen Stuhl mit gerader Rückenlehne und setzte sich, die Füße auf den Boden gestemmt, die Knie zusammengedrückt, die Arme vor der Brust verschränkt. Durant lehnte an der Wand und zündete sich eine seiner immer selteneren Zigaretten an.

Booth Stallings bemerkte, wie aller Augen, seine eingeschlossen, auf Artie Wu gerichtet waren. Drei dicke Rauchringe stiegen zur Decke auf. Wu schaute zu, wie sie sich drehten, kräuselten und schließlich auflösten. Dann sah er Stallings an.

»Ich habe über unser Problem nachgedacht«, sagte Artie Wu, »und es könnte sein, daß ich eine Lösung gefunden habe.«

»Lassen Sie hören«, entgegnete Stallings.

Durant schaute auf seine Armbanduhr, als Wu zu reden begann.

Er sprach flüssig und sicher, als habe er sorgfältig ein Konzept ausgearbeitet. Durch ein Ändern des Tonfalls brachte er gelegentlich sogar genau dort eine Fußnote an, wo es nötig war. Aufmerksam lauschend, beugte sich Stallings vor. Ein bewunderndes Lächeln breitete sich langsam auf Overbys Gesicht aus und wollte nicht wieder weichen. Georgia Blue schaute Wu mit einem Ausdruck an, den man als Verehrung hätte deuten können, der aber, wie Durant wußte, Bewunderung und Achtung widerspiegelte. Dann kam ein zusammenfassender Nachtrag, und Wu war fertig. Durant schaute auf seine Armbanduhr. Wu hatte ohne Pause oder Unterbrechung genau 26 Minuten gesprochen.

Obwohl er gelegentlich zu den anderen hingeschaut hatte, hatte Wu sein Verkaufsgespräch – denn genau das war es gewesen – an seinen Hauptkunden, Booth Stallings, gerichtet. Jetzt warteten alle, ob der Käufer zugriff.

Stallings knetete sein Kinn, zupfte an seinem linken Ohrläppchen und sagte: »Es gefällt mir. Bei Gott, wirklich!«

Artie Wu strahlte und schaute Georgia Blue an. Sie lächelte beinahe hilflos. »Vollendet, Artie. Wie immer.«

Wu wandte sich an Overby. »Nun, Otherguy?«

Overby unternahm den Versuch, sein Lächeln zu unterdrükken, scheiterte aber. Also sagte er, noch immer lächelnd: »Du weißt, was das ist, Artie, stimmt's? Es ist neu. Nagelneu. Nicht bloß ein umgekrempelter alter Hut. Und so was Neues hab' ich nicht mehr gehört, seit der Pommie-Mistkerl – Friede seiner Asche – die Sache mit dem Babylift in Saigon ausgeheckt hat, und das war wann? – vor elf Jahren, als alle schon über die Mauern der Botschaft kletterten. Sie werden dem hier einen Namen geben. Sie werden Bücher drüber schreiben. Sie sollten es den Dicken Chinesen nennen.«

Wu strahlte. »Ich entnehme dem, daß du einverstanden bist, Otherguy?«

»Ich bin hingerissen.«

»Quincy?« fragte Wu.

Durant schüttelte bewundernd den Kopf. »Es ist echt hinterhältig, Artie.«

Noch immer strahlend, wandte sich Wu wieder an Stallings. »Sein höchstes Lob.«

Stallings runzelte die Stirn. »Ich habe eine Frage.«

»Sie müssen etliche haben.«

»Jeder hat eine Rolle zu spielen«, sagte Stallings. »Das ist normal, nehme ich an.«

»Eine Vorbedingung«, sagte Durant. »Man wird zum Schauspieler. Genau wie die meisten Außenagenten Spitzengeschäftsleute sind, sind alle Bauernfänger Schauspieler. Man lernt seine Rolle. Man glaubt daran. Man weicht nicht davon ab.«

»Ich bin natürlich ›der alte Kumpel‹«, sagte Stallings.

Wu nickte.

»Sie und Durant sind die ›Knappen‹.«

Wieder ein bestätigendes Nicken.

»Bleiben noch der ›Aufpasser‹ und das ›schwache Glied‹«, sagte Stallings, wobei er erst Georgia Blue und dann Overby anschaute. »Wer ist wer?«

»Das ›schwache Glied‹ geht zuerst nach Cebu«, sagte Wu, »ungefähr einen Tag später folgt der ›Aufpasser‹. Ich hätte gern Georgia als ›schwaches Glied‹.«

Durant nicht. »Um Gottes willen, Artie. Die Leute mögen keine Überraschungen. Sie mögen Rollenklischees, deswegen gibt es doch so viele. Wir müssen ein schwankendes Rohr losschikken – keine Zehnkampfweltmeisterin. Schaut euch Otherguy an. Los, schaut ihn an.«

Alle schauten Overby an, als versuchten sie ihn zum ersten Mal richtig zu sehen. Er funkelte zurück. »Okay«, fuhr Durant fort, »er ist ein Lackaffe und piekfein vom Scheitel bis zur Sohle. Aber wenn er sich einen oder zwei Tage den Bart stehen läßt, im Anzug schläft und eine Ginfahne vor sich herschiebt, habt ihr den perfekten Judas.«

»So sehe ich mich nicht unbedingt, Durant«, sagte Overby mit jener merkwürdig halstarrigen Würde, die Stallings schon früher bemerkt hatte. »Und mit verdammter Sicherheit haben sie mich in Cebu nicht so in Erinnerung.«

Durant zuckte die Achseln. »Dann bist du eben runtergekommen.«

Artie Wu runzelte die Stirn, schaute von Overby zu Georgia Blue hin und wieder zu Overby. »Ich weiß nicht«, sagte er. »Was meinst du, Otherguy?«

»Ich kann beides machen, Artie. Das weißt du. Falls nicht, scheiß drauf.«

Wu schüttelte leicht den Kopf, als zweifle er noch immer. »Georgia?« sagte er.

»Ich eigne mich besser als ›Aufpasser‹. Ich kann etwas abgehobenen Secret-Service-Mist zur Glaubwürdigkeit beimischen, und auch ich meine, daß Otherguy als ›schwaches Glied‹ ein Naturtalent ist.« Sie schaute auf ihre Uhr. »Ich habe nicht gewußt, daß es so lange dauern würde. Wenn ihr mich bitte entschuldigt, ich habe im Manila einen Friseurtermin.«

Wu nickte, und Georgia Blue stand auf und ging. Nachdem sie weg war, schaute Wu zu dem immer noch brummigen Overby. »Okay, Otherguy. Du fliegst also morgen.«

»Nicht bevor du überzeugt bist, Artie.«

»Ich bin mehr als überzeugt. Und die anderen auch – besonders Durant.«

»Du kannst dich selbst spielen, Otherguy«, sagte Durant. »Die Rolle deines Lebens.«

Die Unterhaltung zog sich weitere 30 Minuten hin, hauptsächlich wegen der unbedeutenden Einzelheiten, wie sie stets auftauchen, nachdem die wichtigsten Entscheidungen gefallen sind. Overby kabbelte sich eben mit Durant, welches Hotel in Cebu sie als Hauptquartier benutzen sollten, als das Telefon klingelte. Wu nahm ab, sagte hallo, lauschte und hielt den Hörer Durant hin.

Nachdem auch er hallo gesagt hatte, vernahm Durant Emily Cariagas Stimme. Normalerweise ruhig und distanziert, überschlug sie sich jetzt vor Erregung, die an Panik grenzte.

»Hast du ein Auto, Quincy?« fragte sie.

»Das vom Hotel.«

»Dann kannst du mich zum Flughafen bringen und dafür sorgen, daß ich sicher in die Maschine komme.«

»Willst du zurück nach Baguio?«

»Barcelona.«

»Verstehe.«

»Sag mir nichts, was nicht stimmt. Erinnerst du dich, daß ich gesagt habe, ich wollte mich umhören und sehen, was ich herausfinden könnte?«

»Ja.«

»Nun, ich habe mich umgehört, und was ich herausgefunden habe, hat mich davon überzeugt, für eine Weile woanders hinzugehen.«

»Aber du wirst es mir erzählen.«

»Auf dem Weg zum Flugplatz.«

Durant schaute auf seine Uhr. »Ich bin in dreißig Minuten da.«

Emily Cariaga bat ihn, es in zwanzig Minuten zu schaffen, und legte auf.

18. KAPITEL

Wegen des haarsträubenden Verkehrs war es bereits 15.39 Uhr und somit 36 Minuten später, als Durant den Hotel-Mercedes durch das offene Eisentor der hohen Steinmauer steuerte, die Emily Cariagas Haus in Forbes Park umgab. Das Haus lag etwas mehr als zwei Straßen südöstlich der Epifanio de los Santos Avenue (EDSA), und Durant war beunruhigt, weil kein Wächter am Tor stand und ein beiger Toyota die enge, asphaltierte Zufahrt versperrte.

Er parkte direkt hinter dem Toyota, stieg langsam aus dem Mercedes und starrte zum Haus. Es zählte zu den älteren Villen in Forbes Park, und sein Dach ragte weit über die Veranda, die sich um beide Seiten und den Vorderteil erstreckte. Die Fenster waren groß und tief in die dicken, stuckverzierten Mauern eingesetzt. Der solide wirkende alte Bau schien zu versprechen, daß es drinnen fünf bis sechs Grad kühler sein würde.

Das nächste, was Durant bemerkte, war das Paar Turnschuhe, das – Zehen nach oben, Fersen nach unten – unter einer eleganten Traveler-Palme hervorlugte. Die Sohlen waren abgelaufen. Die Schuhe – und die Füße in ihnen – gehörten zu einem Paar Beine in Jeans. Von den Knien aufwärts verschwanden sie in einem dichten Gebüsch scharlachroter Bougainvillea, die um den Fuß der Palme wuchs.

Ein Kiespfad führte zu den Turnschuhen, doch Durant mied ihn, da er nicht wollte, daß das Knirschen seiner Schritte den Mann in der Bougainvillea aufschreckte, falls er eingeschlafen oder – weniger wahrscheinlich – betrunken war. Auf dem Rasen näherte sich Durant dem Gebüsch, teilte die Zweige, wobei er erfolglos versuchte, die Dornen zu vermeiden.

Die Beine in den Jeans gehörten zu einem stämmigen Mann von

Mitte Zwanzig. Er hatte ein breites, häßliches Gesicht, das tiefe Pockennarben noch häßlicher wirken ließen. Er war ganz offensichtlich tot, und das offensichtlich wegen eines Genickbruchs. Seine dunkelbraunen Augen standen weit offen und zeigten noch immer einen Ausdruck leichter Überraschung.

Der Name des Mannes war Placido, wie sich Durant erinnerte. Er war einer der zwei Wächter, die für Emily Cariaga arbeiteten. Der andere Wächter arbeitete nachts, und sein Name war Mario. Durant erinnerte sich auch, daß Placido verheiratet war und drei Kinder hatte, lauter Jungen. Er konnte sich nicht erinnern, ob Mario, der Nachtwächter, verheiratet war.

Durant richtete sich auf und wandte sich dem Haus zu. Die Vordertür stand, wenn auch nur wenige Zentimeter, offen. Durant blickte sich auf dem sorgfältig gepflegten Grundstück um; er suchte etwas, mit dem er schlagen, schneiden oder stechen konnte. Er hoffte, die Machete eines Gärtners, einen Spaten oder zumindest eine Harke zu finden. Was er fand, war lediglich ein grüner Gartenschlauch aus Plastik mit einer fast zwanzig Zentimeter langen Messingspritztülle.

Durant schraubte das Messingteil ab, trabte auf das Haus zu, stieg schnell die Verandastufen hinauf, schritt zur Tür und trat sie mit dem Fuß auf. Die Tür knallte nicht gegen die Wand, wie es hätte sein müssen. Statt dessen traf sie auf etwas Weiches und Nachgiebiges, das keinen Laut von sich gab.

Der riesige Filipino trat hinter der Tür hervor. In seiner rechten Hand hielt er ein winziges Messer. Als das Messer auf ihn zustieß, entschied Durant – fast wie im Traum –, daß es eigentlich ein großes Messer war, ein Hackmesser mit zwanzig oder fünfundzwanzig Zentimeter langer Klinge. Die mächtige Hand des Riesen ließ es nur winzig erscheinen. Noch immer von dem Messer gebannt, wirbelte Durant zur Seite, bog dabei seinen Körper zurück wie ein Matador, der dem Horn ausweicht. Das Messer schlitzte sein Hemd auf.

Durant trieb dem Riesen die Messingtülle ins linke Auge. Der Riese grunzte und klatschte sich mit der linken Hand aufs Auge.

Durant drehte sich und rammte die Faust mit dem Messingstück mindestens fünfzehn Zentimeter unterhalb der schweren silbernen Gürtelschnalle in den Bauch des Riesen. Der Riese sagte etwas, das wie »Wuff« klang, machte einen Schritt zurück und trat Durant in die Brust.

Es war ein harter Tritt von einem Bein wie ein Telegrafenmast. Wäre Durant nicht vornübergebeugt nach rechts gewirbelt, wobei er nur den linken Oberschenkel darbot, hätte der Tritt ihn im Unterleib erwischt. Doch er verfehlte die Leiste und den Schenkel und traf ihn kurz unterhalb des Brustbeins. Durant stellte fest, daß er nicht mehr atmen konnte und der Versuch zu sehr schmerzte. Er sank auf die Knie, und dann rollte er sich auf dem kühlen Terrazzoboden ein.

Als er auf dem Boden lag, ans Ersticken dachte und auf dic Messerklinge wartete, spürte Durant, wie die Hand des Riesen seine Taschen durchwühlte. Er hörte den Mercedes-Schlüssel an einem Ring klimpern. Er hörte die Vordertür zuschlagen und fragte sich, ob ihm der Tritt ein paar Rippen gebrochen und ob die Rippen sich in seine Lunge gebohrt hatten. Durant versuchte tief Luft zu holen, doch der Schmerz ließ es nicht zu. Dann probierte er es mit einem vorsichtigen, flachen Einatmen. Es brannte wie Giftgas, doch seine Lunge füllte sich mit etwas Luft, und Durant stellte fest, daß er doch nicht ersticken würde.

Er hörte, wie der Mercedes ansprang. Dann wurde eine Wagentür zugeworfen. Ein zweiter Motor, diesmal der des Toyotas, sprang an. Und dann kam das unverkennbar gequälte Geräusch eines im Rückwärtsgang gefahrenen Autos. Danach war alles still.

Durant zwang sich zum Aufsetzen. Er atmete in schnellen, flachen Zügen. Der Schmerz in seiner Brust war noch immer mörderisch, doch zumindest bekam er Sauerstoff in die Lunge. Zentimeter um Zentimeter richtete er sich auf. Er versuchte gerade zu stehen, stellte fest, daß er es nicht konnte, und stand vornübergebeugt und saugte in kleinen, keuchenden Zügen Luft in sich hinein. Schließlich ignorierte er den Schmerz, streckte sich und schlurfte wie ein Sechsundneunzigjähriger mit Lungenkrebs und schlimmen Beinen in das Wohnzimmer. Ein hellbrauner Koffer und eine dunkelbraune Reisetasche standen neben dem Flügel auf dem Boden. Der Flügeldeckel war geschlossen. Jemand hatte eine Damenhandtasche aus Nappaleder darauf liegenlassen.

Durant versuchte, Emily Cariagas Namen zu rufen, doch heraus kam nur ein schrilles Krächzen. Durant sog zum ersten Mal tief Luft ein. Sie brannte ihm in der Lunge, doch wieder weigerte er sich, den Schmerz zur Kenntnis zu nehmen, und benutzte seinen Atem, um ihren Namen herauszubellen. Er wartete, lauschte. Es kam keine Antwort.

Er verließ das Wohnzimmer und ging bedächtig über den langen Flur bis zu ihrem Schlafzimmer. Die Tür war geschlossen. Durant griff nach dem Türknauf, zögerte, öffnete dann und trat ein.

Sie lag nahe dem Fußende des großen Messingbettes am Boden, reisefertig gekleidet in langer grauer Hose und einer dunkelblauen Bluse. Neben ihrer linken Hand lag eine schwere, dunkelgraue Tweedjacke, da sie stets behauptet hatte, es werde kalt, sobald man nach Hawaii komme. Ihre Augen waren geschlossen, der Mund stand offen, und man hatte ihr in die Brust gestochen. Durant kniete neben ihr und bemerkte, daß es drei Stiche waren und daß sie nicht sehr geblutet hatte.

Er erfuhr nie genau, wie lange er neben Emily Cariagas Körper gekniet hatte. Es mochte eine, es konnten zehn Minuten gewesen sein. Doch nachdem sie sich schließlich von der Emily Cariaga, die er gekannt hatte, in einen Leichnam verwandelt hatte, erhob sich Durant, ging um das Bett herum und rief die Polizei an. Danach telefonierte er mit Artie Wu.

Der Name Hermenegildo Cruz stand in der Mitte der geprägten Visitenkarte, die der Detective Lieutenant aus Manila Durant gereicht hatte. In der unteren linken Ecke war eine Telefonnummer. In der unteren rechten verkündete ein Wort in kursiver Sechspunktschrift: *Mordkommission*.

Durant vermutete, daß Lieutenant Cruz die Karten auf eigene Kosten hatte drucken lassen, denn es schien unwahrscheinlich, daß die Polizei von Manila die Prägung bezahlt hatte. Durant fand überdies, daß der Detective der Mordkommission fast so neu aussah wie seine Visitenkarte – mit seinem buttergelben Anzug aus Rohseide, den braun-weißen Kappenschuhen und den kaum sichtbaren Blockabsätzen. Dazu trug er ein blaues, gechintztes Baumwollhemd mit Buttondown-Kragen und einem Firmenemblem, bei dem Durant auf Paul Stuart tippte. Die Krönung bildete eine handbemalte Krawatte, die einen dünnen, silbrigen Wasserfall und hohe Pinien darstellte und von fehlgeleiteter Naturverbundenheit oder außerordentlich schlechtem Geschmack zeugte.

Obwohl nicht gerade groß, hatte Lieutenant Cruz eines dieser langen, schmalen Gesichter, die durch ihre Feinknochigkeit fast hübsch wirken. Unter einer kleinen, geraden und witternden Nase wuchs ein Schnurrbart. Keiner von der Art, wie ihn die amerikanischen Highway-Polizisten nach Machomanier tragen, sondern einer von der nonchalant gepflegten Sorte, die bei Filmstars der dreißiger und vierziger Jahre geschätzt war. Außerdem hatte der Lieutenant der Mordkommission eine Menge sorgfältig gebürstete schwarze Haare mit einer hochgekämmten Stirnlocke. Die Locke diente einer teuren Piloten-Sonnenbrille als Ruhekissen. Unter der Sonnenbrille, dem Haar und einer glatten Stirn blickten Durant ein Paar der gescheitesten braunen Augen an, die er je gesehen hatte.

Er und Lieutenant Cruz saßen an je einem Ende der Couch im Wohnzimmer neben dem Flügel. Emily Cariagas Handtasche war noch immer auf dem zugeklappten Deckel, ihr Koffer und die Reisetasche auf dem Boden daneben. Durant hatte alle drei durchsucht, bevor die Polizei eingetroffen war.

Im Haus befand sich noch etwa ein Dutzend Uniformierter und Polizei in Zivil. Einer von ihnen, ein knurrig aussehender uniformierter Sergeant mittleren Alters, sprach in einer Mischung aus Englisch und Tagalog ins Wohnzimmertelefon, während er die Angehörigen des Opfers von dessen Tod unterrichtete. Sein überraschend sanfter Tonfall war so gedämpft, daß Durant von dem, was er sagte, nichts verstehen konnte.

Zum sechsten oder siebten Mal stellte Lieutenant Cruz Durant dieselbe Frage, wobei er sie erneut anders formulierte. »Sie sind also völlig sicher, daß Sie niemanden und nichts Ungewöhnliches bemerkten?«

»Zwei Tote«, sagte Durant. »Das ist für mich einigermaßen ungewöhnlich.«

»Im Moment können wir davon absehen.«

»Nichts«, sagte Durant und versuchte tief einzuatmen, nur um wieder loszuhusten. Lieutenant Cruz betrachtete ihn mitfühlend.

»Leiden Sie an Asthma oder Bronchitis, Mr. Durant?«

»Asthmatische Bronchitis«, sagte Durant, der nicht ganz sicher war, ob es ein solches Leiden gab. »Unter Streß bricht es manchmal durch. Ich bin allergisch gegen Streß.« Er lächelte schwach, hoffte dabei, sein Lächeln werde als Entschuldigung für seinen offenkundigen Mangel an Stehvermögen aufgefaßt.

»Rauchen Sie?« fragte Cruz.

»Ich versuche aufzuhören.«

Lieutenant Cruz' manikürte rechte Hand griff in die Luft. »Sie müssen einfach in den sauren Apfel beißen.«

Durant zeigte wieder sein Schwächlingslächeln. »Und die Entzugserscheinungen?«

»Die gehen schnell vorbei«, sagte Lieutenant Cruz im selbstgefälligen Ton des bekehrten Rauchers.

»Gut zu wissen«, bemerkte Durant und hustete zweimal schwach, fast geziert.

»Haben Sie mit der Verstorbenen geschlafen?« fragte Lieutenant Cruz in demselben Ton, in dem er sich erkundigt hatte, ob Durant rauche.

»Wie bitte?« fragte Durant und untermalte den Klang seiner Worte mit dem genau richtigen Maß an Entrüstung.

»Entschuldigen Sie, aber ich muß wissen, wie eng Ihre Beziehung war. War sie flüchtig? Rein gesellschaftlicher Art? Intim? Wie?«

»Wir waren gute Freunde.«

»Ein Liebespaar?«

»Wir hatten Spaß miteinander.«

»Im Bett?«

Durant verzog den Mund zu einem dünnen, verächtlichen Strich und drückte durch sein Schweigen um so größere Entrüstung aus.

Lieutenant Cruz seufzte. »Wo sind Sie einander begegnet?«

»Beim Zahnarzt.«

Eine Augenbraue zuckte hoch und signalisierte Lieutenant Cruz' Skepsis.

»Es war im Wartezimmer«, erklärte Durant. »Wir waren beide zur Wurzelbehandlung hinbestellt. Wir haben ein Gespräch angefangen und dann beschlossen, daß wir lieber einen Drink als eine Wurzelbehandlung wollten, und das haben wir dann getan.«

»Wann?«

»Vor ungefähr drei Jahren.«

»Sie war noch verheiratet, als Sie ihr begegneten?«

»Ja.«

»Und ihr Mann starb – wann war das – sechs Monate später?«

»So ungefähr.«

»Sie wissen natürlich, wie er gestorben ist?«

»In San Francisco.«

»Das ist das Wo – nicht das Wie.«

»Ein Unfall, mit Fahrerflucht.«

»Der Fahrer wurde nie geschnappt.«

»Nein.«

»Das genaue Datum«, sagte Lieutenant Cruz, »war der einundzwanzigste August 1983.« Er legte eine Pause ein, als warte er darauf, daß Durant ihn auf die historische Bedeutung dieses Datums hinweisen werde.

Durant beschloß, ihm entgegenzukommen. »Sie sind beide am selben Tag gestorben, nicht wahr? Benigno Aquino, hier auf dem Flughafen niedergeschossen, und Patrocinio Cariaga, auf der

Polk Street in San Francisco überfahren.« Durant schüttelte leicht den Kopf, als wundere er sich über vieles. »Emily und ich haben manchmal darüber gesprochen, ob es was zu bedeuten hätte. Wir sind zu keinem anderen Schluß gelangt als – Zufall, und das ist kein großer Schluß.«

»Sie haben ihn also gekannt – Cariaga?«

»Klar habe ich Pat gekannt.«

»Waren Sie Freunde?«

»Nicht unbedingt.«

»Wußte er, daß Sie mit seiner Frau schliefen?«

»Er hat es nie erwähnt, aber dazu hatte er ja auch keine Veranlassung, nicht wahr?«

»Das möchte ich gerade herausfinden«, sagte Cruz, wobei er Durant anstarrte, als wolle er sich ihn jetzt ganz genau einprägen. »Soweit ich weiß, waren Pat Cariaga und Ninoy Aquino politische Verbündete, richtig?«

»Nicht unbedingt.«

»Sie standen beide in Opposition zu Marcos.«

»Aber von entgegengesetzten Enden des politischen Spektrums«, erwiderte Durant. Er gestikulierte mit der linken Hand. »Aquino stand irgendwo hier.« Er gestikulierte mit der rechten Hand. »Pat stand irgendwo da.«

»Sie haben sich also mit Cariaga über Politik unterhalten?«

Durant schüttelte den Kopf. »Ich habe mir nur seine Ansichten angehört.«

»Und?«

»Ich hielt sie für Blabla.«

»Sie meinen Bockmist?«

»Richtig.«

»Warum waren sie – Blabla?«

»Er dachte, sobald sie erst mal Marcos los wären, würden die richtigen Leute ans Ruder kommen und dann alles tun, was getan werden müßte.« Durant lächelte freudlos. »Pat hat immer geglaubt, er würde einen verdammt guten Außenminister abgeben.«

Bevor Lieutenant Cruz einen Kommentar abgeben konnte, legte der Sergeant mit der leisen, beruhigenden Stimme den Hörer auf und verließ das Wohnzimmer. Lieutenant Cruz sah ihm nach und wandte sich dann wieder an Durant.

»Teilte Mrs. Cariaga die politischen Anschauungen ihres Mannes?« fragte er.

»Nein«, erwiderte Durant. »Sie ist eine begeisterte Anhängerin von Mrs. Aquino.« Er hielt inne. »Gewesen.«

»Haben Sie mit diesen Ansichten sympathisiert?«

»Mehr oder weniger.«

»Dann sind Sie ein Mann der Linken, Mr. Durant«, sagte Cruz, wobei er es eher wie eine Feststellung denn als Frage oder gar Anklage klingen ließ.

»Nein«, wandte Durant ein.

»Aber da Sie eindeutig kein Rechter sind, bleibt nur noch die Mitte. Sagen Sie, finden Sie es dort so bequem?«

»In Texas gibt es einen Mann namens Hightower, der immer behauptet, in der Mitte der Straße gibt es nichts als gelbe Striche und tote Gürteltiere. Ich kann ihm nur zustimmen.«

»Dennoch haben Sie offensichtlich mehr als nur ein akademisches Interesse an Politik.«

»Nur deswegen, weil die Politik die Geschäfte beeinflußt.«

»Und welche Art Geschäft betreiben Sie – hauptsächlich?«

»Verschiedene.«

»Versicherung?« fragte Lieutenant Cruz. »Rückversicherung, um genau zu sein.«

Mit starrem Blick auf Cruz nickte Durant, der sich plötzlich nach einer Zigarette sehnte. Der ist noch gewitzter, als du gedacht hast, begriff Durant. »Ich habe erwogen, ins Rückversicherungsgeschäft zu gehen.«

»Sie machten Geschäfte – oder vielleicht sollte ich besser sagen, Sie standen in Beziehung – mit dem verstorbenen Ernesto Pineda. Soweit ich weiß, identifizierten Sie sogar den Leichnam. Oben in Baguio. Richtig?«

»Richtig.«

»Der arme Pineda war ein entfernter Cousin unseres einstigen Präsidenten«, sagte Cruz. »Wußten Sie das?«

»Ernie hat das vielleicht mal nebenbei erwähnt.«

»Ist es nicht... bedauerlich, Mr. Durant, daß Sie innerhalb einer einzigen Woche mit zwei entsetzlichen Mordfällen in Berührung kommen? Das muß sich äußerst schlimm auf Ihr Asthma auswirken.«

Während er an einer Erwiderung drechselte, hustete Durant erneut gekünstelt. Doch bevor er etwas sagen konnte, kehrte der Sergeant mit der sanften Stimme zurück und flüsterte Lieutenant Cruz etwas ins Ohr. Cruz antwortete ihm: »Auf der Stelle.«

Der Sergeant verließ das Zimmer. Cruz lächelte Durant freundlich an und sagte: »Wir haben einen Besucher.«

Beide wandten sich um, als sich die Tür öffnete und Artie Wu eintrat, ausgestattet mit seinem weißen Geldanzug, dem Panamahut und seinem Spazierstock. Wu übersah Lieutenant Cruz, steuerte direkt auf Durant zu und legte ihm besänftigend die große Hand auf die Schulter.

»Tut mir leid, Quincy«, sagte er. »Es tut mir so leid, ich kann gar nicht sagen, wie sehr.«

Durant sagte nichts.

Wu drehte sich um und nahm Lieutenant Cruz in Augenschein, wobei er sich viel Zeit ließ, den vanillegelben Seidenanzug, die zweifarbigen Schuhe und die übrige Aufmachung des Detectives der Mordkommission zu bewundern. Dann nickte Artie Wu beifällig und sagte: »Und Sie, Sir, sind..?«

»Lieutenant Cruz«, erwiderte der Detective lächelnd und musterte Wus Staffage mit der offenen Anerkennung des verschworenen Mit-Stutzers. Noch immer lächelnd, stand Cruz auf, streckte die Hand aus und sagte: »Willkommen, willkommen, Mr. Wu.«

19. KAPITEL

Während der nächsten Stunde löcherte Lieutenant Cruz Wu und Durant mit Fragen über sie beide, über den verstorbenen Ernesto Pineda (den sogar er inzwischen als »armer Ernie« bezeichnete) und über Emily Cariaga.

»Welche Verbindung gab es zwischen ihr und dem armen Ernie?« wollte Cruz wissen und schien unbefriedigt, als Durant erwiderte, er wisse von keiner. Danach begann Cruz, Wu und Durant übereinander auszufragen.

Er begehrte von Durant zu erfahren, ob Wu verheiratet sei, und falls ja, wie die Namen von Mrs. Wu und den Kindern lauteten. Durant rasselte sie herunter. Dann fragte er Wu, ob Durant wegen seiner asthmatischen Bronchitis je in Behandlung gewesen sei. Wu nickte ernst und erwiderte, daß Durant die besten Spezialisten in Los Angeles, Denver und Zürich aufgesucht habe und in wenigen Wochen einen Spezialisten an der Harley Street zu konsultieren gedenke, der ihm vielversprechend erscheine.

»Wissen Sie, wir haben hier gute Ärzte«, wandte Cruz ein, ohne sich Mühe zu geben, seinen Lokalpatriotismus zu verbergen.

»Mein hiesiger Arzt hat mir den Spezialisten in London empfohlen«, log Durant mit gewohnter Kunstfertigkeit, wie Artie Wu feststellte.

»Wir haben die besten Zahnärzte in Asien«, sagte Cruz ohne ersichtlichen Zusammenhang.

»Die besten der Welt, was meinen Geldbeutel angeht«, pflichtete ihm Artie Wu bei.

Cruz schien zu wissen, wann er veräppelt wurde, also nahm er die Befragung wieder auf. »Sie sind offenbar ein Mann von hoher Bildung, Mr. Wu«, sagte er in einem Ton, als erwarte er eine offensichtliche Lüge als Entgegnung.

Artie Wu zuckte nur die Achseln. Es war Durant, der ihm die Einzelheiten lieferte. »Princeton. Er hat sogar Phi Beta Kappa geschafft.«

»Und Sie, Mr. Durant? Sind Sie auch ein Princeton-Absolvent?«

»Nein. Ich war dort, habe aber keinen Abschluß geschafft.« Durant sah keine Notwendigkeit zu erklären, daß er mit Artie Wu in sämtlichen Kursen nicht als Student, sondern als allgegenwärtiger Leibwächter des Anwärters auf den chinesischen Kaiserthron gesessen hatte.

Lieutenant Cruz gab nun alle Bemühungen auf, seinen Unglauben zu verhehlen. »Sie versuchen mir hier weiszumachen, daß sich zwei intelligente, erwachsene Männer – hochgebildet, weltläufig, ein Paar, das wirklich herumgekommen ist – von einem billigen Schieber und Schlepper aufs Kreuz haben legen lassen.« Skeptisch schüttelte er zweimal rasch den Kopf. »Ich möchte alles hören. Auch die schmutzigen Sachen. Sie zuerst.« Sein Kinn deutete auf Artie Wu.

Wu ließ ein scheinbar verlegenes Seufzen hören. »Ich fürchte, der arme Ernie war, wie Sie sagten, Lieutenant, nichts als ein Hochstapler.«

»Tatsächlich«, fiel Cruz ein, wobei er sich vergewisserte, daß sein Sarkasmus nicht unbemerkt blieb. Dann setzte er ein blitzendes Lächeln auf, das er zum Teil einem der besten Zahnärzte Asiens verdankte. »Um wieviel hat Ernie Sie erleichtert?«

»Dreihunderttausend.«

»Pesos?«

Wu schüttelte traurig den großen Kopf. »Dollar.«

»Heilige Mutter Gottes«, flüsterte Cruz. »Falls Sie ihn getötet haben, würde man Ihnen mildernde Umstände zubilligen.«

»Aber Sie haben sich doch bereits mit der Polizei in Baguio in Verbindung gesetzt, nicht wahr?« fragte Durant.

Cruz zögerte, dann nickte er.

»Also wissen Sie, daß wir es nicht waren.«

»Wer, glauben Sie, war es?«

»Darf ich raten?« fragte Wu.

Cruz zuckte mit seinen maßgeschneiderten Schultern ein »Warum nicht?«

»Ein Spatzengeschwader der NPA«, sagte Wu.

Die Antwort erzeugte bei Cruz ein Stirnrunzeln. Doch dann glättete sich seine Stirn, und er nickte widerwillig. »Ergäbe einen Sinn«; sagte er. »Halbwegs.«

Es entstand ein langes Schweigen, währenddessen Lieutenant Cruz Wu musterte, dann Durant und dann wieder Wu. »Sie beide«, sagte er leise, »sind die vielleicht raffiniertesten Lügner, denen ich seit Jahren begegnet bin.«

Wu lächelte. »Ich nehme an, das heißt, wir können gehen?«

»Aber nicht weit.«

»Ist Cebu recht?« fragte Durant.

Lieutenant Cruz schnaubte. »Cebu! Was gibt's auf Cebu?«

»Geschäfte«, sagte Durant. »Schließlich müssen wir was zu beißen haben.«

Lieutenant Cruz starrte Artie Wu an. »Je in einem unserer Gefängnisse gewesen, Mr. Wu?«

»Noch nie.«

»Sie sind absolut skandalös.«

Wu nickte. »Wie kommt man um sie herum?«

»Man hält Verbindung.«

»Was ist, falls man nichts zu berichten hat?«

»Unsere Gefängnisse, obwohl hoffnungslos überbelegt, können jederzeit noch zwei Leute aufnehmen.«

»Wir halten Verbindung«, sagte Wu.

Im Mercedes des Peninsula Hotels, den Wu auf der anderen Straßenseite gegenüber einer großen Forbes-Park-Villa geparkt hatte, vor der die bundesdeutschen Farben wehten, bandagierte sich Durant den Brustkorb. Ein uniformierter Filipino-Wachmann beäugte sie mißtrauisch, schritt jedoch nicht ein. Wu schnitt mit einer Schere lange Streifen Verbandszeug ab und reichte sie Stück für Stück Durant, der ohne Hemd auf dem Rücksitz saß. Wu hatte Schere und Verbandszeug auf Durants Drängen in der Hotelapotheke gekauft. Mit schnellen, sicheren Bewegungen bandagierte sich Durant die Brust.

»Angeknackst?« fragte Wu.

»Vielleicht nicht.«

»Tut aber weh?«

»Nicht mehr so schlimm.«

»Okay. Schieß los.«

Durant schaute auf seine bandagierte Brust, klopfte leicht dagegen, schnitt ein Gesicht und streifte sich wieder das Hemd über. »Emilys Wächter war tot, als ich hinkam. Die Tür stand auf. Nur einen Spalt. Ich habe sie ganz aufgetreten, und dieser große Schlagetot, der bei Boy Howdy den Rausschmeißer macht, kam mit einem Messer raus. Er hat mich verfehlt, und ich hab' ihn mit einer Messingtülle am Auge erwischt – einem Stück vom Gartenschlauch.«

Wu nickte.

»Es hat ihm nicht viel ausgemacht, und er hat mir in die Eier zu treten versucht und mich statt dessen an der Brust erwischt. Mordstritt.«

»Warum hat er dich nicht erledigt?«

»Wer weiß? Vielleicht hat's ihm keiner geheißen.«

»Vielleicht hat ihm auch keiner geheißen, Emily fertigzumachen«, sagte Wu.

»Daran dachte ich schon.«

»Weshalb du Cruz nichts von ihm erzählt hast?«

Durant nickte.

»Am besten, wir reden mit Boy«, sagte Wu.

»Laß mich mit ihm reden.«

»Und was soll ich tun?« fragte Wu.

»Ihn festhalten.«

Ein dem Barkeeper zugeschobener 100-Dollar-Schein verschaffte Wu und Durant den Einmal-lang-zweimal-kurz-Summercode zu Boy Howdys verschlossenem Büro. Wu drückte den

Knopf, und als der öffnende Summton erklang, stieß er die Metalltür auf und blieb, leicht auf seinen Rohrstock gestützt, stehen und starrte Boy Howdy an, dessen rechte Hand zur Schreibtischschublade wanderte, die die 45er Automatik enthielt.

»Das würde ich nicht tun, Boy«, sagte Wu. »Könnte dem scheiß Durant nicht gefallen.«

»Der scheiß Durant könnte dir den Kopf abreißen«, sagte Durant über Wus Schulter.

Boy Howdys rechte Hand verharrte. »Er hat sie nicht umgebracht«, sagte Howdy. »Sie war schon tot, als er hinkam. Der Wächter auch.«

Artie Wu schlenderte ins Büro und blickte sich um. Durant hielt sich links von Wu und ließ Howdy nicht aus den Augen. Wu untersuchte das Acryl-auf-Samt-Kunstwerk mit dem fetten Carabao-Büffel und dem ungeschlachten Tiger. »Hat dir schon mal einer gesagt, Boy, daß du den vielleicht schlechtesten Geschmack Asiens hast?«

»Er hat sie nicht umgebracht«, sagte Howdy. »Sie war schon tot, als Ozzie hingekommen ist.«

»Ozzie?« fragte Durant.

»Osmundo«, erklärte Howdy.

»Wie geht's Osmundo?« fragte Durant.

»Hat sein linkes Auge verloren, nicht wahr?« sagte Howdy. »Du, du hast ihn blind gemacht!«

Wu schaute sich im Raum um und wählte einen Stuhl mit gerader Rückenlehne, denselben, den Otherguy Overby genommen hatte. Er setzte sich hin, nahm den Hut ab, legte ihn auf den Boden und faltete die Hände über dem Knauf seines Stocks. Durant lehnte sich am entgegengesetzten Ende des Zimmers an die Wand und behielt Boy Howdy im Auge.

»Was hatte Ozzie bei Mrs. Cariaga zu suchen, Boy?« fragte Durant.

Howdys Antwort war an Wu gerichtet. »Ich leih' ihn aus, verstehst du? Ich meine, wenn jemand ein Sümmchen Bares hat, das er schnell und sicher auf der Bank haben will, kann er sich Ozzie für fünfhundert Pesos die Stunde mieten. Keiner, der seine Tassen im Schrank hat, baut irgendeinen Scheiß mit einem Riesen. Ich krieg' also heute früh, kurz vor Mittag, einen Anruf. Eine Frau. Sagt, sie heißt Mrs. Cariaga und wohnt drüben im Forbes Park. Sagt, sie will zum Flughafen und möchte, daß Ozzie mit ihr geht und sie sicher in ihre Maschine bringt. Also frag' ich sie, um welche Zeit sie ihn braucht, und sie sagt, um halb vier, und ich nenn' ihr den Preis und sag' ihr, daß er dasein wird.«

»Hast du ihren Mann gekannt?« fragte Durant.

Den Blick noch immer auf Wu gerichtet, sagte Howdy: »Falls sein Name Pat Cariaga ist, dann hab' ich von ihm gehört, stimmt. Wer nicht? Aber er ist jetzt fast drei Jahre tot, oder?«

Wu nickte und beugte sich vor, das Kinn auf die Hände gestützt, die noch immer über den Knauf des Spazierstocks gefaltet waren. Er starrte Boy Howdy mit großem Interesse an.

»Also kam Ozzie um halb vier hin?« fragte Durant.

»Genau. Und im Gebüsch liegt der Wachmann mit gebrochenem Genick. Also geht Ozzie zur Tür, sieht, daß sie offen ist, und geht rein. Er sagt ein paarmal hallo. Weißt du. Aber keiner ruft zurück, also schaut er sich ein bißchen um. Keine Dienstboten, sagt er. Keine Seele. Also geht er nach hinten und findet sie neben dem Bett, mausetot. Na ja, Ozzie ist nicht der Schnellste, sicher nicht, aber er weiß, wann es höchste Zeit ist abzuhauen.«

Boy Howdy verstummte, als warte er auf ein ermunterndes Wort. Als es ausblieb, räusperte er sich und fuhr fort: »Na ja, dann hört Ozzie irgendwas. Er hört, wie ein Auto vorfährt, und ein bißchen später kommt jemand über den Kiesweg gerannt, und dann stellt sich raus, daß der Jemand dieser scheiß Durant is'.«

Howdys Blick wanderte jetzt zum ersten Mal zu Durant: »Also macht Ozzie, was er macht, und du machst das, was du machst, und jetzt is' der arme alte Ozzie auf einem Auge blind.« Howdy legte eine kurze Pause ein. »Er glaubt, daß du sie vielleicht abserviert hast, und den Wachmann auch. Und wenn du mich fragst, hat er recht.«

»Boy«, sagte Artie Wu.

Howdy schaute ihn an. »Was denn?«

»Wie ich es sehe, hast du drei Chancen. Schon mal von einem Lieutenant der Mordkommission namens Cruz gehört?«

»Gildo Cruz? Yeah. Sicher hab' ich von ihm gehört.«

»Er ist Chance Nummer eins. Du und Ozzie reden mit ihm. Falls ihr das nicht so gern möchtet, lasse ich dich mit Durant allein, und du kannst mit ihm reden. Mag sein, daß er ein paar angeknackste Rippen hat, aber er ist ziemlich geladen. Vielleicht kannst du mit ihm fertigwerden; vielleicht nicht. Ich glaube nicht.«

Boy Howdy schaute zu Durant. »So toll is' er auch nicht. Ich bin schon mit Schlimmerem fertiggeworden. Viel Schlimmerem.«

»Gib mir deinen Stock, Artie«, sagte Durant. »Ich möchte ihn vielleicht etwas aufschlitzen.«

»Wie gesagt«, fuhr Wu fort, »Durant ist ein bißchen geladen. Er und Mrs. Cariaga waren gute Freunde. Sehr gute Freunde.«

Ein lüsterner Ausdruck trat in Howdys Augen. Er öffnete den Mund, um etwas zu sagen, klappte ihn aber schnell wieder zu, als er Durants Gesicht sah.

»Deine dritte Chance, Boy«, sagte Wu, »besteht darin, mir und Durant zu erzählen, was wirklich geschah. Falls es rein geschäftlich war und Ozzie nichts mit Mrs. Cariagas Tod zu tun hatte, dann können wir von da aus weitersehen.« Wu hielt inne. »Du hast zirka zehn Sekunden, dich zu entscheiden.«

»Wie lange kennen du und Durant mich jetzt, Artie?« fragte Boy Howdy.

Wu hob das Kinn von den Händen, die noch immer den Knauf seines Stocks umfaßten. Er lehnte sich zurück, streckte sein linkes Bein aus und tippte nachdenklich mit dem Stockende auf seinen Schuh. »Jahre, Boy. Viel zu viele Jahre.«

»Und bei unseren Geschäften is' jeder auf seine Rechnung gekommen – du, Durant, Otherguy und ich. Und wir hatten ab und zu auch unseren Spaß, oder etwa nicht?«

»Ich kann mich an keinen erinnern«, sagte Durant.

Howdy ignorierte ihn. »Also, ich komm' da an ein Geschäft. Das is' alles. Ein Stück Arbeit, nicht mehr. Eine bestimmte Partei braucht einen Abschrecker. Scheint so, als hätte die Dame Cariaga wo rumgeschnüffelt, wo sie's nicht hätte sollen. Aber die Cariaga bekommt schnell genug spitz, daß sie nicht hätte rausfinden dürfen, was sie rausgefunden hat, und will sich absetzen. Nach Spanien, wie man sagt. Na ja, die Partei, die den Abschrecker braucht, will sichergehen, daß die Dame Cariaga nicht mauschelt, bevor sie im Flieger sitzt. Also vermiet' ich der Partei den alten Ozzie, damit der nichts anderes tut – ich schwör's euch –, als die Cariaga ein bißchen nervös zu machen. Und ich schwör' bei Gott, daß es von dem Augenblick an, wo er hingekommen is', genauso gewesen is', wie ich gesagt habe. Sie war schon tot. Sie und ihr Wachmann, alle beide. Und das is' die allerreinste Wahrheit!«

»Wer hat deinen Abschrecker ausgeliehen, Boy?« fragte Artie Wu mit sanfter Stimme.

»Warum sagst du mir nicht, ich soll mir selber die Kehle durchschneiden, Artie?«

»Entweder du tust es selber, oder ich mach's«, sagte Durant.

Howdy schien plötzlich gelangweilt. Er gähnte und reckte sich sogar. Auf das Recken hin glitt seine rechte Hand wie zufällig zu seinem Hals. Er hatte das Messer schon fast aus der Nackenscheide, als Artie Wu wie ein riesiger weißer Schatten vorsprang und den Stock gegen Howdys rechten Ellbogen schmetterte. Er brüllte auf, aber Durant war bereits um den Schreibtisch herum und hielt jetzt das halb gezogene Messer in seiner rechten Hand.

Durant setzte die Messerspitze direkt unter Howdys Kinn und zwang seinen Kopf hoch. »Raus damit«, sagte Durant.

Boy Howdys halbgeschlossenen Lippen entrang sich ein schwaches Stöhnen. »Laß gut sein, Durant«, sagte er.

Durant nahm die Messerspitze weg. Howdys Kopf sackte nach unten, er schloß die Augen und sagte: »Ich bin ein toter Mann, wirklich.«

Wu seufzte: »Bring's hinter dich, Boy.«

»Es war diese Fotze, die Ozzie gemietet hat, die war's«, sagte Howdy mit immer noch geschlossenen Augen.

Wu und Durant starrten einander an; beide gelangten gleichzeitig zur selben Schlußfolgerung. »Meinst du das Espiritu-Weib?« sagte Durant. »Carmen Espiritu?«

Howdy öffnete die Augen und stierte zu Durant hoch. »Hör auf, mich zu verscheißern, Durant. Ich kenn' keine verdammte Carmen nicht, wer immer das is'.«

»Boy«, sagte Artie Wu mit sanfter, geduldiger Stimme. »Sag uns bloß den Namen.«

»Es war diese Killerziege von euch, die sich Ozzie gemietet hat«, sagte Howdy. »Georgia Blue. Diese Kuh.« Trotz seiner Schmerzen lächelte er über den zufälligen Reim, und als er Wus und Durants Ausdruck bestürzter Überraschung bemerkte, wurde sein Lächeln noch breiter.

20. KAPITEL

Es war nachts um 22.33 Uhr, als Georgia Blue im Taxi vor dem Manila Hotel eintraf. Langsam betrat sie die großzügige Lobby, suchte sie mit geübten Blicken ab, während sie, die rechte Hand in der Ledertasche vergraben, die sie über der Schulter hängen hatte, zu den Fahrstühlen ging.

Sie fuhr allein im Aufzug bis ins vierte Stockwerk. Von dort aus nahm sie die Treppe zum fünften Stock, schlüpfte an dem dösenden Etagenportier vorbei und hastete über den Gang zu Suite 542, wo sie leise klopfte. Sekunden später öffnete ihr Booth Stallings die Tür.

»Ich glaube, ich bin in Schwierigkeiten«, sagte sie mit einer Stimme, die kaum lauter als ein Flüstern war.

Stallings streckte seinen Kopf hinaus und schaute den Gang entlang. »Kommen Sie rein«, sagte er und öffnete die Tür so weit, daß sie eintreten konnte. Dann schloß er die Tür, verriegelte sie und legte die Kette vor. Als er sich umwandte, sah er Georgia Blue mitten im Wohnzimmer der Suite stehen, die Pose linkisch, die Miene unsicher. Sie wirkte beinahe, so dachte Stallings, als vermisse sie etwas, vielleicht einen entscheidenden Körperteil – einen Fuß oder sogar einen Arm –, bis er begriff, daß es die unglaubliche Haltung war, die sich verflüchtigt hatte. Sie hat sie irgendwo verloren, entschied er. Oder jemand hat sie ihr genommen.

»Setzen Sie sich«, sagte er.

Einen Augenblick schien es, als habe sie ihn nicht verstanden. Dann lächelte sie, als handele es sich um die freundlichste Einladung, die ihr je untergekommen war. Das Lächeln verschwand, als sie sich umwandte und zu entscheiden versuchte, wohin sie sich setzen sollte. Es war offensichtlich eine schwere Entscheidung und möglicherweise die wichtigste ihres Lebens. Schließlich wählte sie einen grünen Lehnsessel, in den sie sich sinken ließ, ohne die rechte Hand aus der Umhängetasche zu nehmen.

»Einen Drink?« fragte Stallings, während er auf den Kühlschrank zuging. Sie schüttelte den Kopf. Stallings nahm ein Dosenbier heraus, trug es zurück zur Couch, setzte sich, riß die Dose auf und sagte: »Was für Schwierigkeiten?«

»Ich brauche einen Platz, wo ich über Nacht bleiben kann«, sagte Georgia Blue.

»Sie meinen, hier?«

Sie nickte.

»Wu und Durant suchen Sie.«

»Oh?«

»Otherguy auch.«

»Scheiß auf Otherguy.«

Stallings trank von seinem Bier. »Erzählen Sie«, sagte er, wobei er sich zurücklehnte und die Bierdose auf der rechten Couchlehne abstellte. Seinen rechten Arm legte er über die Rückenlehne, wobei er hoffte, dies sei die am wenigsten bedrohliche Haltung. Dann fiel ihm ein, daß ein Lächeln vielleicht dazu beitragen könnte, ihre rechte Hand dort zu halten, wo sie war: tief in der Umhängetasche. Also lächelte er.

»Warum suchen sie mich?« fragte sie.

»Das haben sie nicht gesagt, und ich hatte nicht den Eindruck, sie wollten, daß ich Fragen stelle.«

»Kann ich heute nacht hierbleiben?« fragte sie.

»Und was wird morgen?«

»Morgen, das ist wie nächstes Jahr. Die Zukunft. Heute nacht ist jetzt, und das ist alles, womit ich klarkomme.« Sie hielt inne und fügte dann, als sei ihr das nachträglich eingefallen, hinzu: »Falls Sie möchten, können wir ein bißchen Sex haben.«

»Klingt interessant«, sagte Stallings und lächelte ihr wieder zu.

»Nein, tut es nicht«, sagte sie, wobei sie ihre rechte Hand aus der Tasche zog. Darin lag die Walther-Halbautomatik. »Macht Ihnen das hier zu schaffen?«

Er zuckte die Achseln. »Es törnt nicht gerade an.«

Sie steckte die Pistole zurück in die Umhängetasche und stellte sie dann neben dem Sessel auf den Boden. »Besser?«

»Viel.«

Wieder breitete sich Schweigen aus. Stallings tat nichts dagegen. Das Schweigen wurde nach knapp 30 Sekunden gebrochen, als Georgia Blue sagte: »Scheiße.«

»Weiter«, sagte Stallings.

»Passiert ist es in der Zeit zwischen unserer Rückkehr vom Kriegerdenkmal und dem Lunch im Peninsula. Da hat er angerufen.«

Wieder drohte Schweigen einzukehren, doch Stallings wehrte es mit der Frage ab: »Wer ist er?«

»Harry Crites.«

»Ah.«

»Aus Washington.«

»Verstehe«, sagte Stallings. »Muß dort gestern gegen Mitternacht gewesen sein, wenn es hier gegen Mittag war. Eine Stunde hin oder her.«

»Wir haben nicht über die Zeit geplaudert. Auch nicht über das Wetter.«

Stallings bedachte sie mit einem, wie er hoffte, ermutigenden Nicken. Als darauf keine Reaktion kam, sagte er: »Worüber haben Sie gesprochen?«

»Wir haben einen Code«, sagte sie. »Eine Art blöden Buchstabencode. Er hat ihn benutzt, um mich anzuweisen, daß ich genau zehn Minuten, nachdem ich aufgelegt hatte, eine Nummer anrufen sollte. Ich sollte mir neue Instruktionen holen.«

»Eine Ortsnummer?«

»Ein Münztelefon. Es ist immer ein Münztelefon.«

»Haben Sie angerufen?«

»Angeblich arbeite ich für ihn, stimmt's?«

»Stimmt.«

»Also habe ich angerufen.«

Sie stockte, als erwarte sie, daß Stallings ihr mit seiner nächsten Frage das Terrain ebnete. Er tat ihr den Gefallen. »Wer ging ran?«

»Ein Mann.«

»Seine Stimme erkannt?«
»Er hatte einen Akzent.«
»Filipino?«
»Ich bin nicht sicher. Er könnte ihn nachgemacht haben. Wahrscheinlich nicht. Aber ich weiß nicht, wer er war.«
»Trotzdem hat er Ihnen Anweisungen gegeben.«
»Ja. Er hat mir gesagt, ich soll – –«
»Der Kerl am Münztelefon?«
Sie nickte. »Er hat gesagt, ich soll Boy Howdy anrufen, mich zu erkennen geben und sagen, daß ich mir diesen riesigen Rausschmeißer von ihm mieten wollte, um jemanden namens Emily Cariaga einzuschüchtern. Ich sollte Boy Howdy dafür zweitausend Dollar bieten. Dann gab mir der Mann am Telefon ihre Adresse in Forbes Park und sagte mir, wovor der Schläger sie warnen sollte. Dann – –« Sie brach plötzlich ab, und einen Augenblick lang dachte Stallings, sie habe die Sprache ganz verloren.
»Und weiter«, sagte er.
»Sie sollte am späten Nachmittag fliegen. Die Reise ging nach Spanien.« Wieder plötzliches Schweigen, und wieder hatte es den Anschein absoluter Endgültigkeit. Stallings spürte, wie seine Gereiztheit zunahm, und er beschloß, etwas davon herauszulassen.
»Gottverdammt, Georgia!«
Sie blinzelte zweimal, als sei sie von seinem Ton leicht überrascht. »Dieser Rausschmeißer«, sagte sie. »Dieses Monster, das für Boy Howdy arbeitet, sollte sie warnen, daß sie besser niemandem erzählt, was sie herausgefunden hatte. Niemandem. Niemals. Das Monster sollte dabei – extrem fest bleiben, sagte mir der Mann am Telefon.«
»Ich vermute, er hat Ihnen nicht gesagt, worüber sie nicht reden sollte.«
»Nein.«
»Dann haben Sie also Howdy angerufen.«
Sie nickte. »Er wollte erst Geld sehen. Ich habe ihm gesagt, er könnte es unten am Empfang abholen lassen. Da hab' ich es für ihn

deponiert. In einem Umschlag. Und dann ging ich zum Peninsula, wo wir alle zu Mittag gegessen haben.«

»Haben wir«, sagte Stallings, trank sein Bier aus, zerdrückte die Dose, stand auf und ging zu dem kleinen Kühlschrank. Als er an Georgia Blues Stuhl vorbeikam, schnappte er sich die Umhängetasche. Sie wandte ihm das Gesicht zu.

»Ich wußte, daß Sie das tun würden«, sagte sie.

Statt ihr zu antworten, warf Stallings einen Blick in die Tasche.

»Ich hätte Sie aufhalten können«, sagte sie.

Stallings nahm die Walther heraus, untersuchte sie kurz und schob sie in seine rechte Gesäßtasche. Die Umhängetasche ließ er wieder zu Boden fallen. »Wann haben Sie entdeckt, daß sie umgebracht worden ist?« fragte er.

»Heute, am späten Nachmittag. Sie haben es, glaube ich, über Radio Veritas gebracht. Ich ging runter zu einem Münztelefon und rief die Polizei an, um sicherzugehen, daß es sich um dieselbe Emily Cariaga handelte.«

»Was haben Sie dann gemacht?«

»Bin ausgegangen. Ich bin zu Shoe Mart und zu Rustan's in Makati, ganz in der Nähe vom Peninsula. Aber ich habe nichts gekauft. Dann bin ich in einigen Buchläden gewesen. Hinterher dann im Intercontinental. Sie haben da ein Café mit Jeepneys. Ich meine, mit Nischen, die aussehen wie Jeepneys. Da hatte ich einen Drink. Vielleicht auch zwei. Vielleicht hab' ich auch was gegessen. Ich weiß jedenfalls, daß ich nicht hungrig bin.«

»Und dann direkt hierher?« fragte Stallings.

Sie nickte.

»Sie wissen nicht, wer sie gewesen ist, oder?«

»Nein.«

»Nachdem Sie heute nachmittag weg waren, hat Durant einen Anruf bekommen«, sagte Stallings. »Von Emily Cariaga. Sie und Durant waren – nun ja, ziemlich enge Freunde, schätze ich. Es war Durant, der sie gefunden hat.«

Georgia Blue erstarrte. Kein Muskel bewegte sich. Stallings glaubte nicht, daß sie überhaupt atmete. Für ihn gab es nichts zu sagen, also wartete er ihre Reaktion ab. Schließlich stieß sie die Luft, die sie angehalten hatte, aus, atmete wieder tief ein und sagte: »Verstehe.« Nach längerem Schweigen fügte sie dann hinzu: »Am besten, Sie rufen jetzt Durant.«

»Weswegen?«

»Um ihm zu sagen, daß ich hier bin.«

»Was könnte er heute nacht tun, wozu nicht bis morgen früh Zeit ist?«

Sie schaute ihn mit einer Miene an, in der sich Ratlosigkeit und Verwirrung spiegelten. Und dann stellte sie eine Frage, auf die sie offenbar die Antwort kannte, obwohl sie sie noch immer zu überraschen schien: »Sie sind ... Sie sind verdammt anständig, nicht wahr?«

»Manchmal«, sagte Booth Stallings. »Hin und wieder.«

Als Georgia Blue Stallings' Suite betreten hatte, hatte sie eine braune Seidenbluse getragen, einen hellbraunen Rock, der wie Leinen gewirkt hatte, doch wahrscheinlich Seidengabardine gewesen war, die braun-weißen Pumps und die lederne Umhängetasche mit der Walther PPK. Als sie um 1.16 Uhr sein Schlafzimmer betrat, trug sie nur die braune Seidenbluse.

Stallings hatte sich im Bett aufgesetzt und las ein Buch. Eigentlich war es ein gebundenes Vorabexemplar, das ein Verleger der Stiftung zugeschickt hatte. Als er für seine Reise gepackt hatte, hatte es Stallings auf dem Nachtisch seines Apartments gegenüber dem Washingtoner Zoo entdeckt.

Das Buch enthielt Aufsätze von 19 Koryphäen unterschiedlichen Ranges, doch gleicher Meinung. Jeder Aufsatz gab die oft schwammigen Ansichten der Verfasser über Terrorismus wieder, den keiner so recht zu definieren wußte, ohne ins Schwafeln zu geraten. Doch obwohl sie sich nicht darüber einigen konnten, was Terrorismus sei, waren sie einer Meinung, was mit denen geschehen sollte, die ihn praktizierten. Stallings hielt das Buch für nur einen weiteren ermüdenden Erguß jener »Rübe runter«-Schule. In Washington hatte es ihm vier Nächte hintereinander zum

Schlaf verholfen, also hatte er sich das Buch anstelle der Seconal eingesteckt.

Als Georgia Blue mit nichts als dem braunen Seidenhemd ins Schlafzimmer kam, ließ Stallings das Vorausexemplar zu Boden fallen, verschränkte die Hände hinter dem Kopf und starrte sie an. Jetzt erinnerte er sich wieder, wie er – bei ihrer ersten Begegnung im Madison – auf Anhieb entschieden hatte, daß sie eine der drei umwerfendsten Frauen sei, die er je gesehen hatte. Nun reduzierte er die Konkurrenz auf zwei und erwog sogar, die einzig verbleibende Mitbewerberin zu streichen, eine auf die 50 zugehende italienische Schauspielerin.

»Ist die Couch drüben zu kurz, oder sind Sie zu lang?« fragte er, wobei er spürte, wie sich sein Mund zu etwas verzog, das, wie er hoffte, eher ein Lächeln war denn eine lüsterne Schnute.

»Beides«, sagte sie und begann, die Bluse aufzuknöpfen. Sie tat es methodisch, schaute auf die Knöpfe hinunter, als sei sie beim Ausziehen allein. Als sie alle Knöpfe offen hatte, streifte sie die Bluse ab, faltete sie ordentlich zusammen, als wolle sie sie einpakken, und legte sie sorgfältig auf den Stuhl.

Dann drehte sie sich wieder um, weder provozierend noch schüchtern, und zeigte die ganze Palette. Stallings verschlang sie mit den Augen und fragte sich, wie sie auf der Zunge schmecken würde.

»Das bringt das Blut in Wallung«, sagte er.

»Gut«, sagte Georgia Blue, als sie neben ihm ins Bett schlüpfte.

Sie zu küssen, entschied Stallings, war so, als küsse man die erste ältere Frau seines Lebens – die mit all den schlimmen Erfahrungen. Dann entschied er, überhaupt nichts mehr zu entscheiden und sich schlicht und einfach dem zu überlassen, was geschehen würde, nur daß das, was dann geschah, alles andere als schlicht und einfach war. Statt dessen wurde es hinreißend, mit einer Spur Wildheit, vollkommen sinnlich und sogar für Stallings neuartig, der bis zu dieser Nacht geglaubt hatte, daß er schon vor langer Zeit die letzte sexuelle Schwelle überschritten habe. An einem Punkt erlebte er das Glücksgefühl eines Geizhalses, als ihm bewußt wurde, daß diese Nacht in diesem Bett in Suite 542 des Manila Hotels seinem Hauptkonto beim Bankhaus Phantasie & Co. gutgeschrieben würde – und daß er, solange er lebte, dort unbegrenzten Kredit aufnehmen konnte.

Nach einer halben Stunde, fünf Minuten hin oder her, war es vorüber. Sie lagen da, starrten an die Decke, sie mit dem Kopf an seiner Schulter, und Stallings wünschte sich zum ersten Mal seit Jahren, daß er noch immer Chesterfields rauchte. Filterlos. Die Zerstörer mit dem »Das tut gut«-Versprechen. Oder waren das die Old Gold? Er war fast schon entschlossen, Georgia Blue zu fragen, obwohl sie nicht alt genug war, sich daran zu erinnern, als sie unvermittelt sagte: »Dieser scheiß Durant!«

»Scheint doch ein ganz netter Bursche zu sein.«

»Nicht, wenn man glaubt, daß er einen umbringen will.«

»Wegen der Frau, der Cariaga?«

»Er könnte das«, sagte sie. »Ich weiß nicht, ob er's macht. Aber er könnte.«

»Er wird dich nicht umbringen«, sagte Stallings. »Jedenfalls nicht, bevor er zu seinem Geld kommt.«

Sie drehte leicht den Kopf und sah, daß er noch immer zur Decke hochstarrte. »Aber was wird, wenn er sein Geld nie bekommt?« fragte sie. »Was ist, wenn ich das Geschäft verpatzt habe?«

»In diesem Fall«, sagte Stallings, immer noch zur Decke hochstarrend, »ist es nicht nur der scheiß Durant, um den du dir Sorgen machen mußt.«

Am nächsten Morgen um 8.17 Uhr schnellte klappernd das Springrollo hoch und rastete mit einem schwachen Knall ein. Morgensonne fiel auf Stallings und Georgia Blue, die beide nackt bis zur Hüfte, wo das Laken endete, im Bett lagen. Sie fuhr hoch. Stallings öffnete die Augen und sah Otherguy Overby am Fenster stehen und auf die Bucht hinausschauen.

»Hübscher Tag«, sagte Overby, ohne sich umzudrehen. »Abgesehen davon, daß es später ein bißchen heiß werden soll.«

Dann drehte er sich um, schaute erst Stallings und dann Georgia Blue an, die keinen Versuch machte, das Laken hochzuziehen. »Wu und Durant sind da drüben«, sagte Overby und wies mit einem Nicken zum Wohnzimmer. Sie finden, daß wir was besprechen müssen.«

»Haben sie schon Kaffee bestellt?« fragte Stallings.

»Nein, aber ich«, sagte Overby, machte kehrt und ging aus dem Zimmer.

21. KAPITEL

Als Georgia Blue aus dem Schlafzimmer der Suite kam, trug sie einen der langen weißen Frotteebademäntel, die die besseren Hotels ihren Gästen zur Verfügung stellen, verbunden mit der Warnung, daß der, der sie stiehlt, dafür bezahlen wird. Sie kam barfuß heraus, die rechte Hand tief in die Tasche des Bademantels geschoben, wo sie die Walther PPK umklammerte, die Booth Stallings ihr zuvor kommentarlos zurückgegeben hatte.

Stallings bemerkte, daß sie ihre verlorene Haltung wiedergefunden hatte. Sie schien jetzt beinahe durch nichts zu erschüttern, als sie stehenblieb und jeden der vier Männer ansah. Sie nickte Artie Wu zu, der in der von ihm bevorzugten linken Ecke der Couch saß, in einer Hand eine Tasse Kaffee, in der anderen die Morgenzigarre. Wu nickte höflich zurück. Georgia Blues Blick strich über Overby, der wie gewohnt in einem geradlehnigen Stuhl saß, ruhte kurz auf Stallings, der ihn über den Rand seiner Kaffeetasse hinweg zurückgab. Ihr Blick blieb schließlich an Durant hängen, der neben dem Servierwagen mit den viel zu vielen Tassen und Untertassen und den zwei verchromten Kaffeekannen stand.

Durant drehte sich zum Wagen um und schenkte eine Tasse Kaffee ein. »Schwarz, nicht wahr, Georgia?« sagte er. »Ohne Zucker?«

»Bitte«, sagte sie.

Durant drehte sich mit Tasse und Untertasse um, ging zur Zimmermitte, wo sie stand, und reichte ihr den Kaffee. Sie nahm ihn mit der linken Hand entgegen, ohne den Griff der rechten um die Walther in der Bademanteltasche zu lockern. Dann wandte sie sich ab, suchte einen Platz zum Sitzen und entschied sich wieder für den grünen Lehnstuhl mit dem Beistelltisch. Tasse und Untertasse zuerst auf dem Tischchen absetzend, nahm sie Platz, wobei sie die Beine unter dem langen Bademantel übereinanderschlug und die rechte Hand in der Tasche behielt.

Niemand sagte etwas, bis sie die Tasse mit der linken Hand hob und am Kaffee nippte. Dann sprach Artie Wu. »Booth hat uns erzählt, was du ihm gestern nacht erzählt hast, Georgia. Es klang alles sehr sachlich, sehr objektiv. Möchtest du irgendwas hinzufügen oder klarstellen?«

»Du meinst, bevor ihr mich aburteilt?«

»Ich finde, daß diese Bemerkung überflüssig ist.«

Sie dachte darüber nach, zuckte die Achseln und schaute zu Durant, der an die Wand gelehnt dastand und an diesem Morgen die erste Zigarette rauchte. »Ich habe nicht gewußt, wer sie war, Quincy«, sagte Georgia Blue. »Ich habe nicht gewußt, daß sie umgebracht wird. Es tut mir leid.«

Durant starrte sie an, ohne etwas zu erwidern. Schließlich sagte er: »Nimm deine Hand aus der Tasche, Georgia. Du wirst sie nicht brauchen.«

Fast unmerklich entspannte sich Georgia Blue vor Erleichterung. Sie führte die Tasse mit der linken Hand an den Mund, nippte an ihrem Kaffee, stellte die Tasse wieder ab und schaute, die rechte Hand noch immer in der Bademanteltasche, zu Artie Wu.

»Was jetzt, Artie?« fragte sie.

Artie Wu schickte einen seiner fetten Rauchringe zur Decke. »Der Plan bleibt derselbe«, sagte er. »Aber wir werden ihn jetzt beschleunigen. Emily Cariaga ist offenbar getötet worden, um zum Schweigen gebracht zu werden. Aber wir wissen nicht, was sie ausgegraben hat oder wie wichtig es war, und es scheint sinnlos, darüber Spekulationen anzustellen. Wir steigen in diese Sache schnell ein und wieder aus, und ich hoffe nur, daß die Manila-Bullen alles Interesse an Durant und mir verlieren.«

»Ich glaube, die Cariaga hat rausgefunden, wer die fünf Millionen springen läßt«, sagte Otherguy Overby, für den Spekulationen das Salz in der Suppe waren.

»Sehr treffend, Otherguy«, sagte Durant.

Overby schenkte ihm einen kalten Blick. »Ich mag es eben,

wenn alles seine Ordnung hat. Aber bloß weil ich es mag, heißt das nicht, daß ich damit hausieren gehe, wenn mir was Sauberes und Ordentliches unterkommt. Das wär' vergebliche Liebesmüh.«

»Er hat seinen Standpunkt«, sagte Stallings an Wu gewandt. »Könnt Ihr beide der Sache nicht nachgehen? Dieselben Leute treffen, die sie getroffen hat. Rausfinden, worüber sie geredet haben?«

»Quincy und ich werden das natürlich versuchen«, sagte Wu. »Aber ich glaube nicht, daß wir damit weiterkommen. Emily hat sich in gesellschaftlichen Höhen bewegt, wo die Luft dünn und der Aufstieg für ein paar Abstauber ohne jede Empfehlung außer einem freundlichen Lächeln und gewitztem Small-talk beschwerlich – wenn nicht unmöglich – ist.«

»Ich dachte, grad das könnt Ihr am besten«, sagte Stallings. »Die unwürdigen Reichen ihres Geldes entledigen. Wenn Ihr das könnt, warum, zum Teufel, könnt Ihr sie dann nicht zum Quasseln kriegen?«

»Um an ihr Geld ranzukommen«, sagte Durant in zu geduldigem Tonfall, »müssen wir lediglich ihre Habgier kitzeln. Aber diesmal sind wir nicht auf ihr Geld aus. Wir wollen sie darum bitten, uns etwas anzuvertrauen, weswegen jemand, den sie kennen, umgebracht wurde. Und dazu fehlt uns der Ansatzpunkt.«

»Aber wir werden es versuchen, Booth«, sagte Artie Wu.

»Seht zu, daß Ihr Euer verdammt Bestes gebt«, entgegnete Stallings.

Wu nickte zustimmend und wandte sich an Georgia Blue. »Ich habe gesagt, wir müssen die Dinge beschleunigen, Georgia. Das heißt, daß Otherguy heute mit der Mittagsmaschine nach Cebu fliegt und du ihm in der Drei-Uhr-Maschine folgst. Booth fliegt morgen runter, und Quincy und ich folgen am Tag darauf, das ist –« Er schaute auf den Kalender seiner Armbanduhr. »Mittwoch, der erste April.«

»Aprilscherztag«, sagte Otherguy, pedantisch wie immer.

Etliche Sekunden lang sprach niemand. Statt dessen sahen sie zu, wie Artie Wu drei weitere Rauchringe in die Luft blies. Als der letzte zur Decke schwebte, sagte Wu: »Trinken wir noch etwas Kaffee, und dann möchte ich ein paar erbauliche Worte vorbringen, die sich, wie ich hoffe, jeder zu Herzen nehmen wird.«

Overby erhob sich, ging zu dem Servierwagen und nahm eine der Chromkannen. Er lief im Zimmer herum und füllte die Tassen nach. Jeder nippte höflich am Kaffee, den eigentlich keiner zu wollen schien. Booth Stallings hielt seine Augen auf Artie Wu gerichtet, wobei ihn die Fähigkeit des dicken Mannes, dieses Zimmer – *jedes* Zimmer, was das betraf – zu beherrschen, nicht mehr erstaunte.

Es war teilweise Wus Körpergröße, entschied Stallings, und teilweise seine Brillanz, die ihn dazu befähigte, zu führen und zu befehlen, ohne daß er sich den Anschein gab. Aber seine eigentliche Waffe war jener leichte, ungezwungene Charme, der praktisch jeden für ihn einnahm und, was weitaus nützlicher war, ihn seine Anerkennung suchen ließ. Selbst du bist nicht immun dagegen, warnte sich Stallings.

Und dann war da noch dieser scheiß Durant, dachte er, wobei er unbewußt diese inzwischen vertraute Bezeichnung übernahm. Durant, der genauso oder annähernd so schlau ist und der sorgfältig diesen Eindruck einer scharfen Zeitbombe pflegt, die er sehr wohl sein mag. Der charmante, liebenswerte Mr. Wu und sein schrecklicher Paladin. Wenn das keine Verbindung war.

Und da begriff Booth Stallings – zum ersten Mal –, daß sie, alle fünf, letzten Endes tatsächlich die fünf Millionen stehlen könnten. Die Vorstellung war so bizarr, daß sie ihn lächeln machte und er fast hätte kichern müssen. Doch er unterdrückte das Kichern, leerte seine Kaffeetasse und wandte seine Aufmerksamkeit dem zu, was Artie Wu zu sagen hatte.

»Mit Ausnahme von Booth«, setzte Wu an, »kennen wir uns schon ewig, was zu lange sein mag. Wir kennen die Stärken des anderen, seine Schwächen, Macken und Durchhänger. Weiß Gott, keiner von uns ist vollkommen, aber jeder von uns ist kompetent. Äußerst kompetent. Na ja, wir wollen dieses Dingsbums holen – diese fünf Millionen Dollar, und das ist, wie Otherguy sagt, ein Haufen Geld. Sogar zu fünf gleichen Teilen sollte das für jeden genug sein, und ich bin überzeugt, wir schaffen es. Doch jeder einzelne von uns ist ein Mensch und daher gegen Versuchungen nicht gefeit. Sollte es euch also je versuchen, und sollte derjenige meinen, nicht widerstehen zu können, dann möge er sich erinnern: Ich werde hinter euch her sein. Und direkt hinter mir kommt der scheiß Durant. Einer von uns wird euch finden. Vielleicht wir beide. Und dann wird derjenige das Geld nie und nimmer ausgeben.«

Artie Wu lächelte, paffte an seiner Zigarre und lehnte sich in die Couchecke zurück.

Georgia Blue reagierte zuerst. »Huch, Artie, das war die anfeuerndste Rede, die ich je gehört habe.« Sie zog die rechte Hand aus der Bademanteltasche, stand auf, raffte die Kleider zusammen, die sie am Vorabend im Wohnzimmer gelassen hatte, und verschwand im Schlafraum.

Nachdem er ihren Abgang verfolgt hatte, wandte sich Durant an Wu. »Ich hätte es nicht besser sagen können«, meinte er. »Aber ich hätte es kürzer machen können.« Er ging zur Tür, öffnete sie und schaute zurück zu Wu. »Ich geh' runter in die Lobby und schau' nach, ob jemand da ist, der mit uns über Emily reden möchte.«

»Ich komme später nach«, sagte Wu.

Nachdem Durant gegangen war, erhob sich Overby, blickte sich im Zimmer um und nickte zum Abschied erst Stallings und dann Artie Wu zu. »Ich muß das Flugzeug erwischen«, sagte Overby.

»Wir sehen uns in Cebu, Otherguy«, sagte Wu.

Overby bewegte sich zur Tür, stand schon halb davor und drehte sich dann zu Wu um. »Auf wen war dieser ganze Scheiß eigentlich gemünzt, Artie? Auf mich?«

»Auf dich und jeden anderen, Otherguy.«

Overbys Kopfnicken diente einzig dem Zweck, seine Ungläubigkeit zu bekräftigen. »Da wett' ich drauf«, sagte er, machte kehrt und verließ das Zimmer.

Booth Stallings stand auf, schlenderte zum Fenster und schaute hinaus auf die Manila Bay. »Geht Ihnen noch irgendwas im Kopf rum, das Sie mir sagen möchten, Artie?«

»Ich glaube nicht.«

Stallings drehte sich um. »Keine mutmaßlichen Verdächtigen, Abtrünnigen oder Agents provocateurs?«

»Alle kommen in Frage«, sagte Wu.

»Ich auch?«

»Sie auch.«

»Was ist mit Ihnen und Durant?«

»Fünf Millionen sind eine Masse Geld, Booth. Behaltet uns im Auge.«

»Jeder belauert jeden, stimmt's?«

»Das ist der einzig sichere Weg, falls wir die Sache wirklich durchziehen.«

»Werden wir das?«

Artie Wu zögert einen Augenblick. Dann sagte er: »Ich glaube schon. Ja, wirklich.«

»Ich auch«, gab Booth Stallings zurück. »Na ja, ich verschwinde jetzt.«

»Wohin?«

»Corregidor«, erwiderte Stallings. »Ich dachte, ich könnte mal mit einem Tragflächenboot rausfahren und mich ein bißchen umsehen.« Er klopfte seine Taschen ab, um sich zu vergewissern, daß er seine Sonnenbrille, die Schlüssel und die Brieftasche dabei hatte. »Könnte die letzte Gelegenheit sein, die ich habe.«

Wu lächelte. »Sie haben nicht vor, noch mal hier vorbeizukommen?«

»Nicht, wenn ich's vermeiden kann«, sagte Stallings, während er die Tür öffnete und hinausging.

Als Georgia Blue aus dem Schlafzimmer kam, trug sie dieselben Sachen wie am Abend zuvor. Dieselbe Tasche hing über ihrer rechten Schulter, und beim Anblick des noch immer wartenden Artie Wu glitt ihre rechte Hand hinein.

»Setz dich, Georgia«, sagte Wu.

Sie ging auf den grünen Lehnsessel zu und hockte sich auf die Kante des Sitzkissens, die Knie zusammengepreßt, die Hand noch immer in der Tasche und um den Griff der Walther geklammert.

»Du hast Mist gebaut, wie?« sagte Wu.

»Ich wußte nicht, wer sie ist, Artie.«

»Du hättest dich bei jemandem erkundigen können.«

»Hab' ich aber nicht.«

»Durant ist ... na ja, Durant steht kurz vor dem Überkochen.«

Sie nickte. »Ist mir nicht entgangen.«

»Falls er überkocht, ist der Deal gestorben.«

»Ich weiß.«

»Wir können uns also keine weiteren Böcke mehr leisten – von keinem.«

»Du meinst, vor allem von mir?«

Wu schüttelte den Kopf. »Vor allem von Otherguy.«

Georgia Blues Hand kam langsam aus der Umhängetasche. Sie war leer. »Nun«, sagte sie weich. »Was weißt du?«

»Unten in Cebu wird Otherguy das ›schwache Glied‹ sein. Du bist der ›Aufpasser‹. Deine Rolle wird also echt sein – und ich fürchte, seine auch.«

Es entstand ein unbehagliches Schweigen, bis Georgia Blue sagte: »Ich kenne Otherguy schon lange, Artie.«

Wu seufzte. »Ich auch.«

»Bist du sicher?«

Er nickte ernst.

»Also ... ›für eine Handvoll Silberlinge hat er sich von uns abgekehrt‹«, begann sie.

»›Schon für ein Band, mit dem er seine Jacke ziert‹«, vollendete Wu.

»Das war Browning?«

»Der verlorene Führer.«

»Na ja, Scheiße.«

»Bleib an ihm dran, Georgia.«

Sie nickte und stand auf.

»Er ist schlau und trickreich«, sagte Wu.

»Ich war mal seine Musterschülerin, Artie.«

»Und meine.«

»Dann müßte ich alles wissen, was ihr beide wißt«, sagte sie. »Und noch ein bißchen mehr.«

22. KAPITEL

Durant fielen zuerst die Leibwächter auf: ein fast identisches Paar breitgebauter, stämmiger Filipinos, Ende Dreißig, mit flinken Augen, leeren Händen und Zwillingshöckern auf der rechten Hüfte unter den lose getragenen Sporthemden.

Einer ihrer Schutzbefohlenen raste auf kurzen, fetten Beinen auf den Zeitungsstand im Manila Hotel zu. Ihm folgte ein neunjähriges Mädchen, das sich bemühte, nicht so zu rennen, damit es als gesitteter, erwachsener und glatter Gegensatz zu dem sechs Jahre alten Rotzlöffel von Bruder erscheine, der, wie die Eltern immer noch schworen, nicht adoptiert war.

Zwischen den beiden Leibwächtern ging die Mutter, eine nicht unbedingt dicke, hübsche Frau von Anfang Dreißig, die ein schwarzes Leinenkleid mit weißer Paspelierung trug, welches, wie Durant vermutete, von Neiman-Marcus stammte. Er wußte, daß Neiman-Marcus das einzige war, das der Frau an Dallas gefallen hatte.

Durant erhob sich aus seinem Stuhl und näherte sich der Gruppe langsam und deckungslos, damit ihn die Frau und ihre beiden Leibwächter gleichzeitig sehen mußten. Doch der flinkere der Leibwächter bemerkte ihn zuerst, und was er sah, gefiel ihm offenbar nicht.

Der Leibwächter zischte seinem Partner etwas zu, der den Jungen und das Mädchen in den Zeitschriftenstand scheuchte. Der andere Leibwächter pflanzte sich breit vor der Frau auf, während seine rechte Hand zu dem Höcker an seiner Hüfte fuhr. Durant blieb abrupt stehen. Die Frau in dem schwarzen Kleid mit den weißen Paspeln berührte den Leibwächter am Arm und sagte etwas, worauf er sich entspannte.

Die Frau, die Durant jetzt hinter dem Rücken des Leibwächters hervor und etwas links an ihm vorbei zulächelte, war Restituta Ortiz, gnädigerweise von fast jedem nur Tootie genannt. Sie war mit Cristobal Ortiz verheiratet, der sein bescheidenes Erbe genommen und zuerst ins Banken- und Frachtgeschäft investiert hatte – mit ziemlichen Erfolg – und danach in die Politik, wodurch er reich geworden war.

Die tote Emily Cariaga und Tootie Ortiz waren gemeinsam in Manila aufgewachsen und hatten später ein Jahr bei Miss Hockaday in Dallas verbracht, wo sie jede Minute ihres Aufenthalts gehaßt hatten. Zurück in Manila, hatten beide im Abstand von einem Monat geheiratet. Als Durants und Emily Cariagas Verhältnis angefangen hatte – und der gehörnte Patrocinio Cariaga noch am Leben war –, war es Tootie Ortiz gewesen, die den Liebenden als Mittelsperson gedient hatte, obwohl sie hoffnungslos unfähig war, Ort und Zeit der Verabredungen auf die Reihe zu kriegen. Doch sie hatte die Affäre aus vollem Herzen unterstützt, weil, wie Emily Cariaga einmal gesagt hatte, Tootie alles Romantische, Kühne und Schmutzige liebte – solange sie sich heraushalten konnte.

Als Durant auf sie zutrat, umfaßte Tootie Ortiz zuerst und sogleich seine Rechte mit ihren beiden Händen und flüsterte: »Es war wunderschön, Quincy. Es war die schönste Totenmesse, die ich je miterlebt habe.«

»Ich wäre auch sehr gern dabeigewesen, Tootie, aber – –« Er zuckte die Achseln und gab damit zu verstehen, daß die Messe für Familienangehörige und Freunde der toten Emily stattgefunden hatte und nicht für ihren fremden Liebhaber.

Tootie nickte. »Ich verstehe das – und Emily auch.«

»Wir müssen miteinander reden, Tootie!«

»Über – –?«

»Ja.«

»Jetzt?«

Durant nickte. Sie blickte auf ihre Armbanduhr. »Nun«, sagte sie, und ihre Stimme klang voller Zweifel. »Vermutlich könnten wir, außer daß – –« Wie so oft, beendete Tootie Ortiz ihren Satz nicht. Die fast chronische Unvollständigkeit ihrer verbalen Äußerungen war eine ihrer weniger reizenden Angewohnheiten. Durant wartete geduldig auf die Frage, die sie mit Sicherheit stellen würde.

»Hast du sie wirklich – –?«

»Ich habe sie gefunden«, sagte Durant.

»War es – –?« Ihr Gesichtsausdruck war ein Synonym für schrecklich.

»Es war noch viel schlimmer, Tootie.«

Sie wandte sich an den Leibwächter und sagte mit leiser Stimme etwas zu ihm. Der Beschützer runzelte mißbilligend die Stirn. Sie fauchte ihn an. Der Leibwächter warf Durant einen starren Blick zu, der fast als Warnung zu deuten war, machte kehrt und betrat den Zeitschriftenladen, wo sein Partner dem kleinen Jungen aus einem Comic-Heft vorlas. Die Schwester des Kleinen versuchte so zu wirken, als habe sie keine Ahnung, wer die beiden waren.

»Sie nehmen die Kinder mit in die Kaffeestube, wo sie, du weißt schon – –«

»Eiscreme«, sagte Durant.

Tootie nickte. »Wir beide werden uns im Cowrie-Saal was Gutes tun.«

»Ich glaube nicht, daß er schon offen hat«, sagte Durant.

Tootie lächelte ein warmes Beschützerlächeln. »Sie werden aufmachen, für – –«

»Uns«, half Durant aus.

»Mich«, berichtigte sie ihn.

Als Tootie Ortiz, gefolgt von Durant, in den leeren Cowrie-Saal rauschte, wandte sich der Kellner ihnen stirnrunzelnd zu, sah dann, wen er vor sich hatte, glättete die Stirn, schlüpfte in eine Jacke und geleitete sie zu einer Ecknische. Tootie Ortiz bestellte Kaffee und Crème Caramel für zwei. Durant wollte keine Süßspeise, doch er erhob keine Einwände, weil er wußte, daß Tootie seine mitessen würde.

Doch sie vergaß beinahe, ihre eigene zu essen, als Durant seinen deftig ausgeschmückten Bericht über die Auffindung der toten Emily Cariaga begann. Es war fast eine Kopie der Aussage, die er gegenüber Lieutenant Cruz von der Mordkommission gemacht hatte, nur daß er sie jetzt Tootie zuliebe noch etwas schauriger gestaltete.

Sie hörte mit weitoffenen Augen und halboffenem Mund zu. Als er geendet hatte, sagte sie: »Großer Gott, wie entsetzlich«, zückte ihre Gabel und nahm die Crème Caramel in Angriff.

Durant wartete, bis sie zwei Happen gekaut und hinuntergeschluckt hatte. Dann sagte er: »Erst der arme Ernie Pineda oben in Baguio, dann Emily.«

Die Gabel verhielt Zentimeter vor Tooties nur halbgeöffnetem Mund. Sie schloß den Mund und ließ die Gabel langsam auf den Teller sinken. »Sie hatten keine Verbindung miteinander«, sagte sie. »Das kann gar nicht sein, weil – –« Wieder erstarb ihr Satz vorzeitig.

»Hatten sie in gewisser Weise doch, Tootie«, sagte Durant. »Eine Verbindung.«

»Wie?«

»Du kennst Artie Wu?« fragte er.

»Natürlich kenne ich Artie!«

»Na ja, Artie und ich hatten mit dem armen Ernie geschäftlich zu tun, und wir waren diejenigen, die den Leichnam identifizieren mußten.«

Sie beugte sich zu ihm vor; ihre Süßspeise hatte sie im Augenblick vergessen. »Du hast wirklich gesehen – –«

Durant nickte.

Sie blickte sich um und senkte die Stimme zu einem Flüstern. »Haben sie ihm wirklich – –«

»Sie haben sie abgeschnitten, Tootie«, sagte Durant.

»Aber Emily hat mir nicht gesagt – –« Sie unterbrach sich und machte sich wieder über ihre Crème Caramel her, die sie mit vier großen Bissen aufaß.

»Hat dir was nicht gesagt?« fragte Durant, als der letzte Bissen verschluckt war.

Sie langte nach seinem Teller und setzte ein leichtes Lächeln auf, das fragen sollte, ob er nicht vielleicht doch etwas essen wolle. Er schob ihr den Teller zu. »Hat dir was nicht gesagt, Tootie?« wiederholte Durant seine Frage.

»Von dir und Ernie.«

»Du hast mit ihr gesprochen?«

Tootie, die geschäftig kaute, nickte nur.

»Wann?«

Sie schluckte und sagte: »Als sie aus Baguio zurückkam. Sie hat angerufen, um mir von Ernie zu erzählen, und wollte wissen, warum jemand, du weißt schon, so etwas tun – – Na, und ich hab' dann darauf hingewiesen, daß Ernie immerhin *sein* Cousin dritten Grades war, und – – «

Wieder geriet ihr Redefluß zur Unzeit wie vor einer roten Ampel ins Stocken. Durant gab vor, es nicht zu bemerken. Er zog eine Zigarette und zündete sie an. Nachdem er Rauch in die Luft geblasen hatte, sagte er: »Du wolltest was sagen?«

»Jeder spricht darüber.«

»Wirklich?«

»Natürlich.«

»Über Emily?«

»Über den armen Ernie.«

»Oh. Richtig. Über ihn.« Durant drückte seine kaum angerauchte Zigarette im Aschenbecher aus. »Wer ist jeder, Tootie?«

Sie bewegte die Schultern, als wolle sie sagen, daß schließlich jedermann wisse, wer jeder war. Als Durant noch immer skeptisch wirkte, sagte sie: »Cris«, und verlieh ihrer Auffassung dadurch Nachdruck, daß sie den Namen ihres Mannes ins Spiel brachte.

»Wie kommt der alte Cris denn jetzt zurecht, nachdem sein Patron nach Hawaii gegangen ist?«

»Sie sprechen noch miteinander.«

»Vermutlich ruft Cris ihn an, um ihn aufzuheitern.«

»Der Präsident ruft *ihn* an.«

»Worüber reden Cris und der alte Knabe?« fragte Durant. »Über den toten Cousin dritten Grades?«

»Du glaubst mir nicht, oder?«

»Bisher hast du noch nichts gesagt, Tootie. Es gibt nichts, was ich nicht glaube.«

»Na schön«, sagte sie und beugte sich wieder vor. »Ich erzähl' dir ganz genau, was ich Emily erzählt habe.«

»Was das ist, was Cris dir erzählt hat, stimmt's?«

»Cris weiß, was – –« Sie stockte wieder.

»Vor sich geht«, beendete Durant den Satz. »Da bin ich mir sicher.«

Tootie blickte sich um, um sicherzugehen, daß keine Lauscher in der Nähe waren. »Immerhin hat er gewußt, daß Ernie ein – –«

»Ein was?« fragte Durant, überrascht von der Schärfe seiner Stimme.

Auch Tootie war überrascht. »Ein ... ein Kommunist war«, sagte sie.

Durant lächelte. Das Lächeln wurde zu einem breiten Grinsen. »Unser Ernie?«

Sie warf Durant einen finsteren Blick zu. »*Sie* haben geglaubt, er wäre einer. Er war ihr Verbindungsmann zum Palast.«

»Ernie ein Verbindungsmann der New People's Army in den Malacañang?«

Sie nickte.

»Womit hat Ernie seine Vertrauenswürdigkeit unter Beweis gestellt?«

»Geld«, sagte sie. »Aus den Palastgeschäften hat er immer seinen Anteil gehabt. Das weißt du ja. Also hat er die Hälfte von dem, was er dabei gemacht hat, an die NPA weitergegeben.«

»Ich wette, er hat ihnen auch Informationen geliefert?«

»Es waren keine *echten* Informationen. Es waren – –«

»Vom Palast zurechtgebastelte«, ergänzte Durant.

Sie nickte.

»Und er hat den Palast mit allem gefüttert, was er über die NPA rausfinden konnte?«

»Natürlich.«

»Womit hatten sie ihn am Haken?«

»Wer?«

»Die NPA. Ernie ist doch sicher nicht rumgezogen, bis er irgendeinem NPA-Mann über den Weg gelaufen ist, und hat dann gesagt: ›He, Jungs. Ich möchte euer Spion im Palast werden‹.«

»Sie haben ihn erpreßt«, sagte sie. »Bilder von ihm im Bett mit – –«

»Jungs?«

Sie nickte.

»Ernie hat sich nie drum geschert, wer davon wußte.«

»Aber sie *dachten*, er täte es.«

Durant schüttelte mehrmals bedächtig den Kopf. »Die NPA ist für so was zu schlau. Sie haben Ernies Geld und seine zurechtgebastelten Palastlügen genommen und ihm dann ihre eigenen Lügen aufgetischt, damit er sie an den Palast weitergibt. Aber als Marcos Reißaus nahm, war es mit der Nützlichkeit des armen Ernie vorbei, und mit ihm auch.«

»Also haben sie ihn getötet? Die NPA?«

»Ich weiß nicht«, sagte Durant. »Haben sie?«

»Aber warum sollten – –«, wieder brachte Tootie Ortiz nicht zu Ende, was sie angefangen hatte. Nur geschah es diesmal nicht aus Gewohnheit, sondern weil sie über Durants Schultern hinweg etwas erspäht hatte.

Durant drehte sich um. Auf ihre Ecknische kam Artie Wu zugeschritten, die beiden Leibwächter im Schlepptau. Wu hielt den krähenden sechsjährigen Jungen in seiner linken Ellbogenbeuge. In Wus Rechter war die Hand der neunjährigen Schwester, die verzückt zu ihm hochlächelte.

»Tootie«, sagte Artie Wu, während er den Jungen absetzte und sich hinunterbeugte, um seine Mutter auf die Wange zu küssen.

»Artie! Wie schön, dich – – Quincy und ich haben uns so nett – –«

»Unterhalten«, half Artie Wu ihr.

Tootie schaute auf ihre Armbanduhr. »Oh, mein Gott.« Sie schlüpfte aus der Nische. »Ich muß jetzt wirklich – –«

»Du siehst großartig aus, Tootie«, sagte Artie Wu.

Sie lächelte und wandte sich an Durant. »Quincy, ich hoffe wirklich, daß du nicht – –«

»Keine Sorge«, sagte Durant, der sich keineswegs sicher war, was sie hoffte.

Tootie Ortiz lächelte nervös, nahm ihre Kinder bei der Hand und rauschte aus dem Cowrie-Saal. Einer der Leibwächter schritt voraus. Der andere, die Nachhut, ging rückwärts, die Augen fest auf die Nische gerichtet, wo Artie Wu jetzt Durant gegenübersaß.

»Nun?« sagte Wu.

»Rat mal, was der arme Ernie ist?«

»Ist oder war?«

»Ist.«

»Keine Ahnung.«

»Er ist ein echter, toter Doppelagent.«

»Muß ein anderer Ernie sein«, sagte Artie Wu.

23. KAPITEL

An diesem Morgen um 10.47 Uhr hatte Booth Stallings fast die halbe Strecke zur Insel Corregidor zurückgelegt, als einer der Motoren des Tragflächenbootes ausfiel und der Steuermann augenblicklich auch den anderen abstellte. Die Filipino-Besatzung, Booth Stallings und annähernd drei Dutzend weiterer Passagiere, darunter 24 junge japanische Marineflieger in makellos weißen Uniformen, trieben langsam mit der Flut in die Manila Bay.

Einer der Marineflieger und Stallings hatten eine Art Unterhaltung angefangen, die sie fast schreiend führen mußten, um sich gegen das Kreischen der Motoren Gehör zu verschaffen. Das Englisch des jungen Fliegers war rudimentär, doch er schien entschlossen, seine Meinung anzubringen, die ungefähr darauf hinauslief, daß die Vereinigten Staaten sich glücklich schätzen konnten, in diesen Zeiten ernster internationaler Unbilden vom größten Präsidenten ihrer Geschichte geführt zu werden. Als Stallings erwidert hatte, daß der Präsident gewiß ein ungewöhnliches Geschichtsverständnis habe, hatte ihm der junge Flieger mit feierlichem Nicken zugestimmt.

Sie trieben erst wenige Minuten auf dem Wasser, als ein zweites Tragflächenboot längsseits kam und die beiden Filipino-Besatzungen sich kurz beratschlagten. Da die japanische Flotte ein ständig auf Besuch weilender Kunde war, wurde beschlossen, die Marineflieger zum anderen Tragflächenboot überzusetzen und nach Corregidor zu verschiffen. Das verbleibende Häufchen Passagiere sollte an Bord des lahmgelegten Bootes bleiben, das in den Hafen zurückdümpeln würde (dümpeln Tragflächenboote? fragte sich Stallings), wo, wie ihnen versprochen wurde, das Fahrgeld zurückerstattet werden würde.

Die Ankündigung wurde von allen älteren Touristen resigniert hingenommen, mit Ausnahme eines grauhaarigen Amerikaners, der augenblicklich eine Art Regentanz um die erstaunte Filipino-Mannschaft aufführte, die er der Unfähigkeit, Begünstigung und, vor allem, der Undankbarkeit zieh. Unerschütterlich höflich nickte die philippinische Mannschaft zustimmend und tuschelte hinter vorgehaltener Hand.

Als das Tragflächenboot in Manila anlangte, lag das Geld, sorgfältig gebündelt, schon bereit. Der aufgebrachte Amerikaner bestand darauf, zweimal nachzuzählen, während Stallings in der Reihe hinter ihm wartete. Anstatt nachzuzählen, faltete Stallings das Geld einfach zusammen und steckte es in die Hosentasche.

»Wahrscheinlich hat man Sie um hundert Pesos beschissen«, sagte der grauhaarige Amerikaner.

»Glauben Sie?«

»Ist doch wirklich die Höhe«, sagte der Amerikaner. »Wir machen Corregidor zu einem Schmuckstück und zu einer riesigen Touristenattraktion, und wem räumen sie Vorrechte ein? Diesen scheiß Japsen, genau – denselben Scheißern, die es während des Krieges plattgemacht haben.«

»Wahrscheinlich die Enkel von den Scheißern«, sagte Stallings.

»Ist dasselbe. Wohin wollen Sie?«

»Manila Hotel.«

»Ich auch. Teilen wir uns ein Taxi?«

Stallings willigte ein, und sie waren fast schon an der Straße, als er stehenblieb, sich umdrehte und den Amerikaner eingehend musterte. »Was wäre, wenn ich nein gesagt hätte?«

Der Amerikaner zeigte ihm ein kleines, verkniffenes Grinsen. »Dann hätte ich Sie eben später aufsuchen müssen, Mr. Stallings.«

Sie gingen in die nächste vollklimatisierte Bar anstatt ins Manila Hotel. Es war ein flottes Lokal an der Uferpromenade mit Namen Shoreleave, das die üblichen Barmädchen im Teenageralter und extrem lauten Hard-Rock zu bieten hatte. Als eines der Barmädchen herangetrippelt kam, um zu fragen, ob sie Gesellschaft wünschten, forderte es der grauhaarige Amerikaner auf, sich zu verpissen und jemanden mit zwei Flaschen San Miguel – aber ohne Gläser – vorbeizuschicken.

»Könnte mir Aids an den Gläsern holen«, erklärte der Amerikaner Stallings. »Wissen Sie, all diese Bimbos mögen's gern von hinten. Geburtenkontrolle auf philippinisch.«

»Welchen Namen haben Sie denn heute?« fragte Stallings.

»Weaver P. Jordan.«

Stallings nickte, als bestätige er damit einen düsteren Verdacht. »Ein echter Phantomname.«

Jordan lächelte sein verkniffenes Lächeln und sagte: »Was ist ein Phantom?«

Aber dann wurde das Bier gebracht, und Jordan wischte mit der Innenhand den Flaschenhals ab. Stallings nicht. Nachdem Jordan sein Bier zu einem Drittel geleert hatte, setzte er die Flasche ab und lehnte sich, auf die nackten Unterarme gestützt, die zuviel Fleisch und zuwenig Haare besaßen, über den Tisch.

Das Haar auf seinem Kopf war, im Gegensatz dazu, lang, dicht und von schimmerndem Grau. Darunter war das noch immer unfertige Gesicht eines grämlichen Säuglings mit nassen Windeln und kaputter Rassel. Die Backen waren fett und rund und der Mund klein, rosa und feucht. Es war ein Gesicht, das, wie Stallings glaubte, in wenigen Jahren in sich zusammenfallen würde wie ein übriggebliebener Party-Luftballon.

»Ich bin bei der Botschaft«, sagte Weaver Jordan, wobei er erfolglos versuchte, einen vertraulichen Ton beizubehalten und sich trotzdem über das Hard-Rock-Dröhnen verständlich zu machen.

»Bei welcher Botschaft?«

»Welche, zum Arsch noch mal, glauben Sie denn?« blaffte Jordan zurück, griff in seine Hemdtasche, bekam etwas zu fassen und schob es über den Tisch. Als Jordan seine Hand wegzog, hob Stallings eine in Plastik eingeschweißte Ausweiskarte hoch. Laut Karte war Weaver P. Jordan III. Angestellter beim United States

Department of State, versehen mit sämtlichen Rechten und Privilegien, die mit dieser Eigenschaft verbunden waren. Laut derselben war er 175 cm groß, wog 178 Pfd. und war vor 43 Jahren in Indiana geboren, obwohl der genaue Geburtsort ungenannt blieb.

Stallings reichte Jordan die ID-Karte zurück. Er schnappte sie sich und steckte sie zurück in seine Hemdtasche. »Was machen Sie bei der Botschaft, Weaver?«

»Ich arbeite im Büro des Kulturattachés.«

»Hätte ich mir denken können«, sagte Stallings.

Jordan trank ein weiteres Drittel von seinem Bier, beugte sich zu Stallings vor und bemühte sich, wieder ohne Erfolg, um einen vertraulichen Tonfall. »Ich hab' eine Nachricht für Sie.«

»Von wem?«

»Ihrem Schwiegersohn.«

»Welchem? Ich habe zwei.«

»Secretary Hineline«, sagte Jordan und machte eine Pause, um die dramatische Wirkung zu steigern. »Eine Nachricht aus drei Worten.«

»Na ja, ich nehme an, drei hat Neal grade noch hinbekommen.«

»Die drei Worte lauten«, sagte Jordan, »aufhören *und aussteigen.*« Er lehnte sich zurück, und wieder erschien das kleine, verkniffene Lächeln, bei dem die Zähne bedeckt blieben.

Stallings nickte, als müsse er die Nachricht erst verdauen. Dann schien ihm etwas einzufallen. »Könnte ich ihm vielleicht durch die Botschaft eine Antwort zukommen lassen?«

»Yeah. Ich schätze schon. Warum nicht?«

»Drei Worte«, sagte Stallings. »Vier, wenn Sie meinen Namen dazurechnen.«

Jordan zog ein kleines Notizbuch aus seiner Gesäßtasche und einen Kugelschreiber aus der Tasche seines Hemdes. Mit aufgeschlagenem Notizbuch und gezücktem Schreibgerät nickte er Stallings wieder zu.

»Die Botschaft lautet«, sagte Stallings und sprach langsam in Diktiergeschwindigkeit. »Leck mich. Herzlichst, Dad.«

Jordan legte gemächlich den Kugelschreiber hin und beobachtete, das kleine rosa Mündchen halb gespitzt, wie Booth Stallings aufstand und auf den Eingang des Shoreleave zuging, wobei er nur kurz stehenblieb, um dem Barmädchen, das Weaver P. Jordan angeblafft hatte, es solle sich verpissen, einen 100-Peso-Schein in die Hand zu drücken.

Am überfüllten Schalter der Philippine Airlines im Intercontinental Hotel ließ sich Booth Stallings eine Nummer geben und entdeckte einen Sitzplatz zwischen den anderen 41 erwartungsvollen Passagieren. Eine Stunde und neun Minuten später wurde seine Nummer aufgerufen. Er fragte die Angestellte, die die Buchungen vornahm, wann er frühestens einen Platz in einer Maschine nach Cebu bekommen könne, und erhielt die Auskunft, um 16 Uhr. Dann reichte er der Angestellten seine American-Express-Karte und den Reisepaß und sagte, ihm komme das sehr gelegen.

Artie Wu nahm den Anruf von Booth Stallings am selben Nachmittag um 13.39 Uhr entgegen, und um 14.14 Uhr waren er und Quincy Durant in Stallings' Zimmer im Manila Hotel, wo sie die Sachen von Lew Ritter und überraschend wenige persönliche Gegenstände in den alten Gladstone-Koffer aus Büffelleder packten.

Das letzte Stück war ein Buch, das Durant durchblätterte.

»Was liest er?« fragte Wu.

»Auden«, sagte Durant. »Den frühen Auden.«

Er reichte das Buch Wu, der es in den Koffer steckte und den Reißverschluß zuzog. Als an die Zimmertür geklopft wurde, schauten sie einander an.

»Ein Übles verheißendes Klopfen, wenn ich je eins gehört habe«, sagte Wu.

Durant ging zur Tür und öffnete sie. Sie standen zu zweit im Flur, einer hinter dem anderen, und beide hatten das gewisse »Made in the USA«-Aussehen. Der Mann, der direkt vor der Tür stand, war ein Mittdreißiger und ziemlich elegant, was Durant automatisch für eine Art Tarnung hielt. Die Nummer zwei, Weaver P. Jordan, gönnte sich keinerlei Eleganz.

Der elegante Mann musterte Durant mit Interesse. »Ich nehme nicht an, daß Sie Mr. Stallings sind, oder?«

»Ich nehme es auch nicht an.«

»Ich bin Jack Cray, und das ist Weaver Jordan. Wir sind von der Botschaft, und da Mr. Stallings offensichtlich nicht hier ist, würden wir gern mit Ihnen sprechen, Mr. Durant. Und auch mit Mr. Wu.«

»Worüber?«

Das höfliche Lächeln, das Cray aufgesetzt hatte, war wie weggewischt, und er wirkte jetzt ernst – geradezu besorgt. »Gefängnis, vermutlich, und wie man drum rumkommt.«

»Treten Sie ein«, sagte Durant.

Nachdem sie sich bekannt gemacht hatten, setzten sich alle außer Durant, der sich an die Wand lehnte. Cray und Jordan nahmen Stühle, Wu die Couch. »Ich glaube, ich möchte ein Bier«, sagte Wu mit einem Lächeln. »Sonst noch jemand?«

»Yeah. Ich nehm' ein Bier«, sagte Jordan und übersah den frostigen Blick, den Cray ihm zuwarf.

Durant brachte Wu und Jordan Bier und nahm dann wieder seinen Platz an der Wand ein. Jordan riß seine Dose auf, trank durstig und grinste Durant an. »Sie sind also der Stehertyp, häh?«

»Hämorrhoiden«, sagte Durant, schaute auf seine Armbanduhr und dann zu Jack Cray. »Wir haben's ein bißchen eilig.«

Der Ausdruck, der daraufhin in Crays Gesicht trat, schien Gleichgültigkeit gegen alles anzuzeigen, was mit Zeit zu tun hatte. Es war ein hageres Gesicht, in dem sich gebräunte Haut über Kanten und Höhlungen, Flächen und Grate spannte. Der Mund war auf einer Seite leicht hochgebogen, auf der anderen hinab, und verlieh dem ganzen Gesicht einen chronisch zweifelnden Ausdruck. Die Stimme paßte zu seinem Gesicht. Es war ein Bariton, schroff und dunkel und knirschend wie Kies.

»Wie unser vielgeliebter Vizepräsident sagen würde«, eröffnete die kiesige Stimme, »steckt ihr Typen im tiefsten Aa.«

»So schlimm?« fragte Artie Wu.

Jack Cray ignorierte Wu und blickte auf Durant. »Sie und/oder Mr. Wu haben doch die sterblichen Überreste der verstorbenen Emily Cariaga und des gleichfalls verstorbenen Ernesto Pineda identifiziert oder entdeckt, richtig?«

»Richtig«, pflichtete ihm Durant bei.

»Und Sie beide stehen in Beziehung zu einem Mr. Booth Stallings, der in Begleitung einer gewissen Miss Georgia Blue und eines gewissen Mr. Maurice Overby, auch bekannt als Otherguy Overby, in Manila eingetroffen ist?«

Weaver Jordan rülpste verhalten und sagte: »Der alte Otherguy. Und ich hab' geglaubt, er wär' hier schon wieder im Knast.«

Wu musterte Weaver Jordan, nickte, als sei er zu einem traurigen Schluß gelangt, und wandte sich an Cray. »War Ihr letzter Satz eine Anschuldigung oder lediglich eine Frage?«

»Eine Frage.«

»Dann lautet die Antwort nein.«

»Sie stehen also nicht in Beziehung zu ihnen?«

Wu trank von seinem Bier und sagte: »Mr. Durant und ich stehen ›in Beziehung‹, wie Sie es nennen. Wir sind Partner. Wir kennen sowohl Miss Blue als auch Mr. Overby seit etlichen Jahren. Mr. Stallings lernten wir erst kürzlich kennen.«

»Lassen Sie es mich anders ausdrücken«, sagte Cray. »Sind Sie mit Stallings, Blue und Overby an irgendeinem Unternehmen beteiligt?«

»Um es noch anders auszudrücken«, fiel Durant ein, »das geht Sie einen Scheißdreck an.«

Cray lächelte und ließ seinen Blick zur Decke schweifen. »Ich denke, ich versuch's mal auf die feine Art.« Er senkte den Blick und heftete ihn auf Durant. »Vor etwa zwei Wochen ist jemand an Booth Stallings herangetreten, er möge als Mittelsmann für eine politische Größe hier auf den Philippinen dienen. Er war klug genug, das Angebot mit seinem Schwiegersohn zu erörtern, der eine verantwortliche Stellung im Außenministerium bekleidet.«

»Der Autowachskönig«, sagte Durant.

Cray ignorierte den Einwand. »Mr. Stallings' Schwiegersohn

brachte schließlich den Kern dieses Vorschlags zu Papier und ließ das Schriftstück gerade zu dem Zeitpunkt innerhalb des Ministeriums zirkulieren, als die Politik gegenüber den Philippinen einer gründlichen Revision unterzogen wurde. Das Memorandum löste Diskussionen auf höchster Ebene aus.«

»Die Kacke ist ins Dampfen geraten«, sagte Weaver Jordan mit einem Grinsen.

»Sein Schwiegersohn hat Mr. Stallings via Kabel gedrängt, das Projekt unverzüglich fallenzulassen«, fuhr Cray fort. »Die Botschaft wurde Mr. Stallings heute übermittelt.«

»Von mir«, sagte Weaver Jordan. »Stallings hat 'ne Rakete zurückgeballert und geantwortet: ›Leck mich. Herzlichst, Dad‹.«

»Hart«, sagte Artie Wu.

»Unglücklicherweise hat Mr. Stallings' Erwiderung jetzt unseren Laden voll ins Spiel gebracht«, sagte Cray.

Wu schaute sichtlich irritiert zu Durant. »Ihren Laden?«

»Den großen Laden draußen in Langley«, klärte ihn Durant auf.

»Oh.«

Crays Seufzer zeugte von seiner deutlich schwindenden Geduld. »Auf ganz hoher Ebene wurde entschieden, daß Booth Stallings daran zu hindern ist, sein ... Unternehmen durchzuführen.« Cray machte eine Pause, um erst Durant, dann Wu kalt anzustarren. »Diejenigen, die ihn willentlich oder unwillentlich unterstützen oder begünstigen, sind ebenfalls ... zu entmutigen.«

Artie Wu wandte sich an Durant. »Ich würde sagen, der alte Booth ist fort und steckt in einem echten Schlamassel.«

»Meiner Treu, ja«, sagte Durant, während er von der Wand wegging und zu dem sitzenden Jack Cray schritt. Auf Cray hinunterstarrend, fragte er: »Was sagen denn die Aquino-Leute zu all diesen verrückten Amerikanern, die hier rumschwirren und sich in ihre Regierungsangelegenheiten einzumischen versuchen?« Als Cray nichts erwiderte, wirkte Durant überrascht. »Erzählen Sie mir nicht, Sie hätten es ihnen gegenüber nicht erwähnt.«

Weaver Jordan warf seine jetzt leere Bierdose in einen Abfallkorb und sagte: »Warum verfrachten wir diese beiden Arschlöcher nicht in die nächste Maschine nach L. A.?«

»Ja«, sagte Artie Wu weich. »Warum nicht, Mr. Cray?«

Cray erhob sich. Obwohl er mindestens 15 Minuten gesessen hatte, zeigte sein grauer Anzug keine Falte. Er unterzog Wu und Durant einer abschließenden Musterung.

»Innerhalb einer Woche haben wir Sie beide durch den Wolf gedreht.« Er lächelte. »Es sei denn, Lieutenant Cruz kommt uns zuvor.«

Als weder Wu noch Durant etwas erwiderten, wandte sich Cray ab, lief mit schnellen Schritten zur Tür und öffnete sie. Auch Weaver Jordan schickte sich an zu gehen, blieb aber noch lange genug stehen, um Wu und Durant mit einem schwachen, verkniffenen Grinsen und einem Augenzwinkern zu bedenken.

»Wir sehen uns in Cebu, Jungs«, sagte er und folgte Jack Cray aus dem Zimmer.

24. KAPITEL

Die Boeing 707 mit dem auf einem der hinteren Backbordfensterplätze eingezwängten Otherguy Overby brauchte nur eine Flugstunde für die 588 Kilometer von Manila nach Süden, zu der langen, schmalen Insel, die Jahrhunderte zuvor Sugbo genannt worden war, dann Zugbu und schließlich Cebu.

Bewehrt mit einem Rückgrat aus grünen Bergen, war die Insel 300 Kilometer lang und an der weitesten Stelle 40 Kilometer breit. Etwa auf halber Strecke zwischen dem Nord- und dem Südzipfel lag, nach Osten der Straße von Bohol zugewandt, die Hafenstadt Cebu City mit ihren um die 600 000 Einwohnern, Otherguy Overbys erklärter Liebling unter allen Städten Asiens.

Als die 707 der Philippine Airlines zum Anflug auf den Mactan Airport ansetzte, dachte Overby darüber nach, warum Cebu City in seinem Pantheon der Metropolen noch immer so weit oben stand. Zum einen ist sie alt genug, sagte er sich, und du magst richtig alte Städte. Cebu City wurde 1565 gegründet – ein für Overby leicht zu merkendes Datum, war es doch genau 400 Jahre später, daß er die Landeplanke eines schwedischen Küstenfrachters hinunter und mit 29 Dollar und etwas Kleingeld auf Pier drei geschritten war.

Ein Jahr später war er dann mit knapp 3 000 Dollar in einem nagelneuen Geldgürtel nach Manila und dann weiter nach Bangkok geflogen. Und deshalb magst du Cebu von allen am liebsten, entschied er. Weil du damals hier als Junge fett geworden bist, anstatt pleite am Strand zu landen.

Die Spanier hatten die Stadt Cebu gegründet, 44 Jahre nachdem Häuptling Lapu-Lapus Speer auf der Insel Mactan das Leben des portugiesischen Seefahrers Ferdinand Magellan beendet hatte, derselben Insel, auf der Overbys Maschine jetzt landete. Sie hatten

Lapu-Lapu schließlich ein Standbild errichtet und einen schmackhaften Fisch nach ihm benannt, doch was die Cebuanos weitaus mehr verehrten als ihren toten Häuptling, waren die Splitter von Magellans Kreuz, dem ersten christlichen Kreuz, das je auf den Philippinen gesichtet worden war.

Man behauptete, die Splitter seien in einem anderen Kreuz aus Tindalo-Holz versiegelt, das in einem Pavillon an der oberen Magallanes Street zur Schau gestellt wurde. Overby erinnerte sich, daß dieser Schrein, falls man ihn so nennen mochte, Pilger, Bettler und Taschendiebe gleichermaßen angezogen hatte. Er vermutete, es war noch immer so.

Im Flughafengebäude angekommen, ignorierte Overby die Einschmeichelversuche von zig Gitarrenhändlern und trieb einen Fahrer auf, der schwor, daß die Klimaanlage seines Taxis noch funktionierte. Teilweise nur, um in Übung zu bleiben, feilschte Overby mit dem Fahrer um einen glatten Betrag zum Magellan Hotel. Kaum war der Handel besiegelt, verließen sie den Flugplatz, fuhren über die Mandaue-Mactan-Brücke, vorbei an der Timex-Fabrik, am Südrand des Club-Filipino-Golfgeländes entlang und in die Zufahrt des 23 Jahre alten Magellan Hotels, das sich vor langer Zeit vier Sterne für seinen Komfort und fünf für den Service verdient hatte.

Einundzwanzig Jahre waren vergangen, seit Overby zum ersten Mal im Magellan Hotel abgestiegen war. Das war genau zu der Zeit gewesen, nachdem er seine Barschaft von 29 Dollar durch einen raschen Deal mit zehn, vom zweiten Maat eines in Panama registrierten Frachters aus Subic geschmuggelten Stangen PX-Camel auf 200 Dollar aufgestockt hatte. Sobald die 200 Dollar sicher in seiner Gesäßtasche verstaut gewesen waren, war Overby im YMCA aus- und im Magellan eingezogen.

Das fünfstöckige Hotel hatte die Form eines Y. Es verfügte über 200 Zimmer und mehr Pagen, als es eigentlich brauchte. Drei davon geleiteten nun Overby aus dem Taxi und ins Hotel. Während er eintrat und sich umblickte, stellte Overby fest, daß die Lobby noch immer das Odeur höchster Toleranz verströmte. Es war dieselbe Atmosphäre, die er überall auf der Welt in von Handlungsreisenden frequentierten Hotels vorgefunden hatte, die Wert darauf legten, nicht allzu wißbegierig über ihre Gäste und die Freunde ihrer Gäste zu sein. Er erinnerte sich, daß man solche Hotels einstmals immer in der Nähe der Bahnhöfe hatte finden können. Heute standen sie alle draußen bei den Flughäfen.

Aus Instinkt konservativ, stellte Overby außerdem mit Freude fest, daß sich in der Lobby des Magellan fast nichts verändert hatte. Neben den Fahrstühlen, genau dort, wo er sein sollte, gab es noch immer den altehrwürdigen Tabakstand. Gegenüber den Fahrstühlen befanden sich das Empfangspult und daneben der vergitterte Kassenschalter. Zum Sitzen standen noch immer dieselben bequemen tiefen Sessel und Couches herum, welche jetzt, wie er erkannte, von japanischen Pauschaltouristen um die zwanzig und dreißig besetzt waren, die sich zu fragen schienen, wo es etwas zu erleben gab.

An der Rezeption erklärte Overby, er habe eine Zimmerreservierung. Die Augenbrauen des jungen Angestellten hoben und senkten sich im typischen Cebu-Gruß, und er murmelte, daß der Direktor gern ein Wort mit Mr. Overby zu wechseln wünsche. Der Angestellte entfernte sich und kehrte mit Antonio Imperial zurück.

Overby versuchte seinen Schock nicht zu verbergen. »Jesses, Tony, *du* bist der Direktor?«

Imperial, ein kurzer, stämmiger Mann mit einem breiten, strahlenden Lächeln, streckte beide Arme zu einer das gesamte Hotel umfassenden Geste aus. »Imperial vom Magellan – zu Ihren Diensten«, sagte er und langte über das Pult, um Overbys Rechte zu packen und energisch zu schütteln. »Wie lange ist es her, Otherguy?« fragte Imperial, noch immer händeschüttelnd.

»Acht Jahre«, sagte Overby, »Teufel, vielleicht auch neun. Aber damals hast du noch als Nachtportier gearbeitet.«

»Weißt du noch, wie du vor einundzwanzig Jahren zum ersten Mal hier abgestiegen bist und ich der Junge war, der dir die Tasche hochgetragen hat?« Imperial schüttelte den Kopf, als wolle er sagen »Wie die Zeit vergeht«, und wandte sich dem beflissenen jungen Angestellten zu. »Mr. Overby hat zuvorkommend behandelt zu werden, Zotico. Sehr zuvorkommend.«

»Ja, Sir«, sagte der Angestellte.

»Es kommen noch ein paar andere Leute, die zu mir gehören, Tony«, sagte Overby.

Imperial nannte ihre Namen aus dem Gedächtnis: »Blue und Stallings etwas später am heutigen Tag; Wu und Durant morgen. Korrekt?«

Overby grinste. »Kein Wunder, daß man dich zum Direktor gemacht hat.«

»Vielleicht treffen wir uns später auf einen Drink, Otherguy – ein bißchen was nachholen?«

»Mit Freude«, sagte Overby.

Als Antonio Imperial, Chef des Magellan Hotels, sich umdrehte, auf die Klingel schlug und dem Häuflein Pagen zubellte: »Zum Eingang!«, hatte Otherguy Overby das Gefühl, er sei zu guter Letzt vielleicht wirklich heimgekehrt.

Am Fenster vor der Klimaanlage sitzend, hatte Overby gerade seine zweite Flasche Bier geöffnet, als das Telefon in seinem Zimmer im vierten Stock klingelte, das ihm Ausblick auf den Golfplatz bot. Er ging zum Telefon und meldete sich mit einem Hallo.

Eine Frauenstimme sagte: »Mr. Overby?«

»Ja.«

»Derselbe Overby wie in ›Von den Fünfen ist es Overby‹?«

Nach kurzem Zögern antwortete Overby: »Könnte sein.«

»Dann sollten wir uns, glaube ich, treffen.«

»Wo?«

»Guadalupe.«

»Die Kirche?«

»Ja, die Kirche.«

»Das ist weit am anderen Ende der Stadt.«

»Ja«, sagte sie.

Wieder zögerte Overby. »In Ordnung. Wann?«

»Um vier?«

Er schaute auf seine Armbanduhr. »Da bleibt mir nicht viel Zeit.«

»Ich weiß.«

»Okay«, sagte Overby. »Ich schätze, Sie erkennen mich, also muß ich mir keine Gedanken machen, wie ich Sie erkenne.«

»Ganz recht«, sagte sie und legte auf.

Als Overby aus dem Hoteleingang trat, fiel ihm als erstes das große, gelb-blau-schwarze Schild des Rotary Clubs von Metro Cebu auf, das mit einem Vierfragentest aufwartete. »Bei allen Dingen, die wir denken, sagen oder tun«, stand dort zu lesen, »sollten wir uns vier Fragen stellen: 1. Ist es die **WAHRHEIT?** 2. Ist es **FAIR** gegenüber den Betroffenen? 3. Trägt es bei zu **VERSTÄNDNIS** und **TIEFERER FREUNDSCHAFT?** 4. Wird es für alle Betroffenen **SEGENSREICH** sein?

Nachdem er das Schild aufmerksam gelesen hatte, beantwortete Overby alle vier Fragen mit einem leisen »Du liegst verdammt richtig« und wandte sich zum angrenzenden Avis-Büro, wo er sich einen grauen Toyota mietete.

Overby fuhr auf der General Maxilom Avenue nach Westen, bog nach rechts auf die Rama Avenue und folgte ihr bis zum nordwestlichen Stadtrand. Dort nahm die Kirche von Guadalupe ein rechteckiges, einige Hektar großes Grundstück in Anspruch, um das eine kaputte Asphaltstraße herumführte. Wie eine Rennstrecke angelegt, verlief der Fahrtweg an den Längsseiten gerade und beschrieb an beiden Enden einen Halbkreis.

Mißtrauisch wie er war, fuhr Overby dreimal um die Kirche herum. Es handelte sich um ein mächtiges Gebäude mit einer massigen grauen Kuppel in der Mitte. Über dem mit einem Giebel versehenen Südeingang war ein Betonkreuz angebracht. Unterhalb des Giebels befand sich ein kunstvolles Mosaikglasfenster. Zwei wuchtige Torflügel bildeten den Eingang, der durch ein bogenförmiges Vordach vor dem Regen geschützt war. Unter dem Vordach stand eine Frau. Overby war zu weit entfernt, um erkennen zu können, ob sie jung, alt oder dazwischen war, doch er konnte erkennen, daß sie etwas Blaues anhatte.

Er parkte den grauen Toyota fast 50 Meter entfernt, verschloß ihn und ging auf das Betondach zu. Die Frau drehte sich um und beobachtete seinen Anmarsch. Als er näherkam, erkannte er, daß sie jung war, nicht älter als 25 oder 26, und ein schlichtes, blaßblaues Baumwollkleid trug, das billig aussah. Über ihrer rechten Schulter hing eine hellbraune Jutetasche. Er stellte außerdem fest, daß sie große, braune Augen hatte und die rechte Hand tief in der Umhängetasche steckte.

Als er noch etwa zehn Schritte entfernt war, blieb er stehen und sagte: »Ich bin Overby.«

»Ich bin Carmen Espiritu.«

»Sie sind seine Tochter, Enkelin, Nichte – oder was?«

»Seine Frau.«

Overby musterte sie skeptisch. »Schon lange verheiratet?«

»Fast ein halbes Jahr.«

»Na ja, reden wir hier oder irgendwo anders?«

»Zuerst erzählen Sie mir in einem kurzen Satz, warum Overby derjenige ist«, sagte sie.

Overby lächelte schwach. »Fünfundzwanzig Worte oder weniger, stimmt's?«

Sie zuckte die Achseln.

»Okay, hier ist er: Sie wollen ihn um die fünf Millionen bescheißen, aber wenn er tut, was ich ihm sage, kann er die Hälfte behalten.«

Sie ließ sich den Satz durch den Kopf gehen und bewegte dabei leicht die Lippen. »Einundzwanzig Worte.«

»Ich habe nicht mitgezählt.«

»Er kann die Hälfte behalten, sagen Sie. Wer behält die andere Hälfte?«

»Ich.«

»Dann ist Habgier Ihr einziges Motiv?«

»Was denn sonst?«

»Wie wollen sie es aufteilen?« fragte sie.

»Wer?«

»Sie, Stallings, Wu, Durant – und dann noch die Frau, diese Blue.«

»Zu gleichen Teilen.«

»Also eine Million für jeden.«

»Richtig.«

»Machen Sie sich keine Sorgen darüber, was die mit Ihnen anstellen, wenn sie herausfinden, daß Sie sie verraten haben?«

»Das ist meine Sache.«

»Eine letzte Frage, Mr. Overby.«

Er nickte.

»Macht es Ihnen etwas aus, wer letztendlich die andere Hälfte der fünf Millionen bekommt?«

Er schüttelte langsam den Kopf. »Nicht, solange ich meine Hälfte bekomme.« Dann zeigte er das kurze, harte und ausgesprochen skrupellose Lächeln. »Haben Sie keine Angst davor, was Mr. Espiritu mit Mrs. Espiritu machen wird, wenn er rausfindet, daß sie ihn reingelegt hat?«

»Wie Sie sagten, das ist meine Sache.«

Overbys Lächeln verschwand. »Es ist ein Risiko dabei. Ein gewaltiges.«

»Ich bin Risiken gewöhnt.«

»Wann kann ich ihn also sehen und meinen Sermon loswerden?«

»Sermon?«

»Verkaufsgespräch.«

»Ja. Natürlich. Wäre Ihnen heute abend recht?«

»Wo und wann?«

»Ich rufe Sie an«, sagte sie. »Im Hotel.«

»Schön«, meinte Overby, ging zwei Schritte zurück und schaute hoch zu dem Mosaikfenster. »Ist offen?«

»Die Kirche?«

Er nickte.

»Haben Sie das Bedürfnis zu beten?«

»Ich mag bloß alte Kirchen.«

»Sie ist offen«, sagte sie, machte kehrt und ging schnell davon. Nachdem Overby zugesehen hatte, wie sie um die entgegengesetzte Ecke der Kirche gebogen und verschwunden war, drehte er sich um, zog eine der schweren Türen auf und ging hinein. Wenn auch nicht religiös, so doch abergläubisch, ließ Overby fünfzig Pesos als Glücksbringer in den Opferstock fallen und nahm in der hintersten Reihe Platz. Dort verschränkte er die Arme vor der Brust und überlegte sich seine nächsten Schritte. Als er beim sechsten Schritt angekommen war, hörte er auf, da es nach dem sechsten zu viele Variable gab. Doch als ersten Schritt würde er eine Waffe kaufen, wenn möglich einen fünfschüssigen Revolver – eine kleine Waffe, die leicht am Körper zu tragen war. Als er immer noch mit verschränkten Armen auf der Bank der alten Kirche saß, fragte sich Overby, wo er seinen Kauf tätigen sollte, und entschied sich schließlich für Pier zwei. Und falls nicht an Pier zwei, dann an Pier drei. An Pier drei konnte man immer so gut wie alles kaufen, obwohl es immer etwas mehr kostete.

25. KAPITEL

Es war Antonio Imperial, der Direktor des Magellan Hotel höchstpersönlich, der Booth Stallings am Aprilscherztag des Jahres 1986 um 17.41 Uhr ins Register eintrug. Als er bemerkte, daß Stallings mit keinerlei Gepäck befrachtet war, lächelte er und sagte: »Hat die Fluggesellschaft Ihr Gepäck verlegt, Mr. Stallings? Darin sind sie sehr gut.«

»Eine Verwechslung in Manila«, sagte Stallings, während er das Anmeldeformular ausfüllte. »Freunde von mir bringen es mit runter.«

»Mr. Wu und Mr. Durant?« Als er Stallings mit dem Anflug eines Stirnrunzelns aufblicken sah, fuhr Imperial rasch fort. »Otherguy – ich meine, Mr. Overby – hat sich um Ihre Reservierungen gekümmert, und nachdem Miss Blue bereits hier ist, nahm ich an, Wu und Durant würden Ihr Gepäck morgen mitbringen.«

Das Stirnrunzeln legte sich, und Stallings lächelte schwach.

»Kennen Sie Otherguy schon lange?«

»Mehr als zwanzig Jahre.«

»Hat er sich sehr verändert?«

»Eine interessante Frage. Ich würde sagen, nein, eigentlich nicht. Er ist – na ja, zeitlos, vermute ich.« Imperial wandte sich um, nahm Stallings' Zimmerschlüssel vom Haken, wandte sich ihm wieder zu, langte unter das Empfangspult und holte einen kleinen, durchsichtigen und zugeschweißten Plastikbeutel hervor, der einen Wegwerf-Rasierapparat, eine Zahnbürste, winzige Tuben Rasiercreme und Zahnpasta und eine kleine Flasche Shampoo enthielt.

»Mit den besten Empfehlungen des Hauses«, sagte Imperial und legte den Schlüssel samt Plastikbeutel auf das Pult.

»Vielen Dank«, sagte Stallings. »Welches Zimmer hat Miss Blue?«

»Es ist direkt neben Ihrem, vier-sechsundzwanzig.« Imperial schnippte mit den Fingern, als sei ihm etwas eingefallen. Er wandte sich erneut um, griff nach einem kleinen Stapel Post, blätterte ihn durch, zog einen Brief heraus und reichte ihn Stallings. »Das ist kurz vor Ihrer Ankunft gekommen«, sagte er.

Stallings untersuchte den Umschlag, der quadratisch, weiß und billig war. Sein Name stand in Druckbuchstaben mit Tinte darauf. In die linke untere Ecke hatte jemand geschrieben: »Bei Ankunft aushändigen.« Stallings schob den Brief in die Gesäßtasche, nahm den Zimmerschlüssel und den Plastikbeutel und steuerte auf den Fahrstuhl zu.

»Wünschen Sie einen Pagen, der Sie nach oben bringt?« fragte Imperial.

Stallings drehte sich noch einmal um. »Nein, aber Sie könnten mir ein paar kalte Flaschen Bier hochschicken.«

Erst nachdem das Bier gekommen war und er eine halbe Flasche getrunken hatte, zog Booth Stallings den Brief aus seiner Gesäßtasche, hielt ihn ans Licht, schnüffelte daran, roch nichts und riß ihn schließlich auf.

Auf einem einzigen, einmal gefalteten Blatt billigen weißen Papiers stand, von sicherer Hand geschrieben:

> Lieber Booth,
> Willkommen in Cebu. Jemand, den wir beide kennen, wird sich bei Dir melden. Halte Dich bitte genau an die Anweisungen.
>
> Herzliche Grüße
> Al

Den Brief noch immer in der Hand, trat Booth Stallings ans Fenster des Zimmers und zog die Jalousie hoch. Er las den Brief noch einmal und starrte dann hinaus auf eine rote Sonne, die hinter den Guadalupe-Bergen unterging, denselben Bergen, in denen Stallings und Alejandro Espiritu, die Jung-Terroristen, so viel und so oft getötet hatten. Keiner von uns, dachte er, hat sich je ganz von dieser Faszination befreien können. Der einzige Unterschied liegt darin, daß du sie untersucht, drin rumgestochert, drüber geschrieben und dir damit deinen Lebensunterhalt verdient hast, während Al, na ja, während Al einfach damit weitergemacht hat.

Stallings beobachtete, wie etwas, das wie eine große Cessna aussah, zur Landung auf dem alten Flugplatz von Cebu ansetzte, der jetzt nur noch von Privatflugzeugen genutzt wurde. Als seine Linienmaschine von Manila zur Landung auf dem Mactan Airport angesetzt hatte, hatte Stallings zuerst gedacht, er sei ins falsche Flugzeug gestiegen. Aber Mactan war der neue Flughafen von Cebu. Der andere, vom Magellan Hotel nur ein Stück die Straße hinunter, war der alte, auf dem er und Espiritu von ihrem Beobachtungsposten in den Bergen aus japanisches Militär hatten ein- und ausfliegen sehen.

Gerade als die Cessna hinter einer Baumgruppe verschwand, klopfte es an die Tür. In der Annahme, es sei entweder Georgia Blue oder Overby, rief Stallings: »Herein«, und starrte weiter hinaus auf das letzte Licht des kurzen tropischen Sonnenuntergangs. Als die Tür geöffnet wurde und eine schroffe Stimme sagte: »Stallings?« – so daß es wie eine vorwurfsvolle Frage klang –, drehte er sich schnell um und stand einem hochgewachsenen alten Mann von Mitte bis Ende Sechzig gegenüber, der eine kurzärmelige, hellbraune Safarijacke mit einer Unzahl Taschen, die alle ausgebeult waren, und eine dazu passende lange Hose trug.

Der alte Mann hielt sich kerzengerade, hatte seidiges weißes Haar, einen rötlichen Teint, kleine blaue Augen, die eine Dreistärkenbrille brauchten, und einen Mund, der offenbar gern Befehle erteilte. Nur der dünnlippige Mund mit dem ausgeprägten Überbiß erschien Stallings vage vertraut.

»Erinnerst dich nicht mehr an mich, wie?« sagte der alte Mann mit dem schroffen Bariton, der zu einem Dreißigjährigen gepaßt hätte.

»Nein«, sagte Stallings. »Sollte ich?«

»Der Name ist Crouch. Vaughn Crouch. Abgesehen davon, daß es Major Crouch war, als du mich gekannt hast.«

»Allmächtiger Gott.«

»Hab's dann schließlich bis zum Colonel Crouch gebracht.«

»Sie haben uns damals losgeschickt.«

Crouch nickte. »Dich und Al Espiritu. Das war ich.«

»Was machen Sie –«

Crouch unterbrach ihn, als habe er nicht genug Geduld für alberne Fragen. »Ich lebe hier.«

»In Cebu?«

»Hier, im gottverdammten Magellan. Hab' meine dreißig abgerissen und bin zwoundsiebzig in den Ruhestand. Bin seit damals hier. Ist billig, und wenn irgendein Teil in Ordnung gebracht werden muß, meine Prostata zum Beispiel, kann ich nach Clark rauf oder sogar rüber nach Schofield auf Hawaii fliegen und mich von den Quacksalbern umsonst aufpäppeln lassen.« Er bog den Kopf leicht zurück, um Stallings durch den unteren Schliff seiner Dreistärkenbrille zu mustern. »Du hast dich ein bißchen verändert. Hätte dich auf der Straße nicht wiedererkannt. Bist du bereit?«

»Wofür?«

»Ich hab' dich als einen von der schnellen Truppe in Erinnerung, Stallings. Ein bißchen rotzig vielleicht, aber schnell.« Crouch schüttelte den Kopf. »Ich kann Trantüten nicht ausstehen. Ich lass' mir so ziemlich alles gefallen, aber keine Trantüten.«

»Hat Espiritu Sie geschickt?«

»Er hat mich nicht geschickt«, sagte Crouch. »Er hat mich gebeten. Kann nicht viel zu Als politischen Ansichten sagen, aber er hat taktisches Gespür, hatte er immer. Seine Scheißpolitik ist seine Sache.« Crouch unterbrach sich. »Also, bist du bereit oder nicht?«

»Gehen wir«, sagte Stallings.

Das Auto des Colonels im Ruhestand war ein guterhaltenes, zehn Jahre altes gelbes Volkswagen-Cabrio, das er mit heruntergeklapptem Dach und, wie Stallings rasch befand, bei weitem zu forsch fuhr. Die Straße in die Berge war anfangs ganz ordentlich, doch bald wies der Belag Löcher auf, mit Kies zugeschüttete Aufbrüche, und endete schließlich als kurvenreicher, schmutzig-roter Feldweg, kaum mehr als ein Saumpfad.

»Warum haben Sie sich hier zur Ruhe gesetzt?« fragte Stallings. »Warum nicht in Fort Sam in San Antonio?«

»Bei all den anderen alten Furzern?« sagte Crouch kopfschüttelnd, während er den VW vor einer Kurve herunterschaltete. »Hab' drei Kriege mitgemacht. Zwei schlechte und einen guten. In Seoul oder Saigon hätt' ich mich – selbst wenn ich gekonnt hätte – garantiert nicht zur Ruhe gesetzt, und nachdem meine Frau tot und beide Kinder verheiratet oder geschieden waren, hab' ich mir gesagt: Scheiß drauf, du magst die Filipinos und hast sie immer gemocht, also kannst du gleich da unten leben und schauen, was, zum Deibel, passiert.« Hochzufrieden, diesmal mit sich selbst, schüttelte er wieder den Kopf und sagte: »Ist auf jeden Fall interessant gewesen.«

Minutenlang fuhren sie schweigend weiter, bis Crouch sagte: »Al hat mir das Buch geliehen, das du geschrieben hast.«

Stallings Erwiderung war ein unverbindliches »Oh«.

»Ich kann nicht allem zustimmen, was du behauptest, aber mit dem meisten hast du sicher recht. Schätze, ich muß dir nicht sagen, daß du auf Al aufpassen mußt, wenn du ein Geschäft mit ihm machst. Er hat's faustdick.« Crouch schielte auf Stallings. »Aber ich denke mir, da bist du inzwischen selber draufgekommen.«

»Schon lange«, sagte Stallings.

Nach Stallings' Schätzung waren es noch fünf Kilometer, die sie schweigend weiterfuhren. Demnach hatten sie bisher etwa neunzehn Kilometer zurückgelegt – oder nicht ganz die halbe Breite der Insel. Crouch fuhr in eine Kurve. Im Scheinwerfer des VW sah sie aus wie jede andere Kurve, doch er verlangsamte erst auf zwanzig, dann auf fünfzehn Stundenkilometer und hielt schließlich an.

»Ende der Strecke«, sagte er.

»Was passiert jetzt?«

»Du steigst aus, stehst rum und bewunderst das Kreuz des Südens, falls dir danach zumute ist. Dann kommt dich jemand abholen. Es wird nicht lang dauern. Sie sind irgendwo da draußen und warten bloß, um sicherzugehen, daß uns niemand gefolgt ist.«

»Wie komme ich zurück?« fragte Stallings.

»Keinen Schimmer.«

Stallings öffnete die Tür, stieg aus dem Volkswagen und schaute hinunter auf Crouch. »Danke fürs Mitnehmen.«

»Vielleicht erzählen du oder Al mir eines Tages, worum, zum Deibel, es hier geht.«

Stallings nickte nur.

»Vielleicht auch nicht«, sagte Crouch, während er in den Rückwärtsgang schaltete, wendete und den holprigen Bergpfad hinunterjagte.

Stallings blickte hinterher, bis das VW-Cabrio um die Kurve verschwand. Er fand, daß ihn die Erwachsenen wieder einmal ganz alleine losgeschickt hatten, als sei er ein tapferes Kerlchen. Auf der Fahrt hatte er sich noch anderer, eher vager Eigenschaften seines ältlichen Chauffeurs erinnert. 1945 war Crouch ein 26 oder 27 Jahre alter Major gewesen, ein Kriegsnarr und ein Mann, der vor dem Krieg mehr getan hatte, als nur auf die Schule zu gehen. Er hatte entweder gearbeitet oder war der Bürgerwehr beigetreten oder hatte sich im Land herumgetrieben oder hatte an der Michigan State University oder der Texas A & M abgeschlossen. Irgend etwas jedenfalls.

1945 war Stallings diese Kluft von sieben oder acht Jahren Lebenserfahrung unüberbrückbar vorgekommen. Jetzt schien sie ihm noch genauso breit und ebenso tief. Werde lieber schnell erwachsen, Sohnemann, entschied Stallings, sonst stolperst du von der akut-chronischen Pubertät in die Senilität, ohne daß etwas dazwischen ist. Er drehte sich um und schaute hoch zum Kreuz des Südens, nur um – mit einer Spur von Überraschung –

zu entdecken, daß es sich, wie er selbst, in all den 41 Jahren um keinen Deut verändert hatte.

Stallings wußte nicht mit Bestimmtheit, wie lange er hinauf zum Firmament gestarrt hatte, bevor er sie hörte. Es waren mindestens fünf, vielleicht zehn, möglicherweise fünfzehn Minuten gewesen. Sie kamen stolpernd und im Dunkeln murmelnd den Berg herunter, und offenbar war ihnen gleichgültig, wieviel Lärm sie machten.

Stallings wandte sich um, weil er beobachten wollte, wie sich das auf- und abtanzende Licht ihrer Taschenlampen näherte. Er schoß hoch, als ihm von jemandem, der sich leise von hinten angeschlichen hatte, etwas Hartes zwischen die Schulterblätter gerammt wurde.

»Bitte nicht bewegen, Mr. Stallings«, sagte sie, und er erkannte die Stimme der Frau wieder, die sich Carmen Espiritu nannte.

»Wie geht's Ihnen, Carmen?«

»Bitte auch nicht sprechen«, sagte sie.

Die anderen, die miteinander quasselnd und stolpernd den Berg herabkamen, waren zu dritt. Es waren lauter Männer, keiner älter als 30. Während Carmen Espiritu den Lauf ihrer Waffe in Stallings' Rücken drückte, durchsuchte ihn einer der Männer mit flinken, kundigen Händen.

»Nichts«, sagte der Mann.

Sie ging um Stallings herum und stellte sich vor ihn. Im Licht der drei Taschenlampen erkannte er, daß sie wieder eine Halbautomatik trug sowie ein dunkles T-Shirt, Jeans und Laufschuhe. Das T-Shirt warb für eine Cantina namens Hussong's auf der Baja California.

»Wie steht's um die Gesundheit, Mr. Stallings?« fragte sie.

»Na ja, ab und an leichte Ischiasbeschwerden, aber das kommt und geht.«

»Ich meine, können Sie drei Kilometer durch die Berge laufen, ohne daß wir Sie tragen müssen?«

»Sicher. Warum nicht?«

»Gehen wir.«

Nach Booth Stallings' Geschmack ging es viel zu viel bergauf und nicht annähernd genug bergab. Doch er war erfreut darüber, wie gut er sich hielt, und überrascht, wie lebhaft er sich daran erinnern konnte, als er und Espiritu einst solche Pfade auf- und abgestiegen waren wie ein paar Ziegen. Junge Ziegen.

Sie kletterten eine Stunde und 15 Minuten lang, bevor sie anhielten. Einer der Männer imitierte den Schrei eines Vogels, dessen Art Stallings nicht einmal zu bestimmen versuchte. Nach einem erwidernden Vogelschrei durchquerten sie ein Maisfeld, dessen raschelnde Halme ein wirkungsvolles Frühwarnsystem darstellten.

Direkt hinter dem Maisfeld stand eine große Nipa-Hütte mit mindestens drei oder vier Räumen. Sie ruhte auf Pfählen, die die üblichen einen Meter fünfzig bis einsachtzig hoch waren. Weiches Kerosinlampenlicht drang durch die offenen Fenster dieser und drei oder vier kleinerer Hüten, aus denen die Ansiedlung bestand.

Ein Mann, nicht übermäßig groß gewachsen, trat aus der Haupttür der großen Hütte, blieb stehen und starrte auf Stallings herab, als dieser neben Carmen Espiritu das Maisfeld verließ.

»Wie ging's denn so, Booth?« fragte Alejandro Espiritu.

»Gut, Al«, sagte Stallings. »Und dir?«

26. KAPITEL

Nach einem warmen Händedruck und einer irgendwie steifen Umarmung am Kopf der Bambusstiege folgte Stallings Carmen und Alejandro Espiritu in die Nipa-Hütte, die eigentlich eher ein Haus denn eine Hütte war.

Sie traten in eine Mischung aus Küche, Eß- und Wohnzimmer. Über einem Holzkohlenrost kochte eine mollige, gutaussehende Frau in den Fünfzigern, die rote Hosen trug, ein Essen. Ein roher Holztisch war mit Gläsern, Tellern, Gabeln und Löffeln für zwei gedeckt, allerdings ohne Messer, welche viele Filipinos selten benutzen, da sie alles, was geschnitten werden muß, lieber mit dem Löffel schneiden.

Der Wohnbereich war mit vier Stühlen aus gebogenem Holz und einer entsprechenden Couch möbliert. Es gab weder Bilder an den Wänden noch Teppiche auf dem Boden aus gespleißtem und poliertem Bambusrohr. Doch aus einem kleinen, batteriebetriebenen Sony-Kurzwellenempfänger ertönte leise Musik, irgendein Stück der Rolling Stones. Die Frau in den roten Hosen unterbrach ihr Kochen, ging zum Radio und stellte den Ton etwas lauter, wobei sie ihr linkes Ohr dicht an den Lautsprecher hielt. Niemand stellte Stallings die Frau vor.

Espiritu winkte seinem Gast zu der Holzcouch und nahm sich einen der Stühle. Carmen Espiritu lehnte daneben an der Wand, die rechte Hand tief in der Jutetasche. Stallings fiel ein, daß er erst vor kurzem jemand anderen ganz genauso hatte stehen sehen, an die Wand gelehnt, alles angespannt und jederzeit sprungbereit. Durant natürlich.

»Wie wär's mit einem Bier, bevor wir essen, Booth?« fragte Espiritu.

Stallings sagte, für ihn gerne, und die Frau in den roten Hosen holte eine Flasche San Miguel aus einer Plastiktüte, öffnete sie, ging quer durchs Zimmer zu Stallings, blieb am Tisch stehen und nahm eines der beiden Gläser. Wortlos reichte sie Stallings Flasche und Glas. Er dankte ihr, doch sie nickte nur und kehrte zurück zum Sony, wo sie ihr linkes Ohr wieder an den Lautsprecher klemmte.

Stallings goß vorsichtig das warme Bier ins Glas, deutete mit einem Nicken auf die Frau und fragte: »Wer ist sie?«

»Meine kleine Schwester«, erwiderte Espiritu mit einem schwachen Lächeln. »Wenn auch nicht mehr ganz so klein, wie sie mal war.«

Das Ohr noch immer am Sony-Radio, versetzte sich die mollige Frau einen kessen Klaps auf die rechte Hinterbacke und lieh ihr Ohr weiter Mick Jagger.

»Und sie?« fragte Stallings, wobei er mit einem weiteren Nicken auf Carmen Espiritu deutete.

»Wer hat sie denn gesagt, daß sie ist?«

»Deine Enkelin.«

Espiritu kicherte und grinste breit. Stallings bemerkte, daß die Zähne des kleineren Mannes absolut intakt aussahen. Falls er sich in all den Jahren das Zuckerrohrkauen verkniffen hat, dachte Stallings, hat er wahrscheinlich noch keine einzige Füllung im Maul.

»Carmen lügt aus Gewohnheit«, erklärte Espiritu. »Sie ist seit sechs Monaten meine junge Braut.«

»Die derzeitige Mrs. Espiritu also«, sagte Stallings.

»Die einzige Mrs. Espiritu.«

»Na ja, jedenfalls ist sie umtriebig«, sagte Stallings und trank von seinem Bier.

Espiritu lächelte seine Frau an. »Sie ist auch sehr ehrgeizig, nicht wahr, Carmen?«

»Ich leiste meinen Beitrag.«

Espiritu wandte sich Stallings zu. »Wer hat das noch mal gesagt, ›Wir leisten unseren Beitrag‹?«

»Der Blue Eagle«, sagte Stallings, »Roosevelts Finanzberater.«

»Damals ging's um ein Einfrieren der Preise, oder?« Bevor Stallings antworten oder etwas dazu bemerken konnte, fuhr Espiritu fort: »Du siehst ausgesprochen gut aus, Booth. Bist so dürr geblieben und sogar ein Stück gewachsen, stimmt's?«

»Anderthalb Zentimeter.«

»Ich nicht«, sagte Espiritu und kicherte wieder. »Wie du schon bemerkt haben müßtest.«

Was Stallings am stärksten aufgefallen war, war das leichte Beben von Espiritus linker Hand. Sobald das Beben in Zittern überzugehen drohte, umklammerte Espiritu die linke Hand mit der rechten. Und wenn auch seine Zähne mit 62 noch nahezu perfekt waren, oder zumindest fast, fand Stallings doch den Teint zu fahl und die schwarzen Augen zu stumpf.

Doch alles andere scheint in Ordnung, entschied Stallings, obwohl das bei dem bis zum Hals zugeknöpften Hemd und den bis über die Daumen hängenden Ärmeln sehr schwer zu sagen ist. Er fragte sich auch, warum Espiritu in der linken Hand ein zusammengeknülltes Taschentuch hielt. Doch als die bebende Hand zum linken Mundwinkel hochfuhr und einen Speichelfaden wegwischte, glaubte Stallings die Antwort gefunden zu haben.

Nach einem weiteren Schluck warmen Biers lächelte Stallings Espiritu beinahe sanft an und fragte: »Wann hast du ihn gehabt, Al – den Schlaganfall?«

»Noch immer ein feiner Beobachter, wie?«

»Wann?«

»Vor Monaten.«

»Tut mir leid.«

»Keine Ursache. Ich hab' mich einigermaßen erholt, und die Prognose ist gut.« Er lächelte, schob das Thema beiseite. »Können wir essen?«

Das Dinner bestand aus gedünstetem Lapu-Lapu, dem unvermeidlichen Reis und einer großen Schüssel Obst. Stallings aß alles, was ihm vorgesetzt wurde, Espiritu lediglich eine kleine Portion Reis und eine Banane. Keine der Frauen setzte sich zu den Männern an den Tisch. Die mollige Schwester hörte weiter

Radio, und Carmen Espiritu blieb, die rechte Hand tief in der Jutetasche, während des ganzen Mahls stehen.

»Vermutlich warst du überrascht, den alten Major Crouch zu sehen«, sagte Espiritu, während er seine Banane schälte. »Eigentlich Colonel Crouch, im Ruhestand.«

»Sehr überrascht.«

»Er ist geschwätzig geworden, was wir, vermute ich, alle mal werden. Manchmal glaube ich, die Alten neigen deswegen dazu, meistens nur über vergangene Zeiten zu reden, weil's so viel davon gibt. Und so wenig Zukunft. Meine Frau findet die Vergangenheit langweilig, stimmt's, Carmen?«

»Hauptsächlich kommt sie mir belanglos vor«, sagte sie.

»Wie hat Santayana das noch ausgedrückt?« fragte Espiritu. »Diejenigen, die –«

Carmen Espiritu unterbrach das bekannte Zitat. »Santayana war ein Arschloch.«

Espiritu lächelte Stallings zu. »Eine Frau mit knallharten Ansichten, besonders, was die Geschichte angeht. Alles, was passiert ist, bevor sie geboren wurde, ist belanglos. Ihre politischen Überzeugungen ...« Achselzuckend lächelte er Stallings weiter an. »Was treibst du denn heute so für Politik, Booth?«

»Ich komme ohne aus.«

»Tatsächlich? Nach all den Jahren, in denen du erforscht hast, was du so hartnäckig Terrorismus nennst?«

»Terrorismus ist nur ein Kürzel.«

»Ja, aber wofür?«

»Es ist wie mit der Pornographie, Al. Jedermann weiß Bescheid, wenn er sie sieht, aber keiner kann sich auf eine Definition einigen.«

»Willst du meine hören?«

»Klar.«

»Politik mittels extremer Einschüchterung.«

Stallings grunzte. »Bräuchte noch ein bißchen Schliff.«

»Ich fand sie ziemlich gut. Vielleicht können wir morgen früh weiter darüber diskutieren.«

»Morgen früh?« fragte Stallings. »Wo?«

»Hier natürlich. Gleich nachdem wir über die fünf Millionen diskutiert haben. Die kommen doch noch zur Sprache, stimmt's? Oder sollten wir jetzt über das Geld reden und beim Frühstück über meine Definition?«

Stallings lehnte sich mit müdem Lächeln in seiner Ecke zurück. »Ich bin deine Geisel, wie?« Dann schaute er zu Carmen Espiritu. »Oder ihre?«

»Ja«, sagte Espiritu. »Ich glaube schon.«

Carmen Espiritu löste sich von der Wand, wobei sie einen Blick auf ihre Armbanduhr warf. »Das war lange genug«, sagte sie zu ihrem Mann und wandte sich an Stallings. »Ich gehe jetzt, Mr. Stallings. Unsere Leute sichern rundum das Gelände, also entfernen Sie sich nicht zu weit.«

Nachdem Stallings ihr zugenickt hatte, wandte sie sich an ihren Ehemann: »Wenn ich da bin, bin ich wieder da.«

»Wie immer«, sagte er.

Carmen Espiritu machte kehrt und verließ den Raum. Stallings verdrehte den Kopf und sah ihr nach, wie sie durch den Haupteingang hinaustrat. Als er sich wieder umwandte, stellte er überrascht fest, daß auch Espiritus mollige Schwester gegangen war.

Ein langes Schweigen folgte, das sich wie eine Barriere zwischen den beiden Männern aufrichtete. Stallings beugte sich vor, die Ellbogen auf den Tisch gestützt, und durchbrach das Schweigen – wenn auch nicht die Barriere – mit einem Vorschlag, den er in Form einer Frage vorbrachte.

»Was wäre, wenn wir einfach abhauen, Al?«

»Ganz einfach«, erwiderte Espiritu. »Sie würden dich erschießen.«

Soweit Otherguy Overby feststellen konnte, war sein gemieteter grauer Toyota genau dort geparkt, wo ihn die Stimme am Telefon aufgefordert hatte, ihn zu parken: 19,3 Kilometer vom Magellan Hotel entfernt in einer Kurve des Feldweges, der hinauf in die Berge führte.

Overby wußte auch, daß er pünktlich war, doch er schaute trotzdem auf seine Armbanduhr. Es war zwei Minuten vor Mitternacht. Der fünfschüssige Smith & Wesson Chief's Special, den er für 500 Dollar von einem Zwischenhändler an Pier drei gekauft hatte, war an seinem rechten Schenkel befestigt.

Da alle Fenster des Toyotas offen waren, konnte Overby sie zu seiner Rechten hören, als sie fluchend und stolpernd den Bergpfad herabkamen. Overby war überzeugt, daß keine Freiheitskämpfer, Terroristen, Guerillas oder was zum Teufel sie sonst sein mochten mit etwas Selbstachtung derart viel Lärm machen oder mit ihren Taschenlampen herumfuchteln würden.

Also wandte er seinen Kopf gerade weit genug nach links, damit er die Peripherie aus dem Augenwinkel im Blick behalten konnte. Dann löste er den fünfschüssigen Revolver vom Schenkel und verschränkte die Arme über der Brust. Die Waffe, jetzt in seiner rechten Hand, zielte auf die linke Fensteröffnung.

Als Carmen Espiritu am Wagenfenster auftauchte, winkte Overby leicht mit dem Revolver, nur um sicherzugehen, daß sie ihn sah. »Leg beide Hände auf den Fensterrahmen, Carmen.«

Sie zögerte, als rechne sie ihre Chancen aus, und legte die Hände dann auf den Rahmen.

»Schick sie weg«, sagte Overby.

Sie pfiff zweimal laut und gellend. Die Taschenlampen gingen aus. Overby schaltete die Scheinwerfer des Toyota an und blendete auf. Die Scheinwerfer strahlten drei junge Männer an, die zwanzig Schritte entfernt am Rand des Feldwegs standen. Alle trugen Waffen, die wie M-16 aussahen. Alle hatten eine Hand gehoben, um die Augen vor dem blendenden Scheinwerferlicht zu schützen.

»Ich rutsche jetzt rüber auf den Beifahrersitz, Carmen«, sagte Overby in ruhigem Plauderton, »und du setzt dich ans Steuer. Okay?«

Sie nickte.

»Aber bevor du das machst«, sagte Overby, »läßt du diese Umhängetasche auf den Rücksitz fallen. Sachte.«

Carmen Espiritu streifte die Tasche von der Schulter und ließ sie durch das Fenster auf den Rücksitz fallen. Nachdem sie die Vordertür geöffnet hatte, glitt sie ans Steuer des Toyota.

»Wie lange halten die Burschen da drüben still?« fragte Overby.

»Bis ich sage, sie sollen sich rühren«, versetzte sie. »Aber wenn Sie abblenden, setzen sie sich hin.«

Overby blendete ab, und die drei Männer mit den M-16 setzten sich auf den Feldweg und zündeten sich Zigaretten an.

»Ich habe mich heute abend im Magellan auf die Suche nach Booth gemacht und bin auf den alten Colonel gestoßen«, sagte Overby. »Colonel Crouch. Rat mal, was er mir nach ein paar Drinks erzählt hat?«

»Ich habe keine Lust zu raten«, sagte sie.

»Er hat mir erzählt, er hätte Booth etwa eine Stunde nach Sonnenuntergang genau hier an eben dieser Stelle abgesetzt, an der ich, laut deinem Anruf, um Mitternacht sein sollte. Also, hier bin ich, und hier bist du, und meine Frage, vermute ich, muß lauten: Wo, zum Teufel, ist der alte Booth?«

»Bei meinem Mann.«

»Wirklich?«

»Ja.«

»Laß mich mal eine echt blöde Frage stellen, Carmen. Ist dein Mann noch am Leben?«

»Das ist eine dumme Frage.«

»Na ja, es ist bloß so, daß die einzige Person namens Espiritu, die jemand leibhaftig gesehen hat, Mrs. Espiritu ist. Und da habe ich mich gefragt, ob Mr. Espiritu am Leben ist, tot, oder vielleicht im Koma liegt.«

»Ihm geht's recht gut.«

»Schön. Und er hat vor, eine Weile mit Booth zusammenzubleiben?«

»Ja.«

Overby nickte beifällig. »Eine Geisel, häh?«

»Stallings ist unsere Versicherung«, sagte sie. »Und sein weiterer Nutzen besteht darin, meinen Mann von der... Rechtmäßigkeit des Geldes zu überzeugen.«

»Ach herrje, Schätzchen, Geld, mit dem man jemanden kauft, ist nie astrein.«

»Überzeugen Sie ihn vom Vorhandensein des Geldes, nicht von seiner Herkunft. Mein Mann hat den Verdacht, dies könnte ein ausgeklügelter Trick sein, ihn nach Hongkong zu locken, wo er dann kein Geld vorfindet und nur ein weiterer armer Schlucker im Exil ist.«

»Mir gefällt die Art, wie sein Verstand arbeitet«, sagte Overby. »Wann hat man ihm denn diesen Köder erstmals hingehalten?«

»Vor weniger als einem Monat.«

»Und er hat dran genascht, aber gleichzeitig auf Stallings als Mittelsmann bestanden?«

»Ja.«

»Wer ist an ihn rangetreten?«

»Das werde ich nicht beantworten, Mr. Overby.«

Overby grinste. »Kann ich dir nicht verübeln. Wenn du es tätest, wüßte ich ja, was du weißt.«

»Wie bald müssen Sie meinen Mann treffen?« fragte sie.

»Spätestens morgen. Und du mußt Stallings für eine Stunde oder zwei aus dem Weg schaffen, damit dein Mann und ich allein sind.«

Sie nickte. »Seien Sie morgen nachmittag um drei wieder hier, dann bringe ich Sie zu ihm.« Zum ersten Mal lächelte sie. »Aber erwarten Sie nicht, daß ich Sie mit ihm allein lasse, Mr. Overby.«

Overby erwiderte ihr Lächeln. »Das habe ich keine Sekunde geglaubt.«

27. KAPITEL

Um 1.43 Uhr kehrte Otherguy Overby ins Magellan Hotel zurück, parkte den grauen Toyota und betrat die Lobby, wo er Artie Wu auf einer der niedrigen Couches entdeckte, die Hände über dem Bauch verschränkt, den Blick auf den Eingang geheftet.

»Artie«, sagte Overby, wobei seine Blicke erst nach rechts schossen, wo Durant an der Theke des geschlossenen Tabakwarenstands lehnte, und dann nach links, wo Georgia Blue vor dem geschlossenen Kassenschalter stand, die rechte Hand tief in der Umhängetasche. In diesem Moment geschah es, daß Overby beschloß, sich nie wieder mit Frauen abzugeben, die Umhängetaschen trugen.

Und er entschied sich überdies, Wu zuvorzukommen. »Ich glaube, sie haben Booth Stallings«, sagte er, wobei er genau auf Wus Reaktion achtete, die lediglich aus einem höflichen, minder interessierten Nicken bestand.

»Sie?« fragte Durant, der nun plötzlich nur einen Schritt von Overby entfernt stand. »Wer, verdammt noch mal, sind sie?«

Overby war nicht von Durants Fähigkeit überrascht, sich wie durch Magie fortzubewegen, doch es gefiel ihm nicht unbedingt. »Gott, kannst du schleichen«, fertigte Overby ihn ab und wandte sich wieder an Wu.

»Wann seid ihr zwei denn hier angekommen, Artie?« fragte Overby. »Ihr solltet doch nicht vor morgen da sein.« Dann fiel ihm die Zeit ein, und er berichtigte sich: »Oder heute. Schätze, das ist jetzt.«

»Es kam was dazwischen, und wir haben ein Flugzeug gechartert«, sagte Wu. »Eine Cessna, nicht wahr?« Die Frage galt Durant.

»Eine Cessna«, bestätigte Durant.

»Wir sind bei Sonnenuntergang angekommen«, sagte Wu und starrte wieder Overby an. »Sind auf dem alten Flugplatz oben an der Straße gelandet. Der Flug runter war ziemlich interessant. Wir sind in ungefähr achtzehnhundert Metern Höhe geflogen und hatten Gelegenheit, eine Menge zu sehen. Die Inseln wirkten alle sehr üppig, Otherguy, die reinste Pracht.« Er legte eine Pause ein. »Sehr trügerisch.«

»Frag ihn, wer Stallings hat«, sagte Georgia Blue, die vom Kassenschalter nahte und sich hinter Wus Couch stellte.

»Otherguy darf man nie drängeln«, sagte Wu. »Er wird's uns schon sagen, sobald er entschieden hat, wieviel er uns wissen lassen will.«

»Wollt ihr, daß ich es hier unten erzähle?« fragte Overby. »Oder bei jemandem auf dem Zimmer, der eine Flasche hat, weil ich nämlich keine habe.«

»Ich habe Scotch«, sagte Durant.

Ohne Zuhilfenahme der Hände erhob sich Wu aus der tiefen Couch. »Dann nehmen wir dein Zimmer, Quincy.«

Durant lehnte wie üblich an der Wand. Overby saß im einzigen Lehnstuhl des Zimmers. Georgia Blue hatte an dem kleinen Schreibsekretär Platz genommen. Wu saß, ans Kopfende gelehnt, auf dem Bett. Durant hatte den Scotch mit nicht sehr kaltem Leitungswasser gemischt und die Drinks gereicht, nachdem Wu in sein Zimmer gegangen war und zwei weitere Gläser geholt hatte.

Nach einem langen Schluck von seinem Drink setzte Artie Wu das Glas ab und zog eine Zigarre hervor. Während er sie sorgfältig begutachtete, vielleicht um versteckte Fehler zu entdecken, sagte er: »Wer hat also Booth Stallings, Otherguy?«

»Mr. und Mrs. Espiritu«, sagte Overby, wobei er seinen Blick von Wu zu Durant und zu Georgia Blue huschen ließ und auszuloten versuchte, wie seine Enthüllung auf sie wirkte. Er war weder überrascht noch bestürzt, als es keine Reaktion gab. Overby trank etwas Scotch mit Wasser, lehnte sich im Sessel zurück und wartete ab, welchen Kurs Wu einschlagen würde.

»*Mrs.* Espiritu?« sagte Wu und hob in gelinder Verwunderung eine Augenbraue.

Overby entspannte sich, obwohl er es sich nicht anmerken ließ. »Carmen Espiritu«, sagte er. »Ich glaube, jeder ist ihr schon das eine oder andere Mal begegnet. Jeder, außer mir.«

»Uns hat sie erzählt, sie wäre seine Enkelin«, sagte Georgia Blue. »Obwohl Booth es nicht geglaubt hat.«

»Wie man hört, lügt sie sehr viel«, sagte Overby.

»Und wo genau hört man das?« fragte Durant.

»Ich sag' dir, wo«, erklärte Overby. »Ich habe mich heute abend auf die Suche nach Stallings gemacht – gestern abend, schätze ich –, weil ich mit ihm was trinken wollte. Ich hab' auf seinem Zimmer angerufen, an seine Tür gehämmert – nichts. Na ja, der Hoteldirektor ist ein Freund von mir, Tony Imperial. Als ich Tony vor zwanzig Jahren kennenlernte, war er Page. Also hab' ich Tony gefragt, ob er Stallings gesehen hätte, und er sagt, er hätte ihn mit einem pensionierten Colonel der US-Army gesehen, der hier im Hotel lebt. Ein Bursche namens Crouch. Vaughn Crouch, genau wie Vaughn Monroe – ihr erinnert euch? Und Tony sagte, Crouch und Stallings sind mit dem Wagen des Colonels weg. Ein alter gelber VW. Okay?«

Wu nickte Overby zu, er solle fortfahren. »Na ja, ich häng' hier rum, und da kommt der Colonel allein zurück. Ich mach' mich also in der Bar an ihn ran, einfach so, und nach einigen Drinks erzählt er mir, wie er damals im Krieg Stallings und Espiritu und sechs andere Burschen nach Cebu auf Späh- und Erkundungspatrouille geschickt hat, von der nur die beiden zurückkamen, Stallings und Espiritu. Als er sich dann, ich glaube, zwoundsiebzig, hier zur Ruhe setzt, besucht der Colonel Espiritu und bleibt mit ihm in Verbindung, auch noch, nachdem Espiritu in den Untergrund geht. Na ja, der Colonel behauptet, es war Espiritu, der ihn gebeten hat, Stallings da rauf in die Berge zu fahren. Und das hat er gemacht. Also frag' ich ihn, wo er Stallings abgesetzt hat, und er zeichnet mir eine Lageskizze. Na ja, da bin ich dann ins Auto, das ich bei Avis nebenan gemietet habe, und hochgefahren, um mich umzusehen.«

»Nachts?« fragte Wu.

»Na klar nachts. Wann denn sonst? Nachts kann man viel erkennen, Artie. Soweit ich weiß, haben sie da oben Schilder: Zum NPA-Lager in diese Richtung. Nur war da keins. Also bin ich zurück. Ach ja. Es war übrigens der Colonel, der mir von Carmen erzählt hat und daß sie lügt wie gedruckt. Der Colonel mag Carmen nicht besonders.«

Auf Overbys Vortrag folgte längeres Schweigen. Schließlich zündete Wu seine Zigarre an und blies drei schwere Rauchringe zur Decke. Als er sprach, schienen seine Worte mehr an die aufsteigenden Rauchringe gerichtet als an Overby.

»Das ist eine sehr interessante Geschichte, und ich vermute, daß manches daran sogar wahr ist.«

»Dreißig Prozent auf jeden Fall«, sagte Durant. »Vielleicht vierzig.«

Overby schaute Durant unbeteiligt an. »Kannst mir ja vorpfeifen, was dir daran nicht gefällt.«

Durant wandte sich an Georgia Blue. »Sag's ihm, Georgia.«

Sie legte den Kopf schräg, musterte Overby eingehend, schüttelte in leichter Verwunderung den Kopf. »Ich habe mit dem Colonel gesprochen, Otherguy. Was du da sagst, paßt nicht ganz dazu.«

»Wann hast du mit ihm gesprochen?« fragte Overby.

»So um Mitternacht.«

»War er nüchtern?«

»Nicht sehr.«

Overby zuckte die Achseln. »Der Kerl schluckt. Er zieht sich am Tag vielleicht einen Liter rein. Ich kann's auch nicht ändern, wenn er sich nicht erinnern kann, was er gesagt oder mit wem er gesprochen hat.«

»Du hast gesagt, du hättest einen Wagen gemietet, nachdem du mit ihm gesprochen hast«, sagte Georgia Blue.

»Ich sagte, ich hätte einen Wagen gemietet.«

»*Nachdem* du mit ihm geredet hast.«

»Nicht nachdem. Das muß so um acht gewesen sein. Avis hat

dann schon zu. Ich hab' ihn um etwa halb vier oder vier gemietet.« Overby wühlte in seiner Hosentasche, zog den Schlüssel für den Toyota hervor und warf ihn Georgia Blue zu, die ihn mühelos auffing.

Sie blickte auf den Schlüssel und sagte: »Das heißt nicht viel.«

»Der Mietvertrag ist im Handschuhfach. Der Mietbeginn steht im Vertrag. Der Wagen ist ein grauer Toyota. Nimm den Schlüssel und schau nach.« Finster wandte er sich an Durant. »Sonst noch was?«

»Du hast nicht zufällig noch die Skizze, die der Colonel gezeichnet hat, oder?« fragte Durant.

Overby stellte seinen Drink ab und klopfte stirnrunzelnd mit beiden Händen sämtliche Taschen ab. Als er eine seiner Gesäßtaschen abklopfte, schwand das Stirnrunzeln und machte einem Lächeln Platz. Aus der Gesäßtasche holte er einen zusammengefalteten Bogen Hotelbriefpapier hervor, den er Durant reichte.

Durant entfaltete den Bogen Briefpapier, schaute ihn an und gab ihn an Artie Wu weiter, der ihn eingehend untersuchte. »Es scheint eine Art Karte zu sein, und sie ist auch sehr hübsch gezeichnet. Vielleicht schulden wir Otherguy eine Abbitte.«

»Wir schulden ihm einen Scheiß«, sagte Durant.

»Ich entschuldige mich für jeden von uns, Otherguy«, sagte Wu. »Besonders für Quincy.«

»Vergiß es«, sagte Overby.

Wu nickte beipflichtend. »Jetzt laß uns auf das zurückkommen, was du heute nacht in den Bergen gesehen hast. Gab es irgendwelche Anhaltspunkte dafür, daß diese bestimmte Stelle, zu der du gefahren bist, von der NPA als Treffpunkt benutzt werden könnte?«

Overby grimassierte zur Decke, als versuche er sich zu erinnern. »Ich bin ausgestiegen und rumgelaufen. Da lagen ein paar Zigarettenkippen rum. Das heißt, eine Menge. Alle an einer Stelle.«

»Sonst noch was?«

»Eigentlich nicht.«

»Nimm mal an, du würdest morgen dahin zurückfahren und

einfach abwarten«, sagte Wu. »Was, glaubst du, würde passieren?«

»Ich glaube, der NPA würde das nicht sehr gefallen, und sie würden mich irgendwo hinschleppen, wo ich nicht hin will.«

»Aber es würde dir doch Gelegenheit geben, das ›schwache Glied‹ zu spielen, nicht wahr?«

Overby schüttelte den Kopf. »Das würden sie mir nicht abkaufen, Artie. Nicht, wenn ich einfach aus dem Nichts aufkreuze.«

»Natürlich nicht«, sagte Wu. »Aber nimm mal an, sie wüßten, daß wir Diebe uns zerstritten haben.«

Overbys Miene hellte sich auf, und er lächelte sein hartes, frohes Lächeln. »Laß hören.«

Wu ließ zuerst einen Rauchring steigen. »Morgen früh, unten beim Frühstück, werden du und Georgia einen giftigen, erbitterten Streit anzetteln. Ich nehme an, die NPA-Leute werden mithören – oder davon erfahren – und es Espiritu berichten. Wenn du dich also, sagen wir, morgen nachmittag in den Bergen blicken läßt, kommst du nicht ganz unerwartet und mit, wenn auch bescheidenen, guten Empfehlungen.«

»Ich wäre eine Art Abtrünniger«, sagte Overby.

»Ein Verräter«, stellte Durant klar. »Eine Rolle, in der du richtig aufgehen könntest.«

Overby ignorierte ihn und starrte Wu kalt an. »Ich könnte auch erschossen werden, Artie.«

»Dies ist nicht unbedingt ein risikofreies Geschäft, Otherguy.«

»Ich habe nichts gegen geteiltes Risiko«, sagte Overby. »Aber bisher sieht es so aus, als wären Stallings und ich die einzigen, die den Kopf hinhalten.«

»Georgia legt ihren morgen auf den Block«, sagte Wu. »Meiner und der von Quincy kommen kurz danach dran.«

Overby ließ ein härtestes Lächeln sehen. »Erzähl's mir.«

»Sobald du, sagen wir mal, ›übergelaufen‹ bist, wird die NPA sich natürlich fragen, ob du eine Laus im Pelz bist. Die naheliegende Person, die sie dazu befragen werden, ist Georgia. Sie wird diese Befragung durchstehen müssen.«

»Okay«, sagte Overby. »Soweit zu ihr. Was ist mit ihm?« ›Ihm‹ war offensichtlich Durant.

Wu seufzte. »Der Grund, daß Quincy und ich das Flugzeug gemietet haben und früher hergeflogen sind, ist der, daß sich ein ungleiches Paar aus Langley bei uns vorgestellt hat. Sie wissen, was wir vorhaben, mehr oder weniger, und wollen uns davon abhalten. Wir – Quincy und ich – können das nicht zulassen.«

Durant lächelte Overby an. »Willst du tauschen, Otherguy?«

Overby schüttelte den Kopf. »Ich denke, so ist es ungefähr gleich verteilt.«

Artie Wu erhob sich vom Bett. »Dann, finde ich, sollten wir alle etwas zu schlafen versuchen. Es sei denn, jemand hat noch etwas zu sagen.«

Das hatte niemand. Georgia Blue ging als erste. Dann Overby. Wu und Durant warteten zwei Minuten schweigend. Durant ging danach zur Tür, öffnete sie, schaute den Gang auf und ab, schloß sacht die Tür und wandte sich wieder an Wu. »Wir kochen das hier verflucht heiß«, sagte Durant.

Wu nickte. »Und es wird sogar noch heißer.«

Fünfzehn Minuten später stand Otherguy Overby am Fenster seines Zimmers und starrte hinaus ins nächtliche Nichts, als er leises Klopfen an seiner Tür hörte. Er öffnete sie und zeigte keine Überraschung, als Artie Wu rasch eintrat und die Tür hinter sich schloß.

»Ein aufmunterndes Gespräch, Artie?« fragte Overby.

»Eine kleine Warnung. Es kann heikel werden.«

»Zu verdammt heikel.«

»Du wirst Glück brauchen.«

»Du hast früher nie auf Glück gesetzt. Du glaubst ja nicht mal dran.«

Wu verzog seine Lippen zu etwas, das ein schwaches Lächeln hätte sein können, oder auch nicht. »Diesmal ist es anders, Otherguy. Solltest du also feststellen, daß dich dein Glück im Stich läßt, dann seil dich ab.«

»Jeder ist sich selbst der Nächste, richtig?«

Wus Antwortlächeln war nur etwas breiter als das vorherige. »Oder die Nächste«, sagte er.

28. KAPITEL

Das Wettbrüllen endete am nächsten Morgen um 8.49 Uhr im Zugbu-Restaurant des Magellan Hotels, nachdem Otherguy Overby Georgia Blue eine halbe Tasse lauwarmen Kaffee ins Gesicht geschüttet hatte und hinausgestampft war.

Das Frühstück im Zugbu wurde am Büfett serviert, und Overby hatte sich vergewissert, daß er sein Rührei, die Brötchen und einige köstliche Würstchen verzehrt hatte, bevor er Georgia Blue das Zeichen zum Beginn der Vorstellung gab.

Es war eine gemeine, obgleich typische Art Ehekrach mit wenig Konkretem und viel Galle. Angebliche Seitensprünge wurden aufgewärmt. Lange verschütteter Groll wurde ausgegraben. Gescheiterte gemeinsame Unternehmungen suspekter und möglicherweise krimineller Natur wurden angeschnitten, und durch alles zogen sich als wiederkehrendes Thema Geld und der Mangel an demselben.

Das Publikum, meistens Filipinos, Australier und Amerikaner – plus einem Kontingent Japaner –, fand es sämtlich faszinierend. Die Japaner schienen besonders angetan, trotz der fehlenden Untertitelung.

Als Overby gegangen war, wischte sich Georgia Blue seelenruhig mit einer Serviette den Kaffee aus dem Gesicht. Sie zündete sich eine Zigarette an, rauchte ein paar Züge, drückte sie aus und verlangte die Rechnung. Sie zeichnete sie mit nur leicht bebender Hand ab, erhob sich und machte einen gemessenen, würdevollen Abgang, der den Japanern beifälliges Murmeln entlockte.

Sie benutzte das Haustelefon in der Lobby, um Artie Wu anzurufen. Als er sich meldete, sagte sie: »Der Saukerl hat mir eine Tasse Kaffee ins Gesicht geschüttet.«

»Wunderbar«, sagte Wu.

»Wir hatten ein volles Haus.«

»Großartig.«

»Ich bin den übrigen Morgen unten am Pool«, sagte sie und hängte ein.

An diesem Morgen bestand das Frühstück für Alejandro Espiritu und Booth Stallings aus kaltem Reis, weiterem Obst und einer Dose Sprotten, die Espiritu mit Hingabe aß. Stallings verzichtete auf Reis und Sprotten und entschied sich statt dessen für zwei Bananen und drei Tassen Tee.

Sie hatten bis lange nach Mitternacht zusammengesessen, die Probleme der Welt diskutiert und keine Lösung gefunden. Nach sechs Stunden Schlaf waren sie aufgestanden und hatten gefrühstückt. Sobald Stallings seine dritte Tasse Tee geleert hatte, lehnte er sich zurück und sagte: »Reden wir über deine fünf Millionen, Al.«

»Gibt es die denn wirklich?«

»In Hongkong.«

»Weißt du, Marcos hat mal ein Kopfgeld auf mich ausgesetzt. Zweihunderttausend Pesos – ungefähr zehntausend amerikanische Dollar. Das war Geld, das du begreifen kannst – sogar zählen. Aber fünf Millionen US-Dollar?« Er schüttelte den Kopf.

»Was wirst du damit anfangen, Al? Waffen kaufen?«

»Natürlich.«

»Wenn ich mir das ausmalen kann«, sagte Stallings, »dann können das die Geldgeber auch. Was uns zum Hauptpunkt führt. Wer, zum Teufel, sind die?«

»Du hast nicht mit ihnen gesprochen?«

»Nur mit einem Kerl, der sie zu vertreten behauptet. Er sagt, sie wären ein Konsortium von Firmen, die hier eine oder zwei Milliarden investiert haben und die es nicht stört, fünf Millionen auszugeben, um ihr Geld wieder rauszukriegen oder sogar ein paar Kohlen dabei zu machen. Sie glauben, wenn du erst in Hongkong bist, fällt deine Bewegung auseinander, und die Aquino kann alles wieder zusammenflicken.«

»Aber du hast die Lügen nicht geglaubt, die ihr Emissär dir erzählt hat?«

»Nein.«

»Warum bist du dann gekommen?«

»Man hat nach mir geschickt, oder nicht?«

»Ja. Man hat.« Espiritu musterte Stallings zehn oder fünfzehn Sekunden lang, runzelte dann die Stirn und sagte: »Möchtest du wissen, was wirklich passieren wird?«

»Sicher. Was?«

Espiritu holte tief Luft. »Erstens, Aquino hat keine Chance.«

Stallings grunzte. »Was ist zweitens?«

»Seit vier Jahrhunderten sind die Philippinen von Oligarchien der einen oder anderen Couleur regiert worden. Mrs. Aquino ist lebenslanges Mitglied der derzeitigen Clique, und weil sie eine von ihnen ist, wird man ihr neun Monate, ein Jahr, vielleicht sogar mehr zugestehen – bis die Wirtschaft zusammenbricht. Bis dahin wird der sogenannte Februaraufstand längst vergessen sein, oder man erinnert sich seiner nur als großes Täuschungsmanöver. Zähle zur Desillusionierung den totalen Zusammenbruch der Wirtschaft dazu, und du bekommst Unruhe – Streiks, Aufstände und ähnliches. Rat mal, wem sie das in die Schuhe schieben.«

»Den Kommunisten.«

»Natürlich. Härtere militärische Maßnahmen werden erörtert und angewandt werden, gefolgt vom unvermeidlichen Militärputsch. Die neue Junta – oder der neu erstandene oberste Führer – wird versprechen, die Roten zu verdreschen, wieder für Wohlstand zu sorgen, in sechs Monaten, einem Jahr, zwei Jahren – irgendwann – freie Wahlen abzuhalten. Die Elite wird gemeinsam vor Erleichterung aufseufzen. Aus Washington wird Geld zur Ausmerzung der Terroristen fließen, und dann wird alles zurückgebracht auf den Status quo ante, was der Elite bestens zupaß kommen wird.«

»Historische Unvermeidbarkeit, wie?«

»Unvermeidbar ist nur, daß du und ich, Booth, sterben werden. Wir wissen bloß nicht, wann. Wenn wir es täten, würden wir alles dafür geben, es hinauszuschieben. Nun, deine Geldgeber, wer immer sie auch sein mögen, wollen nichts hinausschieben. Sie möchten es beschleunigen.«

Stallings lächelte sardonisch. »Je früher du also deine Waffen bekommst, desto schneller wird geputscht.«

»Genau«, sagte Espiritu und lächelte. »Sie brauchen mich wirklich, Booth.«

Stallings nickte gedankenvoll. »Fünf Millionen scheinen mir dafür nicht ganz auszureichen.«

Achselzuckend sagte Espiritu: »Es ist Startgeld. Nicht mehr.«

»Vermutlich«, sagte Stallings und schaute sich im Zimmer um. »Wo ist Carmen?«

»Sie war vorhin hier, ist aber wieder gegangen.«

»Wer, zum Teufel, ist sie, Al?«

»Meine Frau.«

»Und davor?«

»Die Tochter eines alten Freundes, den Marcos vor Jahren einsperren und verhören ließ. Sie stellten ihm Fragen, die ihn durstig machten. Also gaben sie ihm Wasser zu trinken – fünfzehn, zwanzig, ja sogar fünfundzwanzig Liter auf einmal. Natürlich ist er gestorben. Carmen war damals zwölf oder dreizehn. Ich habe mich um ihre Ausbildung gekümmert. Und hinterher hat sie sich dafür entschieden, sich uns anzuschließen. Zuerst in Luzon und später hier unten.«

»Und warum hast du sie geheiratet, Al? Sex war's nicht, es sei denn, du hast dich gewaltig verändert.«

»Sex ist mir immer als – Zeitverschwendung erschienen. Ich habe sie aus Gründen der politischen Zweckmäßigkeit geheiratet, weil ich grade den Schlaganfall hatte und einen Stellvertreter brauchte. Ich glaubte, ich könnte ihr vertrauen. Sie hat mein Leben gerettet, weißt du?« Er hielt inne. »Aber nein, vermutlich nicht. Sie hat einen Spezialisten mit vorgehaltener Waffe hier raufgebracht. Mit verbundenen Augen. Ich konnte natürlich nicht in ein Krankenhaus gehen, und es war eine politisch sehr schwierige Zeit, weil wir uns auf die Blitzwahl einstellen mußten.«

»Ihr Burschen habt euch außen vorgehalten«, sagte Stallings. »Ihr habt geglaubt, Marcos schummelt sich wieder durch.« Er runzelte die Stirn. »Jesses, Al, war das deine Idee?«

»Das spielt jetzt keine Rolle mehr.«

»Dann reden wir wieder über das Geld«, sagte Stallings. »Wann ist es erstmals zur Sprache gekommen?«

Espiritu schloß die Augen, als helfe ihm das, sich zu erinnern. »Ungefähr Anfang März.«

»Wer ist an dich rangetreten? Ich meine, wer ist eines sonnigen Nachmittags aufgekreuzt und hat gesagt: ›Hey, Al, wie wär's mit flotten fünf Millionen?‹ «

Espiritu lächelte wieder. »Die Einzelheiten hast du schon immer gemocht.«

»Sind mein täglich Brot.«

»Niemand ist an mich rangetreten. Es lief alles über Carmen.«

»Sie hat die Verhandlungen geführt?«

»Unter meiner Anleitung.«

»Sind sie sich je von Angesicht zu Angesicht begegnet – Carmen und die Geldgeber?«

»Natürlich nicht. Sie haben einen Zwischenträger benutzt.«

»Wer war das?«

»Schreibst du noch ein Buch, Booth? Mir hat *Anatomie des Terrors* riesig gefallen. Hat es dir eigentlich Geld gebracht?«

»Wer war der Zwischenträger, Al?«

»Ein Australier. Ein ausgebürgerter Australier.«

»Wie hieß er?»

Stallings verfolgte Espiritus offensichtlichen inneren Kampf. Als er vorüber war, lächelte Espiritu wieder leicht und sagte: »Ein seltsamer Name. Boy Howdy.«

Stallings biß die Zähne in der Hoffnung zusammen, sich keine Regung anmerken zu lassen. Kurz darauf riskierte er ein Nicken und sagte: »Stimmt. Der ist seltsam. Wer hat ihn ausgesucht – Carmen oder die Geldleute?«

»Das waren sie.«

Stallings stand vom Tisch auf, ging zu dem Plastikbeutel,

schaute hinein und zog eine Flasche warmes San Miguel heraus. Mit einem Blick auf Espiritu fragte er: »Auch eine?«

Nachdem Espiritu verneinend den Kopf geschüttelt hatte, öffnete Stallings das warme Bier, das sofort aus der Flasche schäumte. Er setzte sie rasch an die Lippen. Sobald der Schaum zusammengesunken war, nahm er einen tiefen Zug, ging zurück an den Tisch und starrte hinab auf den sitzenden Espiritu.

»Was bist du heute, Al – der Bauchredner oder die Puppe?«

»Du beziehst das natürlich auf Carmen?«

Stallings nickte.

Es dauerte Sekunden, bis Espiritu wieder etwas sagte. »Ich muß nach Hongkong, Booth.«

»In der Klemme, wie?«

Espiritu nickte. Stallings trank den Rest seines Biers und starrte wieder hinab auf den sitzenden Filipino. »Und du brauchst diese fünf Millionen wirklich?«

»Unbedingt.«

»Diese Schwester von dir – ist sie wirklich deine Schwester?«

»Ja.«

»Und sie kann kommen und gehen?«

Espiritu nickte.

»Könnte sie, sagen wir mal, heute morgen nach Cebu runter und jemandem im Magellan eine Nachricht überbringen?«

»Wahrscheinlich.«

Stallings setzte seine leere Bierflasche vorsichtig neben dem Teller mit Bananenschalen auf den Tisch. Er stützte sich mit beiden Händen auf die Tischplatte und beugte sich zu Espiritu.

»Ich bin bei dem Deal nicht allein, Al.«

Espiritu nickte und sagte: »Durant, Wu, Overby und Blue, wie ich höre.«

Stallings nickte.

»Du hast mir nicht ganz getraut, Booth.«

»Mir fiel kein guter Grund ein, warum ich sollte.«

»Was sind sie – Söldner?«

»Eine Art.«

»Und du traust ihnen?«

Stallings nickte.

»Dann bist du derselbe Trottel wie eh und je.«

Stallings nahm die Hände vom Tisch, richtete sich langsam auf und legte den Kopf etwas nach links, als wolle er sich vergewissern, daß er das, was nun kam, auch hörte.

»Raus damit, Al. Was immer es auch ist.«

Espiritu musterte Stallings mit etwas, das wie distanziertes Interesse wirkte. »Na schön. Laut Carmen kommt heute nachmittag um drei einer deiner vertrauenswürdigen Kollegen, um mir einen, wie man mir sagte, interessanten Gegenvorschlag zu unterbreiten, dessen Details erst noch dargelegt werden müssen.«

Stallings war über die jähe Wut überrascht, die so echt und selten und rein schien, daß er sie beinahe genoß. Er lehnte sich über den Tisch zu Espiritu, wollte nach ihm greifen, überlegte es sich anders und richtete sich wieder auf.

»Wer von ihnen, Al?« sagte er. »Wer von den Scheißern ist es?«

Espiritu lächelte, während er Stallings noch immer interessiert musterte. »Du wolltest mich schlagen, nicht wahr?«

»Wer von ihnen, Al?«

»Der, der Overby heißt.«

Stallings Zorn verrauchte und wurde von Trauer und Enttäuschung abgelöst. »Otherguy«, sagte er, mehr zu sich als zu Espiritu. »Irgendwie hätte ich nicht geglaubt, daß es Otherguy sein würde.«

29. KAPITEL

Als die wogende Masse um 10.52 Uhr vor die Sonne trat, schlug Georgia Blue die Augen auf. Sie trug einen gewagten grünen Bikini und hatte sich auf einer der fahrbaren Liegen nahe dem Swimmingpool des Magellan Hotels ausgestreckt. Die Umhängetasche stand daneben, und ihre Hand suchte nach ihr, hielt jedoch inne, als die füllige Frau in den leuchtend roten Hosen sagte: »Ich bin Minnie Espiritu.«

»Minnie?«

»Minerva. Und ich hab' einen Brief, entweder für Wu oder für Durant, bloß daß sie nicht da sind. Beim Empfang sagen sie, daß Sie zu ihnen gehören, also schätz' ich, ich kann ihn auch Ihnen geben.«

Georgia Blue setzte sich langsam auf. »Minerva Espiritu?«

»Alejandros Schwester.«

»Sie kommen von –«

Minnie Espiritu unterbrach sie hastig. »Von hier. Cebu. Aber ich bin lange Zeit in Kalifornien gewesen und wünsche mir sehr, ich wäre wieder dort.« Plötzlich wurde ihre Miene wachsam. »Sie sind Georgia Blue, nicht wahr?«

»Ja.«

Minnie Espiritu ließ eine zusammengefaltete Ausgabe des *Manila Bulletin* auf die Liege neben Georgia Blues Füße fallen, fischte ein Päckchen Zigaretten aus einer Tasche ihrer roten Hose, schirmte, als sie sich eine anzündete, das Streichholz mit beiden Händen ab. Sie blies den Rauch aus und wandte den Kopf, um den Pool und die Gäste zu inspizieren. »In der Zeitung«, sagte sie, während sie weiter den Pool beobachtete.

»Ich nehme sie mit aufs Zimmer.«

Minnie Espiritu nickte und fuhr mit ihrer Inspektion fort. »Das

Magellan ist nicht schlecht«, sagte sie. »Ich mag hübsche Hotels. Wenn's nach mir ginge, würde ich in einem absteigen und nie wieder gehen. Na ja, schön, Sie kennengelernt zu haben.«

Sie drehte sich um und schritt auf das Hotel zu. Georgia Blue gähnte, schien das zusammengefaltete *Manila Bulletin* zum ersten Mal zu bemerken, hob es auf und steckte es achtlos in ihre Umhängetasche. Dann legte sie sich, den linken Unterarm über den Augen, wieder zurück und wartete, bis fünf Minuten verstrichen waren.

In ihrem Hotelzimmer schaltete Georgia Blue die Klimaanlage ein, zog den Bikini aus und stand nackt vor der Fensterfront, wo sie das verschlossene Kuvert untersuchte, das sie in dem zusammengefalteten *Bulletin* gefunden hatte.

Es war ein gewöhnlicher weißer Umschlag ohne jede Beschriftung. Sie hielt ihn ans Fenster. Nachdem sie sekundenlang darauf gestarrt hatte, ergriff sie einen seidenen Morgenmantel vom Stuhl und warf ihn sich über, während sie zu ihrem Koffer ging. Ihm entnahm sie einen Packen weißer Kuverts und verglich eines davon mit dem, das in der zusammengefalteten Zeitung gewesen war.

Zufrieden schlitzte sie mit einer Nagelfeile den Umschlag auf, den Minnie Espiritu überbracht hatte, zog den Brief heraus und nahm ihn mit zum Schreibsekretär. Es war ein zwei Seiten langer, einmal gefalteter Brief.

Auf die erste Seite war ein primitiver Lageplan gezeichnet. Sie ignorierte ihn zunächst und las rasch das Geschriebene auf der zweiten Seite. Sie las es erneut, diesmal langsamer. Nach dem zweiten Lesen öffnete sie eine Schublade des Schreibtisches, zog einen Bogen Papier mit Hotelaufdruck heraus und kopierte den Lageplan mit einem Kugelschreiber.

Damit fertig, faltete sie die Kopie, die sie von der Skizze gemacht hatte, und verschloß sie in einem Briefumschlag des Magellan Hotels. Dann ging sie ans Telefon und wählte eine Amtsnummer. Als sie eine Verbindung bekam, sagte sie: »Zimmer drei-neunzehn bitte.«

Zimmer 319 meldete sich beim zweiten Klingeln, und Georgia Blue sagte: »Holen Sie sich was zu schreiben und notieren Sie.«

Sie wartete, bis derjenige, der ans Telefon gegangen war, alles griffbereit hatte. Dann las sie den Inhalt des Briefes vor, den Minnie Espiritu überbracht hatte. Sie las mit Diktiergeschwindigkeit und buchstabierte die Abkürzungen:

»›Bringe A. Espiritu heute ab 16.00 von A auf der Karte weg. Trefft uns mit Fahrzg. an B auf der Karte, 17.30 bis 18.00 Uhr. Stallings.‹« Sie hielt inne. »Haben Sie das?«

Eine kurze Erwiderung und eine Frage folgten. Die Frage verärgerte Georgia Blue. »Wo, zum Teufel, sollte ich einen Lageplan fotokopieren? Ich hab' ihn abgemalt.« Die nächste kurze Frage verärgerte sie noch mehr. »Mit einem verdammten Kugelschreiber, womit denn sonst?« sagte sie und knallte den Hörer auf.

An der Freilufttheke des Orange-Brutus-Saftstandes an der Westseite der Jones Avenue setzte Otherguy Overby gerade ein Glas Papayasaft an die Lippen, als sich Carmen Espiritu rechts neben ihn stellte und ihn links etwas streifte.

Overby setzte sein Glas ab und wandte sich nach links, um einen schlanken Mann von Mitte Zwanzig in Augenschein zu nehmen, der sich in dem weißen Hemd, der blauen Krawatte und den dunkelgrauen Hosen sichtlich unwohl zu fühlen schien. Overby erkannte in ihm einen der drei jungen Männer, die in der vergangenen Nacht im Scheinwerferlicht des gemieteten Toyota auf dem Bergpfad gehockt und Zigaretten geraucht hatten.

Overby nickte in Richtung des Mannes und sagte, an Carmen Espiritu gewandt: »Nur der hier?«

»Sie sind zu zweit, aber es reicht, wenn Sie mit ihm sprechen.«

Overby wandte sich an den Mann. »Möchten Sie einen Saft?«

Der Mann lächelte. »Ja, bitte. Danke.«

Overby bedeutete der Frau hinter der Theke, Carmen Espiritu und dem Mann Saft einzuschenken. Nachdem sie bedient worden waren und der Mann den ersten Schluck getrunken hatte, sagte Overby: »Ihr Name ist Georgia Blue, B-l-u-e.«

»Ich kann Blue buchstabieren«, sagte der Mann steif.

»Sie hat Zimmer vier-zwei-sechs.«

»Entschuldigen Sie«, sagte der Mann. »Aber was genau sollen wir sie fragen?«

»Haben Sie von unserem Riesenkrach heute morgen gehört?« fragte Overby.

Der Mann nickte.

»Fragen Sie sie danach, und was ihn ausgelöst hat, und ob ich Geld brauche, und wieviel.«

Diesmal wirkte der junge Mann nachdenklich, als er nickte. »Wir sollen Ihretwegen sehr mißtrauisch sein.«

»Stimmt.«

»Was, wenn sie sich weigert zu antworten?«

Overby zuckte die Achseln. »Hauen Sie ihr ein paar runter.«

Mit einem Stirnrunzeln deutete der Mann Mißbilligung an. »Das ist nicht ... nett.«

Overby starrte den Mann einen Augenblick an und wandte sich dann an Carmen Espiritu. »Wo hast du denn das Blümchen aufgegabelt?«

»Er wird tun, was notwendig ist«, sagte sie. »Aber es ist albern. Erst ein gestellter Streit, danach ein gestelltes Verhör. Was soll das bezwecken?«

»Es soll bezwecken, daß Wu und Durant glauben, alles läuft genauso, wie sie es geplant haben.« Er lächelte. »Sogar ich.«

»Die machen sich Gedanken über Sie, nicht wahr?« fragte sie.

»Ein bißchen.«

»Auch ich mache mir Gedanken über Sie, Mr. Overby.«

Overby sah sie prüfend an. »Carmen, muß ich dich erst an etwas erinnern, wonach du dich gleich viel, viel besser fühlen wirst?«

»An was?«

»Deine Hälfte«, sagte Overby mit seinem harten und ausgesprochen skrupellosen Lächeln. »Macht zwokommafünf Millionen.«

Der Taxifahrer vor dem Magellan Hotel wußte genau, wo das Cebu Plaza Hotel war. Doch der Name des Mannes, dem er das verschlossene Kuvert mit dem von Hand abgemalten Lageplan überbringen sollte, bereitete ihm Kopfzerbrechen. Also bat er Georgia Blue, den Namen langsam zu wiederholen.

»Mr. Boy Howdy«, sagte sie und sprach den Namen mit übertriebener Betonung aus. »Zimmer drei-neunzehn. Cebu Plaza. Mr. Boy... Howdy.«

Der Fahrer nickte zweifelnd und fuhr davon, wobei er sich tonlos »Boy Howdy« vorsagte. Georgia Blue ging ins Magellan zurück, blieb am Empfangspult stehen, um zu fragen, ob Mr. Wu oder Mr. Durant schon zurück seien. Nachdem man ihr mitgeteilt hatte, daß dies nicht der Fall sei, nahm sie den Aufzug zum vierten Stock.

Sie sah den schlanken jungen Mann in weißem Hemd, blauer Krawatte und dunkelgrauen Hosen, sobald sie ihr Zimmer betrat. Er hatte sich flach an die Wand neben der Tür gedrückt. Automatisch täuschte sie einen Stoß mit ihrer Linken vor, während ihre rechte Hand in die Umhängetasche nach der Walther fuhr. Als der schlanke junge Mann, wie erwartet, nach rechts auswich, traf sie ihn mit einem Tritt in den Bauch, der ihn sich zusammenkrümmen ließ. Doch da umklammerte von hinten ein mächtiger linker Arm ihren Hals. Das Badezimmer, dachte sie. Der hier war im Badezimmer.

Eine Hand, die sich wie ein Schraubstock anfühlte, packte ihre rechte Hand in der Umhängetasche und setzte sie außer Gefecht. Sie roch seinen Gewürznelkenduft, obwohl er mühelos durchzuatmen schien. Sie entschied, daß er zwar bärenstark, doch nicht allzu gut war, und daß sie sich entspannen sollte, bevor er ihr aus Ungeschicklichkeit oder Übereifer das Genick brach.

Sie entspannte sich und erschlaffte fast. Der Mann im weißen Hemd richtete sich langsam auf, beide Hände an den Bauch gepreßt. Er blickte nicht zu ihr, sondern auf etwas, das sich wenige Zentimeter rechts über ihrem Kopf zu befinden schien. »Nimm die Tasche«, sagte der Mann im weißen Hemd.

Der gewaltige linke Arm hielt weiter ihren Hals umklammert, doch die andere Hand gab ihr rechtes Handgelenk frei und streifte ihr die Umhängetasche ab.

»Aufs Bett«, sagte der schlanke junge Mann, der etwas früher an diesem Morgen mit Otherguy Overby Saft getrunken hatte.

Die Umhängetasche landete auf dem näheren der Doppelbetten. Der schlanke junge Mann ging langsam zur Tasche, nahm sie hoch und kippte den Inhalt aus. Er untersuchte die Walther, vergewisserte sich, daß sie geladen war, setzte sich aufs Bett und zielte, die Pistole in der rechten Hand, auf Georgia Blue, während er sich mit der linken Hand den Bauch hielt.

»Laß sie los«, sagte er.

Der Arm löste sich. Georgia Blue massierte sich die Kehle. »Darf ich mich setzen?« fragte sie.

Der Mann auf dem Bett nickte. Sie ging zu dem einzigen guten Stuhl des Zimmers, drehte sich um, setzte sich und bekam jetzt zum ersten Mal den Mann zu Gesicht, der sie gewürgt hatte. Er war nicht ganz so groß, wie sie erwartet hatte – nicht weit über einen Meter achtzig. Doch er hatte gewaltige Arme und einen massigen Brustkorb, der sich unter dem weißen, kurzärmeligen Hemd spannte. Er hatte außerdem einen großen Kopf und ein merkwürdig friedfertiges Gesicht mit einem weichen Mund und dunkelbraunen Augen, die aus irgendeinem Grund leichtgläubig, geradezu vertrauensselig wirkten.

Georgia Blue wandte sich an den Mann mit der Walther und stellte ihm die Frage, die er ihrer Meinung nach von ihr erwartete. »Wer sind Sie, und was wollen Sie?«

»Erzählen Sie uns von Overby.«

»Er ist ein übler Saukerl. Sonst noch was?«

»Sind Sie ein Liebespaar?«

»Nein. Nicht mehr.«

»Dennoch haben Sie sich mit ihm beim Frühstück gestritten. Warum?«

»Geld.«

»Wollte er Ihnen keins geben?«

»Genau umgekehrt.«

»Er wollte Geld von Ihnen?«

Sie nickte.

»Wieviel?«

»Fünfzigtausend US-Dollar.«

»Ein Darlehen?« fragte der große Mann mit dem weichen Mund, während er zum Bett ging und mit seinem dicken Zeigefinger im ausgekippten Inhalt ihrer Umhängetasche herumstocherte.

»Overby leiht man kein Geld«, sagte Georgia Blue. »Da kann man's gleich zum Fenster rauswerfen.«

»Wofür wollte er das Geld?« fragte er in einem sanften und einschmeichelnden Tonfall, der Georgia Blue zugleich überraschte und befremdete.

»Hab' ich nicht gefragt«, sagte sie.

»Hätten Sie ihm soviel Geld leihen können?« fragte er fast gelangweilt, während er ihre Brieftasche nahm und die einzelnen Fächer durchging.

»Nein.«

»Warum hat er dann überhaupt gefragt?« sagte der große Mann, legte die Brieftasche beiseite und ergriff einen weißen Briefumschlag.

»Er dachte, ich könnte es auftreiben«, sagte sie und sah zu, wie er das Kuvert aufriß.

Offenbar dachte der große Mann sekundenlang nicht mehr an Georgia Blue, während er Booth Stallings' Brief las und die grobe Skizze überprüfte. Alle Friedfertigkeit wich aus seinem Gesicht. Der weiche Mund wurde bitter. Eine tiefe Falte teilte seine Stirn. Mit starrem Blick auf Georgia Blue reichte er Brief und Lageplan dem schlanken jungen Mann mit der Waffe.

Als der schlanke junge Mann mit Brief und Lageplan fertig war, wirkte er tief betroffen. »Gelinkt«, flüsterte er. »Wir sind gelinkt worden.«

Der große Mann war mit zwei langen Schritten bei Georgia Blue. »Wer hat Ihnen diese – diese Sachen gegeben?« fragte er hart und drohend und ohne jedes Schmeicheln in der Stimme.

»Es ist unter der Tür durchgeschoben worden«, sagte sie. »Ich hab's nicht mal aufgemacht. Ich dachte, es wäre Reklame oder so was Ähnliches.«

»Komm, wir bringen sie um«, sagte der schlanke junge Mann, der jetzt die Walther mit beiden Händen hielt und auf Georgia Blue zielte.

»Er will Sie umbringen«, sagte der große Mann in vernünftigem Ton. »Wenn Sie aufhören zu lügen, tut er es vielleicht nicht.«

»Ich weiß nicht, was es ist oder woher es kommt«, sagte sie und wiederholte die Lügen in dem monotonen Tonfall, den man ihr beim Secret Service beigebracht hatte. »Es ist unter der Tür durchgeschoben worden. Ich hab's nicht aufgemacht. Ich weiß nicht, was drin ist.«

Die plumpen, glatten Lügen bewirkten lediglich, daß auch die letzte Spur Leichtgläubigkeit aus dem Blick des großen Mannes verschwand.

»WARUM«, bellte er in jäher, ihn zu überwältigen drohender Wut. »Warum tut ihr Ausländer uns so schlimme Dinge an?«

Georgia Blue wollte gerade fragen: »Was für Dinge«, doch dafür blieb keine Zeit, weil seine miteinander verschlungenen Hände wie ein Hammer auf sie eindroschen. Sie versuchte dem Hieb auszuweichen, doch die mächtigen Hände knallten an ihren Kopf, knapp an der Schläfe vorbei.

Sie bildete sich ein, ihr Mund schmecke nach etwas Bestimmtem, etwas aus ihrer Kindheit, das sie nicht benennen konnte. Doch es dauerte nur einen Augenblick, dann kam die Besinnungslosigkeit, und sie schmeckte nichts mehr, nicht einmal die kupfernen Indianerköpfe ihrer Sammlung von Penny-Stücken.

30. KAPITEL

Sie lag neben dem einzigen guten Stuhl des Zimmers auf dem Boden und sah aus wie eine weggeworfene Puppe, eine Stellung, wie sie nur Tote zustandezubringen scheinen. Artie Wu fand, sie wirke mit Sicherheit tot. Antonio Imperial, dessen Passepartout die Tür zu Zimmer 426 geöffnet hatte, war davon überzeugt. Nur Quincy Durant hatte noch Zweifel, während er rasch den Raum durchschritt und sich neben Georgia Blue kniete.

Seine Hände schienen genau zu wissen, wo sie tasten und was sie tun mußten. Erst fühlte er nach der großen Arterie an ihrem Hals. Dann lupfte er ein Augenlid. Danach öffnete er ihre Bluse und legte das linke Ohr an ihre Brust. Dann hockte er sich auf die Fersen und musterte sie einen Augenblick, bevor er zu Imperial aufblickte.

»Sie lebt, aber Sie sollten lieber einen Arzt holen.«

»Sollte sie nicht ins Krankenhaus?« fragte der Hoteldirektor.

»Das entscheidet der Arzt. Aber wenn Sie ihr keinen besorgen, könnte sie Ihnen hier wegsterben.«

»Ich hole einen«, sagte Imperial und eilte hinaus.

Nachdem sich die Tür wieder geschlossen hatte, sagte Durant: »Legen wir sie aufs Bett.«

Wu runzelte die Stirn. »Dürfen wir sie bewegen?«

»Willst du mit ihr sprechen?«

Wu antwortete mit einem Nicken und half Durant, sie sacht auf das nähere der Doppelbetten zu legen.

»Hol einen kalten, nassen Waschlappen oder ein Handtuch«, sagte Durant.

Während Wu im Badezimmer war, untersuchte Durant die häßliche Schwellung knapp über Georgia Blues linkem Ohr. Nachdem Wu mit einem nassen Handtuch zurückgekehrt war, drapierte es Durant mit kundigen Händen um die Schwellung. Georgia Blues Lider flatterten, öffneten sich, schlossen sich und öffneten sich wieder. Tief aus ihrer Kehle drang ein würgendes Geräusch.

»Hol einen Eimer«, bellte Durant.

Georgia Blue erbrach sich in den metallenen Abfalleimer, den Artie Wu ihr hinhielt. Nachdem sie sich zurückgelegt und die Augen geschlossen hatte, fragte sie Durant: »Wie schlimm?«

»Du wirst es überleben, aber du kriegst höllische Kopfschmerzen.«

»Ein Arzt ist unterwegs, Georgia«, sagte Wu, der aus dem Badezimmer kam, wo er den Abfalleimer geleert hatte.

Sie öffnete die Augen und schaute Wu an. »Ein NPA-Kommando, Artie. Ein Großer, ein Kleiner. Der Große war fast so groß wie du.«

»Erzähl's uns«, sagte Wu. »Falls du kannst.«

»Sie wollten über mich und Otherguy Bescheid wissen, und über diesen blöden Streit, den wir angezettelt haben. Und dann wollten sie noch alles über den Brief von Stallings wissen.«

Wu und Durant tauschten Blicke. »Welchen Brief?« fragte Durant.

Unzusammenhängend und in unvollständigen Sätzen erzählte sie ihnen von Minnie Espiritu und wie sie den schlichten weißen Briefumschlag ohne Adresse abgeliefert hatte. Wie sie sich an der Rezeption erkundigt hatte, ob Wu und Durant zurück seien. Wie sie auf ihr Zimmer gegangen war und zwei Männer vorgefunden hatte, der eine groß, der andere klein. Wie sie den Kleinen getreten hatte und vom Großen gewürgt worden war. Wie der Kleine die Walther und der Große den Brief gefunden hatte. Doch sie sagte nichts davon, daß sie Stallings' Brief geöffnet und Boy Howdy am Telefon vorgelesen hatte. Und sie erzählte auch nicht, daß sie die Kopie des Lageplans per Taxi an Boy Howdy geschickt hatte.

»Irgendeine Ahnung, was in Booths Brief stand?« fragte Wu.

»Er – er hat ihn mir vorgelesen«, log sie.

»Der Große?« fragte Durant.

»Ja. Da waren der Brief und der Lageplan. Er hat mir den Brief vorgelesen und den Lageplan gezeigt. Sie wollten wissen, wie ich rangekommen bin.«

»Was hast du ihnen erzählt?«

»Lügen.«

»Kannst du dich erinnern, was in dem Brief stand?« fragte Wu.

Wieder schloß sie die Augen, als könne sie sich nur mit Mühe erinnern. »An das meiste, glaube ich«, sagte sie und schlug die Augen auf.

»Ich hol' was zu schreiben«, sagte Wu, ging zum Schreibtisch und kam mit einem Stift und mehreren Bogen Hotelbriefpapier zurück. »Okay«, sagte er und drückte auf den Kugelschreiber.

»Ich ... ich glaube«, sagte Georgie Blue schleppend, »daß er ungefähr so lautete: ›Ich bringe Espiritu morgen von A auf der Karte weg.‹ « Sie hielt inne. »Und dann war da noch etwas über die Zeit, zu der sie aufbrechen wollten. Vier, glaube ich.«

Wu blickte von seinen Notizen auf. »Morgen nachmittag um vier Uhr?«

»Ja. Und dann noch etwas wie: ›Haltet Fahrzeuge bereit an B auf der Karte.‹ Nur daß Fahrzeuge abgekürzt war, und ich bin mir ziemlich sicher, daß als Zeit dafür halb sechs bis sechs angegeben war.«

»Was ist mit der Karte?« fragte Durant. »Hast du einen Blick drauf werfen können?«

»Ja.«

Wu beugte sich vor. »Kannst du dich daran erinnern, wo Punkt A und B sind?«

»Reich mir mal Papier, Artie. Vielleicht kann ich es zeichnen.«

Sie brauchte zehn Minuten, um den Lageplan auf einen Bogen Hotelpapier zu zeichnen. Sie brauchte so lange, weil sie immer wieder zögerte, ihre Meinung änderte und zerknüllte Briefbögen wegwarf. Endlich zufrieden, reichte sie Wu das, was sie gezeichnet hatte. Es war eine weitere passable Kopie von Booth Stallings' Lageplan, nur daß in dieser zweiten Fassung die Punkte A und B ungefähr einen Kilometer östlicher, respektive westlicher waren.

Wu studierte den Plan sorgfältig. »Hübsch«, sagte er und reichte ihn Durant. »Du hast ein gutes Gedächtnis.«

Durant musterte ihn und blickte auf. »Eine richtige Landkarte«, sagte er.

Georgia Blue schloß müde die Augen. »Könnte ein bißchen daneben sein.«

»Wieviel daneben?« fragte Durant. »Zwanzig Meter? Fünfhundert Meter? Einen Kilometer oder zwei?«

»Willst du einen Garantieschein?« fragte sie, öffnete die Augen und warf ihm einen vorwurfsvollen Blick zu. »Dieser Plan und was ich euch erzählt habe, sind alles, was ich weiß. Alles. Außer, na ja, außer einer blöden Frage, die sie mir stellten und aus der ich nicht schlau geworden bin.«

Wu lächelte ihr ermunternd zu. »Und was für eine Frage war das, Georgia?«

»Sie fragten mich, das heißt, der Große tat das, was Boy Howdy im Cebu Plaza wollte. Ich habe gesagt, ich wüßte das nicht. Und das einzige Mal, daß ich die Wahrheit sage, schlägt mich der große Mistkerl.« Sie versuchte ein Lächeln und schaffte es fast. »Aber ich schätze, das ist okay, weil der Kleine mich erschießen wollte.«

»Warum, glaubst du, haben sie dich gefragt, was Boy –«

Lautes Klopfen an der Tür hinderte Wu, seine Frage zu vollenden. Und bevor er um die Doppelbetten herum war, öffnete sich die Tür, und ein Mann von Ende Vierzig stürmte mit einer Arzttasche in der linken Hand und einem besorgt aussehenden Antonio Imperial dicht dahinter herein. Der Mann mit der Arzttasche blieb mitten im Zimmer stehen und schaute sich um, als erwarte er Hinweise auf einen Aufstand, eine Revolution oder zumindest eine dreitägige Orgie.

Er trug ein teures grünes Polohemd, blaßgelbe Leinenhosen und einen kompetenten Ausdruck im schmalen Gesicht, das von sanften, dunkelbraunen Augen und einem unversöhnlichen Mund geprägt wurde.

»Ich bin Dr. Bello«, verkündete er im ganzen Raum. »Wer, zum Teufel, sind Sie?«

»Freunde der Patientin«, sagte Durant.

»Freunde der Patientin möchten bitte schön draußen warten.«

Antonio Imperial entfernte sich, während Wu und Durant weiter im Flur vor Zimmer 426 warteten. Er entfernte sich einigermaßen erleichtert, nachdem ihm beide versichert hatten, daß Georgia Blue keinerlei Absicht habe, das Hotel zu verklagen. Nachdem er gegangen war, faltete Durant die Karte auseinander und musterte sie mit einem Seufzen.

»Eine richtige Landkarte«, wiederholte er. »Sogar das Gelände ist schraffiert.« Er reichte die Karte Wu, der sie wieder zusammenfaltete und in seine rechte Gesäßtasche steckte.

»Ich glaube«, sagte Wu, während er die Tasche zuknöpfte, »ich glaube, ich sollte lieber zum Cebu Plaza und mit Boy reden.«

»Soll ich mitkommen?«

»Ich möchte ihn gesprächig haben, Quincy. Nicht eingeschüchtert. Und jemand muß bei Georgia bleiben.«

»Otherguy kann bei ihr bleiben.«

»Du vergißt, daß dies der Nachmittag ist, da Otherguy uns verrät.«

»Mr. Vertrauenswürdig.«

Wu zuckte die Achseln. »Er ist das, was wir kriegen konnten.«

Artie Wu ging auf sein Zimmer und rief im Cebu Plaza Hotel an. Er erzählte einem Empfangsangestellten, er hätte ein Päckchen für Mr. Howdy, und ob er es auf Zimmer 314 oder 514 schicken solle. Der Angestellte verneinte beides – das Päckchen müsse an Zimmer 319 adressiert werden. Wu erwiderte, er wünsche sich, daß gewisse Leute endlich lernen würden, leserlich zu schreiben, und der Empfangsangestellte pflichtete bei, dies wäre in der Tat ein Segen, da Wu eben an diesem Tag bereits der zweite sei, der die falsche Nummer für Mr. Howdys Zimmer genannt habe.

Unten nahm Wu ein Taxi zum Cebu Plaza, das erst kurz vor Ende des Marcos-Regimes gebaut worden war und nicht nur viel neuer als das Magellan war, sondern auch viel höher. Als Wu den Fahrer bezahlte, bemerkte er den grünen, viertürigen Subaro, der mit laufendem Motor vor dem Eingang des Cebu Plaza wartete. Er bemerkte ihn vor allem wegen des großen Filipino, der neben der offenen Hintertür der Limousine stand. Artie Wu übersah niemals Männer, die beinahe so groß wie er waren. Und der hier war allemal einen zweiten Blick wert, da er offenkundig nervös war. Am Steuer des Subaro saß ein kleinerer Mann in einem weißen Hemd. Wu konnte sich nicht schlüssig werden, ob er ebenfalls an einem Anfall von Nervosität litt.

Im Hotel durchquerte Wu die Lobby in Richtung der Fahrstühle. Zwei waren in Betrieb, und beide fuhren abwärts. Der erste, der unten ankam, ging mit einem leise läutenden »Pling« auf, und heraus trat Carmen Espiritu, bekleidet mit einem teuren, cremefarbenen Seidenkleid, keinem Büstenhalter, schwarzen Pumps, zuviel Make-up und einer passenden schwarzen Umhängetasche, in der ihre rechte Hand steckte.

Beim Anblick von Artie Wu blieb sie jäh stehen, einer der ungewohnten hohen Absätze kippelte um, und sie geriet ins Stolpern. Wus Hand schnellte vor, packte sie am linken Ellenbogen und stützte sie. Carmen Espiritu faßte sich schnell wieder, trat zurück und hob ihre rechte Hand samt der schwarzen, ledernen Umhängetasche.

»Rühren Sie mich nicht an«, zischte sie in einem wütenden Flüsterton.

Wu lächelte. »Kann ich Ihnen einen Drink spendieren, Carmen?«

»Leute wie ihr seid solche ... Idioten«, sagte sie, wandte sich ab und stolzierte auf ihren hohen, auf dem Marmorboden klappernden Absätzen davon.

Wu sah sie hinten in die grüne Subaru-Limousine einsteigen. Der große Filipino, offenbar noch immer panisch oder nervös, knallte die Hintertür zu und quetschte sich vorn neben den Fahrer. Der Subaru schoß davon.

Während er dem Wagen nachblickte, fragte sich Wu, was er,

falls überhaupt, hätte tun sollen. Er entschied, daß der einzig vernünftige Schritt darin bestand, an Boy Howdys Tür zu pochen.

Er fuhr allein im Fahrstuhl in den dritten Stock, ging den Flur entlang, bis er Zimmer 319 mit dem »Bitte nicht stören«-Schild am Türknauf entdeckte. Wu pochte an die Tür. Als er keine Antwort erhielt, drehte er automatisch am Knauf und war überrascht, daß er sich bewegte. Rasch schielte er den Flur auf und ab, trat durch die Tür und schloß sie hinter sich, wobei er sich vergewisserte, daß das Schloß einschnappte.

Das Zimmer besaß die übliche schmale Eingangsdiele mit dem Bad zur Linken und einem Einbauschrank rechts. Hinter der Diele befand sich der eigentliche Raum, wo Wu Boy Howdy entdeckte, der in einem Lehnstuhl saß – besser gesagt, in ihm zusammengekrümmt war – und außer einem Kissen auf dem Schoß nichts am Leibe trug.

31. KAPITEL

Zwei kleine Einschußlöcher befanden sich knapp unterhalb von Boy Howdys linker Brustwarze. Blut, obgleich nicht sehr viel, hatte sein rötlich-graues Brusthaar teilweise noch röter gefärbt. Zwei kleine Einschußlöcher befanden sich auch in dem dünnen Kissen, das, wie Wu vermutete, als notdürftiger Schalldämpfer gedient hatte.

Während er sich im Zimmer umblickte, nahm er die zerknüllten Bettücher wahr, und er bemerkte, daß Boy Howdys Kleidung gewissermaßen eine Spur zum Bett bildete. Das Hemd war zuerst abgestreift worden, gefolgt von Netzunterhemd und dann den Hosen, den Jockey-Shorts und schließlich den Schuhen. Weil er sich fragte, wo die Socken waren, blickte Wu zurück und entdeckte ein Paar weiße baumwollene an den Füßen des toten Mannes. Die Socken ließen ihn ob seiner Beobachtungsgabe mit sich hadern.

Wu hob Boy Howdys Hosen auf und durchwühlte die Taschen, ohne etwas Interessantes zu finden. Auf dem Bett lag ein zweites dünnes Kissen, doch darunter war nichts. Wu hob die Matratze und entdeckte, was er suchte – Boy Howdys Brieftasche.

Es war eine große, abgewetzte Straußenlederbrieftasche, sehr alt, sehr dick, die 585 Pesos, 800 Dollar in American-Express-Reiseschecks, drei Kreditkarten, einen Führerschein, zwei Kondome, einige Quittungen und einen Bogen Briefpapier vom Magellan Hotel enthielt, das Papier, auf das Georgia Blue die passable Kopie von Booth Stallings' Lageplan gezeichnet hatte.

Wu legte die Straußenlederbrieftasche dahin zurück, wo er sie gefunden hatte, und nahm die Skizze mit zum Schreibtisch. Dort standen ein Telefon, eine Flasche Dewar's Scotch Whisky, eine Schale mit halb geschmolzenen Eiswürfeln und zwei Gläser, von denen nur eines benutzt war. Ferner befand sich da ein Stapel aus neun Bogen Papier mit dem Briefkopf des Cebu Plaza Hotels. Ein Hotelkugelschreiber lag diagonal über dem obersten Blatt.

Wu knipste die Schreibtischlampe an, zog die Karte, die Georgia Blue für ihn und Durant gezeichnet hatte, aus seiner Gesäßtasche und verglich sie mit der, die er in Boy Howdys Brieftasche gefunden hatte. Die beiden Skizzen, offensichtlich von derselben Hand stammend, waren praktisch identisch, abgesehen davon, daß die Punkte A und B auf der für Wu und Durant angefertigten Karte um einen Kilometer westlich, respektive östlich verschoben waren.

Wu lächelte und nickte anerkennend angesichts des geschickten Täuschungsmanövers. Er griff nach der Scotchflasche und schnupperte am Inhalt. Es roch nach echtem Scotch-Whisky, also nahm er zwei Schluck direkt aus der Flasche. Als er sich mit seinem Taschentuch den Mund abtupfte, klopfte jemand an der Tür. Es war nicht das höfliche, zaghafte Klopfen eines Zimmermädchens, sondern die harte »Sofort aufmachen«-Tour.

Wu antwortete mit einem lauten Grunzen, mit dem er zu verstehen gab, daß er sofort komme, sobald er sich etwas übergezogen habe. Er musterte die beiden Skizzen, die Seite an Seite lagen, packte sie übereinander und faltete beide knapp unterhalb des Magellan-Hotel-Briefkopfs. Er riß beide Briefköpfe am Falz ab und stopfte sie in die Tasche.

Rasch ging Wu zum Bett, zog Boy Howdys Brieftasche unter der Matratze hervor, legte die falsche Skizze, die Georgia Blue für ihn und Durant angefertigt hatte, hinein und schob die Brieftasche wieder in das originelle Versteck. Die Skizze, die er in Howdys Brieftasche gefunden hatte, wanderte unter das Elastikband von Wus linker, wadenlanger schwarzer Socke.

Wieder wurde hart an die Tür geklopft. Wu blickte sich erneut im Zimmer um und steuerte zur Tür, wobei er nur einmal innehielt, um die Schreibtischlampe auszuschalten. Er öffnete die Tür und stand dem Pärchen mit dem »Made in USA«-Aussehen gegenüber. Keiner machte einen Versuch, die gegenseitige Überraschung zu verbergen. Der Ältere des Pärchens, Weaver P.

Jordan, erholte sich zuerst, setzte sein schmallippiges, zahnloses Lächeln auf und meinte: »Ich habe Ihnen doch gesagt, wir sehen uns in Cebu wieder.«

Wu nickte freundlich. »Das haben Sie.«

Der Elegantere von beiden, Jack Cray, hatte einen anderen Anzug, aber dasselbe argwöhnische Stirnrunzeln zu bieten. »Wo ist Howdy?«

Wu schüttelte bekümmert den Kopf und erwiderte in angemessen gedämpftem Tonfall: »Erschossen, wie es scheint.«

Obwohl Wu bereits den Weg freigab, blaffte Weaver Jordan: »Verdammt, gehen Sie aus dem Weg«, während er, gefolgt von Jack Cray, an ihm vorbei in das Hotelzimmer stürmte.

Jordan kreiste dreimal langsam um den toten Boy Howdy, während Cray ein paar Schritte entfernt stand, den Blick nicht auf den Leichnam gerichtet, sondern im Zimmer umherschweifend, offensichtlich – wie Artie Wu vermutete – auf der Suche nach dem Mörder. Da er ihn nicht entdeckte, wandte er sich an Artie Wu und fragte: »Wer hat ihn umgebracht?«

»Wenn Sie gefragt hätten, wer ihn sich tot gewünscht hat, könnte ich Ihnen eine lange Liste geben. Boy hatte ein ausgesprochenes Talent dafür, sich lebenslange Feinde zu schaffen.«

»Haben Sie ihn umgebracht?« fragte Cray, doch offensichtlich versprach er sich von der Antwort nicht sehr viel.

»Nein.«

Weaver Jordan hörte vorübergehend auf, den toten Boy Howdy zu umkreisen, um Wu einen finsteren Blick zuzuwerfen. »Was ist mit Durant?«

»Im Augenblick sitzt er am Krankenbett einer Freundin.«

»Was also hatten Sie hier zu suchen?« fragte Cray in einem gegen sämtliche Lügen und Ausflüchte gewappneten Tonfall.

Wu lächelte. »Da Sie hier nicht mehr Amtsgewalt haben als ich, möchte ich Ihnen dieselbe Frage stellen.«

Jack Cray drehte sich um und starrte düster auf den nackten Toten. Als er sprach, geschah dies mit einem gewöhnlich nur für Grabreden vorbehaltenen Timbre. »Er war einer von uns.«

»Boy war einer von jedem«, sagte Wu. »Hat er Einzelaufträge erledigt? Gelegenheitsarbeit? Oder hattet ihr ihn bloß auf der Ersatzbank?«

Als Cray ihn nur ausdruckslos anstarrte, fuhr Wu mit teils spekulativem, teils zitierendem Ton fort. »Sie hatten ihn wie lange auf Ihrer Liste – zehn Jahre? Fünfzehn? Ich würde sagen, fünfzehn.« Dann schien ihm etwas einzufallen. »Sie haben gewußt, daß er auch auf Tokios Lohnliste stand, oder? Und auf der von Taipeh, Canberra, Kuala Lumpur und, wie ich zuletzt hörte, sogar von Bangkok, obwohl Bangkok nicht sonderlich viel zahlt.«

»Bangkok«, sagte Weaver Jordan und starrte mißbilligend auf den toten Howdy. »Herrjeh.«

Cray sagte nichts. Statt dessen unterzog er Wu einer trägen Inspektion von oben bis unten, als sei er neugierig, was als nächstes kommen werde.

»Sein bester Kunde«, fuhr Wu fort, »war natürlich stets der alte Knabe im Malacañang-Palast. Howdy war sowohl sein Beschaffer wie auch sein Verteiler. Aber das wissen Sie ja bereits, nicht wahr? Weil Sie doch von Boy die Palastgeschichten so frisch gekauft haben müssen, daß die Tinte noch feucht war.« Wu wandte sich ab, um einen Blick auf den toten Howdy zu werfen, als sei es zum letzten Mal. »Ich denke mir, Boy hat den alten Knaben wirklich vermißt.« Er hielt inne. »Ich weiß, daß er das Geld vermißt hat.«

»Hübsche Schlußfolgerungen, die Sie da ziehen«, sagte Jack Cray.

Wu nickte und bedachte auch das Zimmer mit einem letzten Blick. »Sieht ganz nach der typischen Leimrute aus, nicht wahr? Boy hat was, das er kaufen oder verkaufen will. Sie kommt hereinmarschiert. Man redet ein bißchen. Macht ein bißchen Geschäfte. Und dann ein bißchen Sex – erst auf dem Bett, dann eine Variante auf dem Sessel. Und dann peng, peng, und Boy ist tot.«

»Durch das Kissen«, sagte Weaver Jordan. »Wahrscheinlich hat sie drauf gekniet – jedenfalls zuerst.«

Jack Cray schaute Jordan an und gab ihm einen knappen Wink. »Nachsehen«, sagte er.

Jordan brauchte nur zwei Minuten, um die Straußenlederbrieftasche unter der Matratze zu finden. »Ei, was haben wir denn da?« sagte Jordan und reichte Jack Cray den Lageplan. Wu pirschte sich seitlich an Cray, als wolle er einen Blick über seine Schulter werfen. Cray bedachte ihn mit einem kalten Augenfunkeln und ging auf die andere Seite des Zimmers, wo er sich in die Karte vertiefte.

Wu beobachtete, wie Weaver Jordan das Briefpapier vom Cebu Plaza Hotel auf dem Schreibtisch beäugte. Jordan blickte zuerst von oben darauf und ging dann in die Hocke, um die Oberfläche in Augenhöhe zu untersuchen. Während er kauerte und untersuchte, knipste er die Tischlampe an, aus und dann wieder an. Er zückte einen Bleistift und begann, einen Teil des obersten Blattes zu schraffieren.

»Ich habe das mal einen Burschen in einem Film machen sehen«, sagte Wu.

»Wir bedienen uns stets der neuesten Technik«, sagte Jordan, während er weiterschraffierte. »Unsichtbare Tinte. Vergiftete Zahnpasta. Echt abgefahrener Scheiß.«

Er schraffierte weitere drei oder vier Sekunden auf dem Briefbogen herum, bevor er sagte: »Also, bei Gott, wer sagt's denn.« Er legte den Bleistift hin und beugte sich über das Blatt. »Hier, hör dir das an, Jack. ›Bringe A. Espiritu –‹ «

Jack Cray unterbrach ihn mit einem scharfen »Verdammt, Jordan!« Dann wandte er sich an Wu und sagte: »Wollen Sie hier auf die Cops warten?«

»Nicht unbedingt.«

Cray zeigte sein kältestes Lächeln. »Dann sagen wir denen, Sie wären nicht hier gewesen.«

»Sollte es erforderlich sein.«

Cray nickte. »Sollte es erforderlich sein.«

Artie Wu wandte sich ab und ging zur Tür, drehte sich aber noch einmal um. »In diesem Film, den ich gesehen habe«, sagte er zu Weaver Jordan, »da gibt sich der Bursche alle Mühe, das Blatt mit einem Bleistift zu schraffieren, aber wissen Sie, als was sich die geheime Botschaft schließlich erweist?«

»Als Fälschung«, sagte Weaver Jordan.
»Schätze, wir sind im selben Film gewesen.«
»Schätze ich auch«, sagte Weaver Jordan.

32. KAPITEL

Antonio Imperial davon zu überzeugen, ihnen Georgia Blues schwarzen Attachékoffer auszuhändigen, erforderte weitaus weniger Überredungskraft, als Wu oder Durant befürchtet hatten. Sie hatte den Koffer Imperial zur sicheren Verwahrung gegeben, und jetzt schauten beide höflich woanders hin, während der Hoteldirektor die Kombination des großen alten Mosler-Safes einstellte, der sein Büro beherrschte.

»Wie geht's Miss Blue?« fragte er, während er die Safetür aufzog.

»Passabel«, sagte Wu. »Dr. Bello hat ihr ein Beruhigungsmittel gegeben.«

»Also schläft sie jetzt?«

»Sie döst«, sagte Durant. »Aber sie braucht einige Schriftstücke aus dem Koffer.«

»Es macht Ihnen doch nichts aus, den Empfang zu quittieren, nicht wahr?« fragte Imperial, während er Wu den Attachékoffer aushändigte.

»Mr. Durant wird so freundlich sein«, sagte Artie Wu.

Oben in Durants Zimmer sah Artie Wu zu, wie Durant eine Nagelfeile und eine sorgfältig zurechtgebogene Büroklammer benutzte, um die beiden Schlösser des Koffers zu öffnen. Es kostete ihn fünf Minuten Fummelei und Fluchen, bevor beide Schlösser nachgaben. Durant öffnete den Kofferdeckel, wobei er annähernd 200 000 Dollar von dem enthüllte, was Otherguy Overby »Geld für dies und das« genannt hatte. Etwa die Hälfte davon waren 100-Dollar-Noten, gebündelt zu Päckchen von 5 000 Dollar, 50 Noten pro Päckchen. Der Rest waren nicht übertragbare American-Express-Reiseschecks.

»Wieviel?« fragte Durant.

»Zehntausend für den Colonel?« schlug Wu vor.

»Mach lieber fünfzehn draus«, sagte Durant, während er drei Päckchen entnahm.

»Und vielleicht fünfundzwanzigtausend für den Kriegshäuptling.«

Durant runzelte die Stirn. »Glaubst du, darauf läßt er sich ein?«

»Dann mach dreißigtausend draus.«

Durant entnahm weitere sechs Päckchen.

»Und fünftausend für Unvorhergesehenes.«

Durant nickte, entnahm ein letztes Päckchen und schloß den Deckel des Attachékoffers.

»Sperr noch nicht zu«, sagte Wu, der zum Schreibtisch ging, wo er etwas auf einen Bogen Hotelbriefpapier schrieb und namentlich unterzeichnete. Er reichte den Bogen Durant, der ihn laut las.

»›Spesenvorschuß in Höhe von fünfzigtausend Dollars, entnommen zur Zahlung diverser Sondervergütungen und unvorhergesehener Auslagen. A. C. Wu‹.«

»Datiere es und setze deinen Namen unter meinen«, forderte Wu ihn auf.

»Irgendwie«, sagte Durant, der namentlich unterzeichnete, »glaube ich nicht, daß das vor Gericht standhalten wird.«

Nachdem sie Antonio Imperial den Attachékoffer zurückgebracht und, auf seinen ausdrücklichen Wunsch, zugesehen hatten, wie er ihn wieder in dem alten Safe verstaute, fuhren Wu und Durant mit dem Lift in den vierten Stock und betraten Zimmer 426. Georgia Blue lag im entfernten Doppelbett, die Augen geschlossen, den Mund leicht offen, ein Laken bis zum Kinn hochgezogen. Artie Wu trat ans Bett und sprach leise ihren Namen. Als sie weder reagierte noch antwortete, flüsterte er Durant zu: »Wieviel Percodan hat ihr der Arzt gegeben?«

Durant hielt zwei Finger hoch.

»Und du?«

Durant hielt zwei Finger der anderen Hand hoch.

»Gehen wir«, sagte Artie Wu.

Nachdem sich die Tür geschlossen hatte, öffnete Georgia Blue die Augen. Sie setzte sich langsam auf und schaffte es, die Beine aus dem Bett zu schwingen. Ihr wurde leicht schwindelig, und sie preßte den Kopf zwischen ihre Knie und behielt ihn mindestens eine Minute dort. Darauf hob sie den Kopf, atmete tief durch und stand auf. Wieder wurde ihr leicht schwindelig, doch sie erholte sich, ging langsam zum Schreibtisch, nahm den Hörer vom Telefon und wählte die Nummer des US-Konsulats in der Innenstadt von Cebu City.

Durant klopfte an die Tür von Zimmer 512 im Magellan Hotel. Wu stand links neben ihm. Wenige Sekunden später wurde die Tür von dem kerzengeraden alten Mann mit dem seidigen weißen Haar und dem rostroten Teint geöffnet. Wortlos starrte er sie an und wartete auf ihre Eröffnung.

»Colonel Crouch?« fragte Durant.

Vaughn Crouch nickte.

»Mein Name ist Durant, und das ist mein Partner, Mr. Wu. Wir sind Geschäftsfreunde von Booth Stallings.«

»Und?«

»Wir möchten Ihnen einen Vorschlag machen.«

Crouch nickte skeptisch. »Soll ich kaufen oder verkaufen?«

Durant lächelte. »Verkaufen.«

Crouch musterte jetzt Wu, ließ sich dabei Zeit, und dann wieder Durant. »Okay«, sagte er. »Laßt hören.«

Das Zimmer, das Wu und Durant betraten, war offenbar dem Geschmack eines Minimalisten gemäß möbliert. Es gab zwei Stühle, ein Einzelbett, zwei Lampen, einen Tisch mit zwei Flaschen – die eine Gin, die andere Scotch – und vier Angelruten, die in einer Ecke lehnten. Es war ein Zimmer, das innerhalb von zehn Minuten geräumt werden konnte, wobei sämtliche Sachen von Wert entweder hinterlassen, ausgetrunken oder in den Ausguß geschüttet werden konnten.

»Nehmen Sie Platz oder lassen Sie's, ganz wie Sie wollen«, sagte Crouch, der sich auf das Bett hockte. Durant lehnte mit verschränkten Armen an der Wand. Wu suchte sich den einsamen Lehnstuhl aus.

»Was zu trinken?« fragte Crouch.

»Nein, danke«, erwiderte Wu.

»Nun«, sagte Crouch. »Wer von Ihnen ist der Wortführer?«

Artie Wu lächelte und sagte: »Wir haben gehört, daß Sie Alejandro Espiritu kennen.«

»Ich kenn' eine Menge Burschen.«

Wu nickte, als habe er eher eine Bestätigung denn eine Ausflucht vernommen. »Booth Stallings bringt ihn morgen von den Bergen herunter.«

Crouch stand auf, ging zur Ginflasche, goß einen Schuß in ein Glas und hielt die Flasche für Wu und Durant hoch, die den Kopf schüttelten. Crouch kippte den Gin unverdünnt hinunter, zog ein Gesicht und sagte: »Al kommt freiwillig.«

»Ganz recht«, sagte Durant.

»Für was, zum Teufel?«

»Für die fünf Millionen Dollar, die ihm jemand zugesagt hat, falls er nach Hongkong ins Exil geht«, erklärte Wu.

Crouch ging zurück zum Bett und setzte sich. »Jemand nimmt euch auf den Arm, Leute«, sagte Crouch. »Sollte Al Espiritu jemals fünf Millionen in die Finger bekommen, würde er alles für Kriegsspielzeug ausgeben.« Dann lächelte er. »Es sei denn, jemand knallt ihn vorher ab.«

Darauf herrschte Schweigen, bis Durant sagte: »Würde Sie das stören?«

»Ja und nein«, erwiderte Crouch, nachdem er über die Frage nachgedacht hatte. »Ich möchte nicht, daß Al verletzt oder getötet oder wieder eingesperrt wird. Aber ich möchte auch nicht, daß sein Haufen hier ans Ruder kommt.« Er hielt inne. »Vielleicht tut ihm ein kleiner Ausflug nach Hongkong gut. Er könnte da seine Memoiren schreiben oder sowas ähnliches.«

»Deswegen sind wir zu Ihnen gekommen, Colonel«, sagte Wu. »Um ihn davor zu bewahren, verletzt, getötet oder eingesperrt zu werden.«

»Ich hab' von Anfang an gewittert, daß ihr echte Christenmenschen seid«, schnaubte Crouch. »Was meint ihr, wem am meisten daran liegt, ihn aufzuhalten?«

»Sagen Sie's uns«, forderte Durant ihn auf.

»Nun, da ist natürlich Manila«, sagte Crouch. »Weil die schlau genug sind zu wissen, was er mit dem Geld macht, sobald er es in die Finger kriegt. Dann hat er diesen Haufen Jungspunde am Hals, die es juckt, ihn aus dem Weg zu räumen. Die hätten auch nichts gegen fünf Millionen einzuwenden. Washington ist wahrscheinlich hin- und hergerissen, weiß nicht, auf welcher Seite es sich einkratzen soll. So ungefähr die einzigen, die einen Finger für Al rühren, sind die alten Marcos-Anhänger, weil die nichts zu verlieren haben. Wenn er abhaut, gut. Wenn er Waffen kauft, sogar noch besser, weil er damit einen Vorwand für den Putsch liefert, der früher oder später sowieso kommt.« Er schaute zu Wu und dann zu Durant. »Denkt Ihr beiden euch das auch so ungefähr?«

Durant nickte. »Nur mit Washington sind wir uns nicht sicher.«

»Also mischen die Phantome mit?«

»Könnte sein«, sagte Wu.

»Und was soll ich dabei tun?«

»Für Ablenkung sorgen«, erklärte Wu.

»Ihr meint, hier ein bißchen Wirbel machen, während der alte Al sich dort davonschleicht.«

»Etwas in der Art«, sagte Durant.

Eine lange Pause entstand, in der Crouch auf den Fußboden starrte und den Vorschlag bedachte. Eine Minute verging, bevor er zu Artie Wu aufblickte und fragte: »Wieviel?«

»Was halten Sie von zehntausend?« sagte Artie Wu.

»Ich würde sagen, auf den Punkt fünfzehntausend.«

Durant grinste. »Warum gerade fünfzehn?«

»Weil ich eine Enkeltochter hab', die nächstes Jahr nach Swarthmore gehen will, und fünfzehntausend decken das grade. Es sei denn, ich kauf' mir ein neues Auto. Hab' mich noch nicht entschieden.« Er grinste. »Die Dinge ändern sich eigentlich nicht sehr, stimmt's? Als ich noch ein Junge war, mußte sich mein alter Herr entscheiden, ob er mich nach Dartmouth schickt oder sich einen neuen Buick kauft. Er hat mich nach Dartmouth geschickt, ich bin abgehauen, und er hat seine Entscheidung bis zu seinem Tod bereut.«

»Okay, Colonel«, sagte Artie Wu. »Fünfzehn.«

»Habt ihr beiden einen Plan?«

»Ansatzweise«, sagte Durant.

»Na, dann laßt mal hören, und ich sag' euch, wie man die Sache in Gang setzt.«

Das einen Straßenzug lange chinesische Warenhaus befand sich an der Colon Street, der ältesten Straße Cebus – oder, was das betraf, der Philippinen. Die Verwaltungsräume lagen im vierten Stock, und eben dort saß Artie Wu auf einer Couch im Empfangsbereich, trug seinen weißen Geldanzug, hatte beide Hände um den Knauf seines Stocks geschlungen und den Hut auf der Armlehne der Couch deponiert. Neben ihm saß Durant in einem hellgrauen Anzug, Hemd und Krawatte. Auf Durants Knien befand sich eine lederne Dokumententasche mit Reißverschluß, groß genug, um offizielle Akten unterzubringen. Darin steckten 30 000 Dollar in 100-Dollar-Noten.

Der Empfangsbereich war in blassen Grün- und Gelbtönen gehalten. Die Sessel und die Couch sahen aus, als handle es sich um aus Sparsamkeit gerettete Restposten aus der Möbelabteilung. An den Wänden hingen sechs in Massenproduktion hergestellte Ölgemälde, lauter Seestücke, darunter zwei identische oder zumindest ähnliche. Von der Decke drang Muzak, irgend etwas Klebriges aus *My Fair Lady.* Artie Wu war sich fast sicher, daß es bereits zum dritten Mal gespielt wurde. Endlich öffnete sich die geschnitzte grüne Tür, und der junge Chinese, der sich als Mr. Loh vorgestellt hatte, kam heraus.

»Er wird Sie jetzt empfangen, Gentlemen.«

Das Zimmer, das sie betraten, war geräumig und mit erlesenen alten Stücken aus Madrid und Sevilla, Shanghai und Kanton angefüllt. Keines der Möbel wirkte weniger als 300 Jahre alt, und ihr Nebeneinander ermöglichte eine reizvolle Studie stilistischer Gemeinsamkeiten und Kontraste.

Hinter einem Schreibtisch, der, wie Durant schätzte, aus dem Spanien des achtzehnten Jahrhunderts stammte, saß ein kleiner Chinese, der nur um weniges jünger als sein Schreibtisch aussah. Er hatte massenhaft Runzeln, nicht viele Haare und eine goldgefaßte Brille, die tief auf seiner Nase hockte. Ein sehr schwarzes, sehr jung wirkendes Augenpaar beäugte sie über den Gläsern.

Er winkte Durant und Wu zu zwei Stühlen. Sie setzten sich und hörten, wie sich die grüne Tür hinter ihnen schloß. »Ich bin Chang, und Sie sind offenbar Wu, und Sie, Sir, Durant«, sagte der Chinese mit hoher, fester Stimme, die mit fast knabenhaftem Gekicher ausklang. »Berichtigen Sie mich, falls ich mich irre.«

Wu lächelte höflich; Durant nicht.

Chang legte den Kopf nach hinten, so daß er durch die Brille auf den Brief in seiner linken Hand schielen konnte. »Meinem lieben Freund Huang in Manila geht es gut?«

»Mr. Huang geht es sehr gut«, sagte Artie Wu.

»In seinem Schreiben äußert er höchstes Lob für Sie.«

»Er schmeichelt mir.«

»Er bittet mich, Sie sehr zuvorkommend zu behandeln.«

»Dafür wäre ich Ihnen dankbar.«

»Und er drängt mich, mit Ihnen ins Geschäft zu kommen, weil es gewinnbringend sein wird.«

»Ein angemessener Gewinn ist nur gerecht«, sagte Wu.

Chang legte den Brief auf den Schreibtisch, kratzte sich gedankenvoll am linken Ohr und sagte: »Sehr schön. Sagen Sie mir, was Sie wollen.«

»Söldner.«

Chang nickte, als verkaufe er sie jeden Tag von der Rampe weg. »Gute?«

»Mittelmäßige.«

»Die Guten wären teuer.«
»Und die Mittelmäßigen?«
»Weniger – hängt davon ab, wieviele Sie wollen.«
»Sagen wir, zwei Dutzend?«
»Und was, bitte, möchten Sie mit diesen zwei Dutzend mittelmäßigen Söldnern?«
»Sie werden Alejandro Espiritu indirekt dabei helfen, nach Hongkong zu fliehen.«
»Fliehen?«
»Fliehen.«
»Und wenn er dort ist, was wird dann aus ihm?«
»Er wird einen bequemen Ruhestand im Exil genießen.«
»Und was, bitte, wird von den Söldnern verlangt werden?«
»Sich zu ergeben.«
Chang lächelte und kicherte wieder. Er hatte kleine, unregelmäßige Zähne, die echt zu sein schienen. »Wie interessant«, sagte er.
»Es freut mich, daß Sie das so sehen.«
»Bevor wir die Einzelheiten besprechen«, sagte Chang, der diesmal sein rechtes Ohr kratzte, »sollten wir vielleicht über den Preis reden.«
»Wie Sie wünschen.«
»Haben Sie schon eine Preisvorstellung?«
Wu schüttelte den Kopf. »Den Preis bestimmen unsere äußerst beschränkten Mittel.«
»Stehen diese Mittel in Dollar bereit?«
»Allerdings.«
»Dann kann ich Ihnen zehn Prozent Rabatt anbieten.«
»Zehn Prozent von wieviel, wenn ich fragen darf?«
Die Augen jetzt auf Durant gerichtet, dachte Chang nach. »Zwei Dutzend Mittelmäßige zu fünfzehnhundert pro, abzüglich zehn Prozent Skonto, wären dann zweiunddreißigtausendvierhundert.«
Durant schüttelte den Kopf.
»Sagen wir, dreißigtausend?«

Durant nickte.

Chang lächelte Artie Wu zu. »Ihr Partner ist hart im Handeln, Mr. Wu.«

Wu blickte voll Stolz auf Durant. »Etwas anderes kann er genauso gut«, sagte er, während er sich mit einem plötzlich sehr frostigen Blick wieder an Chang wandte. »Er achtet darauf, daß ein einmal getroffener Handel auch eingehalten wird.«

Changs runzliges Gesicht wurde kalt und starr. Wie gefriergetrocknet, dachte Durant. Dann taute es langsam auf, und ein Lächeln erschien. »Ich teile Mr. Durants Sorgen«, sagte Chang zu Artie Wu.

Wu entspannte sich. Er entspannte sich sogar noch mehr, als Chang sich mit leuchtenden Augen vorbeugte und in verschwörerischem Tonfall fragte: »Können wir jetzt in die Einzelheiten gehen? Ich bin sicher, ich werde sie köstlich finden.«

33. KAPITEL

An diesem Nachmittag um 15.32 Uhr setzte Alejandro Espiritu seine Teetasse ab und fragte: »Was ist eigentlich das meiste, was du im Jahr mit dem Terrorismuströdel von dir verdient hast?«

»Trödel?« wiederholte Stallings grinsend.

»Trödel. Ein gutes Wort, vollkommen – jedenfalls war es gut genug für Poe, bei dem ich zum ersten Mal draufgestoßen bin. In einer seiner Kurzgeschichten.«

»Du bist 'ne Wucht, Al.«

Sie saßen an dem rohen Holztisch in der großen Nipa-Hütte. Minnie Espiritu war eine halbe Stunde zuvor mit einer Tüte voll Bier für Stallings zurückgekehrt. Jetzt hatte sie wieder das Ohr am Sony und lauschte einer Diskussionssendung der BBC.

»Nun, wieviel?«

»Vierundachtzig waren's achtundfünfzigtausend.«

»Welche Qualifikationen muß man haben, bevor man als Terrorismusexperte anerkannt wird?«

»Na ja, du solltest ein oder zwei Bücher lesen, vielleicht sogar drei. Verbringe mindestens eine Woche in Beirut und vielleicht eine in San Salvador oder Lima. Dann gehst du zurück in die Staaten, sagen wir mal nach Washington, mietest ein Büro, läßt dir ein paar Karten drucken, und schon bist du im Geschäft.«

»Natürlich machst du nur Spaß.«

»Eher nicht.«

»Gibt es nicht eine Art berufsständische Organisation, die die Standards festlegt – eine Vereinigung amerikanischer Experten für Terrorismus und Antiterrormaßnahmen?«

»Mich hat noch keine zum Beitritt aufgefordert.«

Espiritu trank mehr Tee. »Du hast mit vielen sogenannten Terroristen gesprochen, steht jedenfalls in diesem Buch.«

Stallings nickte.

»Den Polisarios?«

»Für Verrückte ein netter Haufen von Leutchen.«

»Dem Leuchtenden Pfad?«

»Die sind bloß verrückt.«

»Warum hast du nie mit uns gesprochen, Booth? Du hast uns in deinem Buch grade mal zwei Seiten gegönnt. Das war alles.«

»Die Tupamaros haben nur eine gekriegt.«

»Die sind aus dem Geschäft raus.«

»Na ja, um die Wahrheit zu sagen, ich dachte mir, ich wüßte aus der Zeit, als du und ich auf Sparflamme im subversiven Untergrundgewerbe waren, schon alles, was ich über die NPA wissen muß.«

»Die NPA hat damals noch gar nicht existiert.«

»Aber du, Al.«

Espiritu wollte etwas erwidern, doch bevor er dazu kam, betrat der große Filipino, der Georgia Blue bewußtlos geschlagen hatte, die Hütte, gefolgt von seinem kleineren Partner. Der große Mann schaute zu Minnie Espiritu und befahl ihr mit einem Rucken seines Kopfes, sie solle hinausgehen. Sie zündete sich eine Zigarette an, schaltete sorgfältig den Kurzwellenempfänger aus – um Batterien zu schonen, vermutete Stallings – und ging.

Der große Filipino wandte sich an Stallings und sagte: »Komm.«

»Nein, danke«, sagte Stallings.

»Geh lieber mit, Booth«, sagte Espiritu.

Stallings erhob sich langsam und folgte dem kleineren der beiden Filipinos aus der Hütte. Der große Mann bildete die Nachhut. An der Bambusstiege bedeutete der große Mann Stallings, er solle vorausgehen.

Als er die dreizehn Stufen abwärts steigen wollte, wollte Otherguy Overby aufwärts. Am Boden hinter Overby stand wartend Carmen Espiritu, die in ihren weißen Hosen und dem schwarzen T-Shirt einigermaßen frisch aussah. Overby dagegen wirkte erhitzt und müde. Sein Polohemd und die grauen Hosen waren schweißgetränkt. Er starrte schweigend hoch zu Stallings und stieg die Treppe wieder hinunter.

Die zwei Begleiter im Rücken, kletterte Stallings zügig die Bambusstiege hinab. »Ist Ihnen heiß genug, Otherguy?« sagte er und blieb stehen, als sei er auf die Antwort neugierig.

Doch Overby hatte sich in sein abgeschottetes Reservat zurückgezogen, wo ihn nichts treffen konnte. Er nickte Stallings lediglich zu, wie er einem nicht ganz verhaßten Nachbarn zunicken mochte, und sagte: »Beinahe.«

Stallings grinste Carmen Espiritu an. »Wie geht's denn, Carmen-Schätzchen?«

»Sie kommen nur in ein anderes Haus, Mr. Stallings«, sagte sie, mit dem Finger zeigend. »Gleich da drüben.«

Stallings nickte fügsam und setzte sich, begleitet von seiner ungleichen Eskorte, in Bewegung. Plötzlich wirbelte er herum und redete Overby an, der sich dem Ende der Bambusstiege näherte.

»Hey, Otherguy!«

Overby drehte sich mit gleichgültiger Miene um.

»Was soll ich dem scheiß Durant erzählen?«

»Denken Sie sich was aus«, sagte Otherguy Overby.

»Das ist Overby, von dem ich erzählt habe«, sagte Carmen Espiritu zu ihrem Mann, der von seiner Teetasse aufschaute.

Sie musterten einander, wobei keiner seine Neugier zu verbergen versuchte. Overby fand genau das vor, was er in etwa erwartet hatte – altes, Nitroglycerin ausschwitzendes Dynamit. Ein Schubs, dachte er, und hier gibt's den großen Rums.

»Sie wirken nach Ihrem langen Marsch erhitzt und müde, Mr. Overby«, sagte Espiritu und wies auf den Stuhl, den Booth Stallings eben geräumt hatte. »Möchten Sie ein Bier?«

»Danke«, sagte Overby und ließ sich auf dem Holzstuhl nieder.

»Carmen würde Ihnen eins holen, aber sie muß gehen«, sagte Espiritu, während er sich erhob.

»Nein!« sagte sie, offenbar bestürzt. »Ich bleibe.«

Espiritu ging zu dem Plastiksack neben dem Sony-Kurzwellenempfänger, nahm eine Flasche Bier heraus und brachte sie Overby. »Glas?« fragte Espiritu.

Overby schüttelte den Kopf, schraubte die Flasche auf, trank in durstigen Zügen und lehnte sich beobachtend in seinem Stuhl zurück.

»Ich habe ein Recht zu bleiben«, sagte Carmen Espiritu.

»Wenn du bleibst«, sagte ihr Mann, »gibt es kein Gespräch.«

Overby lächelte ihr zu. »Bis später, Carmen.«

Sie deutete mit zitterndem Finger auf ihn. Wut rötete ihr Gesicht und ließ ihre Stimme beben. »Der da«, erklärte sie ihrem Mann, »lebt nur von alten Narren wie dir.«

»Könnte das möglicherweise stimmen, Mr. Overby?« fragte Espiritu mit offensichtlich vorgetäuschtem Erschrecken.

Overby lächelte nur.

Sich seiner Frau zuwendend, entließ Espiritu sie mit einem letzten gnädigen Blick. »Mr. Overby und ich haben viel zu besprechen, Carmen.«

Sie beobachteten sie, wie sie kehrtmachte und aus dem Raum fegte. Sobald sie gegangen war, legte Espiritu seinen Kopf schräg und musterte Overby. »Also dann«, sagte er, »wo wollen wir anfangen?«

»Bei den fünf Millionen.«

»Sie existieren wirklich – diese berühmten fünf Millionen?«

»Sie existieren.«

»Und wer stellt sie zur Verfügung?«

»Interessiert Sie das wirklich?«

Espiritu bedachte die Frage. »Eigentlich nicht.«

»Aber Sie möchten sie?«

»Ja, allerdings.«

»Na ja, wenn Sie weiter mit Booth Stallings und den anderen rumalbern, stehen die Chancen fünfzig zu eins, daß Sie nie einen Groschen sehen. Aber wenn Sie tun, was ich Ihnen sage, haben Sie gute Aussichten auf die Hälfte. Liegt bei Ihnen. Die Hälfte oder nichts.«

»Wer bekommt die andere Hälfte?« fragte Espiritu.

»Wer, glauben Sie? Ich.«

Espiritu, der Overby noch immer mit Neugier musterte, lächelte und sagte leise: »Sie machen wirklich Geschäfte mit der Habgier, stimmt's?«

»Was gibt's denn sonst?« sagte Overby.

Um 16.15 Uhr fuhr Georgia Blue in ihrem gemieteten Honda Accord vier Kilometer hoch in die Guadalupe-Berge und zu dem praktisch verlassenen Country-Club, dessen Golfkurs mit 18 Löchern einst von zig Bauernfamilien bewirtschaftet worden war. Nur ein Wagen stand auf dem Parkplatz des Clubhauses – eine schwarze amerikanische Ford-Limousine mit CD-Schildern.

Das Clubhaus, das dem Marcos-Regime als eine so gute und den dadurch enteigneten Bauern als eine so schlechte Idee erschienen war, bestand ganz aus Holz und Glas. Das Holz war Mahagoni; das Glas war dreckig. Doch es war nicht so dreckig, daß Georgia Blue nicht in die Clubhaus-Bar hineinsehen und feststellen konnte, daß sie bis auf den Barmann und zwei männliche Gäste leer war, die an einem Tisch saßen und Bier tranken. Die Gäste waren Weaver P. Jordan und der stets elegante Jack Cray.

Keiner der Männer erhob sich, als sie hereinkam, sich einen Stuhl heranzog und sich setzte.

Statt einer Begrüßung sagte Weaver Jordan: »Ich hab' dir noch nicht von Boy Howdy erzählt, oder?«

»Du und ich haben nicht miteinander geredet«, sagte sie.

»Stimmt. Du hast nur eine Nachricht hinterlassen. Oder war das eine Aufforderung?«

Sie ignorierte Jordan und wandte sich an Jack Cray. »Ich möchte einen Wodka on the rocks.«

Cray stand auf, ging zur Bar und kehrte mit ihrem Drink zurück. Nachdem sie einen tiefen Schluck genommen hatte, beugte Weaver Jordan sich zu ihr vor und sagte: »Laß dir von Boy erzählen.«

»Na schön«, sagte sie.

»Nun, die Sache mit Boy ist die – er ist tot. Erschossen. Zweimal. Auf seinem Zimmer im Cebu Plaza. Drei-neunzehn. Splitternackt. Bis auf die Socken. Er hat die Socken anbehalten.«

»Tut mir leid, das zu hören«, sagte Georgia Blue.

»Daß er sie anbehalten hat?«

»Laß das, Weaver«, sagte Cray.

Weaver Jordan beachtete ihn nicht. »Schätz mal, wer ihn tot oben in seinem Zimmer mit nichts als den Socken an den Füßen gefunden hat?«

»Keine Ahnung«, sagte sie.

»Artie-scheiß-Wu.«

»So«, sagte sie. »Habt ihr mit Artie geredet?«

»Ja, wir haben mit ihm geredet. Einer der reizendsten Schlauberger der Welt, unser Artie.«

Jack Cray trank von seinem Bier und sagte: »Warum kommen wir nicht einfach zur Sache, Georgia?«

»Die Sache ist noch dieselbe«, entgegnete Georgia Blue. »Espiritu nach Hongkong verfrachten, in Pension schicken und sicherstellen, daß er nicht zurückkommt.« Sie blickte zuerst zu Jordan, dann zu Cray. »Gibt darauf immer noch jeder Brief und Siegel? Die Betonung liegt auf jeder.«

»Yeah, zu Hause sind alle noch mit von der Partie«, sagte Jordan. »Mit einer Ausnahme: den fünf Millionen. Niemand will, daß Alejandro Espiritu mit diesen fünf Millionen Uzis und AK-47 und M-79-Granatwerfer kauft.«

»Welche fünf Millionen?« fragte Georgia Blue.

Ein langes Schweigen entstand. Schließlich grinste Jordan breit. Jack Cray lächelte nur und sagte: »Dann gibt's keinen Grund, sie weiter zu erwähnen, oder?«

»Keinen«, sagte sie. »Können wir jetzt den Rest erledigen?«

Beide Männer nickten.

»Zuerst Otherguy Overby. Ich glaube, er hat sein eigenes, privates Scheißspiel laufen.«

»Klingt nach Otherguy«, meinte Jordan.

Sie nickte zustimmend und sagte: »Aber wir können ihn Durant überlassen.«

»Okay«, pflichtete Jordan bei. »Überlassen wir ihn Durant. Wem überlassen wir Durant und Artie?«

»Ich möchte euch was vorlesen«, sagte sie, langte in ihre Umhängetasche und zog ein Blatt Papier hervor. »Hört euch das an: ›Spesenvorschuß in Höhe von fünfzigtausend Dollar, entnommen zur Zahlung diverser Sondervergütungen und unvorhergesehener Auslagen.‹ Unterzeichnet von A.C. Wu und Quincy Durant.«

Jack Crays Lippen bildeten einen mißbilligenden Strich. »Wessen fünfzig waren das?«

»Ich hatte fast zweihunderttausend an Einsatzgeldern in einem Attachékoffer im Hotelsafe wegschließen lassen. Sie haben dem Manager den Koffer abgegaunert, haben die fünfzig geklaut und mir den Schuldschein reingelegt.« Sie steckte die Quittung wieder in ihre Tasche.

»Die legen jeden aufs Kreuz, nicht wahr?« sagte Jordan. »Dich, Otherguy – sogar Stallings.« Er lächelte. »Gefällt mir.«

»Dachte ich mir«, sagte sie.

»Wofür sind die fünfzigtausend?« fragte Cray.

»Ich bin mir nicht sicher, aber ich denke mir, das meiste davon wird morgen ausgegeben, wenn Booth Stallings Espiritu aus den Bergen runterbringt.«

Sie lehnte sich zurück, um ihre Überraschung zu genießen. Doch es gab keine. Jack Cray langte in seine Tasche, brachte einen vielfach gefalteten Bogen Briefpapier zum Vorschein, faltete ihn auf, glättete ihn und legte ihn vor Georgia Blue hin.

Sie warf einen Blick auf den Lageplan und dann auf Cray. »Also habt ihr schon gewußt, daß Stallings Espiritu runterbringt.«

Cray nickte.

»Artie war auf Boys Zimmer, als wir hingekommen sind«, erklärte Weaver Jordan. »Er kann fünf oder fünfzehn Minuten dagewesen sein. Ich kämme den Raum durch, und was find' ich? Boys Brieftasche. Und rat' mal, was drin war.« Er tippte auf die Karte vor Georgia Blue. »Das da. Mich wundert jetzt bloß, wie's kommt, daß Artie die nicht zuerst gefunden hat.«

Georgia Blue musterte die Karte einen Augenblick. »Hat er«, sagte sie und blickte Jack Cray an. »Hast du einen Stift?«

Er reichte ihr einen silbernen Kugelschreiber. Sie benutzte ihn dazu, Änderungen auf der Skizze anzubringen. Damit fertig, reichte sie Cray den Kugelschreiber wieder und drehte dann die Karte um, so daß beide Männer sie studieren konnten.

»Jetzt ist eure Karte genau wie die von Artie.«

Weaver Jordan studierte sie mit Interesse. »Wenn also Espiritu aus den Bergen hier zu Punkt B kommt«, sagte er, wobei er mit dem Finger auf einen Punkt auf der Karte stieß, »sind Wu und Durant genau im Weg, stimmt's?«

»Ja«, sagte sie.

»Und Otherguy?«

»Der auch.«

Weaver Jordan nickte zufrieden. Jack Cray zog die Karte zur näheren Untersuchung zu sich. Noch immer darauf starrend, sagte er: »Was wird mit Booth Stallings?«

Georgia Blue zögerte. »Was meinst du?«

Weaver Jordan lächelte sein knappes, verkniffenes Lächeln. »Sag du es uns, Süße.«

Diesmal zögerte sie kaum länger als eine Sekunde. »Stallings ist der Schlüsselbewahrer.«

34. KAPITEL

Das fast leere Lagerhaus befand sich unten an den Docks von Cebu, nahe Pier zwei. In riesigen Lettern war der Name des chinesischen Warenhauses an der Colon Street auf die Außenwände gemalt. Im Inneren sahen Wu und Durant zu, wie der alte Mann mit dem seidigen weißen Haar und dem rostroten Gesicht seine zwei Dutzend Söldner inspizierte, ohne sich sonderlich um das zu kümmern, was er sah. Es war 22.17 Uhr.

Die Söldner, keiner davon älter als 22 oder 23, waren in zwei Schlangenlinien zu je 12 Mann aufgereiht. Die meisten waren mit M-16 bewaffnet, doch ein paar trugen Schrotflinten. Einige besaßen reguläre Feldflaschen, und der Rest hatte Plastikflaschen an einer Schnur um den Hals hängen. Reservepatronen und Gewehrmagazine hatten sie in die Taschen ihrer entweder dunkelbraunen oder schwarzen Hosen gestopft. Alle trugen dunkelgrüne T-Shirts, eine Draufgabe des alten chinesischen Kaufmannes, der jemanden ausgeschickt hatte, um sie bei der Konkurrenz zu kaufen.

Als Vaughn Crouch den Appell abnahm, sah er in der kurzärmeligen Buschjacke und der dunkelblauen Schirmmütze ganz wie ein fähiger, wenn auch etwas überalterter Söldner aus. Außerdem trug er einen Drillichgürtel, an dem zwei Feldflaschen und eine 45er Colt-Automatik hingen – vielmehr eine Halbautomatik, wie er sie beharrlich nannte.

Vor der Inspektion hatte Crouch eine fünfminütige Ansprache in einer Mischung aus Englisch und Cebuano gehalten. Sobald er damit fertig gewesen war, hatte er seine Männer aufgefordert, Fragen zu stellen. Es kam nur eine von einem sehr dünnen Mann, der fragte, ob es etwas zu essen gäbe. Crouch erwiderte, es gäbe eine Menge.

Als der Appell vorüber war, befahl Crouch den Söldnern, in die beiden großen Toyota-Lieferwagen zu steigen, die in der Nähe standen. Während sie in Richtung der Lieferwagen davontrotteten, ging er, wobei er nur einmal kurz haltmachte, um eine kleine Plastik-Einkaufstüte mitzunehmen, zu Wu und Durant.

Crouch reichte Durant die Tüte. »Zwei fünfschüssige Smith & Wesson Nahdistanzwaffen«, sagte er. »Außerdem zehn Schuß Reserve. Falls ihr Burschen meint, ihr braucht mehr, schlag' ich euch vor, daß ihr ein weißes Taschentuch rauszieht und damit winkt.«

»Klingt vernünftig«, sagte Durant.

Artie Wu nickte in Richtung der Söldner. »Was halten Sie davon?«

Crouch zuckte die Achseln. »Durchschnitt. Wenn ich sie die ganze Nacht durchmarschieren lass', sind sie Wellfleisch.« Er wandte sich um und bedachte die jungen Männer mit einem düsteren Blick. »Schätze, ich schick' sie morgen schichtweise schlafen, sobald wir bei Punkt B sind.« Dann wandte er sich noch einmal um und musterte eingehend Wu, dann Durant. »Leute, plant ihr noch immer euren Auftritt für morgen abend?«

»Wir werden da sein«, sagte Artie Wu.

»Yeah, ich schätze, das bringt ihr«, sagte Crouch und wandte sich zum Gehen, drehte sich aber noch einmal um. »Wie findet ihr eigentlich diese Hondas?« fragte er Durant.

Durant lächelte. »Hübsches Auto. Aber was wird mit Swarthmore?«

»Wenn meine Enkeltochter aufs College gehen will, soll sie sich vom Staat was pumpen wie jeder andere auch.«

Nachdem sie ins Magellan Hotel zurückgekehrt waren, rief Wu von einem Haustelefon in der Lobby aus in Overbys Zimmer an. Als niemand abhob, gingen er und Durant zur Rezeption, wo Wu den Bediensteten fragte, ob er Overby gesehen habe.

Die Augenbrauen des Empfangsbediensteten zuckten zweimal zum Cebu-Salut auf und nieder, doch signalisierten sie diesmal Überraschung, gemischt mit Unbehagen. »Mr. Overby ist abgereist.«

»Wann?« fragte Durant.

»Vor einer Stunde. Er sagte, wir sollten seine Rechnung mit auf die von Mr. Wu setzen.« In Erwartung des Schlimmsten schaute der Angestellte zu Wu auf. »Ist mir ein Fehler unterlaufen, Sir?«

»Nein, ist schon gut«, sagte Wu und klatschte bestätigend mit der Hand auf den Tresen. »Wir haben bloß nicht damit gerechnet, daß er so schnell abreist.« Sich zu einem »Alles in Ordnung«-Lächeln durchringend, fragte Wu: »Was ist mit Miss Blue? Ist sie auch schon abgereist?«

»Nein, Sir. Sie ist vor wenigen Minuten zurückgekommen und auf ihr Zimmer gegangen.« Der Angestellte lächelte. »Es scheint ihr viel besser zu gehen.«

»Großartig«, sagte Artie Wu, wollte weggehen, doch dann schien ihm noch etwas einzufallen. »Ach, sagen Sie, könnten Sie mir bitte Mr. Overbys Rechnung geben?«

»Ja, Sir«, sagte der Angestellte.

Oben in Durants Zimmer war einzig der letzte Posten auf Otherguy Overbys Hotelrechnung von Interesse, ein um 21.14 Uhr unter der örtlichen Vorwahlnummer 202 getätigtes Ferngespräch in die Vereinigten Staaten. Wu blickte Durant an. »Zwo-null-zwo ist Washington, stimmt's?«

Durant nickte, nahm den Hörer ab und meldete ein Überseegespräch nach (202) 634-5100 an. Während sie auf die Verbindung warteten, mixte Durant zwei Drinks aus Scotch und Leitungswasser. Artie Wu nahm einen Schluck und fragte: »Welche Zeit haben die jetzt in Washington?«

Durant blickte auf seine Armbanduhr. »Hier ist es ungefähr halb zwölf, also ist es dort morgens um halb elf.«

Sie warteten schweigend, bis 15 Minuten später das Telefon klingelte und die Vermittlung in Manila Durant mitteilte, die Verbindung stehe jetzt. Durant hielt den Hörer vom Ohr weg, damit auch Wu das Rufzeichen hören konnte. Es klingelte dreimal, bevor sich eine Männerstimme mit den Worten meldete: »Guten Morgen, Secret Service.«

»Pardon, falsch verbunden«, sagte Durant und legte auf.

Mit breitem Grinsen kehrte Artie Wu zu seinem Sessel zurück. »Otherguy und der Secret Service«, sagte er.

Durant lächelte nicht. »Ich frage mich, was dieses Stück Scheiße denen gesagt hat, wer er ist.«

»Hast du ihn je die »Overby-von-Reuters-Tour abziehen hören? Sehr gekonnt. Oder vielleicht hat er den ersten Botschaftssekretär gespielt, der im Namen des Botschafters anruft. Dazu hätte er dann sein Yale-Knödeln benutzt.« Wus Lächeln verschwand, und er seufzte. »Du weißt natürlich, nach wem er sich in Washington erkundigt hat?«

Durant nickte. »Gehen wir und reden mit Georgia.«

Wu erhob sich. »Sehen wir nach, wie es ihr geht.«

Otherguy Overby hatte schon immer die Theorie vertreten, daß man, wenn man untertauchen wolle, den Ort ansteuern müsse, wo man zuallerletzt gesucht werden würde. Weswegen er, nachdem er aus dem Magellan Hotel ausgezogen war, im YMCA von Cebu an der Jones Avenue Nummer 61 abgestiegen war. Da er seine YMCA-Mitgliedskarte vorgelegt hatte, war ihm auf die 40 Pesos Miete für ein Einzelzimmer ein Rabatt von fünf Prozent eingeräumt worden.

Overby hatte seine YMCA-Mitgliedschaft seit 1965, als er zum ersten Mal in der christlichen Herberge abgestiegen war, sorgsam auf dem neuesten Stand gehalten. Von Zeit zu Zeit hatte er sich in den YMCAs zwischen New York und Hongkong entweder versteckt oder wirtschaftlich saniert. Der in Kowloon, nur wenige Schritte vom Peninsula Hotel entfernt, war sein besonderer Lieblings-YMCA. Für ein Zehntel des Preises bot er dieselbe Aussicht wie das Peninsula. Anfang der Siebziger hatte Overby zwei Monate lang im YMCA von Kowloon gewohnt, während er vom luxuriösen Foyer des nebenan gelegenen Peninsula aus operiert hatte. Nachdem er einem Industriellen aus Taipeh 60 000 Dollars abgeluchst hatte, war Overby aus dem YMCA ausgezogen und hatte sich eine Suite im Peninsula gemietet. Doch erst hatte er sich vergewissert, daß sie genau dieselbe Aussicht auf den Hafen bot wie sein Zimmer im YMCA.

Jetzt saß er in einem kleinen, einfenstrigen Raum auf einem Holzstuhl mit gerader Lehne, das Hemd ausgezogen, die Arme über der Brust verschränkt, die Füße fest auf den Boden gestemmt, eine Dose Bier in Reichweite. Der Elektroventilator des YMCA blies ihm muffige Luft zu. Er dachte über sein Telefongespräch mit Washington nach. Er hatte angerufen, weil da ein loser Faden war und seine pingelige Natur verlangte, daß lose Fäden entweder verknüpft oder gekappt wurden.

Der Anruf beim Secret Service hatte keines von beiden bewirkt. Statt dessen hatte er sich als heftiges Ziehen an einer Masche erwiesen, welches das gesamte Flechtwerk aufträufeln und – falls er es richtig anpackte – zum raffiniertesten Aufnimmerwiedersehensmanöver aller Zeiten geraten konnte, wobei die Gefahr einer Vergeltung so gering war, als existiere sie nicht. Den scheiß Durant einmal ausgenommen. Overby entschied, daß er sich mehr Gedanken über Durant machen mußte.

Als Wu und Durant auf ihr Zimmer kamen, wedelte Georgia Blue mit der Quittung über 50 000 Dollar unter Wus Nase herum. »Was, zum Teufel, soll das hier?« verlangte sie zu wissen.

»Genau das, was draufsteht. Du hast geschlafen. Wir benötigten das Geld. Also haben wir uns selbst bedient und den Vermerk hinterlassen. Falls du eine genaue Abrechnung benötigst, kannst du sie haben, wenn alles vorüber ist.«

»Ich habe ein Recht zu erfahren, wofür ihr die fünfzigtausend verpulvert habt – und ich lass' mich auch nicht mit dem ›Was-du-nicht-weißt‹-Scheiß abspeisen.«

Artie Wu schaute sich im Zimmer um. »Ich erinnere mich vage, daß hier irgendwo eine Flasche Scotch war.«

»Wofür habt ihr es verpulvert, Artie?« fragte sie.

»Wo ist die Flasche?« fragte Durant.

»Da drin«, sagte sie und deutete zum Kleiderschrank. »Oberstes Fach.« Sie wandte sich wieder an Wu. »Nun?«

»Jetzt ist das heikle Stadium erreicht, Georgia, in dem eine Aufgabentrennung am besten ist. Du weißt nicht, wofür die fünfzigtausend draufgingen. Wir wissen nicht, was Otherguy vorhat. Oder du, was das betrifft. Wir müssen von der Annahme ausgehen, daß jeder von uns nach den allgemeinen Richtlinien arbeitet, auf die wir uns in Manila geeinigt haben. Natürlich mit individuellen Improvisationen und Varianten.«

»Erzähl ihr von Otherguys Variante«, sagte Durant, während er mit der Scotchflasche in der einen und drei kleinen Gläsern in der anderen Hand zurückkam. Er schenkte Whisky in die Gläser und reichte sie Georgia Blue und Artie Wu.

»Was ist mit Otherguy?« fragte sie nach einem Schluck Whisky.

»Er hat ein Telefongespräch geführt und ist abgereist«, sagte Wu. »Ohne Nachsendeantrag, als möchte er sich aus dem Staub machen.«

»Wen hat er angerufen?«

»Eine Nummer in Washington.« Wu schaute zu Durant. »Weißt du sie zufällig noch, Quincy?«

Durant blickte zur Decke hoch und rasselte ein (202) 634-5100 herunter, als sei es dort abgedruckt.

Wus Augen blieben auf Georgia Blue gerichtet. Sie trug nur einen dünnen, weißen Seidenüberwurf, der nicht ganz durchsichtig, aber so hauchfein war, daß Artie Wu fast glaubte, er könne die Röte ihren Körper hochschießen und die Wangen färben sehen.

»Ihr Scheißer«, sagte sie. »Ihr habt sie angerufen, oder?«

»Hast du die Nummer wiedererkannt, Georgia?« fragte Durant.

»Das ist die Nummer des Service. Vom Büro in der Connecticut Avenue.«

»Fragst du dich nicht, warum Otherguy den Secret Service angerufen hat«, sagte Durant.

»Um rauszufinden, ob ich noch für sie arbeite. So funktioniert doch dieses Rattennest, das er als Denkapparat benutzt.«

»Und tust du das, Georgia?« fragte Wu weich. »Noch immer für sie arbeiten.«

»Natürlich, Artie.«

Wu lächelte. »Das hätte ich nicht gedacht.«

»Aber sicher warst du dir nicht, oder?«

Noch immer lächelnd, zuckte Wu die Achseln.

»Hast du meine Anrufe von heute überprüft?« fragte sie.

»Nur die von Otherguy«, sagte Wu.

»Wenn du meine überprüft hättest, hättest du rausgefunden, daß ich Harry Crites angerufen habe.«

»Den Mann mit dem Geld«, warf Durant ein.

Sie nickte. »Den Mann mit dem Geld. Ich bat ihn, alles nach Hongkong zu überweisen. An die Hongkong and Shanghai Bank.«

»Welche Zweigstelle?« fragte Wu. »Diese neue Zentrale, die sie in der Des Voeux Road gebaut haben?«

»Genau die. Ich habe Crites gebeten, ein Gemeinschaftskonto einzurichten, Artie. Auf Booth Stallings' Namen und meinen. Fünf Millionen Dollar. Nur wir beide gemeinsam können sie abheben.«

»Dann hoffe ich doch sehr, daß dir nichts zustößt«, sagte Wu.

»Oder Stallings«, gab sie zurück und wandte sich an Durant. »Aber dafür wirst du sorgen, nicht wahr, Quincy?«

»Kannst du drauf wetten«, sagte Durant.

Artie Wu und Georgia Blue redeten weiter über Otherguy Overby, als Durant sie verließ und auf sein Zimmer ging. Er öffnete die Tür, schaltete das Licht ein und entdeckte Carmen Espiritu, die im Sessel am Fenster neben der Klimaanlage saß. Sie trug ein hellbraunes Kleid. Beide Hände hielt sie im Schoß. Sie umklammerte eine halbautomatische Pistole, die auf Durant gerichtet war. Er vermutete, daß es sich um eine kleine Browning handelte.

»Wie geht's, Carmen?« sagte Durant, ging zum Wandschrank, öffnete ihn, schaute hinein und marschierte ins Badezimmer, das er ebenfalls untersuchte. Dann war er mit wenigen Schritten bei Carmen Espiritu, nahm ihr die Pistole ab, stellte fest, daß es sich um eine Browning, Kaliber .38, handelte, und schob sie in seine linke Gesäßtasche unter seinem offen getragenen Sporthemd.

»Woher wußten Sie, daß ich nicht schießen würde?« fragte sie, als sei sie eigentlich nicht an einer Antwort interessiert.

»Falls du die Absicht gehabt hast, hättest du es getan, als ich das Licht eingeschaltet habe. Was hast du auf dem Herzen?«

»Overby.«

»Was ist mit ihm?« fragte Durant, während er zur Wand ging und sich anlehnte.

»Er sagt, Sie und die Frau und Wu wollen meinen Mann um das Geld betrügen. Die fünf Millionen.«

»Das hat Overby erzählt?«

Sie nickte.

»Was sonst?«

»Er hat gesagt, falls ich es einrichten könnte, daß er sich mit meinem Mann trifft, würde er einen Plan vorlegen, bei dem Alejandro mindestens die Hälfte dieser fünf Millionen behalten könnte.«

»Und die andere Hälfte ginge an Overby.«

»Ja.«

»Also hast du das Treffen arrangiert, und sie haben dich ausgebootet.«

»Ich – ich verstehe nicht ganz, was Sie –«

Durant unterbrach sie. »Komm schon, Carmen. Du trittst an Overby heran – oder er tritt an dich heran. Er warnt dich, daß die Leute, mit denen er arbeitet, Gauner sind, und schwört, daß er die fünf Millionen ehrlich zwischen euch beiden aufteilt, falls du mit ihm zusammenarbeitest. Aber damit der Plan funktioniert, muß er mit der Schlüsselfigur sprechen – deinem Mann. Alejandro Espiritu. Persönlich. Also arrangierst du das Treffen, und sie lassen dich außen vor, weil du nicht mehr gebraucht wirst. Overby ist natürlich auf die ganzen fünf Millionen aus – nicht bloß auf die Hälfte.« Durant hielt inne. »Und ich würde meinen, dein Mann ebenfalls.« Er grinste sie an. »Tolles Trio.«

»Hat Overby Ihnen das erzählt?« fragte sie mit kalter, wütender Stimme.

Durant schüttelte den Kopf. »Das ist nur die Variante einer alten Nummer namens Omaha-Banker.«

»Ein Schwindlertrick?«

»Klar. Genau das, was Overby macht. Es ist sein Beruf.«

Sie starrte zu Boden. »Er ist sehr gut, nicht wahr?«

»Nicht schlecht.« Durant zog eine Packung Zigaretten aus seiner Hemdtasche und bot sie Carmen Espiritu an. Nachdem er ihr Feuer gegeben hatte, sagte er: »Geht es Booth Stallings gut?«

Sie stieß den Rauch aus und sagte: »Ja.«

»Warum hat dein Mann auf ihm bestanden?«

»Weil er Stallings als Trottel in Erinnerung hat.«

Fehler Nummer eins, dachte Durant, lächelte leicht und fragte dann: »Warum sonst?«

Carmen Espiritu wandte den Blick ab. »Mein Mann dachte, wenn er auf einem alten amerikanischen Waffenbruder als Vermittler bestünde, würde das seine ernste Absicht beweisen, die ernste Absicht meines Mannes.«

»Und der eigentliche Grund?«

Sie schaute Durant offen an. »Falls die Sache schiefläuft, hätte mein Mann eine amerikanische Geisel.«

»Das klingt schon ehrlicher«, sagte Durant. »Vielleicht kannst du mir was anderes sagen. Woher kommen die fünf Millionen?«

»Ich habe keine Ahnung.«

Durant gelang es, leicht überrascht auszusehen. »Hat es euch denn der arme, alte Ernie Pineda oben in Baguio nicht erzählt, bevor ihr ihm die Eier abgeschnitten und ihm die Kehle aufgeschlitzt habt?«

»Sie reden Unsinn.«

»Aber sicher, Carmen. Ernie hat für euch gearbeitet – für die

NPA – und für den Palast ebenso. Er hat Gott und die Welt gekannt. Also, was hat Ernie gesagt, von wem die fünf Millionen sind?«

Sie schüttelte den Kopf, als habe sie Mitleid mit Durant. »Sie verstehen überhaupt nichts, nicht wahr?«

»Ich versuch's. Mir würde es schon helfen, wenn du mir erzählen würdest, was zwischen dir und Boy Howdy vorgefallen ist. Ich meine, was hat Boy getan, daß du ihn umbringen mußtest?«

Carmen Espiritu drückte ihre Zigarette aus und erhob sich. »Sie sollten dieses Weib Blue fragen.«

»Du meinst, sie weiß es?«

Carmen Espiritu zuckte die Achseln. »Sind Sie ihr Liebhaber?«

Durant lächelte und schüttelte den Kopf. Langsam ging sie zu der Stelle, wo er an der Wand lehnte. »Nur gute Freunde?« fragte sie.

»Nicht einmal das.«

Sie legte ihm die Hände auf die Schultern und drängte sich an ihn. »Ich habe seit Monaten keinen Liebhaber gehabt«, sagte sie und bewies ihre Frustration mit kleinen, rhythmischen Stößen ihres Beckens.

Dann küßte Durant sie. Er küßte sie aus Neugier und weil er eigentlich kaum eine andere Wahl hatte. Es war ein langer Kuß mit viel Lippenknabbern, Zähneklicken und einem Gutteil Zungenspiel. Durant fand, daß sie es zu genießen schien. Von sich wußte er es. Als es vorüber war, sagte er: »Laß mich das Licht ausmachen.«

»Ich mag's, wenn es an ist«, hauchte Carmen Espiritu, während sie ihn sacht zum nächsten Bett zog.

»Entschuldige mich«, sagte Durant und ging zur Tür. Mit der linken Hand schaltete er das Licht aus, und das Zimmer versank in Dunkelheit. Die Rechte zog den fünfschüssigen Smith & Wesson-Revolver, den Vaughn Crouch beschafft hatte, aus der rechten Gesäßtasche. Mit der linken Hand riß er die Tür auf.

Davor standen zwei Filipinos, der eine groß, der andere klein. Der Große, der Georgia Blue bewußtlos geschlagen hatte, hielt in der rechten Hand einen Hotelzimmerschlüssel. Die rechte Hand seines kleinen Partners zuckte zu den Hemdschößen, wo er etwas im Hosengürtel stecken hatte. Durant knallte den Revolver auf die hinabzuckende Hand. Der Mann schnappte nach Luft und riß die Hand an den Mund, wo er sie küßte und vorsichtig rieb.

»Sie wollte grad gehen«, sagte Durant. »Nicht wahr, Carmen?«

Durant trat beiseite, parallel zur offenen Tür, wobei er weder den Blick noch den Revolver von den beiden Männern nahm. Carmen Espiritu blieb vor ihm stehen. Er schaute sie nicht an, als sie sagte: »Sie begreifen noch immer nichts, wie?«

»Zum Beispiel was?« fragte Durant, der immer noch die beiden Filipinos im Auge behielt.

»Daß ich gewinne, ganz gleich, was passiert.«

Nachdem Carmen Espiritu und ihre zwei Spießgesellen gegangen waren, schloß Durant die Tür, verriegelte sie und legte die Kette vor. Dann trat er ans Telefon, nahm den Hörer ab und rief in Artie Wus Zimmer an.

Als Wu sich meldete, sagte Durant: »Ich habe grad von Otherguy gehört. Gewissermaßen.«

»Indirekt, nehme ich an.«

»Den direkten Weg wählt er höchst selten.«

»Nun, hält er noch die Spur, oder nicht?« fragte Wu.

»Drücken wir es so aus, Artie: Otherguy hält entweder genau die Spur, oder er ist völlig aus der Bahn.«

35. KAPITEL

Bei Morgengrauen erhob sich Booth Stallings nackt vom Feldbett im kleinsten Raum der großen Nipa-Hütte und stieg in seine frischgewaschene und gebügelte Kleidung. Am Abend zuvor hatte Minnie Espiritu – fast ohne Zwangsmittel – sein Hemd, die Hose, Socken und Shorts konfisziert.

»Sie stinken«, hatte sie gesagt, »also ziehen Sie sie aus und geben Sie sie her.«

Nachdem Stallings Hemd, Hose und Socken abgelegt hatte, sagte sie: »Die Shorts auch.«

Sein Zögern hatte sie mit einem Grinsen quittiert. »Alte Knaben hauen mich nicht vom Sockel. Das sagt man doch noch bei euch – vom Sockel hauen?«

»Ich glaube nicht«, hatte Stallings gesagt und ihr seine Shorts übergeben. Nachdem sie seinem nackten Körper einen unverhohlen neugierigen Blick geschenkt hatte, hatte Minnie Espiritu gesagt: »Gar nicht schlecht. Wenn man bedenkt.«

Stallings betrat den Hauptraum der Nipa-Hütte und fand dort Alejandro Espiritu an dem rohen Holztisch bei einer Tasse Tee.

Er lächelte Stallings an. »Was würdest du denn zu einem Spaziergang vor dem Frühstück sagen?«

»Was sollte ich dazu sagen?«

»›Na schön‹ würde mir reichen. Oder auch ›gehen wir‹.«

»Na schön«, sagte Stallings. »Gehen wir.«

»Du könntest das mitnehmen«, sagte Espiritu und deutete auf eine Plastiktüte, die auf einem Stuhl daneben lag.

»Was ist da drin?«

»Nahrungsmittel«, sagte Espiritu mit einem Lächeln. »Und ich glaube, ich habe dieses Wort zum ersten Mal gebraucht.«

Stallings nahm die Einkaufstüte und folgte Espiritu vor die Hütte und die Bambusstiege hinab. Der kleinere der beiden Männer trug ein blaues Hemd offen über einer hellbraunen Baumwollhose und dazu ein Paar graue Nike-Turnschuhe, die neu aussahen.

»Ich mag das Morgengrauen, du nicht?« fragte Espiritu, während sie über die festgetretene Erde der Ansiedlung schlenderten.

»Nicht sehr.«

»Ich halte in der Morgendämmerung gern Versammlungen ab, wenn jeder groggy ist und ich hellwach bin.«

»Ich stelle fest, daß du immer noch gern ein Morgenschwätzchen hältst.«

»Stelle lieber fest, wo die Wachen sind«, sagte Espiritu.

»Die sind schwer zu übersehen.«

»Sie haben neue Befehle«, sagte Espiritu. »Von Carmen.«

»Oh?«

»Sie haben Befehl, mich nicht vom Gelände zu lassen.«

»Ist eine tolle Ehe, die du da führst, Al.«

»Eine Zweckehe, die jetzt nicht mehr zweckmäßig ist.«

Sie waren gerade an der letzten Hütte des Lagers vorbeigegangen, als Espiritu stehenblieb und sich umwandte. »Über meiner rechten Schulter. Siehst du ihn?«

»Die Wache?« fragte Stallings.

»Sein Name ist Orestes. Ein sehr gewissenhafter Bursche, der während seiner Wache tatsächlich aufbleibt. Er ist jetzt seit Mitternacht dran, und in ungefähr zehn Minuten wird er abgelöst. Reden wir mal mit ihm.«

Stallings nickte nachdenklich, während er seine Einkaufstüte in einem kleinen Kreis vor und zurück schwenkte. »Also gehen wir jetzt, wie? Ich meine, wirklich gehen.«

»Ja. Machen wir.«

Orestes, der Wächter, begrüßte Espiritu mit einem fröhlichen »Guten Morgen«. Er war ein kräftig gebauter Junge, nicht älter als 19. Seine Ausrüstung bestand aus einer Wasserflasche und einem M-16-Gewehr. Seine Augen wirkten schläfrig.

»Lange Nacht, Orestes?« fragte Espiritu.

Der Junge grinste und nickte.

»Mir ist gerade dieses frische Bambusdickicht aufgefallen – dort, den Pfad runter.« Espiritu zeigte in die Richtung. Orestes drehte sich um und schaute hin.

»Meinst du, jemand könnte sich den Weg raufschleichen und es als Deckung benutzen?«

»Ich weiß nicht.«

»Schauen wir mal nach.«

Alle drei gingen zehn Meter den Pfad entlang, Espiritu an der Spitze, bis sie vor dem Bambusgehölz standen. Die Schößlinge waren klein und noch lange nicht ausgewachsen. Espiritu musterte sie einen Moment und sagte dann: »Schauen wir nach, wie es auf der anderen Seite aussieht.«

Stallings und Orestes folgten ihm um das Bambusdickicht, das sie nun vor den Blicken aus dem Lager schützte. Espiritu trat ein paar Schritte zurück, als wolle er sich einen besseren Blick verschaffen. Orestes starrte hoch zu den grünen Bambusspitzen und gähnte. Er war noch immer am Gähnen, als Espiritu ihm auf den Rücken sprang, ihm die linke Hand über den noch geöffneten Mund preßte und ihm mit dem Küchenmesser in der rechten zweimal die Kehle durchschnitt.

Espiritu drückte den Wächter zu Boden, die linke Hand noch immer auf den Mund des sterbenden Jungen gepreßt. Nachdem er sich vergewissert hatte, daß er tot war, wischte Espiritu die Messerklinge am Hemd des Jungen ab und erhob sich langsam und in schweren Zügen atmend. Die Hand mit dem Messer, die Rechte, war stockruhig. Die linke Hand bebte. Etwas Speichel hatte sich in seinem linken Mundwinkel gesammelt, und er leckte ihn geistesabwesend weg.

»Himmel Herrgott, Al«, sagte Stallings, während er sich bückte, um das heruntergefallene M-16-Gewehr des Wächters aufzuheben.

»Was hätte ich tun sollen? Ihm bloß leicht eins überziehen?«

Als Stallings keine Antwort gab, streckte Espiritu die bebende linke Hand nach dem M-16 aus. »Das nehme ich«, sagte er.

»Einen Scheiß tust du«, sagte Booth Stallings.

An diesem Morgen um 6.45 Uhr saß Otherguy Overby in seinem gemieteten grauen Toyota und wartete darauf, daß sich der Besitzer der kleinen Reparaturwerkstatt zeigte. Der Besitzer traf um 6.59 Uhr in einem alten, allradgetriebenen Jeep ein, dessen geschlossene Karosserie nach Eigenbau aussah.

Overby stieg aus dem Toyota und ging zu dem Werkstattbesitzer. Gemeinsam umrundeten sie den Jeep. Overby trat gegen zwei Reifen, nickte, griff in eine Tasche und reichte dem Werkstattbesitzer ein Bündel Scheine. Der zählte sie schnell durch. Nachdem er sie erneut gezählt hatte, diesmal sorgfältiger, übergab er Overby den Schlüssel für den Jeep. Overby sagte etwas zu dem Besitzer und deutete auf seinen geparkten Toyota. Der Besitzer nickte unentschlossen. Overby stieg in den Jeep, ließ den Motor an, stieß rückwärts aus der Werkstatt und fuhr davon.

Um 7.18 Uhr stand Overby wieder am Tresen des Orange-Brutus-Saftstands an der Jones Avenue und nahm ein Frühstück mit Kaffee, Saft und zwei frischgebackenen Brötchen zu sich. Um 7.20 Uhr schloß sich ihm Carmen Espiritu an. Sie trank nur eine Tasse Kaffee, während Overby sein zweites Brötchen aufaß. Sie wechselten nur wenige Worte. Beide trugen Turnschuhe und Blue jeans. Seine wirkten fast neu; ihre waren alt und verblichen. Über seinen Jeans trug Overby ein braunes, locker sitzendes, kurzärmeliges Buschhemd mit sechs Taschen. Sie trug eine dunkelblaue Baumwollbluse mit langen Ärmeln. Die Bluse war bis zum Hals zugeknöpft.

Um 7.30 Uhr schaute Overby auf seine Armbanduhr und sagte etwas zu Carmen Espiritu. Sie langte nach unten, um neben ihren Füßen den Jutebeutel aufzuheben. Er schien schwer zu sein, doch Overby bot ihr nicht an, ihn zu tragen. Sie gingen zu dem gemieteten Jeep und stiegen ein. Overby ließ den Motor an und fuhr in Richtung der Guadalupe-Berge davon.

Um 8.00 Uhr steuerte Artie Wu den blauen Nissan-Transporter, den er eben bei Avis gemietet hatte, in die Zufahrt zum Magellan Hotel, wo Quincy Durant und Georgia Blue warteten. Es war ein Transporter mit Schiebetür und ohne Seitenfenster.

Georgia Blue stieg ein und setzte sich neben Artie Wu. Durant zog die Schiebetür auf, hob einen bierkistengroßen Pappkarton in den Transporter, kletterte hinterher und schob die Tür zu.

Der Transporter bog aus der Zufahrt des Magellan Hotels und hielt sich gen Westen, in Richtung der Guadaelupe-Berge.

Der Colonel im Ruhestand lag 20 Kilometer westlich von Cebu City auf seinem 67 Jahre alten Bauch. Er lag auf einer niedrigen Anhöhe, die mit Kokospalmen, kleinen Bambusgehölzen, üppigem Farnkraut, mindestens vier verschiedenen Orchideenarten und einigen schlanken Dipterocarpus-Bäumen bestanden war, die irgendwie der Axt des Holzfällers entgangen waren. Vaughn Crouch lag da und starrte hinab auf den kleinen Flußlauf, der von einer roh gefügten Bambusbrücke überspannt wurde. Die Brücke war Punkt B auf dem Lageplan, den Artie Wu ihm gegeben hatte.

Die Anhöhe auf der anderen Seite des Flüßchens war um mindestens 15 Meter höher als die, auf der Crouch lag – vielleicht sogar 20, entschied er. Die Anhöhe gegenüber bot zudem ausgezeichnete Deckung, machte somit nach Crouchs Meinung die Brücke und den Fluß, den sie überspannte, zu einem erstklassigen Gelände für einen Hinterhalt. Lächelnd dachte er an Booth Stallings. Nun, Lieutenant, sicher hast du in all den Monaten, die du und der alte Al in diesen Bergen verbracht haben, einiges über Dschungelkampf gelernt. Weil du uns hier todsicher eine Höllenfalle bescherst.

Der große, 23 Jahre alte Filipino-Söldner, den Crouch fast auf Anhieb inoffiziell zum Sergeanten befördert hatte, ließ sich nach dem Auf- und Abklettern über beide Anhöhen schwer atmend neben ihn fallen.

»Alle in Stellung?« fragte Crouch.

Der Sergeant nickte nur, da er keinen Atem zum Sprechen verschwenden wollte.

»Zwei Stunden vor, zwei Stunden drüber?«

Wieder nickte der Söldner und brachte diesmal ein Ja zustande.

»Dasselbe auf dieser Seite, verstehst du?«

»Klar.«

»Wie gefällt dir das?« fragte Crouch und nickte zufrieden zur Brücke und zum Flußlauf. »Glaubst du, es klappt?«

»Eins A«, sagte der Sergeant.

Crouch nickte zustimmend, setzte sich auf und glitt rückwärts, bis er sich an den Stamm einer Kokospalme lehnen konnte. Er zog sich die blaue Schirmmütze tief in die Augen, legte die rechte Hand auf seine 45er Halbautomatik im Halfter, senkte das Kinn auf die Brust und befahl seinem Sergeanten, ihn in zwei Stunden zu wecken.

Nach anstrengenden 129 Minuten stetigen Marschierens war es Booth Stallings, der eine Pause verlangte. Nur wenige Minuten, nachdem er die Wache getötet hatte, hatte Espiritu den vielbegangenen Pfad verlassen, der an einem jungen Bambusgehölz vorbeigeführt hatte, und einen Weg eingeschlagen, den Stallings für einen Ziegenpfad hielt und der bergab und vorwiegend nach Osten führte.

Espiritu blieb stehen und schaute zurück. »Du bist schlapp, Booth.«

»Nicht schlapp. Alt.«

»Es ist jetzt nicht mehr weit.«

»Wie weit ist nicht mehr weit?«

»Noch zwei Kilometer. Vielleicht drei.«

Stallings benutzte sein bereits durchweichtes Taschentuch, um sich Schweiß aus dem Gesicht zu wischen. »Okay«, sagte er. »Gehen wir.«

Sie brauchten weitere 23 Minuten, um ihren Haltepunkt zu erreichen, der genau unterhalb eines kahlen Felsengrates lag. Der Ziegenpfad, dem sie gefolgt waren, weitete sich plötzlich zu einem steilen, zerfurchten Weg, der sich an die felsige Flanke des Grates schmiegte.

»Hier halten wir«, sagte Espiritu.

Stallings schaute sich um, und was er sah, gefiel ihm nicht. »Hättest du nicht was Schattiges aussuchen können?«

»Ich habe was besseres als Schatten ausgesucht«, sagte Espiritu mit einem Grinsen, das ihn, wie Stallings fand, um zehn Jahre jünger machte. »Ich habe eine Klimaanlage ausgesucht.« Espiritu gestikulierte. »Schau dich mal um!«

Stallings schaute sich um, entdeckte nichts von Interesse und schüttelte den Kopf.

»Du bist nicht nur schlapp, Booth, du hast den Blick verloren, und dein Gedächtnis ist in lausiger Verfassung. Du bist schon mal hier gewesen, weißt du?«

Stallings schaute sich erneut um, doch seine Miene zeigte kein Wiedererkennen. »Ich geb's auf.«

»Krebsfleisch«, sagte Espiritu.

Da fiel es Stallings wieder ein, nicht schlagartig, sondern undeutlich, in Bruchstücken und Einzelteilen. Es war, als versuche er sich an einen verschwommenen Traum zu erinnern. Er blickte hoch, suchte sorgfältig die Feldwand ab, und dann sah er es – ein schwarzes, unregelmäßiges Loch von der Größe eines Autoreifens.

»Das war damals größer«, sagte er. »Himmel, es war zehnmal so groß.«

»Wir haben den Eingang aufgeschüttet«, sagte Espiritu. »Komm schon.«

Der kleinere Mann kletterte den Felshang hinauf, als steige er eine Treppe hoch. Stallings folgte ihm langsam, achtete auf lose Steine und Felsbrocken. Er sah, wie Espiritu sich duckte und in dem schwarzen Loch verschwand. Stallings vergewisserte sich, daß sein M-16 entsichert war, stellte die Waffe auf Schnellfeuer und folgte Espiritu in die Höhle.

Sie war fast, wie er sie in Erinnerung hatte, diese Höhle, die von japanischen Pionieren aus festem, metamorphem Fels gesprengt und als Lebensmittellager verwendet worden war. Die Decke war unregelmäßig gewölbt. Der Boden stieg zum hinteren Ende hin an. Sie war annähernd fünf Meter breit, drei Meter hoch und zwölf Meter tief. Das Eingangsloch bewirkte ein ständiges Zwielicht.

Als er die Höhle betrat, sah Stallings Espiritu neben dem großen Pappkarton kauern. Er hob zwei Plastikflaschen. »Wasser«, sagte Espiritu, langte wieder in den Karton und förderte diesmal einen Revolver zutage. Er lächelte Stallings an. »Jetzt haben wir beide was zum Schießen«, sagte er, steckte sich den Revolver in den Gürtel und ließ das Hemd darüberfallen.

Stallings stellte fest, daß es in der Höhle um mindestens acht Grad kühler sein mußte als draußen. Espiritu die Einkaufstüte reichend, sagte er: »Du kannst für das Essen sorgen«, und setzte sich, mit dem Rücken an die Höhlenwand gelehnt. Das M-16 auf seinem Schoß wies in Espiritus Richtung.

Espiritu entnahm der Einkaufstüte in Zeitungspapier gewickelte Essenspakete. Einige hatten Fettflecken. »Wie viele haben wir hier drin umgebracht, Booth?« fragte er, während er einen Klumpen kalten Reis auswickelte. »Sechs? Sieben?«

»Sieben.«

»Mit einer einzigen Handgranate. Phantastisch!« Er sah Stallings an. »Und dann hast du ihr Krebsfleisch gegessen.« Espiritu kicherte. »Das gab's kistenweise, erinnerst du dich? Und du hast sieben oder acht Dosen vertilgt.«

»Die Klatschmohnsorte«, sagte Stallings.

»Was?«

»Auf den Dosen war eine orange Mohnblüte.«

»Ich habe mich geirrt. Dein Gedächtnis ist hervorragend.«

»Selektiv«, sagte Stallings. »Ich erinnere mich meistens an das Unwesentliche. Die Nummer meines Spinds im Umkleideraum der siebten Klasse zum Beispiel. Zwei-zwölf. Die Kombination vom Schloß. Zehn rechts, fünfundzwanzig links, zehn rechts.«

»Bemerkenswert«, murmelte Espiritu, während er das letzte Päckchen auswickelte. Mit einer knappen Geste deutete er auf das Essen.

»Also. Der perfekte Lunch. Reis, Fisch und Obst.« Er lächelte.

»Du hast doch nicht vergessen, wie man mit den Fingern ißt, oder?«

»Nein«, sagte Stallings, beugte sich vor und nahm eine Handvoll kalten Reis. »Nachdem ich das ganze Krebsfleisch gegessen hatte, wurde mir schlecht. Erinnerst du dich?«

»Allerdings.«

»Na ja, ich hab' nie wieder Krebsfleisch angerührt. Nie wieder. Was ich sagen will, ist, daß so ein vertracktes Gedächtnis wie meins mich nicht davor bewahrt, Fehler zu machen.« Er lächelte Espiritu kalt an. »Aber, weiß der Teufel, mit Sicherheit bewahrt es mich davor, zweimal denselben zu machen.«

Dreißig Minuten später hörten sie den leisen Pfiff vor der Höhle. »Sie sind hier«, sagte Espiritu.

»Wer?«

Statt einer Antwort imitierte Espiritu den Pfiff. Stallings konnte Füße über Schiefer und Fels scharren und gleiten hören. Er veränderte seine Haltung, so daß er mit seinem M-16 sowohl Espiritu als auch den Eingang im Schußfeld hatte. »Wer, zum Teufel, ist da draußen, Al?«

»Freunde.«

Der erste Freund, der durch den Höhleneingang gekrochen kam, war Otherguy Overby, erhitzt, verschwitzt und ausgepumpt. Direkt hinter ihm folgte Carmen Espiritu mit ihrem Jutebeutel. Sie wirkte kühl, frisch und außerordentlich energisch.

Overby blickte sich um und ließ die Höhle auf sich einwirken. Wie stets bemerkte er zunächst das Offensichtliche. »Jesses, ist das kühl hier drinnen.«

Booth Stallings richtete das M-16 auf Overby und sagte: »Was haben Sie zu sagen, Otherguy?«

»Nicht wahnsinnig viel.« Er nickte Espiritu zu. »Wie geht's, Al?«

»Sehr gut, danke, Mr. Overby«, erwiderte Espiritu mit einem schiefen Lächeln und wandte sich an seine Frau: »Irgendwelche Schwierigkeiten?«

»Noch nicht.«
»Du hörst dich an, als ob du welche erwarten würdest.«
»Du mußt deine Wahl treffen.«
Espiritu nickte bedächtig, blickte erst zu Overby, dann zu Stallings. »Mr. Stallings hat eine entsicherte automatische Waffe, mit der er mehr oder weniger in meine Richtung zielt. Mr. Overby hat keine. Die Wahl scheint offensichtlich.«
Carmen Espiritus rechte Hand fuhr in den Jutebeutel. Espiritu wandte sich ab, als wolle er sich einen unerfreulichen Anblick ersparen.
»Tut mir leid«, sagte Carmen Espiritu zu Overby.
Otherguy Overbys Gesicht wurde ruhig und entrückt, während er wie über eine persönliche Schlußfolgerung nickte und vorsichtig zwei Schritte zurückwich.
Booth Stallings hielt den Blick auf Espiritu gerichtet. Er sah, wie er sich abwandte, dann wieder herumfuhr und den Revolver, den er aus dem Pappkarton geholt hatte, auf seine junge Frau richtete.
Stallings öffnete den Mund zu einem Schrei, doch Carmen Espiritu hatte die Waffe bereits gesehen. Hätte ihr Zorn sie nicht dazu getrieben, auf ihren Mann zu fluchen, wäre ihr vielleicht die Zeit geblieben, ihre eigene Waffe aus dem Beutel zu ziehen. Doch sie verhedderte sich irgendwo, und Alejandro Espiritu schoß zweimal auf sie – zuerst in die Brust und dann etwas tiefer, in die Bauchmitte. Die beiden Kugeln schleuderten sie zurück an die Höhlenwand, die ihr ausreichend Halt bot, um noch einen Augenblick oder zwei zu stehen, wobei ihr Gesicht weitaus mehr Überraschung als Schmerz verriet. Dann kippte sie vornüber, aufs Gesicht.
Nachdem sie gefallen war, zuckte Carmen Espiritu noch zwei- oder dreimal, dann lag sie still. Overby preßte sich beide Hände auf die Ohren, als schmerzten sie ihm. Espiritu hatte sich die Linke über das linke Ohr gelegt, doch die rechte Hand hielt noch immer den Revolver. Da Booth Stallings den Mund aufgerissen hatte, um zu schreien, als Espiritu abdrückte, machten ihm seine

Ohren nicht zu schaffen. Sowohl das M-16 als auch sein Blick hafteten unverwandt auf Espiritu.

Sekunden vergingen, bis einer sprach oder die Hände von den Ohren nahm. Der erste war Espiritu, dessen Stimme noch stärker nach Kansas klang und tonloser als üblich war, als könne er selbst nicht hören, was er sagte.

Mit unbewegter Stimme brachte er eine Art Nachruf auf seine tote Frau zustande. »Carmen hatte viele gute Eigenschaften und einen fatalen Fehler«, sagte er. »Sie hielt jeden für einen verdammten Narren. Außer sich selbst.«

Weiteres Schweigen folgte. Overby räusperte sich, sagte jedoch nichts, und seine Miene blieb kalt, distanziert und wachsam. Als Booth Stallings sprach, geschah das in einem Ton, den er hätte verwenden können, wenn er mit leicht Schwerhörigen redete. »Den nehme ich jetzt, Al.«

Alejandro Espiritu schaute auf den Revolver in seiner rechten Hand hinab, als sei er selbst etwas überrascht, daß er noch dort war. Er lächelte und richtete ihn auf Booth Stallings. »Nein, Booth«, sagte er, als rede er mit einem Kind. »Das glaube ich nicht.«

Wieder trat Stille ein, während Stallings und Espiritu einander anstarrten. Ohne Otherguy Overby anzusehen, gab Espiritu ihm Anweisungen. »Nehmen Sie bitte sein Gewehr, Mr. Overby.«

Overby, dessen Gesicht eine Studie in Neutralität war, schüttelte den Kopf. »Da ist nicht meine Art.«

»Na ja«, sagte Espiritu. »Das hier scheint eine – wie nennt man's noch – eine spanische Hängepartie zu sein.«

»Mexikanische«, berichtigte ihn Overby.

»Ja, mexikanisch«, sagte Espiritu und steckte den Revolver wieder in den Hosengürtel. Er warf Stallings einen raschen Blick zu. »Sag mal, Booth. Bin ich der Fehler, den du nicht zu wiederholen beabsichtigst?«

»Der bist du, Al«, sagte Booth Stallings.

36. KAPITEL

Sie kamen aus der Höhle, zuerst Overby, hinter ihm Espiritu und dann Booth Stallings, der das M-16 noch immer auf den Filipino gerichtet hielt. Sie ließen die tote Carmen Espiritu dort, wo sie lag, neben dem leeren Pappkarton.

Nachdem sie fast einen Kilometer lang auf einem abschüssigen, zerfurchten Pfad marschiert waren, den man kaum als Weg bezeichnen konnte, erreichten sie Overbys gemieteten Jeep. »Sie hätten näher heranfahren können, Mr. Overby«, sagte Espiritu.

»Wäre ich das, hätte ich nicht wenden können«, sagte Overby, während er hinter das Steuer glitt und neugierig abwartete, wie Booth Stallings auf den engen Rücksitz des Jeeps klettern würde, ohne Espiritu den Rücken zuzukehren.

Stallings schaffte es, indem er sich rückwärts durch die klapprige, selbstgebaute Tür des Jeeps und auf den Sitz zwängte. Espiritu, ein Lächeln andeutend, kletterte auf den Sitz neben Overby.

Der zerfurchte Pfad war noch immer so eng, daß Overby viermal vor- und zurücksetzen mußte, bevor er den Jeep gewendet hatte. Langsam fuhr er den Pfad hinab, nie schneller als fünfundzwanzig Stundenkilometer, und hielt sich dabei dicht an die rechte Hangseite. Zur Linken befand sich ein mindestens 100 Meter tiefer Steilabfall.

Stallings beugte sich nach vorn und fragte: »Warum hast du sie also umgebracht, Al?«

»Um selbst am Leben zu bleiben«, sagte er, während er sich zu Stallings umwandte. »Es war alles ihre Idee – jemanden dazu zu bringen, mir fünf Millionen zu zahlen, damit ich ins Exil gehe. Carmens Plan sah vor, daß ich nach Hongkong gehen, mir das Geld schnappen, es für den Kauf von Waffen verwenden und mich dann wieder ins Land schleichen sollte.«

»Klingt gut«, sagte Overby.

»Sie wäre natürlich mit mir nach Hongkong gegangen.«

Overby grunzte. »Schlechte Idee.«

Espiritu lächelte zustimmend. »Ich hatte den Verdacht, daß ich, falls sie das täte, plötzlich eine sehr reiche Witwe hinterlassen würde. Aber ich sagte ihr, sie solle einen Vorstoß machen und erste Kontakte knüpfen.«

»Mit wem?« fragte Stallings.

»Ernesto Pineda. Das war ein krummer Typ, oben in Baguio, der manchmal für uns gearbeitet hat – und manchmal für seinen Cousin dritten Grades, der das Geld bereitstellen würde.«

»Dieser Cousin dritten Grades mit all den Millionen«, warf Overby ein. »Erinnern Sie sich zufällig an seinen Namen?«

»Ferdinand Marcos – wer sonst«, erwiderte Stallings, der beschlossen hatte, daß die Welt weitaus trügerischer und gefährlicher war, als er je vermutet hatte. Es war Wus und Durants Welt. Und natürlich Otherguys.

Espiritu, noch immer vom Vordersitz aus nach hinten gewandt, bedachte Stallings mit einem Anerkennung andeutenden Blick. »Also hast du diesen Blödsinn, daß ein amerikanisches Firmenkonsortium dahintersteckt, in Wirklichkeit nicht geglaubt?«

Stallings zuckte nur die Achseln.

Espiritu nickte mitfühlend. »Die Amerikaner scheinen stets zwischen blanker Naivität und galoppierender Paranoia zu schwanken. Aber wer würde schon glauben, daß eine Gruppe ausgekochter amerikanischer Geschäftsleute einen einzigen Peso, geschweige denn fünf Millionen Dollar ausgeben würde, um mich loszuwerden? Ich bin ihre gebenedeite kommunistische Bedrohung, Booth, die sie keinen Fünfer kostet. Ich bin doch derjenige, der den Putsch rechtfertigen wird, bei dem sie Aquino stürzen und die Dinge wieder in die Normalität zurückführen, wo Deals gedreht und Profite gemacht werden können.«

»Wenn ich an deren Stelle wäre, würde ich Sie bezahlen, damit Sie hierbleiben«, warf Overby ein.

»Genau.«

»Und Marcos?« fragte Stallings.

»Wie üblich ist er ein bißchen subtiler. Vielleicht zu subtil. Er hat nur zu zahlen eingewilligt, wenn ich ins Exil gehe. Aber er denkt, er weiß, was ich wirklich tun werde, sobald ich das Geld in die Finger kriege. Er denkt, ich kaufe Waffen, schleiche mich zurück und mache hier den Teufel los. Das, so vermute ich, ist unsere unausgesprochene Vereinbarung. Der Rest ist Blödsinn.«

»Und Marcos finanziert letzten Endes die NPA.«

»Er bevorzugt die Meinung, daß er einen schnellen Putsch finanziert.«

»Was würdest du wirklich tun, Al – mit dem Geld?«

Espiritu lächelte. »Ich bin mir noch nicht ganz sicher.«

Begierig auf Einzelheiten, fragte Overby: »Also war es Carmen, die den Deal mit dem Cousin – wie hieß er doch, Pineda? – ausgehandelt hat?«

»Ja«, bestätigte Espiritu.

»Und was dann?«

»Nachdem die fünf Millionen nach Luxemburg – ich glaube, es war Luxemburg – transferiert waren, hatte Marcos keine Kontrolle mehr darüber. Also hat Carmen vernünftigerweise den Cousin hingerichtet, der schließlich unser einziges echtes Verbindungsglied zu Marcos gewesen ist. Sie hatte einen hellen Verstand, diese Carmen.«

»Dieser Bursche in Washington, Harry Crites«, sagte Stallings, »derjenige, der mich angeheuert hat. Weiß der, wessen Geld das wirklich ist?«

»Nein.«

»Wer hat dann –« setzte Stallings an, doch er wurde von Overby unterbrochen, der seinerseits eine Frage hatte. »Wohin jetzt?«

Espiritu drehte sich um und sah nach vorn. Sie hatten eine Weggabelung erreicht.

»Nach rechts«, sagte Espiritu, »und ich würde gern eine Pinkelpause machen, falls Sie nichts dagegen haben.«

»Ein Stück hinter der Kurve, in Ordnung?«

»Vollkommen«, sagte Espiritu.

Sobald der Jeep um die Kurve gebogen war, lenkte Overby ihn an den Rand des Pfades, der sich jetzt fast zu einem Fahrweg verbreitert hatte. Espiritu stieg aus und ging zu einer dichten Wand tropischer Grünpflanzen, wo er sich mit dem Rücken zum Jeep hinstellte. Auch Stallings kletterte hinaus, warf sich das M-16 über die rechte Schulter und leistete ihm Gesellschaft. Overby stieg ebenfalls aus dem Jeep, lehnte am rechten Kotflügel und wartete.

Während sie da standen und pinkelten, sagte Espiritu: »Erinnerst du dich an meine Definition von Terrorismus, Booth?«

»Sicher. Politik mittels extremer Einschüchterung.«

»Du hast gesagt, man müßte noch daran feilen.«

»Meine ich immer noch.«

Espiritu zog den Reißverschluß hoch. »Wie wär's damit: Politik ohne moralische Bedenken?«

Stallings dachte darüber nach, während er seinen Hosenladen zuzog. Er schüttelte den Kopf und sagte: »Das trifft es auch nicht ganz.«

»Ich habe wirklich keine, weißt du?« sagte Espiritu. »Keine moralischen Bedenken.«

Stallings wandte sich um und sah sich Espiritus Revolver gegenüber.

»Na ja, Scheiße, Al«, sagte Stallings.

»Das wird die Dinge vereinfachen.«

Stallings schaute zu Otherguy Overby, der noch immer am vorderen rechten Kotflügel lehnte. »Schätze, auch Sie mögen die Dinge lieber einfach, Otherguy.«

Overbys einzige Erwiderung war der abwesende, verschlossene Blick.

»Möchtest du dich lieber umdrehen, Booth?« fragte Espiritu.

Stallings dachte darüber nach und war von seiner Entscheidung selbst überrascht. »Ja, bei Gott. Ich denke schon.«

Stallings drehte sich langsam um, wobei er feststellte, daß Cebu der absolut letzte Ort war, den er sich zum Sterben ausgesucht hätte. Er hatte die Drehung fast vollendet, als er die beiden Schüsse hörte. Sie waren so kurz aufeinander abgefeuert worden, daß sie wie einer klangen. Er verkrampfte sich, wartete auf den Schmerz, selbst als ihm der Verstand sagte, daß er nicht kommen würde – nicht, solange er die Schüsse hören konnte. Endlich wandte er sich um und sah Espiritu mit dem Gesicht nach unten auf die Erde gestreckt, ein Teil der rechten Kopfhälfte fehlte. Die zweite Kugel hatte ein sauberes Einschußloch am Rücken seines blauen Hemdes hinterlassen.

Otherguy Overby, in dessen rechter Hand die Waffe baumelte, für die er an Pier drei 500 Dollar bezahlt hatte, starrte aus weniger als zwei Metern Entfernung auf den toten Espiritu.

Er blickte zu Stallings auf. »Ich schätze, ich habe auch nicht allzu viele moralische Bedenken«, meinte Overby.

»Du hast genug«, sagte Stallings.

Sie hörten das unverkennbare Dieselgeräusch eines Jeepney, lange bevor sich dieser um die Wegbiegung schob und anhielt. Fünf bewaffnete Männer zwängten sich heraus. Stallings identifizierte sie als fünf der jungen Wachen, die rund um die Espiritu-Niederlassung postiert gewesen waren.

Minnie Espiritu kam als letzte aus dem Jeepney. Sie stieg langsam hinten aus, bekleidet mit den roten Hosen und einem schwarzen Baumwoll-Sweater. In der rechten Hand hielt sie eine Maschinenpistole – eine Ingram, wie Stallings erkannte, während er sich fragte, woher sie die hatte. Sie nickte Stallings zu, bedachte Overby mit säuerlichem Blick und ging zu der Stelle, wo ihr toter Bruder lag.

Sie starrte etliche Sekunden lang auf ihn, bevor sie Stallings und Overby anblickte. »Wer von euch hat ihn umgebracht?«

Als keiner antwortete, sagte sie: »Wer immer das war, hat mir den Ärger erspart.« Sie schaute wieder auf Espiritu. »Wir haben Carmen in dieser albernen Höhle von ihm gefunden. Hat er sie umgebracht?«

»Ja«, sagte Stallings.

»Mußte so kommen.« Sie seufzte schwer auf. »Auch den Jungen, Orestes?«

»Ihn auch.«

Sie schüttelte den Kopf, als könne sie es nicht glauben. »Der Junge war mein Sohn. Könnt ihr euch das vorstellen? Daß Alejandro seinen eigenen Neffen umbringt?« Sie wandte sich wieder den beiden Männern zu. »Yeah, ich glaube, ihr könnt euch das vorstellen.«

Wieder seufzte sie auf, diesmal noch schwerer als zuvor, und sagte: »Er ist nach und nach so schlecht geworden, wißt ihr? Nicht auf einmal.« Sie sah Overby an. »Glauben Sie, er hatte vielleicht einen Gehirntumor oder so was?«

»Könnte ich nicht sagen«, erwiderte Overby.

Minnie Espiritu deutete auf das M-16, das noch immer über Stallings rechter Schulter hing. »Gehört das Orestes?«

Er nickte.

»Ich nehme das, es sei denn, Sie wollen uns bei der Revolution helfen.«

»Nein, danke«, sagte Stallings, streifte sich das Gewehr ab und reichte es ihr. Sie gab es einem der jungen Wachposten und sagte etwas in Cebuano. Die fünf jungen Männer machten kehrt und gingen auf den Jeepney zu.

Minnie schenkte ihrem toten Bruder einen langen Blick, nickte Stallings und Overby zum Abschied zu und folgte den jungen Wachen. Auf Stallings' Frage hin drehte sie sich noch einmal um. »Was wollen Sie mit Al machen, Minnie?«

Sie bedachte ihren Bruder mit einem raschen Abschiedsblick. »Bis Mittag haben ihn die wilden Schweine gefressen«, sagte sie, wandte sich ab und schlenderte zum Jeepney. Nachdem sie hinten eingestiegen war, holperte der Jeepney den steinigen Weg hinab.

Otherguy Overby, pedantisch wie immer, sagte: »Hier oben gibt es gar keine wilden Schweine.«

»Also?«

»Also sagen sie das immer, wenn sie nicht sagen wollen: ›Wen, zum Teufel, kümmert das?‹«

»Woher soll ich das wissen?« sagte Booth Stallings.

37. KAPITEL

Es war am selben Morgen um 10.29 Uhr und bereits glühend heiß, als Artie Wu keinen Weg mehr sah. Er war mit dem gemieteten Avis-Transporter so nahe wie möglich an Punkt B auf Booth Stallings' Karte gefahren, doch noch immer waren sie etwa vier Kilometer davon entfernt. Die Bergstraße, der Wu von Cebu City aus gefolgt war, war vor zwei Kilometern in einen zerfurchten Pfad übergegangen. Er hielt den Transporter an, als der Pfad sich plötzlich zu einem Steig verengte, gerade breit genug für zwei kleine Ziegen oder einen mittelgroßen Mann.

Er wandte sich an Georgia Blue, die neben ihm saß und die grobe Karte studierte. »Ist es hier?« fragte Wu.

Sie nickte. »Hier ist es.«

Ohne den Kopf zu drehen, sprach Wu Durant an, der im sitzlosen Fond auf dem Boden hockte. »Was meinst du, Quincy?«

»Ich meine, wir sollten was essen.«

»Ich meine, du hast recht.«

Nachdem sie ihre Lunchpakete aus dem Magellan Hotel verzehrt hatten, langte Artie Wu in den Pappkarton, den Durant an diesem Morgen in den Transporter geladen hatte, und entnahm ihm ein zehn Zentimeter dickes Bündel mit einem Gummiband zusammengehaltener philippinischer 50-Pesos-Noten. Außerdem zog er eine 35mm-Minolta-Kamera heraus.

»Hier«, sagte Wu und reichte die Kamera Georgia Blue, die sie kurz inspizierte, bevor sie sie in ihrer Umhängetasche verstaute.

Wu teilte das Bündel 50-Pesos-Noten in annähernd gleiche Hälften, reichte die eine Durant, der das Geld zusammenfaltete und in eine Gesäßtasche schob, wo es eine unübersehbare Ausbuchtung bildete. Wu steckte seine nicht zusammengefaltete Hälfte in die rechte Hosentasche.

»Okay«, sagte Artie Wu, »wir gehen das langsam und locker an und versuchen, niemandem weh zu tun.«

»Diese Jungs sind Profis, Artie«, erwiderte Georgia Blue.

»Dann werden wir versuchen, niemanden zu töten.« Er schaute zu Durant. »Nimmst du die rechte oder die linke Flanke?«

»Die rechte, glaube ich«, sagte Durant, entfernte sich drei Meter vom Weg und inspizierte das, was eine undurchdringliche Barriere aus grün-schwarzem tropischen Regenwald zu sein schien. Georgia Blue brauchte zwei Sekunden, um den Inhalt ihrer Umhängetasche einer abschließenden Prüfung zu unterziehen. Als sie aufblickte, war Durant verschwunden.

»Immer noch der alte Angeber, wie man sieht«, sagte sie zu Artie Wu.

Wu lächelte. »Warum verborgenes Talent verbergen?« Er nickte zu dem Pfad hin, der in den Regenwald hineinführte. »Vor- oder Nachhut?«

»Du läßt mir die Wahl?«

Wu nickte.

»Dann nehm' ich die Nachhut.«

Wu zog und inspizierte den von Vaughn Crouch beschafften Revolver, schob ihn wieder in seine rechte Gesäßtasche, zog sich die Hosen über den mächtigen Bauch hoch und trabte den Pfad hinab, als beginne er sein allmorgendliches Fitneßtraining.

Georgia Blue ließ die rechte Hand in die Umhängetasche gleiten und wartete, bis Wu zwanzig Schritte voraus war. Dann folgte sie ihm mit derart fließendem und mühelosem athletischen Gang, daß ihre Fersen kaum den Boden zu berühren schienen.

So marschierten sie die nächsten 21 Minuten, Artie Wu an der Spitze, Georgia Blue sechs Meter dahinter; beide bewegten sich mit nicht übertrieben schnellen, aber stetigen 105 Schritten pro Minute voran, beide lauschten vergebens nach einem Lebenszeichen von Durant auf ihrer rechten Flanke, hörten aber nur das »Leck mich«-Gackern der Geckos und das Gezeter aufgebrachter Vögel.

Wu fragte sich gerade zum dritten oder vierten Mal, wie in einem so tiefen, kühl wirkenden Schatten eine derart unerträgliche Hitze entstehen konnte, als er eine Männerstimme den Befehl rufen hörte.

»Keine Bewegung, Wu!«

Wu blieb zwar stehen, aber nicht ohne Bewegung. Statt dessen hob er die Hände und drehte sich langsam um. Drei Meter von ihm entfernt stand Weaver P. Jordan und führte vor, was Artie Wu immer als Fernsehgymnastik bezeichnete: breitbeiniger Stand, Knie gebeugt, mit beiden Händen die Waffe haltend – in diesem Fall einen Revolver mit zehn oder zwölf Zentimeter langem Lauf.

»Morgen«, sagte Wu gerade, als Georgia Blue aus dem tropischen Regenwald glitt und Jordan von hinten mit der Linken einen Handkantenschlag versetzte, der seinen linken Arm lähmte. Trotz der Schmerzen versuchte Jordan, den rechten Arm herumzuschwenken und den Revolver ins Spiel zu bringen. Genau das schien Georgia Blue erwartet zu haben. Sie packte sein rechtes Handgelenk, riß es nach unten, hinter seinen Rücken und dann wieder nach oben, versetzte ihm dabei eine leichte Drehung, die den Ellbogen ausrenkte. Jordan ging in die Knie und ließ den Revolver fallen. Georgia Blue kickte ihn beiseite und trampelte ihm dann auf die linke Hand, mit der er sich abstützte. Aufheulend brach Jordan zusammen.

Just als das Heulen verstummte, vernahm Wu zu seiner Linken etwas Metallisches, das sich anhörte, als werde der Schlitten einer automatischen Waffe zurückgezogen. Die Hände noch immer erhoben, wandte sich Wu gerade rechtzeitig nach links, um mitzuerleben, wie Durant einem Mann, der etwas trug, das wie ein Designer-Dschungelkampfanzug aussah, mit einem Stock die Maschinenpistole aus den Händen schlug. Der Mann im Tarnanzug war der elegante Jack Cray.

Obgleich entwaffnet, blieb Jack Cray unverzagt. Er ging leicht in die Hocke, streckte beide Hände vor und wedelte damit in einer Art Kampfsportpose herum, die Durant offensichtlich so verblüffte, daß er den Stock fallen ließ und zurückwich. Mit einem komischen, wortlosen Schrei hüpfte Jack Cray auf Durant zu und versuchte einen Knöchelhieb an dessen Kehle zu landen. Durant entwischte ihm mühelos und verpaßte Cray einen harten Schlag mit der offenen Hand auf das rechte Ohr.

»Scheißkerl«, sagte Cray, gab seine Kampfsportpose auf und preßte sich zum Schmerzstillen die Hand auf das angeschlagene Ohr.

»Ich kümmere mich um Mr. Cray, Quincy«, sagte Artie Wu mit besänftigendem Lächeln. »Versorge du Mr. Jordan.«

»Was fehlt ihm denn?« fragte Durant.

»Georgia hat ihm den Ellbogen ausgerenkt«, sagte Wu. »Zumindest hoffe ich, daß es nicht mehr ist.«

Weaver P. Jordan schaute zu Durant auf und sagte: »Wird es weh tun?«

»Nur eine Sekunde.«

»Dann richten Sie ihn.«

Unter den Blicken von Wu, Georgia Blue und Cray legte Durant beide Hände an Jordans rechten Arm – eine auf den Bizeps, die andere auf den Unterarm. »Schauen Sie weg, wenn Sie möchten«, empfahl er Jordan.

Jordan schaute gerade weg, als Durant so schnell am Arm riß, daß seine Zuhörerschaft nicht einmal sicher war, ob sie das leise Knacken vernommen hatte, mit dem der Ellbogen wieder einschnappte. Jordan heulte erneut auf.

Als sein Geheul vorbei war, funkelte er Jack Cray an und sagte: »Vertrau ihr, hast du gesagt. Sie ist praktisch eine von uns, hast du gesagt.«

»Offenbar habe ich mich geirrt«, sagte Cray und wandte sich an Wu.

»Wohin führt uns all das?«

»An einen Punkt gegenseitigen Mißtrauens«, sagte Wu mit strahlendem Lächeln.

Weaver Jordan kam auf die Füße, funkelte jetzt Georgia Blue an. »Du hast uns ziemlich elegant geleimt, Georgia.«

»Bei Arschlöchern geht das immer leicht«, sagte sie.

»Noch ist nicht alles verloren, Gentlemen«, sagte Wu, und zu Durant gewandt: »Oder stimmst du mir da nicht zu, Quincy?«

»Und großer Ruhm ist noch zu ernten.«

Jack Cray hob eindrucksvoll eine Augenbraue an. »Welcher Gestalt soll dieser Ruhm sein?«

»Menschlicher Gestalt«, sagte Durant. »Alejandro Espiritu.«

Die gehobene Braue senkte sich wieder, als Cray die Augen zusammenkniff, was seinem Gesicht fast ein listiges Aussehen verlieh. Der Ausdruck brachte Durant zu der Erkenntnis, daß das einzig Schlimmere, als halbdumm zu sein, halbschlau zu sein war.

»Wollt ihr uns Espiritu verkaufen?« fragte Cray.

Artie Wu wirkte fast verletzt. »Ihn verkaufen? Großer Gott, nein. Er ist ein Geschenk – von uns allen an euch alle.«

»Ein Geschenk?« fragte Jordan. »Umsonst, meinen Sie?«

»Wenn's nicht umsonst ist, Weaver«, sagte Durant, »ist's auch kein Geschenk.«

Jordan grübelte über Durants Klarstellung, als sei sie eine besonders unergründliche Theorie. »Ich schätze, ich komme nicht oft genug mit Schlitzohren wie euch zusammen.«

»Aber warum«, fragte Jack Cray, »gebt ihr uns Espiritu, falls ihr das tatsächlich tut?«

»Quatsch beiseite?« fragte Wu.

Cray nickte.

»Weil wir unser Geld gern ausgeben möchten, ohne daß uns der öffentliche Dienst dabei über die Schulter sieht.«

Jack Cray nickte anerkennend. »Endlich eine halbwegs vernünftige Antwort.«

Was auch alles ist, dachte sich Durant, was eine halbwegs schlaue Frage verdient.

38. KAPITEL

Einunddreißig Minuten später gelangten alle Fünf zu der primitiven Bambusbrücke, die den Flußlauf überspannte, der zwischen den zwei steilen Berghängen entlangströmte. Das war Punkt B auf Booth Stallings' grober Karte, und Jack Cray mochte, als er sich umschaute, ganz und gar nicht, was er sah.

»Wer hat die Stelle ausgesucht?« fragte Cray.

»Warum?« fragte Durant.

»Es ist die perfekte Falle.«

Durant blickte hoch und sah sich um, nickte dann, als pflichte er überrascht bei. »Glaube ich auch.«

»Wer hat sie also ausgesucht?«

»Wahrscheinlich Espiritu.«

Jack Cray ließ den Blick über die eine Anhöhe schweifen, wandte sich kurz um und tat dasselbe mit der anderen. »Auf den Anhöhen da oben sind Banditen, stimmt's?«

»Warum sagen sie das?« fragte Artie Wu.

»Weil man die Scheißer spüren kann, deswegen«, erklärte Weaver P. Jordan. »Weil man's genau spüren kann, wenn man von einem Kerl aufs Korn genommen wird.«

Jack Cray trat so nahe an Artie Wu heran, wie er es, ohne ihn zu berühren, konnte. »Wer ist da oben, verdammt?«

Wu seufzte. »Söldner.«

»Söldner? Wessen Söldner?«

»Es könnten unsere sein. Möglicherweise Espiritus? Vielleicht sogar eure. Kommt ganz drauf an.«

Der Schock zeigte sich zuerst in Crays Augen, die er weit hervortreten ließ, und breitete sich dann bis zu seinem Mund aus, dem er ein dümmliches, fassungsloses Aussehen verlieh. Als er die nächste Frage stellte, geschah dies mit tiefer, monotoner Stimme, die der Schock jeglicher Ausdruckskraft einschließlich der normalen Modulation beraubt hatte. »Es war also bloß Quatsch, daß ihr uns Espiritu geben wollt, nicht wahr?«

Wu bedachte die weiter entfernte Anhöhe seinerseits mit einem langen Blick, bevor er antwortete. »Es gibt ein kleines Problem dabei«, räumte er ein. »Verstehen Sie, um die Söldner soweit zu bringen, daß sie sich von Espiritu fernhalten und ihre Finger von jedweder Belohnung lassen, die auch immer auf seinen Kopf ausgesetzt sein mag, mußten wir ihnen ein paar einträgliche Geiseln versprechen.«

Weaver P. Jordan wurde rot, als erleide er einen Schlaganfall. Die Stimme drohte ihm überzuschnappen. »Uns? Ihr habt denen mich und ihn versprochen?«

»Ihr wart greifbar«, sagte Georgia Blue.

Durant musterte den glasig blickenden Cray und den rotgesichtigen Jordan. »Wieviel würde Langley für euch zwei springen lassen?« fragte er. »Grob geschätzt.«

Cray antwortete, als habe er es auswendig gelernt. »Nicht einen Groschen. Die CIA verhandelt nicht mit Terroristen.«

»Es braucht ja keiner zu wissen«, sagte Wu.

»Ihr wißt es«, erwiderte Weaver Jordan.

Artie Wu nickte bekümmert. »Ja, vermutlich, oder nicht?« Sie schwiegen eine Weile, und dann lächelte Wu, als sei ihm plötzlich etwas eingefallen, ein so weiser und wunderbarer Gedanke, daß er an schiere Inspiration grenzte. »Ihr könnt natürlich –« Wu unterbrach sich. »Na ja, ist egal.«

»Wir könnten was?« fragte Cray.

»Ihr könntet euren eigenen Deal mit ihnen machen.« Wu wandte sich an Durant. »Was meinst du, Quincy?«

Durant schien darüber nachzudenken. »Sicher. Warum nicht?«

»Georgia?« fragte Wu.

»Wäre jedenfalls besser, als ein halbes oder ein Jahr lang da oben in den Bergen Geisel zu spielen«, sagte sie zu Cray und Jordan. »Es sei denn, ihr beide seid verrückt auf Fischköpfe mit Reis.«

Resignation breitete sich auf Crays Gesicht aus und tilgte die letzten Überbleibsel des Schocks. In Gestalt eines schwachen Lächelns kehrte Zynismus ein und löste die Resignation ab. »Kommt jetzt nicht die Stelle, wo ich fragen muß: Ich fürchte, die nehmen keine Kreditkarte?«

Wus Stirnrunzeln drückte echte Besorgnis aus. »Geld stellt allerdings ein Problem dar.«

»Aber kein unüberwindliches, stimmt's?« fragte Cray.

Wu warf Durant einen fragenden Blick zu, der ihm die Antwort zunickte. »Ja, na ja, ich nehme an, Quincy und ich könnten Ihnen das Geld leihen, und Sie geben uns einen Schuldschein oder ähnliches.«

»Eine Absichtserklärung wäre am besten«, sagte Durant.

»Ihr Scheißkerle«, sagte Weaver Jordan.

Wieder blickte Jack Cray erst zur einen Anhöhe, dann zur anderen, drehte sich zu Wu um und sagte: »Stellen Sie das Ding aus.«

Wu lächelte Georgia Blue an. »Georgia?«

Sie griff in ihre Umhängetasche und entnahm ihr ein Kuvert. Aus dem Kuvert zog sie ein dreifach gefaltetes Blatt Briefpapier, das sie entfaltete und Jack Cray reichte.

Er warf einen Blick darauf. »Sauber getippt, wie ich sehe.«

»Was steht drauf?« fragte Weaver Jordan.

»Oben drüber steht ›Absichtserklärung‹, und dann steht da: ›Für den erhaltenen Betrag garantieren wir Arthur Case Wu und Quincy Durant auf Verlangen die Zahlung der Summe von achtundvierzigtausend philippinischen Pesos oder zweitausendvierhundert US-Dollar zum üblichen Zinssatz von sechs Prozent per annum.‹ Und dann ist da nur noch Platz für das Datum und unsere Unterschrift.«

»Wer hat einen Kugelschreiber?« fragte Weaver P. Jordan. »Ich unterschreib' das Scheißding.«

Wortlos reichte ihm Georgia Blue einen Kugelschreiber. Durants Rücken als Unterlage benutzend, setzte Jordan schwungvoll seine Unterschrift darunter und reichte die Absichtserklärung Cray, der Wu anfunkelte. »Wir unterschreiben natürlich unter Zwang.«

Wu lächelte höflich zurück. »Darüber lassen wir die Anwälte streiten, sollte es je dazu kommen.«

Cray unterschrieb, händigte Wu das Schriftstück aus und sagte: »Okay. Bringen wir's hinter uns.«

Durant wandte das Gesicht der weiter entfernten Anhöhe zu, zog ein weißes Taschentuch aus der Hosentasche und schwenkte es über dem Kopf hin und her.

»Was, zum Teufel, macht ihr da?« fragte Weaver Jordan.

»Wir ergeben uns, was sonst?« erwiderte Durant.

Auf der weiter entfernten Anhöhe grinste Vaughn Crouch auf den taschentuchschwenkenden Durant hinab, wandte sich seinem Sergeanten auf Zeit zu und sagte: »Nun, mein Sohn, du weißt, was zu tun ist.«

»Alles klar«, sagte der Sergeant.

Befehle brüllend, hatte der Sergeant seine 23 bewaffneten Söldner in zwei ordentlichen Reihen neben der Bambusbrücke Aufstellung nehmen lassen. Zwölf Männer hatten sich in Habachtstellung in der ersten Reihe aufgebaut, elf in der zweiten. Weaver Jordan und Jack Cray waren die Zahlmeister. Das dicke Bündel philippinischer 50-Pesos-Scheine in der Hand, zahlte Cray jeweils 2000 Pesos aus. Die abgezählte Summe reichte er Jordan, der sie mit dem intakten rechten Arm wiederum an den jeweils nächsten Söldner in der Reihe weiterreichte. Der Sergeant bestätigte jede Einzelzahlung mit einem Grunzen und einem Nicken.

Als Cray und Jordan bis zur Hälfte der ersten Reihe vorangekommen waren, zog Georgia Blue die 35mm-Minolta aus ihrer Umhängetasche und machte einige Schnappschüsse von der Auszahlung. Jack Cray hielt inne, wandte sich um und wollte etwas sagen, doch als der Sergeant ihm die riesige, aber sanfte Hand auf die Schulter legte, besann er sich eines besseren.

Georgia Blue verewigte Cray mit offenem Mund und der Hand des Sergeanten auf der Schulter.

Nachdem der letzte Söldner ausbezahlt war, gingen Cray und Jordan in Begleitung des Sergeanten zu Wu und Durant.

»Was jetzt?« fragte Cray.

»Nun, jetzt kommen wir zu der Stelle mit dem Ruhm«, sagte Wu. »Sie und Mr. Jordan werden diese tapferen Ex-NPA-Freiheitskämpfer zurück nach Cebu City geleiten, wo sich alle den entsprechenden Staatsorganen ergeben werden. Wie sie die CIA genau dazu überreden konnte, von den Bergen herabzukommen, überlassen wir Ihrer Phantasie. Aber was immer Sie sich einfallen lassen, die Jungs werden es beschwören. Stimmt's, Sergeant?«

»Unbedingt«, sagte der Sergeant.

Das darauf eintretende Schweigen zog sich immer länger hin, bis Jordan mit einem Blick auf Cray sagte: »Weißt du, es könnte echt funktionieren.«

Einen kurzen Augenblick später nickte Cray und blickte dann Durant an. »Was noch?«

»Eine letzte Sache«, sagte Durant. »Falls man euch jemals fragt, habt ihr nie von irgendwem namens Wu, Stallings, Overby, Blue oder Durant gehört. Jedenfalls nichts Genaueres.«

Cray ließ sich die Drohung durch den Kopf gehen. »Wenn wir nichts von euch gehört haben«, sagte er bedächtig, »dann könnt ihr auch nie was von uns gehört haben, richtig? Und ihr könnt mit den Fotos und dieser Absichtserklärung nichts anfangen.«

»Was für ein kluger Knabe«, besagte der strahlende Blick, den Artie Wu Cray schenkte. Laut sagte er: »Und so haben wir uns alle in ein perfektes Patt hineinmanövriert.«

»Anderswo auch gegenseitige Erpressung genannt«, sagte Durant.

»Détente gefällt mir besser«, sagte Weaver Jordan.

Wieder strahlte Wu. »Dann nennen wir es Détente.«

Um 15.31 Uhr traten sie aus dem tropischen Regenwald, beide leicht hinkend, Overby vorneweg und Booth Stallings einige

Meter dahinter. Zuerst sahen sie die Bambusbrücke und dann, etwas weiter rechts im Schatten üppig wuchernder Nipa-Palmen sitzend, Wu, Durant und Georgia Blue. Durant war als erster auf den Beinen und trottete auf Overby zu, der stehenblieb und ihn erwartete. »Wo, zum Teufel, ist er?« wollte Durant wissen.

»Genau hinter mir, als ich mich das letzte Mal umgedreht habe«, sagte Overby, wandte sich um und sah Booth Stallings langsam zu ihm aufschließen. »Ja. Da ist er ja.«

Durant wartete geduldig, bis Stallings bei ihnen war. »Ich meine Espiritu.«

»Oh«, sagte Overby. »Der. Na ja, er hat's nicht geschafft.«

»Espiritu ist tot«, sagte Stallings .

»Was ist passiert?«

Offenbar wollte weder Overby noch Stallings den Anfang machen. Schließlich sagte Stallings: »Wir würden uns gern in den Schatten setzen, einen Schluck Wasser trinken und vielleicht einen Schluck Whisky, falls jemand welchen hat, und dann werde ich erzählen, was passiert ist. Und falls Otherguy meine Version nicht gefällt, kann er seine erzählen.«

Sie saßen nebeneinander im Schatten der üppigen Nipa-Palmen, drei große, staunende Kinder namens Wu, Durant und Blue, und lauschten gebannt der Geschichte, die da zur Märchenstunde im Dschungelkindergarten erzählt wurde. Wenigstens würde sich Otherguy Overby später so an die Szene erinnern.

Stallings, der Geschichtenerzähler, begann mit dem Tod von Alejandro Espiritus Neffen Orestes; fuhr dann mit Carmen Espiritus Tod in der Höhle fort; kam mit dem Tod von Espiritu selbst zum Höhepunkt (»Otherguy schoß ihn zweimal in den Rücken, bevor Al mich erschießen konnte. Danach fühlte Otherguy sich ein bißchen schlecht, aber ich mich garantiert ganz und gar nicht.«); und er endete mit der Ankunft von Minnie Espiritu und ihren fünf jungen Wachen.

Als Stallings mit seiner Geschichte fertig war, fragte er: »Jemand dran gedacht, eine Flasche mitzubringen?«

Georgia Blue griff in ihre offenbar bodenlose Umhängetasche und förderte eine Halbliterflasche Black and White Scotch Whisky zutage, die sie Stallings reichte. Er schraubte den Verschluß auf, nahm einen tiefen Schluck und reichte sie Overby, der auch trank und sie dann Artie Wu anbot, der den Kopf schüttelte. Durant ebenfalls. Overby gab die Flasche wieder Georgia Blue und verkroch sich in seine abgeschottete Privatsphäre, wo er abwartete, wer wofür verantwortlich gemacht werden würde.

Wu sah Overby an und nickte verständnisvoll. »Ist es ungefähr so passiert, Otherguy?«

»Das ist es.«

»Was, glaubst du, ist schiefgelaufen?«

»Insgesamt?«

Wu nickte.

Overby dachte nach, bevor er antwortete. »Du hast einen echt schlauen Plan ausgeheckt, Artie. Einen deiner besten. Vielleicht hier und da ein bißchen spitzfindig, und vielleicht ein bißchen kitzelig, aber, zum Teufel, es ging um einen großen Fischzug, und niemand von uns, dich und Durant ausgenommen, hat in letzter Zeit zusammengearbeitet. Also, das war in Ordnung. Und jeder hatte seine eigene Aufgabe, und soweit ich beurteilen kann, hat jeder diese Aufgabe erledigt – bis auf eine Person.«

»Wer?« fragte Durant.

Obwohl der Schweiß noch immer über Overbys Gesicht floß, drückte das Lächeln, mit dem er Durant bedachte, frostige Mißbilligung aus. »Espiritu. Ihr Burschen habt irgendwie vergessen, ihm den ganzen Text zu geben. Vor allem den letzten Akt. Hättet ihr das, vielleicht wäre die Sache dann besser gelaufen.«

»Vielleicht«, sagte Artie Wu. »Vielleicht auch nicht.« Unverhohlene Neugier im Gesicht, beugte er sich zu Overby vor. »Was wäre gewesen, wenn du ihn nicht erschossen hättest, Otherguy?«

Overby seufzte. »Na ja, Booth hier wäre tot, und ich – na ja, ich hätte vielleicht um fünf Millionen reicher sein können.« Er stockte. »Jedenfalls um zweieinhalb Millionen.«

Durant funkelte ihn an. »Du hast es solo versucht, nicht wahr?«

Overby funkelte zurück. »Habe ich das?«

Artie Wu lächelte. »Nehmen wir an, dir ging der Gedanke durch den Sinn – flüchtig natürlich.«

Overby zuckte nur die Achseln.

Booth Stallings sah Overby mit einem schiefen, freundlichen Lächeln an. »Das war eine verfluchte Wahl, die du getroffen hast, Otherguy.«

Overby nickte. »Na ja, ich hab' sie getroffen«, sagte er. »Und jetzt muß ich wohl damit leben.«

39. KAPITEL

Als Booth Stallings am nächsten Morgen um 6.30 Uhr nach dreieinhalb Stunden Schlaf zum Frühstück hinunterkam, war Vaughn Crouch, der Colonel im Ruhestand, der einzige andere Gast im Zugbu-Restaurant des Magellan Hotels. Stallings versorgte sich am Frühstücksbüffet mit Reis, Obst und Rührei und setzte sich zu Crouch an den Tisch.

»Um welche Zeit seid ihr zurückgekommen?« fragte Crouch, während er das letzte Stück Schinken auf seinem Teller aufspießte.

»Kurz vor drei, heute morgen.«

»Ich bin gestern nachmittag zurückgekommen – gegen halb fünf.«

»Sie mußten nicht ganz so weit laufen.«

»Schläft der Rest von deinem Haufen noch?«

Stallings nickte und kostete von seinem Ei, das so schmeckte, wie Eier geschmeckt hatten, als er noch ein Kind war.

»Dann haben sie das hier noch gar nicht gesehen, schätze ich«, sagte Crouch und reichte Stallings eine Morgenzeitung von Cebu City. »Meine Jungs sind vorne drauf«, verkündete er stolz. »Hatten einen Heidenspaß.«

Booth Stallings las die Schlagzeile zuerst, die über drei Spalten in fetten, 48 Punkt großen Kursivlettern meldete: BERICHT ÜBER KAPITULATION UMSTRITTEN. Dann las er die Geschichte, oder zumindest die ersten drei Absätze:

> CEBU CITY. – Die gestrige Kapitulation von 24 Rebellen in Catmon Town im Norden dieser Stadt wurde umgehend als »ausgeklügeltes Manöver psychologischer Kriegsführung, angezettelt von der CIA und der Armee, um die revolutionären Kräfte zu demoralisieren«, bezichtigt.

Die Verlautbarung, in der die angebliche Kapitulation bestritten wird, wurde vom regionalen Einsatzkommando Cebu der New People's Army (NPA) herausgegeben und ist unterzeichnet mit »Kommandant Min«, nom de guerre (Kriegsname) von Miss Minerva Espiritu, der Schwester des legendären NPA-Führers Alejandro Espiritu.

Die 24 angeblichen Rebellen, die gestern »überliefen«, waren in Begleitung von zwei Männern, die Augenzeugen als »Europäer« beschrieben. Die Polizei von Catmon Town weigerte sich, die beiden männlichen Europäer zu identifizieren, und bestritt später deren Anwesenheit.

Stallings brach die Lektüre ab, reichte die Zeitung Crouch und wandte sich wieder seinem Frühstück zu. Nach der nächsten Gabel Rührei sagte er: »Wo waren Sie?«

Der Colonel im Ruhestand grinste. »Sobald ich die Jungs und diese beiden Hosenscheißer aus Langley aus den Bergen raus hatte, bin ich gewissermaßen verschwunden.« Er deutete auf den Zeitungsartikel. »Sicher, daß du den Artikel nicht zu Ende lesen willst?« fragte er. »Er wird nämlich noch besser.«

»Wen kümmert's?« sagte Stallings und schob seinen Frühstücksteller beiseite.

Crouch setzte seine Dreistärkenbrille auf, um Stallings einer genauen Musterung zu unterziehen. »Irgendwas ist passiert, stimmt's – droben in den Bergen.«

Stallings nickte. »Al ist draufgegangen. Vermutlich könnte man das ein Ereignis nennen – eines worüber Sie am besten mit niemandem sprechen.«

»Großer Gott. Der alte Al«, sagte Crouch, lehnte sich in seinem Stuhl zurück, nahm die Brille ab und starrte fast eine Minute lang in ein trübes Nichts. »Nun, ich glaube, er war gewissermaßen fällig, du nicht?«

»Ich glaube nicht, daß Al das geglaubt hat«, sagte Booth Stallings.

Otherguy Overby kam an diesem Morgen wenige Minuten nach neun Uhr aus der Pforte des Magellan Hotels und ging auf den klimatisierten Kombi des Hotels zu, der ihn, Wu, Durant, Stallings und Georgia Blue zum Flughafen von Cebu und der Elf-Uhr-Maschine nach Manila bringen sollte.

Etwas Blau-Gelb-Schwarzes fesselte seinen Blick. Es war die Anschlagtafel des Rotary Clubs von Metro Cebu, dessen vierte Frage noch immer zu bedenken gab: »Wird es für alle Betroffenen SEGENSREICH sein?«

»Für alle bis auf einen«, entgegnete Overby, selbst überrascht, daß er laut gesprochen hatte, und noch mehr überrascht, als er Artie Wu direkt hinter sich entdeckte. Wu blickte dahin, wo Overby hingeschaut hatte, las den Text auf der Anschlagtafel des Rotary Clubs und lächelte.

»In Manila, Otherguy«, sagte Wu, »reden wir darüber.«

»Worüber?« fragte Overby.

»Über die richtige Antwort auf Frage vier.«

Booth Stallings war ein Fensterplatz auf der Backbordseite der Philippine-Airlines-Maschine zugewiesen worden. Neben ihm saß Quincy Durant. Auf der anderen Seite des Gangs hatten Georgia Blue und Artie Wu Platz genommen. Zwei Reihen weiter vorn hatte Otherguy Overby einen Sitzplatz am Gang für sich allein.

Nachdem die Maschine ihre Flughöhe erreicht hatte, starrte Stallings hinab auf die schmale, langgestreckte grüne Tropeninsel Cebu, bis sie seinen Blicken entschwunden war. Als er sich zurücklehnte, senkte Durant seine Zeitung und fragte: »Haben Sie es gefunden?«

»Was?«

»Wonach immer Sie Ausschau gehalten haben.«

»Ich habe Ausschau nach einem neunzehnjährigen Second Lieutenant gehalten, der mit einem Karabiner, sechs Handgranaten und den gesammelten Gedichten von Rupert Brooke auf einen Späh- und Erkundungsgang auszog.«

»Und?«

»Ich habe ihn gefunden.«

»Wie war er?«

Stallings wandte sich Durant zu. »Älter. Das ist alles. Bloß älter.«

»Und weiser?«

»Nicht so, daß man's merken würde.«

Am gleichen Tag um 12.06 Uhr betrat Quincy Durant die Haupthalle des Manila International Airport. Vor ihm waren Artie Wu und Otherguy Overby. Direkt hinter ihm gingen Booth Stallings und Georgia Blue. Um 12.07 Uhr wurde er von dem Detective der Mordkommission von Manila festgenommen, der zwei der gescheitesten braunen Augen besaß, die Durant je gesehen hatte.

Während ihm ein anderer Detective die Handschellen anlegte, sagte Durant: »Darf ich fragen, warum?«

»Nein«, entgegnete Lieutenant Hermenegildo Cruz.

»Darf ich einen Anwalt anrufen?«

»Nein.«

»Wie steht's mit meinen Rechten, so es sie gibt?«

Lieutenant Cruz lächelte, als genieße er den Wortwechsel. »Welche Rechte?«

Artie Wu hatte sich jetzt umgedreht und schritt zu Durant hin, als ein dritter Detective vor ihn trat und ihm den Weg versperrte. Wu blieb stehen und funkelte derart bedrohlich auf den einen Meter siebzig großen Detective herab, daß ein vierter Detective hinzueilte, um eine Zwei-Mann-Barriere zu bilden.

Lieutenant Cruz führte Durant dahin, wo Wu, noch immer von den beiden Detectives behindert, stand. »Wollten Sie etwas sagen?« fragte Lieutenant Cruz.

So bombastisch, wie er konnte, sagte Wu: »Das können Sie nicht tun – er ist amerikanischer Staatsbürger.«

»Ach Gott, davon hatte ich keine Ahnung«, sagte Lieutenant Cruz, während er Durant abführte.

Zwei der Detectives in Zivil verfrachteten den noch immer gefesselten Durant auf den Vordersitz eines schwarzen Nissan Maxima und warteten, bis Lieutenant Cruz sich ans Steuer gesetzt hatte. Dann tauchten die Männer in einer kleinen Ansammlung Gaffer unter, die aus nächster Nähe sehen wollten, ob Durant etwas Schreckliches zustoßen würde.

Lieutenant Cruz stieß mit dem Maxima rückwärts aus der mit einem gestanzten Schild versehenen Parklücke, demzufolge der Platz für den stellvertretenden Flughafenleiter reserviert war. Keiner der beiden Männer sprach, bis sie den Flughafen hinter sich gelassen hatten und auf die EDSA einbogen.

Da erst sagte Lieutenant Cruz: »Ich glaube, ich werde gegen Sie wegen des Mordes an Ihrer noblen Freundin Emily Cariaga ermitteln.«

»Ich stelle fest, daß dies nicht der Weg zum Polizeihauptquartier ist«, warf Durant ein.

»Ich könnte einen wasserdichten Fall gegen Sie konstruieren – Gelegenheit, Motiv, all das.«

»Ein Verbrechen aus Leidenschaft, wie?«

»Was sonst?«

»Sie können die Handschellen jetzt abnehmen.«

»Später«, sagte Cruz, und mit Ausnahme des Lärms seiner Hupe, die er, nötig oder nicht, alle vier Sekunden drückte, war es still im Wagen. »Ich weiß, wer sie umgebracht hat«, sagte Lieutenant Cruz, nachdem sie in wortlosem Schweigen vier Querstraßen weit gefahren waren.

»Ich auch.«

Lieutenant Cruz warf Durant einen schnellen Blick zu und achtete dann wieder auf den Verkehr, der, wie er entschied, eine weitere Kostprobe seiner Hupe vertragen konnte. »Wie lange wissen Sie das schon?«

»Seit Tagen.«

»Und Sie sind damit nicht rausgerückt?«

»Ich war beschäftigt.«

»Unten in Cebu.«

»Ja.«

»War das nicht eine Vergnügungsreise, oder?«

»Rein geschäftlich.«

Das folgende Schweigen währte diesmal fünf Querstraßen, bis Lieutenant Cruz sagte: »Ich weiß, wer sie getötet hat, aber ich kann's nicht beweisen.«

»Womöglich kann ich es«, sagte Durant, »aber ich muß es auf meine Weise machen.«

»Das würde uns vor ein paar heikle Probleme stellen.«

»Nicht so heikel wie das, was Sie schon haben.«

»Ich werde darüber nachdenken«, versprach Lieutenant Cruz.

»Sie haben Zeit bis morgen früh um acht.«

»Was passiert dann?«

»Ich fliege nach Hongkong.«

Lieutenant Cruz sagte nichts. Statt dessen bog er von der EDSA in die Ayala Avenue ab, die in das Herz des Bankenviertels von Manila führte. Unten an der Ayala Avenue war es gewesen, wo Frau Aquinos Anhängerschaft aus Hochfinanz und Mittelklasse bevorzugt promeniert hatte.

Lieutenant Cruz fuhr am Ritz Tower zur Rechten und am Kaufhaus Rustan zur Linken vorbei. Nachdem er die Fonda Street und das Rizal Theatre hinter sich gelassen und die Makati Avenue überquert hatte, sagte Durant: »Da hinten ist mein Hotel, das Peninsula.«

»Ich weiß«, sagte Lieutenant Cruz, doch er fuhr mit unverminderter Geschwindigkeit weiter, bis er das Associated Bank Building erreichte, wo er anhielt. Ein Mann um die dreißig, der ein Hawaii-Hemd trug, öffnete wortlos Cruz' Tür. Das Hemd bedeckte die Pistole, verbarg aber nicht deren Ausbuchtung an der rechten Hüfte des Mannes. Nachdem Lieutenant Cruz aus dem Wagen gestiegen war, schlüpfte der Mann hinter das Steuer.

Durant stand jetzt auf dem Gehsteig und starrte an dem Gebäude hoch, als Lieutenant Cruz sich zu ihm gesellte. »Eine Bank«, sagte Durant.

»Eine Bank«, pflichtete ihm Lieutenant Cruz bei und bedeutete ihm mit einem Nicken hineinzugehen, wo sie den Aufzug ins fünfte Stockwerk nahmen, einen langen Flur entlangschritten, in ein Empfangszimmer traten, in dem es keine Empfangsdame gab. Lieutenant Cruz durchquerte den kleinen Raum und klopfte an eine dunkle Metalltür. Eine Stimme hinter der Tür sagte: »Herein.«

»Das gilt Ihnen«, sagte Lieutenant Cruz.

»Ich fliege trotzdem morgen früh um acht Uhr nach Hongkong.«

»Wir werden uns lange vorher sprechen«, sagte Lieutenant Cruz und nahm Durant die Handschellen ab.

Durant nickte zu der Eisentür hin. »Hängt das, was Sie tun, von der Person ab, die da drin ist?«

Einen Augenblick später beantwortete Lieutenant Cruz seine Frage mit einem leichten Nicken.

Durant drehte sich um, öffnete die Tür und betrat ein großes Büro, dessen Einrichtung aus zwei grauen Metallstühlen bestand. Der eine hatte Armlehnen; der andere nicht. In dem Stuhl ohne Lehnen saß eine Frau um Mitte Dreißig, die ein dunkelblaues Kleid trug, das aus Seide zu sein schien.

Bevor Durant zum Reden kam, sagte die Frau: »Wir sind uns einmal bei Emily begegnet.«

»Ich erinnere mich.«

Sie zeigte auf den Stuhl mit den Lehnen. »Bitte.«

Durant setzte sich und entschied, daß man sich ihrer Augen und des Mundes wegen leicht an sie erinnern konnte. Die Augen waren zu groß und viel zu traurig. Der Mund war zu voll, zu breit und zu melancholisch. Emily Cariaga hatte behauptet, daß die Männer Narren aus sich machten, nur weil sie einmal sehen wollten, ob sie diesen breiten Mund zum Lächeln bringen könnten.

Durant erinnerte sich außerdem, daß die vor ihm sitzende Frau eine kostspielige Ausbildung in der Schweiz und in Dublin genossen hatte, bevor sie reich verheiratet worden war. Zudem hatte sie zwei Kinder, spielte gut Klavier, schrieb stimmungsvolle Vierzeiler und gab sündhaft viel Geld für Kleidung aus. Und jetzt, dachte er, wird sie dir erzählen, wer sie wirklich ist und warum du dich mit ihr ohne Zeugen in einem Raum mit zwei Stühlen triffst.

»Zuerst möchte ich mich für das entschuldigen, was Ihnen am Flughafen wie eine Ungezogenheit erschienen sein muß«, sagte sie in ihrem tiefen Kontraalt, dessen leichter philippinischer Akzent mit einer Spur Gälisch gewürzt war.

Durant nickte nur wortlos.

»Uns sind aus Cebu Berichte über Ihre geschäftlichen Abmachungen mit Alejandro Espiritu zugegangen.«

»Uns?«

»Der Regierung.«

»Der Aquino-Regierung?«

Ihre großen Augen wurden noch größer. »Sie denken doch nicht etwa, daß –«

»Ich denke gar nichts.«

»Die Regierung ist bestrebt, Alejandro Espiritu zu ... zu neutralisieren. Unseres Wissens nach sind ihm zwanzig Millionen US-Dollar geboten worden, um nach Singapur ins Exil zu gehen.«

Sie hielt inne, als warte sie auf Durants Bestätigung oder Dementi. Als er keines von beiden vorbrachte, sagte sie: »Sie machen das alles sehr schwierig, Mr. Durant.«

»Ich höre zu.«

»Die Regierung hätte keinerlei Einwände, falls Espiritu an einen Ort seiner Wahl ins Exil gehen möchte, vorausgesetzt natürlich, daß er nicht mit Mitteln ausgestattet wird, die es ihm ermöglichen, Waffen zu kaufen.«

»Wie im Fall Aguinaldo.«

Fast hätte sie gelächelt. »Ja, wie bei Aguinaldo.«

»Anscheinend suchen Sie jemanden wie diesen korrupten britischen Konsul, der Aguinaldo um sein Geld beschissen hat.«

»Sie kennen sich in philippinischer Geschichte aus, Mr. Durant.«

»Nicht unbedingt.«

»Er muß kein Engländer sein«, sagte sie. »Er könnte sogar die zwanzig Millionen Dollars behalten.«

»Was ist, wenn ich nein, danke sage?«

»Oh, mein Lieber. Ich hoffe sehr, daß Sie nicht ablehnen.«

»Ich muß erst die Alternativen erkunden.«

»Falls Sie ablehnen, müssen wir Sie einfach wegen des Todes der armen Emily unter Anklage stellen.«

»Das glaube ich nicht.«

»Ich sagte nicht, verurteilen. Ich sagte, unter Anklage stellen. Das könnte schrecklich ... nun, unangenehm sein.«

Durant lächelte mitfühlend. »Sie sind darin noch nicht sehr gut, nicht wahr?«

Sie wich seinem Blick aus. »Eigentlich nicht.«

»Man braucht Übung.«

Sie bedachte ihn mit einem kalten Blick. »Wie alles, das die Mühe lohnt.«

»Nun, zunächst einmal sind es keine zwanzig Millionen, sondern fünf Millionen, und das Exil ist Hongkong, nicht Singapur.«

Kein harter Schlag hätte sie mehr überraschen können. »Fünf Millionen?«

Durant nickte und dachte insgeheim, wenn ihre nächste Frage das betraf, was er vermutete, könnte sie mit ihrer neuen Karriere doch Zukunft haben.

»Wessen Geld ist es?« fragte sie.

Die richtige Frage, dachte Durant. »Was sagen denn Ihre Geheimdienstleute?«

»Daß es von einem Konsortium amerikanischer und japanischer Unternehmen zur Verfügung gestellt wird.«

Durant seufzte. »Sie sollten sich ein paar bessere Mitarbeiter suchen. Es ist Marcos' Geld.«

»Ach Gott«, flüsterte sie.

»Und es soll alles für Waffen ausgegeben werden.«

Sie nickte. »Natürlich.«

»Wodurch das Gespenst der roten Gefahr heraufbeschworen und der Putsch beschleunigt werden kann. Was für Zeitvorstellungen bezüglich des Putsches hat denn die Regierung?«

Sie biß sich auf ihre volle Unterlippe, als versuche sie zu entscheiden, ob sie lügen sollte. »Innerhalb eines Jahres«, sagte sie. »Vielleicht in neun Monaten. Jedenfalls werden sie den Versuch machen.«

Durant erhob sich. »Okay, ich kann garantieren, daß Espiritu die fünf Millionen nie in die Hände bekommen wird.«

»Garantieren?«

Er nickte. »Garantieren. Aber Sie müssen mir Lieutenant Cruz geben.«

»Ihn Ihnen geben?«

»Ihn mir unterstellen.«

»Für wie lange?«

»Ein paar Tage – von jetzt an.«

Sie traf ihre Entscheidung schnell. »Na gut. Was sonst noch?«

»Wie möchten Sie Espiritu? Tot oder lebendig?«

Es war ein weiterer harter Schlag, doch sie steckte ihn diesmal leichter weg, obwohl Durant meinte, er könne Tränen in ihren riesigen Augen aufsteigen sehen. »Ich kann nicht – oder besser, ich will Ihnen nicht auftragen –«

»Sie brauchen wirklich Übung«, sagte er. »Es ist eine theoretische Frage. Würden Sie es vorziehen, wenn Espiritu bestochen, entehrt und ins Exil weggepackt wird oder wenn er unten in Cebu eines natürlichen Todes stirbt?«

Sie brauchte eine volle Minute, sich zu entscheiden, starrte dabei auf den kahlen Fußboden, als liege dort die Antwort. Als sie aufschaute, fand Durant, daß sich ihre Augen verändert hatten – von traurig und tränenreich zu kalt und unversöhnlich.

»Tot«, sagte sie mit leiser, fester Stimme.

»Okay«, sagte Durant.

40. KAPITEL

Nachdem Otherguy Overby an die Tür von Artie Wus Suite im fünften Stock des Manila Peninsula Hotels geklopft hatte, wurde er hineingebeten. Als er eintrat, sah er Durant an der Wand lehnen. Artie Wu, der frisch frisiert wirkte und seinen weißen, seidenen Geldanzug trug, saß auf der Couch. Overby hätte es vorgezogen, sie mit hochgelegten Beinen, ausgezogenen Schuhen und ein Bier trinkend vorzufinden.

»Setz dich, Otherguy«, sagte Wu. »Magst du ein Bier?«

Overby schüttelte den Kopf, während er sich auf einen gradlehnigen Stuhl setzte, die Arme schützend vor der Brust verschränkte und die Füße fest auf den Teppich stemmte.

»Alles geregelt?« fragte Durant.

Overby blickte ihn an. »Ich hab' den alten Colonel unten in Cebu angerufen, und er hat Minnie die Kunde bestellt. Sie hat eingewilligt, uns in Hongkong zu treffen, möchte aber einen Beweis, daß alles paletti ist. Andernfalls kein Geschäft. Okay?«

Wu sagte, das ginge in Ordnung, und Overby fuhr fort: »Willkommen-Willkommen hat per Telex die Bestätigung für unsere Zimmerreservierung im Hongkong-Peninsula bekommen, und die schicken ein paar Autos, um uns vom Flugplatz abzuholen.« Er hielt inne und schaute wieder zu Durant. »Was ist mit dem Bullen von der Mordkommission, Lieutenant Cruz?«

»Manila hat über eine inoffizielle Leitung Hongkong kontaktiert und ihn dort beim CID eingeschleust«, sagte Durant. »Er bekommt ihre uneingeschränkte Mitarbeit.«

»Keine Probleme mit der Fluggesellschaft, nehme ich doch an?« sagte Wu zu Overby.

»Keine.«

Wu schenkte Overby einen langen Blick, der echte Zuneigung

auszudrücken schien. »Ich wollte Quincy gerade von dieser Anschlagtafel des Rotary Clubs in Cebu erzählen, Otherguy. Wie ging das noch? ›Wird es allen Beteiligten nützen?‹ «

»Für alle Beteiligten segensreich sein«, berichtigte ihn Overby.

Wu nickte, als sei er für diese Richtigstellung dankbar. »Und es sieht ganz so aus, als könnte es wirklich segensreich sein, nicht wahr?« stellte er fest. »Bis auf einen von uns.« Er starrte Overby an. »Oder womöglich zwei.«

»Komm zur Sache, Artie«, sagte Overby. »Du kannst mich ein andermal an der Nase rumführen.«

Wu seufzte. »Ich glaube, ich möchte ein Bier, Quincy.«

»Ich auch«, sagte Overby.

Durant ging zum Minikühlschrank des Zimmers, entnahm ihm drei Dosen San Miguel und verteilte sie. Wu öffnete seine, trank und sagte: »Für wen hast du dich ausgegeben, Otherguy, als du von Cebu aus den Secret Service angerufen hast?«

»Reuters«, sagte Overby und trank einen Schluck Bier.

»Und gefragt wonach?«

»Vergangenes Jahr, Oktober.«

»Ein besonderes Datum?« fragte Durant.

Overby zuckte die Achseln. »Achtzehnter Oktober, um den Dreh.«

Wu und Durant schauten einander an. Durant schüttelte den Kopf. Das Datum sagte ihm nichts.

»Achtzehnter Oktober. Und wo?« fragte Wu.

»New York.«

»Es ist wie Zähne ziehen«, warf Durant ein.

»Otherguy erzählt eben auf seine Weise«, sagte Wu. »Wo in New York, Otherguy?«

»Vereinte Nationen.«

»Ah«, sagte Wu.

»Was heißt das verdammte ›Ah‹?« fragte Durant.

Wu ignorierte ihn und lächelte Overby an. »Du machst das gut, Otherguy. Was ist vergangenes Jahr am achtzehnten Oktober bei der UN vorgefallen?«

»Ein amtierender Außenminister hielt eine Rede. Auf einer Gedenksitzung zum vierzigsten Jahrestag.«

Durant lächelte Wu mokant an und sagte: »Ach so!«

Wieder ignorierte Wu ihn und fragte Overby sanft: »Wessen amtierender Außenminister, Otherguy?«

Overby nahm noch einen Schluck Bier und sagte: »Der amtierende Außenminister der Philippinen.«

Durant begriff zuerst, und er rief: »Jesses!«

Artie Wu, kaum einen Takt dahinter, nickte Overby zu und sagte: »Imelda Marcos, stimmt's?«

Overby zuckte wieder die Achseln und trank mehr Bier.

»Was hat sie da gesagt, Otherguy?« fragte Wu.

»Wie, zum Teufel, soll ich das wissen? Wir leben in schrecklichen Zeiten. Wir sollten alle am gleichen Strang ziehen. Bekämpfen wir das Unrecht. Was sie vor der UN immer sagen.«

»Es war nicht die Rede, Artie«, wandte Durant ein.

»Nein. Natürlich nicht«, sagte Wu und starrte Overby an. »Es war Georgia, stimmt's?«

Overby schaute zuerst Durant, dann Wu an. Es war ein amüsierter, nachdenklicher Blick. »Nur gut, daß ihr zwei dieses Spiel nicht um Geld spielt.«

Wu lächelte, als pflichte er ihm vollkommen bei. »Der Secret Service hatte Georgia beauftragt, auf Imelda Marcos aufzupassen, stimmt's?«

»Genau.«

»Wie hast du das aus denen rausgeholt?« fragte Durant.

»Ich hab' ihnen erzählt, Georgia hätte sich bei Reuters hier um einen Job beworben, und ich würde ihre beruflichen Referenzen und Erfahrungen überprüfen. Und stimmt es auch, habe ich gefragt, daß Miss Blue einst Mrs. Marcos zugeteilt war, die sie als Referenz aufgelistet hat? Und die haben ja gesagt und mir Orte und Daten genannt. Also hab' ich dann gefragt, ob Georgia beim Service gekündigt hätte oder gefeuert worden wäre, und die sagen, sie hat gekündigt. Ausgeschieden. Obwohl sie jedem anderen, jedenfalls Booth, erzählt hat, sie hätten sie rausgeschmissen.«

»All das hast du übers Telefon rausbekommen?« fragte Durant mit unverhohlener Skepsis.

»Von ihrer Personalabteilung, und dafür ist die ja da. Darlehen. Referenzen. Und, wenn ich das selber mal so sagen darf, Quincy, ich bin der beste Telefonierer, den es je gab.«

»Das bist du in der Tat, Otherguy«, pflichtete Wu bei. »Aber sag mal. Was genau hat dich bewogen, zum Telefon zu greifen?«

»Artie, niemand – und ich meine, niemand – jagt schmutzige fünf Millionen raus, ohne jemanden drauf anzusetzen. Jemanden, dem er trauen kann. Na ja, erst hab' ich natürlich mich ausgeklammert, dann Booth, und zuletzt euch beide. Dann hab' ich mich dran erinnert, daß Booth gesagt hat, das Schatzamt hätte sie hauptsächlich auf die Frauen der Bonzen auf Staatsbesuch angesetzt. Ich vertrau' also auf meinen Riecher, greif' zum Telefon, stelle ein paar Fragen und – klingeling.«

»Hübsch«, sagte Artie Wu. »Sehr hübsch. Beinahe brillant.«

»Und von da an hättest du fast solo weitergespielt, stimmt's?« sagte Durant.

Overby blickte mit seinem unerschütterlichen »Mir kann keiner was«-Starren auf. »Wie gesagt, Quincy, es ging mir durch den Sinn.« Er zeigte sein hartes, fröhliches Lächeln. »Genauso wie es dir durchgegangen wäre.«

Wu erhob sich, schritt zu dem sitzenden Overby und legte ihm freundlich, beinahe tröstend die Hand auf die linke Schulter. Overby schaute mißtrauisch auf die Hand hinab.

»Es war sehr aufmerksam von dir, dich uns anzuvertrauen, Otherguy«, sagte Wu.

Overby stand auf und wandte sich an Durant, der immer noch an der Wand lehnte. »Nun, da Espiritu tot ist, wißt ihr zwei doch, was sie vorhat, oder?«

»Wir wissen es«, sagte Durant.

Overby nickte. »Yeah. Das hab' ich mir gedacht.«

Nachdem er gegangen war, wandte Wu das Gesicht der offenen Tür zum Schlafzimmer der Suite zu. Er hob leicht die Stimme und sagte: »Sie können jetzt herauskommen, Lieutenant.«

Lieutenant Cruz trat in den Wohnraum der Suite. »Haben Sie alles mitgekriegt?« fragte Durant.

Der Detective der Mordkommission nickte. »Faszinierend. Er hat einen scharfen Verstand, wie?«

»Manchmal zu scharf«, sagte Durant.

Lieutenant Cruz nickte offenkundig erfreut. »Nun ja. Wir werden uns dann in Hongkong sehen.«

Das Peninsula Hotel von Hongkong hatte zwei Rolls Royce-Limousinen zum Flughafen entsandt. Einer der beiden uniformierten Chauffeure führte ein feinsäuberlich beschriftetes Schild mit sich, auf dem »Mr. Wu und Begleitung« gesucht wurden. Artie Wu machte den Reiseleiter und brachte Durant, Overby und Booth Stallings im führenden Rolls Royce unter. Er und Georgia Blue setzten sich in den hinteren. Als die beiden Autos in Richtung Kowloon rollten, ließ Wu per Knopfdruck die Trennscheibe hochgleiten.

»Schon mal in Hongkong gewesen, Georgia?«

»Zweimal«, sagte sie. »Beim ersten Mal im Gefolge der Gattin des Außenministers; beim zweiten Mal mit der Frau des Vizepräsidenten.«

Wu lächelte. »Vergnügungsreisen?«

»Nur blödes Weibergekicher.«

»Kann ich mir vorstellen.« Nach längerem Schweigen fragte Artie Wu: »Was ist mit Harry Crites in Washington? Meinst du, er macht einen Riesenwirbel?«

»Sobald Espiritus Tod bekanntgegeben wird?«

Wu nickte.

»Was soll Harry dazu sagen? Espiritu ist nach Hongkong geflogen, hat die fünf Millionen eingesackt, seine Meinung geändert, ist zurückgeflogen und danach einem zweiten Schlaganfall erlegen. Die NPA wird nicht dementieren, daß er tot ist. Sie wird das mit den fünf Millionen dementieren, aber ich glaube nicht, daß Harry deswegen Anzeige erstattet.«

»Dann sind wir praktisch aus dem Schneider, meinst du nicht?«

Sie überdachte die Frage. »Ich denke schon. Auf alle Fälle ist es besser, als einen noch lebenden Espiritu über den Tisch zu ziehen versuchen.« Sie grinste Wu an. »Du hast das ernst gemeint, ihm den Schwarzen Peter anzudrehen, stimmt's?«

Wu lächelte beinahe versonnen, wie über eine verpaßte Gelegenheit. »Eine elegante Variante desselben. Es wäre wunderbar gewesen.« Er seufzte. »Und auf Nimmerwiedersehen. Nie und nimmer.«

»Auch auf die Art gibt's keins«, sagte sie.

»Hoffen wir nicht«, sagte Artie Wu.

Booth Stallings entschied, daß königlichen Hoheiten kein herzlicherer Empfang zuteil werden könne, als ihn das Hongkong-Peninsula Wu, Durant und Otherguy Overby bereitete. Offensichtlich verehrte man im Hotel dieses freigiebige Gästetrio und machte sogar um Georgia Blue einigen Wirbel. Aufgrund seiner Zugehörigkeit zu Mr. Wus Gesellschaft wurde auch Stallings mit einer Ehrerbietung behandelt, die normalerweise Kultur- und Sportministern sowie alternden Rockstars vorbehalten ist.

Nachdem Stallings auf sein Zimmer geleitet worden war, ging er unter die Dusche, hielt ein Nickerchen, ließ sich Essen aufs Zimmer kommen und wartete darauf, daß das Telefon klingelte. Es klingelte um 20 Uhr. Nachdem er sein »Hallo« gesagt hatte, hörte er Durant vorschlagen: »Machen wir einen Spaziergang.«

»Warum?«

»Weil ich es will«, sagte Durant.

Sie liefen die Salisbury Road entlang bis zum YMCA von Kowloon, dem einstigen Wohnsitz von Otherguy Overby.

»Trinken wir eine Tasse Tee«, sagte Durant.

»Tee?«

»Tee.«

»Na ja, irgendwie sind wir, schätze ich, in China.«

Das Restaurant des YMCA hatte Formica-Tische, wacklige Plastikstühle und den Geruch von billigem, in gewaltigen Mengen gekochtem Essen zu bieten. Durant musterte den fast leeren

Raum, bevor er einen Tisch wählte, an dem ein Filipino in einem gutgeschnittenen, hellbraunen Leinenanzug saß, dessen Jackenärmel noch echte Knöpfe samt Knopflöchern hatten. Der Filipino nickte Durant kühl zu, als dieser sich setzte. Stallings nahm einen Stuhl gegenüber von dem Filipino. Durant stellte die beiden Männer wie beiläufig einander vor. »Lieutenant Cruz, Booth Stallings.«

Stallings starrte Cruz an und sagte: »Am Flughafen von Manila, stimmt's?«

Lieutenant Cruz nickte.

»Sie waren Lieutenant bei was, als sie sich Durant geschnappt haben?«

»Bei der Mordkommission. Bin ich noch immer.«

Durant fragte Cruz: »Haben Sie mit der Polizei in Hongkong gesprochen?«

»Ich habe sie von Manila aus angerufen und gleich aufgesucht, nachdem ich hier ankam. Man gab mir das hier.« Er hob einen ledernen Attachékoffer vom Fußboden auf, öffnete ihn auf seinem Schoß, entnahm einen Umschlag und reichte ihn Durant. Das unbeschriftete DIN-A4-Kuvert trug den Aufdruck der Hongkong and Shanghai Bank. Durant verstaute es sorgfältig in der Innentasche seiner Jacke.

Lieutenant Cruz deutete mit dem Kinn auf Stallings.

»Weiß er Bescheid?«

»Noch nicht.«

»Weiß worüber Bescheid?« fragte Stallings.

Sie ignorierten seine Frage. Lieutenant Cruz hob eine Augenbraue, während Durant nur die Achseln zuckte. Der Detective beugte sich zu Stallings und sprach mit leiser, schneller Stimme. »Hören Sie gut zu. Morgen wird die Polizei von Hongkong Miss Blue verhaften, sobald sie aus der Bank kommt.«

»Weswegen?«

»Wegen des Mordes an Mrs. Emily Cariaga – die eine Freundin von ihm war.« Lieutenant Cruz deutete mit einem Nicken auf Durant.

»Hört sich bislang nach einem Windei an«, sagte Stallings.

»Wir haben Beweise«, sagte Lieutenant Cruz, »daß Miss Blue direkt oder indirekt von Ferdinand Marcos oder seiner Frau Imelda bezahlt wird. Möglicherweise von beiden.«

Stallings lachte glucksend. Für Durant klang es, als werde Glas zermahlen. »Ihr Killer, wie?« fragte Stallings.

»Ich sage nur, daß die verstorbene Mrs. Cariaga offenbar über ihre ausgedehnten gesellschaftlichen oder politischen Beziehungen in Erfahrung gebracht hat, daß Miss Blue in Marcos' Sold stand. Die Information erschreckte sie. So sehr, daß sie das Land zu verlassen beschloß.«

»Wer sagt denn, daß sie erschrocken war?« fragte Stallings.

»Ich«, sagte Durant. »Sie hat angerufen und es mir erzählt und mich gebeten, sie zum Flughafen zu fahren.«

»Sie hat Ihnen das von Georgia und den beiden Marcos erzählt?«

»Nein.«

»Warum nicht?«

»Weil sie schon tot war, als ich zu ihrem Haus kam.«

»Also glauben Sie, jemand hätte Georgia einen Tip gegeben, daß Mrs. Cariaga alles über ihre Verbindung zu den Marcos wußte und Georgia sie deswegen umgebracht hat.«

Lieutenant Cruz nickte.

»Hört sich für mich wackelig an«, sagte Stallings. »Wer soll Georgia den Tip gegeben haben – einer der beiden Marcos?«

»Möglicherweise.«

»Seit wann reicht ›möglicherweise‹ für eine Mordanklage?«

»Tut es nicht«, gab Lieutenant Cruz zurück. »Aber ein Augenzeuge tut es.«

»Und zufällig haben Sie einen, wie?«

Lieutenant Cruz seufzte gereizt. »Miss Blue hat einen Abschrecker angeheuert, der für einen sehr unerwünschten Ausländer namens Boy Howdy arbeitet.«

»Einer Ihrer Freunde, nicht wahr?« sagte Stallings zu Durant.

»Nicht unbedingt«, entgegnete Durant.

»Sie hat diesen Abschrecker angeheuert«, fuhr Lieutenant Cruz hartnäckig fort, »scheinbar, um Mrs. Cariaga einzuschüchtern. Aber eigentlich, um ihm den Mord in die Schuhe zu schieben. Sie und Howdy haben das möglicherweise abgesprochen. Das arme Scheusal ist sehr, sehr groß und sehr, sehr blöd.«

»Also haben Georgia und Howdy ihn präpariert«, sagte Stallings.

Lieutenant Cruz nickte. »Wie gesagt, der Mann ist nicht gerade helle. Er hatte sich in der Zeit geirrt und traf zu früh bei Mrs. Cariaga ein, wo er ihren Wächter mit gebrochenem Genick tot vorfand – wozu, wie ich erfahren habe, Georgia Blue durchaus imstande ist.«

»Ist sie das?« fragte Stallings.

Lieutenant Cruz überhörte die Frage, doch Durant sagte: »Ja. Ist sie.«

»Nachdem er den Leichnam gefunden hatte«, fuhr Cruz fort, »versteckte sich der Schwachkopf im Geräteschuppen, da er nicht wußte, was er tun sollte. Er sah Georgia Blue aus Emily Cariagas Haus kommen. Nachdem sie weggefahren war, ging er selbst ins Haus und fand Mrs. Cariaga tot auf. Erstochen. Er geriet in Panik, und als er zu verschwinden versuchte, kam ihm Durant in die Quere. Sie kämpften. Durant hat verloren, sagt er jedenfalls. Nachdem er sich einigermaßen erholt hatte, rief er vernünftigerweise die Polizei an.«

»Und hat Ihnen von dem Schwachkopf erzählt«, sagte Stallings.

Lieutenant Cruz warf Durant einen mißbilligenden Blick zu. »Unglücklicherweise nicht sofort.«

Stallings lächelte Durant an. »Den Cops Beweismaterial vorenthalten, wie?«

»Eine Zeitlang.«

Stallings wandte sich wieder an Lieutenant Cruz und fragte: »Finden Sie ihn und seinen Partner irgendwie verschlagen?«

»Ganz außerordentlich.«

Stallings nickte gedankenvoll. »Aber Sie haben mit dem Schwachkopf gesprochen – dem sogenannten Augenzeugen.«

»Ausführlich«, sagte Lieutenant Cruz. »Er gibt bereitwillig zu, was ich Ihnen erzählt habe.«

»Und wer hat Boy Howdy unten in Cebu erschossen?« hakte Stallings mit harter Stimme rasch nach, als wolle er Lieutenant Cruz überrumpeln.

»Carmen Espiritu natürlich«, sagte Lieutenant Cruz. »Wahrscheinlich, weil Howdy für jeden arbeitete, der ihn bezahlte – für die Espiritus, für Georgia Blue, sogar für den Palast. Offensichtlich zahlte Georgia Blue besser als alle anderen, und seine Loyalität, falls man sie als solche bezeichnen kann, fiel ihr zu. Wir können nur vermuten, daß die Espiritus sein Doppelspiel entdeckten und ihn umbrachten. Wir würden Carmen Espiritu gerne befragen, doch wie ich höre, ist sie tot. Ich habe doch richtig gehört, nicht wahr, Mr. Stallings?«

Booth Stallings saß auf seinem wackligen Plastikstuhl an dem Formica-Tisch und dachte nicht über Lieutenant Cruz' Frage nach, sondern an die Nacht, in der er mit Georgia Blue ins Bett gegangen war. Ziemlich behutsam erkundete er sein Inneres nach Abscheu oder moralischer Entrüstung; er entdeckte keines von beiden. Statt dessen förderte er eine Menge Bedauern und ein gewisses Maß Traurigkeit zutage. Aber was du bedauerst, entschied er, ist doch, daß du nicht mehr mit ihr ins Bett steigen wirst. Und traurig bist du, weil diese Burschen etwas von dir erwarten, etwas Ehrenwertes, beispielsweise sie der Gerechtigkeit zuzuführen, und du ja sagen wirst, obwohl du sie dir eigentlich schnappen und mit ihr nach Neukaledonien durchbrennen möchtest.

Er blickte Lieutenant Cruz an und sagte: »Haben Sie gefragt, ob Carmen tot ist?«

Lieutenant Cruz nickte.

»Ja. Sie ist tot.«

Lieutenant Cruz schwieg, als erwarte er weitere Informationen von Stallings. Statt dessen stellte Stallings eine Frage. »Warum gehen Sie nicht hin und verhaften sie gleich jetzt?«

»Weil«, sagte Lieutenant Cruz, »Sie und sie noch nicht aus der Bank gekommen sind.«

»Sie wollen sie hopsnehmen, wenn sie das Geld bei sich hat, stimmt's?«

»Ich bete zu Gott, daß sie es nicht bei sich hat.«

»Ich glaube, ich hab' da was nicht mitbekommen.«

Lieutenant Cruz schaute weg. »Aus Gründen der nationalen Sicherheit würden wir es vorziehen, sie nicht zu verhaften, bevor sie aus der Bank kommt.«

Stallings nickte verdrossen, wie über die abgedroschene Pointe eines uralten Witzes. »In meinem Vokabular ist nationale Sicherheit ein Synonym für Politik.«

»Sie haben ein ausgezeichnetes Vokabular«, sagte Lieutenant Cruz und erhob sich. »Guten Abend, Gentlemen.« Er drehte sich um und ging aus dem YMCA-Restaurant.

Durant und Stallings blieben schweigend sitzen, bis Durant sagte: »Hier geht es nicht ums Prinzip, Booth. Hier geht's um Geld.«

Stallings entgegnete lediglich: »Wir haben unseren Tee nicht bekommen.«

Durant erhob sich. »Jemand anderer wird Ihnen eine Tasse spendieren.«

Auch Stallings erhob sich, folgte Durant aus dem YMCA hinaus in die Nacht. Durant ließ den Blick über den Gehsteig und die Straße schweifen, in dunkle Winkel vordringen. Otherguy Overby schien aus dem Schatten heraus Gestalt anzunehmen.

»Er gehört jetzt dir«, sagte Durant.

Overby nickte in Richtung der Straßenecke. »Gehen wir, Booth.«

Beide Männer wandten sich ab, doch Overby drehte sich noch einmal um, als Durant ihn rief. »Otherguy?«

»Was ist?«

»Spendier ihm eine Tasse Tee, ja?«

Der Spaziergang führte sie sechs Querstraßen nördlich und zwei Straßen östlich des Peninsula Hotels. Die Straßen wurden schmäler, die Touristen weniger und die Geschäfte schäbiger. Als sie zu einem kleinen Restaurant mit einem chinesischen Namensschild kamen, sagte Overby: »Schau es dir gut an, weil du morgen wieder hierherkommen wirst.«

»Ich werde es nie wieder finden«, sagte Stallings.

Overby reichte ihm ein Blatt Papier mit Namen und Adresse des Restaurants, sowohl auf englisch wie auf chinesisch geschrieben. »Gib das einfach einem Taxifahrer.«

Sie gingen hinein. Eine junge Chinesin schien Overby zu kennen, denn sie lächelte ihn an und stellte ihm auf chinesisch eine Frage. Nachdem Overby auf englisch geantwortet hatte, führte sie beide in den hinteren Teil des nahezu leeren Restaurants. Sie kamen an einer Reihe von Sitznischen vorbei, deren Trennwände bis zur Decke reichten und die Nischen in kleine, fast private Kämmerchen verwandelten.

Die junge Frau stellte Overby auf chinesisch eine weitere Frage. Wieder antwortete er auf englisch. »Drei Tee, bitte.«

Nachdem die Frau sie verlassen hatte, winkte Overby Stallings zum hintersten Sitz der letzten Nische. Während er hineinrutschte, sah Stallings die schräg gegenüber des Tisches in die Ecke neben der Wand gedrängte Frau.

Sie schenkte ihm ein mattes Lächeln. »Wie geht's so, Booth?« sagte Minerva Espiritu.

»Es geht, Minnie«, sagte Booth Stallings.

Otherguy Overby setzte sich neben Minnie Espiritu. »Irgendwelche Schwierigkeiten?« fragte er.

»Noch nicht.«

Nachdem er sich nach Lauschern umgesehen hatte, beugte sich Overby zu Stallings und sprach mit der leisen, sanften Stimme des geborenen Verschwörers. »Okay, Booth. Jetzt kommt das, was wirklich passieren wird.«

41. KAPITEL

Kurz vor zehn Uhr am nächsten Morgen fuhren zwei von ihnen mit der Fähre und drei mit dem Auto zur Insel Hongkong. Die beiden, die die Star-Fähre nahmen, waren Georgia Blue und Booth Stallings. Sie trug ein seriöses, dunkelgraues Kleid und eine schwarze Lederumhängetasche. Stallings trug den braunen Anzug, den Otherguy Overby bei Lew Ritter in Los Angeles ausgesucht hatte. Außerdem hatte er einen flachen Attachékoffer aus braunem Leder dabei, der wie neu aussah.

Georgia Blue bemerkte den Koffer und sagte: »Schaufensterdekoration?«

Stallings zuckte die Achseln. »Ich möchte nicht reinspazieren, fünf Millionen Dollar verlangen und dann keinen Platz zum Reinpacken haben, außer der Hosentasche.«

»Es wird kein Bargeld sein, Booth.«

Er grinste. »Trotzdem.«

Auf der Überfahrt von Kowloon nahmen sie vorne im Erster-Klasse-Abteil Platz. Sie sprachen nur ein einziges Mal, als Georgia Blue fragte: »Was wirst du mit deinem Anteil machen, Booth?«

»Mir was gönnen«, sagte er.

Der Wagen, mit dem die anderen drei fuhren, war eine gemietete Jaguar-Limousine. Natürlich fuhr Artie Wu und wie immer viel zu schnell. Durant, der neben ihm Platz genommen hatte, hielt die Augen bei den Beinahe-Zusammenstößen und Fast-Katastrophen geschlossen. Otherguy Overby saß schweigend und entspannt im Fond und schaute aus dem Fenster.

Wu drehte sich zu Overby um. »Glaubst du –«

»Um Gottes willen, Artie«, brüllte Durant.

Wu blickte gerade rechtzeitig wieder nach vorne, um einem Bus auszuweichen, und beendete dann seine Frage. »– Booth kommt damit zurecht?«

»Ich hab' ihn bis heute früh um zwei üben lassen«, sagte Overby.

»Wie war er?« fragte Durant.

»Ich glaube nicht, daß er mit dem Herzen dabei war.«

»Das wollte ich nicht wissen.«

»Er war okay.«

»Warum glaubst du, daß er nicht mit dem Herzen dabei ist, Otherguy?« fragte Wu, während er auf den Verkehr achtete.

»Ich glaube, er würde statt dessen lieber wieder mit Georgia bumsen.«

»Statt sich eine Million zu holen?« fragte Wu, der eher interessiert als überrascht klang.

»Mit sechzig kann das 'ne schwere Entscheidung sein, stimmt's, Quincy?«

Durant lächelte leicht. »Bei ihr ist's mit dreißig eine schwere Entscheidung.«

Booth Stallings, der eine Schwäche für Anachronismen hatte, grinste über die 88 Jahre alte Doppeldecker-Straßenbahn, die klingelnd und quietschend die Des Voeux Road entlangratterte, vorbei an der aufregenden, 60 silbergraue Stockwerke hohen Hauptniederlassung der Hongkong and Shanghai Bank.

Er und Georgia Blue waren die zwei oder drei Straßen von der Anlegestelle der Star-Fähre zur Des Voeux Road gelaufen und warteten nun an einer roten Ampel. Während er auf das hoch aufragende Bankgebäude starrte, das vorwiegend aus Glas und Stahlträgern zu bestehen schien, sagte Stallings: »Man kann nicht sagen, ob es zum Scheckeinlösen gedacht ist oder als Weltraumsonde, aber mit Sicherheit mag ich den Toonerville-Doppeldekker, der grade vorbeifährt.«

»Wo ist Toonerville?« fragte Georgia Blue.

Anstatt ihr zu antworten, sagte Stallings: »Wir haben Grün.«

Sie überquerten die Straße und fuhren mit der Rolltreppe zum Eingang hinauf, der in ein 17 Stockwerke hohes Atrium führte. Ein

Bankwächter geleitete sie zum Schreibtisch von Mr. Henry Pow, dem stellvertretenden Kassierer.

Pows Schreibtisch befand sich auf einer Freifläche abseits der Haupthalle der Bank. Offensichtlich wickelte diese Bank ihre Geschäfte gern in voller Sichtweite der Kunden ab. Vertraulichkeit war dadurch gewährleistet, daß die Schreibtische der Angestellten drei Meter voneinander entfernt standen. Pow, ein Chinese von Ende Dreißig, trug einen dunkelblauen Anzug und eine leutselige Miene zur Schau. Mit scheinbar ungetrübtem Vergnügen blickte er zu Stallings und Georgia Blue auf.

»Miss Blue und Mr. Stallings – habe ich recht?« sagte er, als er sich erhob.

Stallings erwiderte, er habe recht, und Pow bat sie zu den Sesseln neben seinem Schreibtisch. Stallings vergewisserte sich, daß er den näher bei Pow stehenden Sessel bekam und setzte sich, den neuen Attachékoffer auf dem Schoß.

»Wir haben Sie erwartet«, sagte Pow mit einem weiteren strahlenden Lächeln, das eine Goldkrone im linken hinteren Kiefer enthüllte.

»Irgendwelche Probleme, Mr. Pow?« fragte Georgia Blue.

»Keine Probleme, überhaupt keine«, sagte er und kicherte. »Es sei denn, Sie haben Ihre Ausweispapiere vergessen.«

»Genügen die Pässe?« fragte Stallings.

»Absolut.«

Georgia Blue reichte ihm ihren zuerst. Pow inspizierte ihn sorgfältig und machte sich ein paar Notizen. Stallings öffnete den Attachékoffer, nahm seinen Paß heraus und gab ihn Pow, der ihn noch genauer als Georgia Blues prüfte und mindestens dreimal vom Foto zu Stallings und wieder zum Foto blickte.

Mit einem weiteren Lächeln und einem weiteren leichten Kichern sagte Pow: »Sie sind diejenigen welchen.«

»Wie Popeye«, sagte Stallings.

»Ja. Genau. Wenn Sie jetzt diese Auszahlungsformulare unterzeichnen würden, wo die roten Markierungen sind. Bitte alle drei Ausfertigungen.«

Er reichte die Formulare und einen Kugelschreiber Stallings, der unterschrieb und Formulare samt Stift an Georgia Blue weitergab. Nachdem sie unterschrieben hatte, reichte sie Papiere und Stift wieder Pow. Er verglich die Unterschriften mit denen in den Reisepässen.

Zufriedengestellt gab Pow ihnen die Pässe zurück, schloß die mittlere Schublade seines Schreibtisches auf und entnahm ihr fünf gelbbraune Schecks. Er prüfte jeden einzelnen bedächtig, bevor er sie an Georgia Blue weiterreichte. Während sie sie Stück für Stück betrachtete, sagte Pow: »Sie werden feststellen, daß es sich um beglaubigte Schecks über jeweils eine Million US-Dollar handelt, auszahlbar an den Überbringer.«

Georgia Blue nickte und reichte die Schecks Stallings zum Gegenprüfen. Er schaute sich jeden einzeln an und dann Pow. »Haben Sie einen Umschlag?«

»Natürlich«, sagte Pow, während Stallings ihm die fünf Schecks reichte. Der Umschlag, den Pow seiner Schreibtischschublade entnahm, war weiß, im Format DIN A4 und trug das Logo der Bank. Er war das genaue Gegenstück zu jenem, den Lieutenant Cruz Quincy Durant am Abend zuvor im YMCA-Restaurant gegeben hatte.

Beinahe gebannt sah Stallings zu, wie Pow die Schecks noch einmal langsam durchzählte, sie in den Umschlag schob, mit der Zunge über die Gummierung der Lasche fuhr, das Kuvert sorgfältig zuklebte und es Stallings mit kaum merklichem Zögern aushändigte. Der Terrorismusexperte hob, wie Otherguy Overby ihn angewiesen hatte, den Deckel des Attachékoffers gerade weit genug, daß er die Hand mit dem Kuvert hineingleiten lassen konnte. Nun geschah es, daß Stallings sich dem letzten Part seiner Rolle zuwandte. Erst die Stirn runzeln, dachte er. Also runzelte er die Stirn, als sei ihm plötzlich ein Gedanke gekommen, und blickte Georgia Blue an.

»Vielleicht wäre es besser, wenn du sie nimmst«, sagte er.

»Wie du willst«, sagte sie ohne sichtliche Erleichterung. Er zog die Hand aus dem Attachékoffer. Darin lag der zugeklebte weiße

DIN-A4-Umschlag mit dem Logo der Bank. Er reichte ihn ihr und sah zu, wie sie ihn in ihrer schwarzen Ledertasche verstaute.

»Vielen Dank, Mr. Pow«, sagte sie, erhob sich und reichte dem stellvertretenden Kassierer die Hand. Auch Pow erhob sich mit dem entsprechenden Lächeln, während er ihr und Booth Stallings die Hand schüttelte. »Ich danke Ihnen, daß Sie uns in Anspruch genommen haben«, sagte er. »Und wann immer sie ein Geldinstitut bemühen müssen, denken Sie bitte an uns.«

»Das machen wir«, sagte Booth Stallings.

Stallings betrat die Rolltreppe zuerst, Georgia Blue nur zwei Schritte hinter ihm, die rechte Hand jetzt in der Umhängetasche, die Augen mit dem Secret-Service-Blick musterten jedes Gesicht und ordneten es auf Anhieb ein.

Sie entdeckte sie erst, als sie und Stallings die Des Voeux Road überquert hatten und durch den Park liefen, der links an das Prince Buildung und rechts an das Kriminalgericht grenzte. Sie hielt sich einen Schritt rechts hinter Stallings. Er konnte sie nicht sehen, wußte aber, daß sie sie entdeckt hatte, als ihre linke Hand sich kurz oberhalb des Ellbogens um seinen rechten Arm schloß, als wolle sie sich abstützen. Dann gruben sich Finger wie Eisenklammern in den Nerv am Ellbogen. Der Schmerz setzte augenblicklich ein. Mit einem Zischen atmete Stallings ein.

»Siehst du sie?« drängte sie.

»Wen?«

»Zwei in elf Uhr und drei in eins.«

Stallings schaute hin. Er sah zwei Chinesen in den Dreißigern, die Freizeitkleidung trugen und leicht vornüber gebeugt waren, die rechte Hand an der rechten Hüfte. Schräg voraus rechts entdeckte er drei weitere Männer, zwei Chinesen und einen Europäer. Die Chinesen waren jung, noch keine dreißig, doch der Europäer war mindestens fünfundvierzig. Er trug einen grauen Anzug. Außerdem hatte er ein rotes Gesicht und eisige blaue Augen, die auf Georgia Blue gerichtet waren. Genausogut, dachte Stallings, kann er sich ›Polizei‹ auf die Stirn tätowieren lassen.

»Siehst du sie?« fragte sie wieder.

»Klar.«

»Spürst du meine Tasche, direkt an deinem Bauch?«

»Schwer, sie nicht zu spüren.«

»Geh einfach weiter, Booth, und sag zu dem Kerl mit dem roten Gesicht mit einem Kopfschütteln nein.«

Wieder gruben sich ihre Finger in den Ellbogennerv, und wieder sog Stallings vor Schmerz die Luft ein. Statt Georgia Blue starrte der rotgesichtige Europäer jetzt ihn an. Als sie näher kamen, schüttelte Stallings verneinend den Kopf. Nach einem Augenblick, der, wie Stallings wußte, eine Woche bis zehn Tage gedauert hatte, riß der rotgesichtige Mann mit einem abrupten und ärgerlichen Nicken das Kinn nach unten. Sobald sie vorbei waren, sagte Stallings: »Was, zum Teufel, hast du vor, Georgia?«

»Ein Boot erwischen«, sagte sie, während sie ihn in die Menge hineindrängte, die zur Star-Fähre wollte.

Da geschah es, daß Booth Stallings, dessen Lebensinhalt das Studium des Terrorismus war, zu einem profunden und absoluten Verständnis der von ihm gewählten Materie gelangte. Er brachte sogar eine Definition zustande, die ihn, obwohl nicht besonders originell, ungeheuer befriedigte. Terrorismus, so entschied er, ist das, was terrorisiert. Die Überschrift seines demnächst fälligen Nachrufes schien sich von selbst zu schreiben: Terrorismusexperte von Ex-Secret-Service-Terroristin ermordet.

Normalerweise hätte ihm die bizarre Ironie ein Kichern oder zumindest ein Lächeln entlockt. Doch keines von beiden stellte sich ein, denn eine neue Welle von Furcht und Schrecken überrollte ihn, als er mit absoluter Gewißheit begriff, daß er es nie zurück nach Kowloon schaffen würde. Jedenfalls nicht lebend, entschied er. Und tot zählte nicht viel.

Artie Wu und Otherguy Overby standen auf Zehenspitzen auf der grünen Eisenbank im Park zwischen dem Prince Building und dem Kriminalgericht und beobachteten, wie Stallings und Georgia Blue sich in der Menge verloren, die auf die Fähre wollte.

»Nun«, sagte Wu fast anerkennend, »sie hat's geschafft.«

»Hab' ich doch gesagt.«

»Wir haben auf dich gehört, Otherguy – Quincy und ich.«

»Die Cops von Hongkong wollten ja nicht.«

»Sie versuchen nur ein Massaker zu verhindern«, sagte Wu, der stirnrunzelnd und verwirrt von der Parkbank stieg. Auch Overby stieg herab. »Aber warum die Fähre?« fragte Wu. »Sie muß doch wissen, daß sie eine schwimmende Todesfalle ist.«

»Na ja, das ist jetzt sein Problem, oder?« sagte Otherguy Overby. »Das von dem scheiß Durant.«

Als die Star-Fähre ablegte, standen Georgia Blue und Booth Stallings, den Rücken an der Reling, außen vor dem abgeteilten Erster-Klasse-Bereich. Georgia Blue befand sich links von Stallings, die Hand in der Umhängetasche, die sie ihm noch immer an die Seite drückte.

»Hat Artie mich hochgehen lassen?« fragte sie, während ihr Blick von Passagier zu Passagier sprang.

»Durant.«

Sie schien nicht überrascht, während sie schnell auf ihre Armbanduhr blickte. »Du wirst jetzt folgendes tun, Booth. Du zählst bis sechzig, sehr langsam und gerade laut genug, daß ich dich hören kann. Wenn du bei sechzig angekommen bist, reichst du mir diesen hübschen, neuen Attachékoffer.«

Sie warf ihm einen kurzen Seitenblick zu und widmete sich dann wieder ihrer Wache, wobei sie die Überraschung belächelte, die ihm ins Gesicht geschrieben stand.

»Das war so ziemlich der schlechteste Trick, den ich je gesehen habe«, sagte sie.

»Und ich dachte, ich wäre ziemlich gut gewesen.«

»Du bist ein Amateur«, sagte sie und ließ das Wort wie eine Beleidigung klingen. »Jetzt fang an zu zählen.«

Als Stallings mit seinem leisen, zögernden Zählen bei 16 angelangt war, rief eine Männerstimme: »Paß auf, Georgia!«

Stallings spürte, wie er gepackt, gestoßen und dann gegen etwas

Hartes zurückgerissen wurde, das, wie er wußte, Georgia Blues Waffe war. Sie hatte sie jetzt aus der Tasche gezogen und ihm in den Rücken gerammt.

Da entdeckte er Durant, weniger als fünf Meter entfernt. Er hatte den fünfschüssigen Revolver, den der Colonel im Ruhestand beschafft hatte, ohne jedes Schwanken in beidhändigem Griff direkt auf Stallings' Brust gerichtet. Die Passagiere der Fähre hatten ihn auch gesehen und wichen brüllend, kreischend und drängelnd zurück.

»Laß den Koffer los, Booth«, sagte Durant.

»Wenn du das tust, bist du tot«, versprach Georgia Blue Stallings mit ruhiger Stimme. Er glaubte ihrem Versprechen.

»Ich schieß' glatt durch ihn durch, Georgia«, warnte Durant.

Stallings glaubte auch Durant. Er ließ den Attachékoffer auf Deck fallen und kickte ihn in seine Richtung. Durant blickte nicht nach unten. Stallings holte tief Luft und wandte sich langsam zu Georgia Blue um. Ihre Pistole zielte auf seinen Gürtel. Ihre dollargrünen Augen waren fest und unverzagt über Stallings' Schulter auf Durant gerichtet.

»Wieder mal im Angesicht des Todes, stimmt's, Georgia?« sagte Stallings.

»Könnte sein, Booth«, sagte sie, ohne den Blick von Durant zu wenden.

»Du machst jetzt besser die Fliege.«

»Gibst du mir Deckung?«

Stallings nickte.

Sie zog sich rasch an die Reling zurück. In einer eleganten, fließenden Bewegung war sie darüber, hielt sich mit der linken Hand fest, während die Walther in ihrer rechten noch immer auf Stallings zielte. Ihre Füße stemmten sich an die Deckskante. Sie beugte leicht die Knie und stieß sich nach hinten ab, weg von der Fähre.

Mit vier Sätzen war Durant an der Reling. Stallings schloß sich ihm an. Unter ihnen konnten sie Georgia Blue Wasser treten sehen. Ein offenes Speedboot hielt auf sie zu. Sie winkte. Der Chinese mit dem kantigen Gesicht hinter der Cockpit-Scheibe verminderte die Geschwindigkeit.

Da hob Quincy Durant den Revolver, zielte sorgfältig und gab fünf Schüsse auf das Speedboot ab. Er traf nur das Wasser, doch das Speedboot drehte ab, jagte davon und ließ Georgia Blue in seinem Kielwasser zurück. Stallings und Durant beobachteten, wie sie im Wasser auf- und abtanzte.

»Wie halten wir dieses Ding an?« fragte Stallings.

»Die Fähre?«

»Himmel, ja, die Fähre.«

»Wir lassen's«, sagte Durant.

Da geschah es, daß die Fähre ihren Kurs leicht änderte. Ein paar Sekunden später konnten sie nur noch schmutziges Wasser und überhaupt nichts mehr von Georgia Blue sehen.

42. KAPITEL

Am selben Nachmittag um 1.45 Uhr betrat Artie Wu, begleitet von Otherguy Overby, seine Suite und stieß dort auf Durant, der an der Wand lehnte, und Booth Stallings, der im Wohnraum auf- und abschritt, in der rechten Hand ein Glas, das nach reinstem schottischen Whisky aussah, und in der linken den Attachékoffer.

Wu wandte sich an Durant und fragte: »Was fehlt ihm?«

»Er meint, wir hätten die Fähre stoppen müssen.«

»Um Georgia zu retten?«

Durant nickte.

»Du hast es ihm nicht gesagt?«

»Wie konnte ich?« gab Durant zurück.

»Natürlich. Du konntest dir nicht sicher sein.«

»Zum Teufel, Booth, hock dich hin«, sagte Otherguy Overby. »Die Cops haben sie rausgefischt.«

Stallings blieb abrupt stehen und drehte sich ebenso abrupt zu Overby um. »Sie ist nicht ertrunken?«

Overby grunzte. »Ertrinken Fische?«

»Wo ist sie?« fragte Stallings.

»Im Gefängnis«, sagte Overby. »Wo denkst du denn?«

Artie Wu ging zu Stallings und legte ihm beruhigend die Hand auf die Schulter. »Setz dich, Booth. Bitte.«

Stallings setzte sich in einen Lehnsessel, den Attachékoffer auf dem Schoß, den dunklen Drink noch immer in der rechten Hand. Er blickte hoch zu Wu, der mit überaus sanfter Miene auf ihn hinabstarrte. »Hol uns ein Bier, Otherguy«, sagte Wu.

»Klar«, sagte Overby und ging zum Zimmerkühlschrank.

»Wir alle, Booth, mögen Georgia sehr gern«, sagte Wu. »Einige von uns haben sie zeitweise mehr als nur gern gemocht. Deshalb würden wir ihr nichts antun, was sie nicht verdient hat.«

»Es sei denn, wir müssen«, sagte Overby, der Wu und Durant Bier reichte.

»Es war Otherguy, der geglaubt hat, daß sie an den Cops vorbeikommt«, sagte Wu und trank einen Schluck Bier. »Ich nicht. Es war Quincy, der den Verdacht hatte, sie würde die Fähre nehmen und abspringen. Wieder habe ich das nicht geglaubt. Doch als ihr beide auf die Fähre zugegangen seid, ging ich zur Polizei von Hongkong – zu dem rotgesichtigen Mann, hast du ihn bemerkt?«

Stallings nickte.

»Und schlug vor, er solle der Fähre ein Patrouillenboot der Polizei hinterherschicken. Was er tat. Der Grund, warum wir uns verspätet haben, ist der, daß Otherguy und ich einen Anwalt für Georgia finden mußten. Genau gesagt, einen Strafverteidiger.«

»Und der wollte erst über Geld reden«, sagte Overby.

»Was ist mit der Auslieferung an Manila?« fragte Stallings.

»Er versucht, sie zu verschleppen.«

»Was ist mit Kaution?« fragte Stallings.

»Ich glaube nicht«, sagte Wu.

Overby grinste. »Wenn sie auf Kaution freikommt, heißt es, adieu, Georgia.«

Durant löste sich von der Wand und ging zu Stallings. »Es ist vorbei, Booth. Alles vorbei.«

Stallings nickte.

»Bis auf eins«, sagte Durant. »Bist du sicher, daß du ihr den richtigen Umschlag gegeben hast?«

Stallings dachte darüber nach. »Himmel, ich weiß nicht. Ich bin in der Bank nervös geworden. Aber ich denke schon. Verdammt, ich hoffe es.«

Overby sah Wu an. »Hatte sie ihre Umhängetasche noch, als sie sie aus der Brühe gezogen haben, Artie?«

Langsam schüttelte Wu verneinend den Kopf.

»Jesses«, flüsterte Overby.

Durant räusperte sich. »Dürfen wir mal nachschauen, Booth?«

»Tu du es«, sagte Stallings und reichte Durant den Attachékoffer.

Durant ging zur Couch, setzte sich und stellte den Attachékoffer auf den Kaffeetisch. Er starrte darauf, während Overby und Wu sich um ihn gruppierten.

Durant blickte zu ihnen auf, zuckte die Achseln, ließ die Messingschlösser aufschnappen und hob den Deckel. Ein Umschlag der Bank of Hongkong and Shanghai war alles, was der Koffer außer Stallings' Reisepaß enthielt. Durant warf ihm den Paß zu.

Wieder starrte Durant auf den Umschlag, griff dann blitzschnell zu und riß ihn auf. Drinnen steckten fünf gelbbraune Schecks.

»Ich glaub', ich fang' an zu heulen«, sagte Otherguy Overby.

An diesem Nachmittag um 16.15 Uhr stieg Booth Stallings aus einem Taxi und betrat zum zweiten Mal das kleine China-Restaurant, das zwei Straßen östlich und dann sechs Straßen nördlich des Hongkong Peninsula Hotels lag.

Dieselbe junge Chinesin schenkte ihm ein Lächeln des Wiedererkennens und führte ihn zu derselben hintersten Nische. Dort saß, den Blick tief in ihr Bierglas versenkt, Minnie Espiritu.

Sie blickte auf, als Stallings in die Nische rutschte. »Ich hab' nicht geglaubt, daß Sie kommen würden«, sagte sie.

»Ich war mir nicht sicher, ob Sie kommen«, sagte Stallings.

»Bier?« fragte sie.

»Tee.«

»Einmal Tee«, sagte Minnie Espiritu zu der jungen Chinesin, die sich abwandte und ging.

»Nun?« sagte Minnie Espiritu.

»Wollen Sie noch einmal die Grundregeln?«

»Nur den springenden Punkt.«

»Gibt's nicht. Ich gebe Ihnen eine Million Dollar, die Sie ausgeben können, wie Sie wollen.«

»Vorausgesetzt?«

»Vorausgesetzt, Sie richten die Beerdigung für Al aus. Die größte, die Cebu je erlebt hat.«

Minnie Espiritu lehnte sich zurück und musterte Stallings kalt.

»Die wissen nicht, daß Alejandro tot ist, nicht wahr? Ich meine Manila.«

»Nein«, sagte Stallings. »Tun sie nicht.«

»Aber die denken, ihr Kerle werdet ihn umbringen.«

»Stimmt.«

»Für die fünf Millionen. Auf diese Weise riskieren sie überhaupt nichts.«

»Stimmt wieder.«

»Ich könnte euch und Manila auffliegen lassen, richtig?«

»Es wäre eine Eintagsfliege. Ein Aufmacher, Minnie. Vielleicht zwei. Und Sie wären eine Million Dollar los.«

Sekunden vergingen, bevor sie nickte. »Lassen Sie sehen.«

Stallings langte in eine seiner Innentaschen, zog einen gelbbraunen Scheck heraus und reichte ihn ihr in dem Moment, als die Chinesin mit seinem Tee kam. Minnie Espiritu preßte den Scheck an ihre Brüste, bis die Chinesin wieder gegangen war. Dann starrte sie auf den Scheck, wobei sich ihre Lippen tonlos bewegten, während sie sorgfältig die sechs Nullen zählte.

»Zahlbar in bar und beglaubigt, wie ich sehe«, sagte sie und zählte ein zweites Mal still die Nullen.

»Und keine Chance, die Auszahlung zu verhindern«, sagte Stallings und nippte an seinem Tee.

»Eine ... Million ... Dollar.«

»Eine Million«, bestätigte er.

»Ich könnte sie über unser Panama-Konto laufen lassen«, sagte sie, mehr zu sich selbst als zu ihm, während er seinen Tee schlürfte. Als er von seiner Schale aufblickte, sah er zwei Tränen ihre Wangen hinabrollen.

»Ich hab' fünf Jahre in den Staaten verbracht und um Geld gebettelt«, sagte sie, »und die ganze Zeit hab' ich nicht mal ein Drittel davon aufgetrieben.« Sie lächelte ein Siegerlächeln. »Okay, Booth, er kriegt sein mistiges Begräbnis.«

Stallings hob die Teeschale zu einem Toast. »Auf einen netten Aufstand, Minnie.«

Als er um 17.21 Uhr zum Peninsula Hotel zurückkehrte, rief Stallings in Artie Wus Suite an. Als sich niemand meldete, fragte er bei der Information nach den Zimmernummern von Durant und Overby. Ein paar Augenblicke später sagte die Frau von der Auskunft: »Tut mir leid, aber Mr. Durant und Mr. Overby sind abgereist.«

»Was ist mit Mr. Wu – Mr. Arthur Wu?«

Sie brauchte weitere fünf Sekunden, um nachzusehen. »Tut mir leid, aber auch er ist abgereist.«

Booth Stallings dankte ihr, hängte den Hörer des Hausapparats ein und schlenderte zu einem Tisch im Foyer, wo er sich Scotch mit Wasser bestellte. Während er darauf wartete, zog er den anderen gelbbraunen Scheck hervor und zählte wie Minnie Espiritu tonlos die sechs Nullen, wobei er sich fragte, wie er das Geld ausgeben würde.

43. KAPITEL

Am 16. Mai 1986, einem Freitag, um 12.45 Uhr saß Booth Stallings, das Gesicht der Frühlingssonne zugewandt, auf seiner Lieblingsbank am Dupont Circle, wartete auf seinen Mittagsgast und erinnerte sich ohne ersichtlichen Grund, daß Boswell an diesem Tag im Jahre siebzehnhundertundnochwas zum ersten Mal Dr. Johnson begegnet war.

Zwei Minuten später setzte sich Harry Crites neben ihm auf die Bank, rang sich ein Lächeln ab und sagte: »Was gibt's zu Mittag?«

»Chili-dogs vom Kiosk«, sagte Stallings und hielt ihm eine weiße, fettige Papiertüte hin.

»Ich mag Chili-dogs«, sagte Crites, nahm sich einen, wickelte ihn aus und biß, vornübergebeugt, um sich nicht zu bekleckern, hinein.

Stallings wickelte seinen Chili-dog langsam aus. »Tut mir leid wegen deiner Angestellten, Harry. Aber ich konnte nichts für sie tun.«

Crites nickte, kaute und lächelte leicht, wobei er rechtzeitig daran dachte, keine Zähne zu zeigen. »Du meinst Georgia?« sagte er, nachdem er geschluckt hatte.

»Georgia«, sagte Stallings, neugierig darauf, mit welcher Selbstabsolution Crites aufwarten würde.

Harry Crites aß seinen Chili-dog mit zwei gewaltigen Bissen auf, kaute noch ein paarmal, schluckte, wischte sich mit einer Papierserviette sorgfältig Hände und Mund ab, erhob sich und starrte auf Stallings hinab.

»Ich habe sie nicht angeheuert, Booth«, sagte er. »Sie hat mich angeheuert.«

Stallings starrte ohne zu zwinkern zurück, entschlossen, sich mit keiner Regung etwas anmerken zu lassen – weder Überraschung noch Enttäuschung oder Trauer. Vor allem keine Trauer. »Sie hat dich angeheuert, damit ich gefeuert und dann angeworben werde«, sagte er, ohne es wie eine Frage klingen zu lassen.

»Du warst die exklusive Quelle, erinnere dich«, sagte Crites. »Dazu waren nur ein paar Telefonate, ein Dinner im Madison und ein Abstecher nach L.A. nötig.« Er zeigte ein überlegenes Lächeln. »Ich kann mir vorstellen, daß du gern wissen möchtest, was ich sie gekostet habe.«

Stallings nickte nur, wobei er sich selbst der Neugier wegen verachtete, die er nicht zu unterdrücken vermochte.

»Fünfzigtausend plus Spesen.« Wieder brachte Crites sein überlegenes Lächeln zustande. »Aber, zum Teufel, Booth, alles hat bestens geklappt. Ich habe vor ein paar Wochen im Fernsehen diese große Beerdigung gesehen, die sie für Espiritu auf Cebu ausgerichtet haben. Gewissermaßen mußt du ihn also doch aus den Bergen heruntergeholt haben.« In einer Art Mischung aus Bedauern und Bewunderung schüttelte er den Kopf. »Diese Georgia«, sagte er. »Die ist schon eine, stimmt's?« Als Stallings nichts erwiderte, fügte er hinzu: »Du hast gehört, was passiert ist, oder?«

Stallings, der noch immer saß, blickte zu ihm auf und schüttelte einen Augenblick später den Kopf.

»Sie hat sich auf einen Deal eingelassen. Hat gegen Strafnachlaß alles verhökert, was sie drüber wußte, wie Marcos sein Geld aufgesplittet hat. Himmel, in ein oder zwei Jahren sollte sie wieder draußen sein. Vielleicht sogar früher.« Er hielt lange genug inne, um Stallings mit einem grausamen Lächeln zu bedenken. »Glaubst du, du kannst es abwarten, Booth?«

»Warum nicht?« sagte Stallings und fügte hinzu: »Wer hat dir von dem Deal erzählt, auf den sie sich eingelassen hat?«

Harry Crites schien beinahe zu einer Antwort bereit, zuckte aber statt dessen die Achseln, wandte sich ab und ging davon. Stallings schaute ihm hinterher. Dann lehnte er sich auf der Bank zurück und fragte sich, was Georgia Blue in eben diesem Augenblick tun und denken mochte. Als sich beides als sinnlos und pubertär erwies, fragte er sich, ob Harry Crites gelogen haben könnte.

Da überkam es ihn – schlug ihn geradezu in seinen Bann – mit bestechender Klarheit. Und er begriff, was es war, das er vermißte, brauchte, regelrecht tun und sein wollte, nun, da er gänzlich erwachsen war. Zumindest beinahe.

Stallings ergriff die leere Papiertüte, zerknüllte sie, erhob sich rasch, eilte zum Abfallkorb und ließ sie hineinfallen. Nachdem er die Straße zu der Reihe von Münzfernsprechern neben dem Peoples Drugstore überquert hatte, warf er einen Vierteldollar ein, die einzige Münze, die er bewußt stets bei sich hatte, und wählte die Nummer seines Schwiegersohnes, des Strafverteidigers.

Als es klingelte, war Stallings überzeugt, daß sein Schwiegersohn eine neue Telefonnummer haben würde, wo er Otherguy Overby erreichen konnte. Und er war sich gleichermaßen sicher, daß Overby inzwischen etwas am Laufen haben würde. Etwas, in das sich Stallings einkaufen konnte. Etwas Interessantes und Anderes, draußen am Rand der Welt vielleicht – oder, was das anbetraf, beinahe überall.

Bitte beachten Sie
die folgenden Seiten:

CIP-Titelaufnahme der Deutschen Bibliothek

Thomas, Ross:
Am Rand der Welt : Roman / Ross Thomas. [Ins Dt. übertr. von Jürgen Behrens]. – Frankfurt/M ; Berlin ; Wien : Ullstein, 1989

Einheitssacht.: Out on the rim <dt.>
ISBN 3-550-06332-6